追風に帆を上げよ

クリフトン年代記 第4部

ジェフリー・アーチャー

戸田裕之 訳

BE CAREFUL WHAT YOU WISH FOR

BY JEFFREY ARCHER

TRANSLATION BY HIROYUKI TODA

ハーパー BOOKS

BE CAREFUL WHAT YOU WISH FOR

BY JEFFREY ARCHER

Published by K.K. HarperCollins Japan, 2025

グウィネッズに

貴重な助言と調べをしてくれた
以下の人々に感謝する。

サイモン・ベインブリッジ、エレノア・ドライデン、
ケン・ハワード教授（ロイヤル・アカデミー）、
コーマック・キンセラ、王立鉄道博物館、
ブライアン・オーガン、アリソン・プリンス、
マリ・ロバーツ、ニック・ロビンズ博士、
植山周一郎、スーザン・ワット、
そして、ピーター・ワッツ。

クリフトン家
バリントン家
家系図

クリフトン家

ハロルド・タンコック
一八七一年〜一九四一年

ヴェラ・プレスコット
一八七六年〜

レイ
一八九五年〜一九一七年

アルバート
一八九六年〜一九一七年

スタンレー
一八九八年〜一九五六年

メイジー
一九〇一年〜

アーサー・クリフトン
一八九八年〜一九二一年

エルシー
一九〇八年〜一九一〇年

ハリー
一九二〇年〜

エマ・バリントン
一九二一年〜

セバスティアン
一九四〇年〜

ジェシカ（養子）
一九四三年〜

バリントン家

サー・ウォルター・バリントン
一八六六年～一九四二年

メアリー・バリントン
一九七四年～一九四五年

ニコラス
一八九四年～一九一八年

ヒューゴー
一八九六年～一九四三年

ジェシカ
一九四三年～

レティシア
一八七八年～一九四五年

アンドリュー・ハーヴェイ
一八六八年～一九四五年

エリザベス・ハーヴェイ
一九〇〇年～一九五一年

ジャイルズ
一九二〇年～

エマ
一九二一年～

グレイス
一九二三年～

フィリス
一八七五年～一九五八年

追風に帆を上げよ

おもな登場人物

ハリー・クリフトン――ブリストル出身の作家
エマ――ハリーの妻
セバスティアン――ハリーとエマの息子
ジェシカ――ハリーとエマの養子
ジャイルズ・バリントン――ハリーの親友、労働党議員。エマの兄
グレイス――エマとジャイルズの妹
グウィネッズ――ジャイルズの妻
ブルーノ・マルティネス――セバスティアンの級友
ドン・ペドロ――ブルーノの父
ディエゴ――ブルーノの兄
ルイス――ブルーノの兄
カール・ルンズドルフ――マルティネス家の執事
アレックス・フィッシャー――ハリーの同窓生
ヴァージニア――ジャイルズの元妻
ロス・ブキャナン――バリントン海運会長
アラン・レドメイン――内閣官房長官
セドリック・ハードキャッスル――ファージングズ銀行会長
アーノルド――セドリックの息子。弁護士
クライヴ・ビンガム――ジェシカのボーイフレンド

プロローグ

セバスティアンがハンドルをしっかりと握り直した瞬間、後ろのトラックがリア・バンパーにぶつかり、小さなMGAを前に押しはじめた。MGAのナンバープレートが外れて宙に舞った。セバスティアンはもう二フィート前に出ようとしたが、これ以上少しでもアクセルを踏んだら、前を塞いでいるトラックにぶつからずにすまなかった。このままでは二台のトラックに挟まれ、アコーディオンのように押し潰されてしまう。

数秒後、MGAはまた、今度はかなりの勢いで前に押し出された。後ろのトラックに速度を上げてぶつかられ、MGAと前を塞いでいるトラックとのあいだは一フィートもなくなった。後ろのトラックに三度目にぶつけられたとき、セバスティアンの頭にブルーノの言葉がいきなり閃《ひらめ》いた――〝おまえ、本当に正しい決断をしているという確信があるのか？〟。助手席に目を走らせると、ブルーノはいまや両手でダッシュボードにしがみついていた。

「あいつら、おれたちを殺そうとしているんだ」ブルーノが悲鳴を上げた。「頼むから、セブ、何とかしてくれ！」

セバスティアンは絶望的な目で、並行して走っている対向車線を見た。南へ向かう車が途切れることなく逆の方向へ走っていた。

前を塞いでいるトラックが減速しはじめた。何であれ生き延びる望みがあるとすれば、腹を決めなくてはならなかった。しかも、いますぐに。セバスティアンはふたたび対向車線に目を走らせ、車の流れに途切れがないか、死に物狂いで探した。後ろのトラックが四度目にぶつかってきたとき、もはや選択の余地はないことがわかった。

セバスティアンはハンドルを一気に右へ切った。ＭＧＡは芝生の分離帯を飛び越え、自分たちに向かってくる車の流れに正面から突っ込んでいった。セバスティアンはアクセルを一杯に踏み込みながら、対向してくる車と衝突する前に、目の前に大きく開けている野原という安全地帯にたどり着けるよう祈った。

一台のヴァンとさらにもう一台の車が急ブレーキを踏み、急ハンドルを切って、自分たちの目の前をかすめ去っていく小さなＭＧＡを辛うじて回避した。無事に安全地帯へ逃げ切れるかもしれないと思ったのも束《つか》の間《ま》、眼前に大木がのしかかるように迫ってきた。セバスティアンはアクセルから足を離して左へハンドルを切った。が、遅かった。最後に聞こえたのはブルーノの絶叫だった。

ハリーとエマ

一九五七年―一九五八年

1

ハリー・クリフトンは電話の音で目を覚ました。

夢のただなかにいたのだが、内容を思い出せなかった。執拗《しつよう》に鳴りつづける甲高い呼出し音もその夢の一部にすぎないのかもしれないと思いながら、渋々寝返りを打ち、瞬《まばた》きして、ベッドサイドの夜光時計の緑の針を見た。午前六時四十三分。朝のこんな時間に電話をかけようと考える人間は一人しかいない。ハリーは受話器を取ると、大袈裟《おおげさ》に眠そうな声を作って不明瞭《ふめいりよう》に応えた。「おはよう、マイ・ダーリン」すぐには返事が返ってこず、ハリーは一瞬、ホテルの交換手が電話をつなぐ部屋を間違えたのではないかと訝《いぶか》った。受話器を戻そうとしたとき、すすり泣きが聞こえた。「きみなのか、エマ?」

「そうよ」答えが返ってきた。

「どうした?」ハリーは慰撫《いぶ》の口調で訊いた。

「セバスティアンが死んだわ」

すぐには応えられなかった。いまも夢を見ているのだと信じたかった。「どうしてそんなことがあり得るんだ」ハリーはようやく言った。「昨日、話したばかりなんだぞ」

「今朝のことなの」エマが言った。長い台詞《せりふ》をいちどきに話すのが明らかに無理なようだった。

ハリーは飛び起きた。いきなり眠気が消し飛んだ。

「交通事故よ」エマがすすり泣きながら、切れ切れにつづけた。

ハリーは何とか冷静を保とうとしながら、息子に何があったのか、妻が正確に教えてくれるのを待った。

「彼らは一緒にケンブリッジへ向かっていたの」

「彼らって？」ハリーは訊き返した。

「セバスティアンとブルーノよ」

「ブルーノは生きているのか？」

「ええ。でも、ハーロウの病院に収容されていて、今夜が峠なんですって」

ハリーは毛布を引き剝《は》がして絨毯に両足をつけた。寒気と吐き気を感じた。「いまからタクシーを捕まえて空港へ行き、最初の便でロンドンへ戻る」

「わたしはこれから病院へ行くわ」エマが言った。そのあと言葉がつづかず、電話が切れたのかとハリーが一瞬思ったとき、ささやくような声が戻ってきた。「だれかが遺体の確認をしなくちゃならないのよ」

エマは受話器を置いたが、立ち上がるだけの力を掻き集めるにはしばらく時間がかかった。居間を出ようとようやく歩き出したときも足元がおぼつかず、嵐に揺れる船の水夫のように、たびたび家具につかまって身体《からだ》を支えなくてはならなかった。ドアを開けると、玄関ホールにマーズデンがうなだれて立っていた。この老使用人が雇い主一族の前でほんのかすかにであれ感情を露《あら》わにしているのを見るのは初めてだった。危うく見落とすところだったが、執事はいま、小さく縮んだ身体をマントルピースに手をかけて支えていた。普段かぶっている冷静という仮面は、死という残酷な現実に取って代わられていた。

「メイベルに一泊旅行用の荷物の準備をさせておきました」マーズデンが口ごもりながら報告した。「それから、もしお許しをいただけるなら、病院まで私が車を運転して参ります」

「ありがとう、マーズデン。本当に何から何まで配慮してくれて、お礼を言うわ」エマは玄関を開けてくれる執事に言った。

マーズデンに腕を取ってもらって階段を下り、車へ向かった。執事が女主人に触れるのは今日が初めてだった。ドアを開けてもらい、車内に入って、革張りのゆったりした後部座席に身体を沈めた。まるで老いぼれた貴婦人のようだった。マーズデンがエンジンをかけ、ギアをローに入れて、マナー・ハウスからハーロウにあるプリンセス・アレグザンドラ病院までの長い旅に出発した。

　セバスティアンの身に何が起こったかを兄にも妹にも知らせていないことに、エマは突然気がついた。ジャイルズとグレイスに電話するのは今夜にしよう。そのほうが、二人とも一人きりでいる可能性が高い。彼らにしても、だれであれ他人がいるときに知らされたいことではないだろう。そのとき、鋭い胃の痛みを覚えた。まるで鋭い何かに刺し貫かれたかのようだった。二度と兄には会えないのだと、だれがジェシカに教えることになるのか？　あの子はセブに限りない尊敬と憧《あこが》れを抱き、従順な子犬がじゃれつくようにまとわりついていたけれど、これからも変わることなく、あの活発な少女でいられるだろうか？この知らせを他人から聞かせるわけにはいかない。だとすれば、わたしはできるだけ早くマナー・ハウスへ戻らなくてはならない。

　マーズデンが地元の、普段は金曜の午後に給油に立ち寄るガソリンスタンドで車を止めた。従業員がオースティンA30の後部座席にミセス・クリフトンが坐っているのに気づき、帽子の庇《ひさし》にちょっと手を触れて挨拶《あいさつ》した。が、夫人はうなずきもせず、自分は何か悪いことをしたのだろうかと従業員を訝らせた。給油を終えると、ボンネットを開けてオイルをチェックし、ふたたびボンネットを閉じるや、ふたたび帽子の庇に指を当てた。しかし、マーズデンは一言も発せず、いつもの六ペンスを渡してもくれずに走り出した。

「どうしたんだ？」去っていくオースティンを見送りながら、若者はつぶやいた。

エマは車が道路へ戻るとすぐに、セバスティアンの事故を言いにくそうに教えてくれたピーターハウス学寮《カレッジ》の入学担当教官の言葉を正確に思い出そうとした。〝まことに残念なことをお伝えしなくてはなりません、ミセス・クリフトン、ご子息が交通事故でお亡くなりになりました〟。そうやって明確な言葉にされた以上のことを、ミスター・パジェットはほとんど知らないようだったが、自ら弁明したとおり、彼はせいぜいのところメッセンジャーに過ぎなかった。

エマの頭のなかで、いくつもの疑問がぶつかり合った。息子はなぜ車でケンブリッジへ向かっていたのか？　二日前に汽車の切符を買ってやったばかりなのに？　運転していたのはセバスティアンなのか、ブルーノなのか？　スピードを出し過ぎていたのか？　タイヤがパンクしたのだろうか？　別の車が関わっているのだろうか？　疑問はあまりに多かったが、答えをすべて知っている者がいるとは思えなかった。

入学担当教官から電話があって数分後、遺体確認のためにミスター・クリフトンに病院へきてもらえないだろうかと警察が訊いてきた。夫はいま新作の宣伝ツアーでニューヨークへ行っているのだとエマは説明した。ハリーが翌日イギリスへ帰ってくるとわかっていれば、彼の代役を引き受けることに同意しなかったかもしれない。ありがたいことに、彼は飛行機で戻ってくることになっていた。それはつまり、五日もかけて船で大西洋を渡るそのあいだ、独りで嘆かなくてすむということだった。

マーズデンがチッペナム、ニューベリー、スラウと馴染みのない町を走り抜ける間《かん》、エマの思いは一度ならずドン・ペドロ・マルティネスに邪魔をされた。あの男がほんの数週間前の、サウサンプトンでのことの報復を企てたということはないだろうか？　だが、同乗していたのが自分の息子のブルーノであるとしたら、その考えは不合理だ。マーズデンがグレート・ウェスト・ロードを降り、北へ向かってA1を目指したとき、思いはセバスティアンへ戻った。わずか数時間前、セバスティアンはそこを走っていた。かつて何かで読んだことがあるが、自分が悲劇の最中に身を置かなくてはならなくなったときにだれしもが望むのは、時間を巻き戻すことなのだそうだ。それはわたしも例外ではない。

順調に走りつづける車の後部座席にいて、エマの頭からセバスティアンがいなくなることは滅多になかった。思いは彼が生まれたとき――ハリーは世界のもう一方の側で刑務所にいた――まで遡《さかのぼ》っていった。初めて歩いたのが八カ月と四日、初めて発した言葉が〝もっと〟だった。入学式の日には、ハリーにブレーキを踏む間《ま》も与えずに車を飛び降りた。ビーチクロフト・アビーでは退学になるところだったが、ケンブリッジ大学の奨学生になれたおかげで危うく処分を免れた。前途は洋々だったのに、たくさんのことが成し遂げられたはずなのに、すべては一瞬にして過去になってしまった。最後に頭に浮かんだのは、自分が取り返しのつかない過ちを犯したという慚愧《ざんき》だった。わたしは内閣官房長官に説得され、ペドロ・マルティネスに法の裁きを受けさせるための政府の計画にセブが関わることを許してしまった。あのとき、サー・アラン・レドメインの要請を拒否していたら、わたしのたった一人の息子はいまも生きていたはずだ。もし、もし……。

ハーロウの郊外まできてサイド・ウィンドウの向こうを見ると、プリンセス・アレグザンドラ病院への方向を示す標識が目に入った。エマはそこで自分を待ち受けているはずのことに気持ちを集中しようとした。数分後、マーズデンが決して閉ざされることのない両開きの鍛鉄の門を通過し、病院の中央棟の入口の前にオースティンを止めた。エマは後部座席を飛び出し、正面玄関へと歩き出した。一方で、マーズデンは駐車スペースを探しはじめた。

受付で名前を告げると、そこにいた若い女性の明るい笑顔が痛ましげな表情に変わった。

「申し訳ありません、少々お待ちいただけますか、ミセス・クリフトン」彼女は受話器を上げながら言った。「あなたがお着きになったことをミスター・オーウェンに知らせますので」

「ミスター・オーウェン?」

「今朝、ご子息が搬送されたときの担当で、この病院の最上級医です」

エマはうなずくと、廊下をそわそわと行ったり来たりしはじめた。さまざまに考えが入り乱れ、やがて、さまざまに思い出が入り乱れた。だれが、なぜ、いつ……。ようやく足が止まったのは、糊の利いた襟の制服を隙なくまとった看護師にこう訊かれたときだった。

「ミセス・クリフトンですか？」エマはうなずいた。「ご案内します」

エマは看護師のあとについて、緑色の壁の廊下を歩いていった。言葉は一言も発せられなかった。お互い、言うべき言葉があるはずもなかった。〈ミスター・ウィリアム・オーウェン　王立外科医協会特別会員〉と名札のかかっている部屋の前で看護師が足を止め、ノックをしてドアを開けると、脇へどいてエマを入室させた。

葬儀屋のような沈鬱な顔つきの、長身で痩《や》せていて、髪が薄くなりはじめている男が机の向こうで立ち上がった。この顔に笑みが浮かぶことがあるのだろうか、とエマは訝った。

「お待ちしていました、ミセス・クリフトン」彼は言い、部屋に一脚しかない坐り心地のいい椅子を勧めてから付け加えた。「このような悲しい状況でお目にかからなくてはならないのは、本当に残念でなりません」

エマはこの哀れな男に同情を感じた。一日にいったい何度、この人は同じ言葉を口にしなくてはならないのだろう。顔に貼りついている表情から判断して、それは何度繰り返しても、変わることなく辛い作業でありつづけているに違いない。

「恐縮ですが、色々と書類を作らなくてはならないのです。それに、これも申し訳ないのですが、あなたと私でその作成にかかる前に、検死官からの要請で正式に遺体確認をしてもらわなくてはなりません」

エマは頭《こうべ》を垂れた。とたんに、涙が溢れた。ハリーが言ってくれたとおり、この耐え難い任務を肩代わりしてもらうべきだったのだ。ミスター・オーウェンがふたたび机の向こうで飛び上がり、エマの横にやってくると片膝をついて言った。「本当にお気の毒なことでした、ミセス・クリフトン」

ハロルド・ギンズバーグは最高の思いやりをもって、助けの手を差し伸べてくれた。ハリーの出版者は、悲劇に見舞われた自分の著者のために、利用可能なロンドン行きの最初の便のファースト・クラスを予約した。可哀相《かわいそう》なハリーが眠れるはずはないにしても、せめて機内で快適に過ごさせてやろうと配慮したのだった。そして、いまはたとえいい知らせであっても告げるべきときではないと判断し、自分も心から悔やんでいるとエマに伝えてくれるよう頼むにとどめた。

四十分後、ピエール・ホテルをチェックアウトしたハリーは、ギンズバーグの運転手が歩道に立っているのに気がついた。アイドルワイルド空港（ジョン・F・ケネディ国際空港の旧称）へ送るために待っていてくれたのだった。ハリーはリムジンの後部座席に腰を下ろした。だれとも口をききたくなかった。思いは本能的にエマへ、そして、彼女が直面しなくてはならない試練へと向かった。自分たちの息子であるセバスティアンの遺体を彼女が確認する——その考えが気に入らなかった。おれが戻ってくるまで待ったらどうかと、もしかしたら病院のスタッフが提案してくれているのではないか。

自分が初めてノンーストップで大西洋を横断する乗客の一人であることなど、ハリーの頭にはこれっぽっちもなかった。考えられるのは息子のことだけ、息子のケンブリッジでの大学生活が始まるのを自分がどんなに楽しみにしていたかということだけだった。大学を出たら……おれの見るところでは、言語に対するあの天性の才能をもってすれば、セブはおそらく外務省に職を得ようとしただろう。あるいは、翻訳者になるか、もしかすると教える側に回るか、それとも……。

離陸したあと、ハリーは客室乗務員が笑顔で勧めてくれたシャンパンのグラスを断わった。だが、その客にはにこりとする材料など何一つないことを、彼女が知っているはずもなかった。彼もまた、自分が食事もせず、眠りもしない理由を説明しなかった。戦争中、敵の前線の背後にいるとき、ハリーは三十六時間眠らずにいられるよう自分を訓練した。あのとき生き延びられたのは、一《いつ》にかかって恐怖というアドレナリンのおかげだった。いまも、最後に息子と会うまでは眠れないとわかっていた。そのあともそんなには眠れないはずだった――今度は絶望というアドレナリンのせいで。

最上級医はエマを案内し、殺風景な廊下を押し黙って歩いていくと、固く閉ざされたドアの前で足を止めた。そこにはいかにもその場所にふさわしく、すりガラスに黒で、〈霊安室〉と表示されていた。ミスター・オーウェンがドアを開け、脇へどいて、エマをなかへ入れた。彼女の背後で、耳障りに軋みながらドアが閉まった。いきなり温度が下がって身震いしたエマの目が、部屋の中央に据えられているストレッチャーに留まった。息子の身体のかすかな輪郭が、シーツに覆われて浮き上がって見えた。

白衣の助手がストレッチャーの頭の側に立っていたが、言葉は発しなかった。

「では、よろしいですか、ミセス・クリフトン？」ミスター・オーウェンが優しい声で訊いた。

「はい」エマはきっぱりと答え、爪が食い込むほど強く手を握り締めた。

オーウェンがうなずき、助手がシーツを引っ張った。傷だらけで変形した顔が現われた。エマはすぐに見分けがついた。とたんに、声が迸《ほとばし》り、両膝が崩れ落ち、すすり泣きをこらえられなくなった。

ミスター・オーウェンも助手も、息子の遺体を最初に目にした瞬間の母親の反応は予測できたから驚かなかったが、彼女が小声でこう言ったときには衝撃を受けずにはいられなかった。「彼はセバスティアンではありません」

2

病院の前でタクシーが停まったとき、ハリーはエマが正面玄関に立っているのを見て意外に思った。明らかに自分を待っている様子だった。もっと驚いたのは、自分のほうへ駆け出した彼女の顔に安堵《あんど》が刻まれているのを見たときだった。

「セブは生きているわ」まだかなりの距離があるにもかかわらず、彼女が叫んだ。

「だけど、きみは——」そう言いかけたとき、エマが両腕を広げて抱きついた。

「警察が間違ったのよ。運転していたのが車の持ち主であり、そうであるならば、助手席にいたのはセブに違いないと考えたというわけ」

「それじゃ、ブルーノが助手席にいたのか?」ハリーは小声で訊いた。

「そうなの」エマは多少の後ろめたさを感じながら答えた。

「それが何を意味するか、きみは気づいているか?」ハリーは妻を放しながら訊いた。

「いいえ。あなた、何を言いたいの?」

「警察はマルティネスに連絡して、彼の息子は生きていると告げたに違いない。だとすれば、死んだのはセバスティアンではなくてブルーノだと、あの男はあとになってようやく知ることになるんだ」

エマは俯《うつむ》いた。「可哀相にね」彼女は言い、ハリーをともなって病院へ入った。

「ただし……」ハリーは言いかけて、途中でやめた。「それで、セブはどうなんだ？」彼は小声で訊いた。「いまの容態は？」

「残念ながら、かなりの重傷よ。ミスター・オーウェンによると、あの子の身体には、もう折ることのできる骨は多くないんですって。数カ月は入院しなくちゃならないし、退院しても、死ぬまで車椅子のお世話にならなくちゃならないかもしれないみたい」

「あいつが生きていてくれただけでありがたいよ」ハリーは妻の肩に手を置いた。「会えるのか？」

「会えるけど、ほんの数分よ。それから、一応言っておくけど、ダーリン、あの子は全身をギプスと包帯でぐるぐる巻きにされてるから、すぐには本人だとわからないかもしれないわ」エマは夫の手を取ると、二階へ連れていった。そこではダークブルーの制服に身を包んだ女性が忙しく動き回って患者に目を配りながら、ときどき部下に指示を飛ばしていた。

「ミス・パディコームです」彼女が自己紹介をし、握手の手を差し出した。

「看護師長よ」エマにささやかれて、ハリーは握手を返しながら言った。「初めまして、看護師長」

　小柄な女性はクリフトン夫妻を黙ってベヴァン病室へ案内した。そこはベッドが二列に整然と並んでいて、すべてが患者で埋まっていた。ミス・パディコームはベッドのあいだを縫って、一番奥の患者のところへ二人を連れていった。そして、セバスティアン・アーサー・クリフトンのベッドをカーテンで囲い、自分は出ていった。ハリーは息子を見下ろした。左脚は吊り上げられ、右脚はやはりギプスを巻かれてベッドに横たえられていた。顔は全体が包帯で覆われ、片目だけがそれを免れて両親を見ていたが、唇は動かなかった。

　ハリーが腰を屈めて額にキスをしてやったとき、セバスティアンが初めて言葉を絞り出した。「ブルーノは？」


「私もお二人が辛い思いをされているときに色々質問したくはないのです」マイルズ警部が言った。「しかし、どうしても必要なんです」

「必要である理由は何でしょう」刑事を、そして、彼らが情報を引き出す手口を、満更知らないわけではないハリーは訊いた。

「A1で起こったのが単なる事故だと、私が納得しなくてはならないからです」

「その言葉は何を示唆《しさ》しているんでしょう」ハリーは警部を正面から見て訊いた。

「特に何かを示唆しているわけではありません、サー。しかし、鑑識の連中はあの車を徹底的に調べ上げて、その結果、いまだ一、二点、腑に落ちないところがあると考えているんです」

「たとえば?」エマは訊いた。

「まずは、ミセス・クリフトン」マイルズが答えた。「対向車と衝突する危険が明々白々であるにもかかわらず、なぜご子息が中央分離帯を越えたのか、それがわからないのです」

「車自体に何らかの故障か欠陥かがあったのかもしれない」ハリーは可能性を口にしてみた。

「われわれも最初にそれを考えました」マイルズが答えた。「しかし、車自体があれほど大破しているにもかかわらず、タイヤは一本もパンクしていないし、ハンドルのシャフトも無傷なんです。この手の事故では、そういう例はほとんどありません」

「それは事故に見せかけた犯罪だという証拠にはほとんどなりませんよね」ハリーは言った。

「そうですね」マイルズが同意した。「それだけでは、サー、この一件を公訴局に報告するよう検死官に要請するに十分ではありません。ただし、目撃者がいて、看過できない証言をしているのです」

「彼はどんなことを証言しているんです?」

「〝彼女〟です」マイルズが手帳を見て訂正した。「ミセス・チャリスなる女性の証言では、彼女を追い抜いていったMGAのオープンカーが、内側の車線を一列縦隊で走っている三台のトラックを追い越そうとしたとき、先頭を走っていたトラックが、前方に邪魔する車がないにもかかわらず、外側の車線へ移ったのだそうです。そうすると、MGAの運転手は急ブレーキをかけなくてはならなくなるはずです。間もなく三台目のトラックも、やはり明白な理由がないにもかかわらず外側の車線へ移り、二台目のトラックは内側車線にとどまってスピードを維持しつづけました。そのせいで、MGAは追い越しをかけることも、内側車線の安全なところへ移動することもできなくなったのです。ミセス・チャリスがつづけて証言するところでは、三台のトラックはそのままの位置と速度を保ったまま走っていて」そして、付け加えた。「しばらくすると、オープンカーが不合理にも中央分離帯を突っ切って、対向車線の自分に向かって走ってくる車の流れにまっすぐ飛び込んでいったのだそうです」

「その三台のトラックの運転手の事情聴取はできたのかしら?」エマは訊いた。

「まだです。その三人を特定できていないのですよ、ミセス・クリフトン。しかし、われわれが手をつかねているとは思わないでいただきたい」

「しかし、あなたの示唆しておられるようなことが果たしてあるものでしょうか」ハリーは訝った。「無辜《むこ》の少年を二人も殺したがる人間がいるとは思えないんですが」

「実はわかったばかりなんですが、ブルーノ・マルティネスはあの日、そもそもご子息と一緒にケンブリッジへ行くことになっていなかったのです。その事実がなかったら、私もあなたに同意したでしょうね、ミスター・クリフトン」

「いったいどうしてそれがわかったんです」

「ブルーノのガールフレンドのミス・ソーントンなる女性が協力してくれて、その日はブルーノと一緒に映画を観にいく予定だったのだが、自分が風邪を引いたために土壇場で中止にしなくてはならなかったのだと教えてくれたのです」マイルズ警部がポケットからペンを取り出し、手帳をめくってから、セバスティアンの両親を正面から見据えて訊いた。

「お二人のどちらかでも、だれかがご子息に危害を加えたいと考えるかもしれないと信じる理由がおありでしょうか」

「ありません」ハリーは答えた。

「あります」エマは答えた。

3

「今度の仕事は必ずやり遂げるんだぞ、絶対に仕損じるな」ドン・ペドロ・マルティネスはほとんど叫ぶように命じた。「行ってみれば、そんなに難しくないとわかるはずだ」そして、椅子から身を乗り出すようにして付け加えた。「おれは昨日の午前中、あの病院をうろついてみたが、だれにも見咎められることはなかった。夜なら、ことははるかに簡単なはずだ」

「お望みの始末の方法は？」カールが淡々と訊いた。

「喉を掻き切るんだ」ドン・ペドロは答えた。「おまえに必要なのは、白衣と聴診器、外科手術用のメスだけだ。ただし、切れ味のいいやつでないとだめだぞ」

「あのがきの喉を掻き切るのは賢いやり方ではないかもしれませんよ」カールが提案した。「枕で窒息させるほうがいいんじゃないですか。そうすれば、死因は容態の悪化だと結論されるでしょう」

「だめだ。あのクリフトンのがきには、ゆっくりと時間をかけて、痛みをしっかり味わいながら死んでもらいたい。実際、時間がかかればかかるほどいい」

「気持ちはわかりますが、ボス、調べを再開する理由を、これ以上あの刑事に与える必要はないんじゃありませんか」

ドン・ペドロは失望を顔に表わし、渋々同意した。「いいだろう、そういうことなら窒息死させろ。だが、絶対にできるだけ長びかせるんだ」

「ディエゴとルイスも加えますか？」

「それには及ばん。だが、セバスティアンの葬儀には友人として参列させたい。そうすれば、戻ってきてから様子を聞けるからな。生存者がブルーノではないと最初にわかったときの、おれと同じだけの辛さや苦しみをあいつらが味わっているところを、細大漏らさず、逐一知りたいんだ」

「しかし――」

机の上で電話が鳴り出し、ドン・ペドロは受話器をつかんだ。「もしもし」

「スコット－ホプキンズ大佐からお電話です」秘書が告げた。「個人的なことで話し合いたいとおっしゃっています。急ぎだそうです」

翌朝の九時にダウニング街の内閣官房長官室に集まるために、四人全員が予定を再調整した。

サー・アラン・レドメイン内閣官房長官はフランス大使のM・ショーヴェルと会ってシャルル・ド・ゴールがもしエリゼー宮へ復帰した場合の潜在的意味について話し合うことになっていたが、それを中止した。

サー・ジャイルズ庶民院議員は毎週恒例の影の内閣の閣議を欠席した。反対党のリーダーのミスター・ゲイツケルに彼が説明したとおり、一族に関する緊急の問題が生じたからである。

ハリー・クリフトンはピカディリーのハチャーズ書店で行なわれることになっていた、最新作『血は水よりも濃い』のサイン会を取りやめた。その前に百部にサインをして、日曜にはベストセラー・リストのトップに躍り出るとわかっているのだから、なおのこと失望を隠せないでいる店長を何とか説得したのだった。

エマ・クリフトンはロス・ブキャナン会長との話し合いを延期した。重役会の承認を得られれば〈バリントン海運〉の一隻に組み込まれることになる新たな豪華客船の建造について、その計画の立案者である彼と相談することになっていたのだった。

内閣官房長官室の楕円形のテーブルを囲んで、四人が席に着いた。

「こんなに急な要請にもかかわらず同席していただき、ありがとうございます」一番奥の席にいるジャイルズがサー・アランに感謝を述べ、官房長官がうなずくのを待ってつづけた。「しかし、わが子の生命が脅かされる恐れがいまだにあるのではないかというクリフトン夫妻の懸念は必ずやおわかりいただけるはずです」

「お二人の不安は私も共有しています」サー・アランが応えた。「ご子息の事故のことを知ったときには、ミセス・クリフトン、私も尋常ならず胸が痛みました。あの事故については私にも責任の一半があると思うと尚更です。しかし、断言しますが、私とて手をつかねていたわけではありません。週末のあいだ、ミスター・オーウェン、マイルズ警部、そして、地元の検死官と話をしました。三人とも、これ以上は無理だというぐらい協力的でした。その結果、現時点ではマイルズ警部の考えに同意せざるを得ません。どういう形であれペドロ・マルティネスがあの事故に関わっていると証明するに足る証拠は、確かに不足しています」そして、エマの顔に苛立ちが浮かぶのを見て、急いで付け加えた。「しかし、〝証拠〟と〝何らの疑いがない〟は大いに異なる二つの動物である場合がしばしばあり、あのとき自分の息子が事故車に乗っていることをペドロ・マルティネスが知らなかったことがわかったいま、私としては、それがどんなに不合理に見えようと、あの男がふたたび攻撃を企てる可能性は十分にあると結論せざるを得ません」

「目には目を、ということですか」ハリーは言った。

「そうかもしれません」サー・アランが認めた。「たとえすべて偽札だとしても、自分のものである八百万ポンドを盗んだのはわれわれだと、あの男はいまでも間違いなく根に持っているはずです。それに、あの作戦の黒幕が政府だとはまだ感づいていないとしても、サウサンプトンで起こったことについては、あなた方のご子息に直接の責任があると信じているることに疑いの余地がありません。あのとき、あなた方お二人の当然ともいうべき懸念を十分深刻に受け止めなかったことを、大変申し訳なく思っているところです」

「少なくとも、そう言っていただけたことはありがたいと思います」エマは言った。「ですが、ペドロ・マルティネスがいつ、どこで次の攻撃を仕掛けてくるかを量りかねて心配しつづけているのは、あなたではありません。それに、あの病院はバス・ターミナルと同じぐらい、だれでも簡単に入ってきてなかをうろつき、出ていけるんです」

「確かにそのとおりです」サー・アランが同意した。「実は昨日の午後、私もそれをやってみました」思いがけないことを聞いて一瞬の沈黙が落ち、内閣官房長官はその隙に乗じて発言をつづけた。「しかし、これは保証しますが、ミセス・クリフトン、今回はすでに必要な措置を講じてあります。いかなる危険であれ、ご子息に及ぶ恐れはもはやありません」

「その自信の根拠をクリフトン夫妻に教えてもらえませんか」ジャイルズが頼んだ。

「だめです、サー・ジャイルズ、それはできません」

「なぜですか?」エマが語気を強めて訊いた。

「この件に関しては、内務大臣と国防大臣を巻き込まなくてはなりませんでした。したがって、枢密院秘密に縛られているからです」

「その枢密院何とかって、いったいどんな戯言《たわごと》なんです?」エマは咎めた。「わたしたちはいま、息子の命に関わる話をしているんです。それを忘れないでください」

「いつか、このことが公《おおやけ》になった場合に」ジャイルズが妹を見て釘を刺した。「それがたとえ五十年後だとしても、複数の大臣が関与した事実を、きみやハリーが知らなかったことにしておくのが重要なんだ」

「ありがとう、サー・ジャイルズ」内閣官房長官が言った。

「あなたとジャイルズがそうやってもったいぶった暗号メッセージのやりとりをつづけるのを我慢するにやぶさかではありませんが、サー・アラン」ハリーは言った。「それは息子の命がもはや危険にさらされる恐れがないと、私が確信できる限りにおいてです。なぜなら、それ以外の何であろうとセバスティアンの身に起こったら、責められるべきは一人しかいないからです」

「おっしゃるとおりです、ミスター・クリフトン。しかし、改めて断言してもかまいませんが、ペドロ・マルティネスはセバスティアンに対しても、あなた方家族のだれに対しても、もはや脅威となることはあり得ません。実を言うと、それを確実なものにするために、私は規則を限界まで曲げているのですよ。文字通りペドロ・マルティネスの命以上の価値があるようにね」

ハリーは依然として疑わしげだった。ジャイルズはサー・アランの言葉を受け入れたようだったが、それでも、この内閣官房長官にここまで自信を持つ理由を明らかにさせるには首相になるしかないし、首相になったとしても明らかにはしてくれないかもしれないと気づいていた。

「それでも」サー・アランがつづけた。「ペドロ・マルティネスが悪辣《あくらつ》で油断のならない男であることを忘れてはなりません。あの男がいまでも何らかの形での復讐をしようとしていることは、私には疑いの余地がありません。そして、あの男が法の文面を守っている限り、それについて私たちができることは多くないのです」

「少なくとも、今度は不意を打たれずにすむわけですね」エマは言った。サー・アランが何を言いたいかは、わかりすぎるほどわかっていた。

スコット－ホプキンズ大佐はイートン・スクウェア四四番地の玄関をノックした。あと一分で十時だった。ややあって、陸軍特殊空挺部隊《SAS》の指揮官が小さく見えるほどの大男がドアを開けた。

「スコット－ホプキンズです。ミスター・マルティネスと面会の約束をしているのですが」

カールは小さく会釈《えしゃく》をし、もう少し大きくドアを開けてミスター・マルティネスの客を入れると、彼をともなって玄関ホールを突っ切り、書斎のドアをノックした。

「どうぞ」

大佐が部屋に入ると、ペドロ・マルティネスが向かっていた机から立ち上がり、自分を訪ねてきた客を疑わしげな目で見た。ＳＡＳの指揮官がどういうわけで急いで自分に会わなくてはならないのか、見当がつかなかった。

「コーヒーはどうです、大佐？」握手をしたあとで、ペドロ・マルティネスが訊いた。「それとも、もう少し強いもののほうがよろしいかな？」

「いや、結構です。私には時間が少し早すぎるのでね」

「では、お坐りください。それで、私に至急会わなくてはならない理由は何でしょう」ペドロ・マルティネスが一拍置いた。「私が忙しいことは、きっとあなたもわかっておいでだと思いますが」

「このところのあなたがどんなに忙しいかは重々承知していますよ、ミスター・マルティネス。ですから、さっそく用件に入ります」

ペドロ・マルティネスが一切反応を表わすまいとしながら椅子に背中を預け、大佐を見つめつづけた。

「私がここへきた目的は簡単かつたった一つ、セバスティアン・クリフトンが長く平安な人生を送るのを確実にするためです」

ペドロ・マルティネスの顔に貼りついていた尊大な自信という仮面が一瞬剝がれた。彼はすぐに体勢を立て直すと、背筋を伸ばし、椅子の腕を握り締めて叫んだ。「いったい何のことだ？」

「わかりすぎるぐらいわかっておられるはずですがね、ミスター・マルティネス。しかし、はっきり言わせてもらいましょうか。私がここへきたのは、クリフトン家のだれにも二度と危害が加えられることのないよう、それを確実なものにするためです」

　ペドロ・マルティネスが弾《はじ》かれたように立ち上がり、大佐に向かって指を突き立てた。

「セバスティアン・クリフトンは息子の親友だったんだぞ」

「それを疑ってはいませんよ、ミスター・マルティネス。しかし、私が受けている指示は明白すぎるぐらい明白で、実に簡単なものなんです。つまり、もしセバスティアン・クリフトンや彼の家族がふたたび事故に巻き込まれるようなことがあれば、あなたの二人の子息、ディエゴとルイスは次の飛行機でアルゼンチンへ帰ることになる、とあなたに伝えることなんですよ。ただし、ファースト・クラスではなく、貨物室で、それぞれ木箱に入ってね」

「いったいだれを脅していると思ってるんだ？」ペドロ・マルティネスが拳《こぶし》を握り締めて吼《ほ》えた。

「南米の二流のギャング、小金を持ってイートン・スクウェアに住んでいるがゆえに紳士で通用すると思っているちんぴらです」

ペドロ・マルティネスが机の下のボタンを押した。直後、いきなりドアが開いてカールが飛び込んできた。「こいつを放り出せ」ペドロ・マルティネスが大佐を指さした。「おれが弁護士に電話をしているあいだにな」

「おはよう、ルンズドルフ中尉」大佐はじりじりと迫りはじめたカールに言った。「かつてのナチ親衛隊の一員だったきみなら、雇い主が弱い立場にいることはわかるはずだ」カールの足が止まった。「だから、きみにも一言、アドヴァイスさせてもらおう。いま私がお願いしたことをミスター・マルティネスが守らなかった場合だが、きみはブエノスアイレスには送還されない。いまもあそこには、惨《みじ》めな生活を送っているとはいえ、昔のきみの仲間が大勢いるからな。だから、われわれは別の場所を考えている。行ってみればわかるはずだが、そこには、きみがヒムラーの側近の中尉の一人としてどんな役割を演じ、情報を引き出すために自分たちをどんな過酷な目にあわせたかを、大喜びで証言する市民が何人もいるぞ」

「虚仮威《こけおど》しだ」ペドロ・マルティネスが言った。「そんな手にだれが乗るか」

「あなたはイギリス人というものを、本当にはほとんど知らないようですね、ミスター・マルティネス」大佐は立ち上がると、窓のところへ行った。「われらが島の民族の典型を二、三人、紹介させてもらいましょうか」

ペドロ・マルティネスとカールが大佐のところへやってきて、窓の向こうに目を凝らした。道路の向かい側に、敵にはしたくないような三人が立っていた。

「私が最も信頼している三人の仲間です」大佐が言った。「あの三人のだれかが、あなたが不審な動きをしてくれることを期待しながら、昼夜を分かたず目を光らせます。左側がハートリー大尉、残念なことに妻と妻の愛人にガソリンを浴びせ、近衛竜騎兵連隊をやめさせられた男です。そのとき、彼の妻と愛人は安らかに眠っていたんですよ、彼がマッチをするまではね。当然と言えば当然ですが、彼は刑務所を出たあと、仕事を見つけるのに難儀していました。そういうときに、私がたまたま町で遭遇し、彼の人生にふたたび幾ばくかの目的を与えたというわけです」

　ハートリーが穏やかな笑顔を三人に向けた。彼らが自分のことを話していると知っているかのようだった。

「中央がクラン伍長、職業は大工です。何だろうと鋸《のこぎり》で挽《ひ》き切るのが大好きでね、木だろうと骨だろうと、彼にとっては変わりがないようです」クランは無表情に三人のほうへ顔を向けていた。「しかし、実を言うと」大佐はつづけた。「私の一番のお気に入りは、ロバーツ軍曹なんです。彼は社会病質者《ソシオパス》と認められているんですよ。普段は無害なんですが、残念ながら、戦争が終わったあと、平穏な市民生活に本当に戻ったとは言えないんです」

そして、ペドロ・マルティネスを見た。「まずかったかもしれませんが、あなたがナチスに協力して富を築いたことを彼に教えてしまったんです。しかし、あなたとルンズドルフがどうして出会ったかは、もちろん話していません。あなたが本気で私に腹を立てさせない限り、ロバーツに教えていいことだとは思えないのでね。なぜなら、いいですか、彼の母親はユダヤ人なんですよ」

ペドロ・マルティネスが窓から顔をそむけてカールを見た。執事は絞め殺したくてたまらないという顔で大佐を睨みつけていたが、いまがその時でもその場所でもないことはわかっているようだった。

「きちんと話を聞いてもらって、とても喜んでいます」スコット－ホプキンズ大佐は言った。「なぜなら、どうするのがあなたがたにとって一番いいかをわかってもらえるはずだという自信が、確信に変わったからです。では、失礼しますよ、ミスター・マルティネス、ミスター・ルンズドルフ。見送りには及びません」

4

「今日は検討すべき議題が多いので」会長が言った。「重役のみなさんの説明も手短に、要点を押さえて行なってもらえるようお願いします」

〈バリントン海運〉の重役会議を仕切るときのロス・ブキャナンのビジネスライクな姿勢を、エマは内心で高く評価していた。特定の重役を贔屓《ひいき》することなく、だれであれ自分と反対の考えを表明する者の言葉にも、常に慎重に耳を傾けた。稀にではあるが、その意見を聞き入れて自分の考えを変えることさえあった。それに、入り組んだ議論を、一人一人の重役の考えが十分に反映される形でまとめる能力も備えていた。そういうスコットランド人らしいやり方を、いささか温かみに欠けると見なす重役がいないわけではないことをエマは知っていたが、彼女に言わせればそれは実際的であるというに過ぎず、自分がこの会議を仕切るとなれば、そのやり方はブキャナンとどう変わるだろうかと思うことさえあった。いま、エマはそういう思いを脇へ押しやり、今日の最も重要な議題に集中しはじめた。これから発言することは、ゆうべ、ハリーをブキャナンに見立ててリハーサルしてあった。

総務担当重役のフィリップ・ウェブスターが前回の議事録の詳細を読み上げ、それに対する質問に答え終わるや、ブキャナン会長はすぐさま最初の議題に入った。新たな豪華客船〈バッキンガム〉を建造し、〈バリントン海運〉の船団に加えるべきだという考えを重役会として提案をする、というものである。

この島国の主要な海運会社の一つとして存在しつづけようとするのであれば、それが唯《ゆい》一《いつ》の道だと自分は考えていると、ブキャナンは重役たちが疑いようのないほどはっきりと明らかにした。数人が同意を示してうなずいた。

自分の考えを述べ終えたブキャナンは、エマに反対意見を提出するよう求めた。エマは最初に、イングランド銀行の公定歩合が過去に例を見ない高さであるいま、自分の見方では成功の確率がせいぜい五十パーセントしかないことにそこまでの巨費を投じる危険を冒すべきではないと自制を求めた。

エマの亡父のサー・ヒューゴー・バリントンによって重役に指名された社外取締役のミスター・アンスコットが、気前よく計画を進める《プッシュ・ザ・ボート・アウト》べきだとブキャナンを支持した。だれも笑わなかった。サマーズ海軍少将は、これほど大きな決断をするのは株主の賛同が不可欠だという考えだった。

「艦橋にいるのはわれわれです」ブキャナンが少将に思い出させた。「したがって、決断をするのもわれわれです」少将は嫌な顔をしたが、それ以上の意見は口にしなかった。結局のところ、ものを言うのは投票なのだ。

エマは重役一人一人の意見に注意深く耳を傾け、賛否が五分五分であることにすぐに気がついた。どちらとも決めかねている者が一人か二人はいるにしても、投票になったら会長が勝つだろうと思われた。

一時間後、会議は何らの決定に近づかないまま膠着《こうちゃく》した。何人かはそれまでの自分の意見を繰り返すだけで、ブキャナンはそれに明らかに苛立っていた。だが、彼がいつまでもこの議題にかかずらっているわけにいかないことも、エマはわかっていた。話し合う必要のある重要な案件がいくつもあるのだ。

「では、やむを得ない」ブキャナンがまとめに入った。「この件について、そういつまでも結論を出さずにおくわけにはいきません。したがって、いったん議論を打ち切り、この特定の案件については、全員が改めて慎重に考えることにします。率直に言って、わが社の将来が懸かっているのです。来月のこの会議で、重役会としてこの案件を進めるべく提案するか、一切をなかったことにするか、投票で決することとしましょう」

「あるいは、せめてうまく波が収まり、条件が整うのを待つか、ね」エマは言った。

ブキャナンは渋々次の議題に移ったが、それ以降の議論は至って精彩を欠き、もう話し合うべきことはないかとブキャナンが訊くころには、最初の案件のときの熱い議論ははるかに長閑《のどか》な雰囲気に変わっていた。

「私の義務として、この重役会に報告すべき情報が一つあります」総務担当重役が言った。「よもやお気づきでないはずはないと思いますが、過去二週間、わが社の株価は着実に上昇しつづけています。最近、意味のある通知を出したこともないし、利益予測を公にしたこともありませんから、みなさんもその理由を訝っておられるかもしれません。昨日、ともあれ、その謎が解けました。というのは、メイフェアのセント・ジェイムズ街のミッドランド銀行から私宛に手紙が届き、顧客の一人がわが社の株の七・五パーセントを取得したので、自分たちの代表として重役に指名するつもりだと知らせてきたのです」

「わたしが推測するところでは」エマは言った。「それはアレックス・フィッシャー少佐なる人物以外にあり得ないんじゃないかしら」

「私もそれを恐れているのですよ」ブキャナンが彼らしくないことに本音を漏らした。

「その善良なる少佐がだれの代理であるかは推して知るべしなのかな？」海軍少将が言った。

「いや、そうではない」ブキャナンは答えた。「その重役が代理を務めるのは、あなたの頭にある人物ではありません。白状しなくてはならないが、最初にその知らせを聞いたとき、私もあなたと同じく、その重役が代理を務める人物はわれらが旧友のレディ・ヴァージニア・フェンウィックだと思いました。しかし、かの貴婦人は自分たちの銀行の顧客ではないと、ミッドランド銀行の支配人は明言しました。株の所有者はだれなのかと踏み込んだ質問をしてみたのですが、その情報を開示することはできないのだと丁重に断わられました。銀行用語では、それはおまえの知ったことじゃないという意味になりますがね」

「その少佐が〈バッキンガム〉建造計画について賛成票を投じるか反対票を投じるか、早く知りたいものだわね」エマは皮肉な笑みを浮かべた。「だって、一つ、間違いないことがあるんですもの。つまり、彼が代理を務める人物がだれであれ、〈バリントン海運〉のためを心から思ってくれるなんて絶対にあり得ないということよ」

「これは保証しますが、エマ、あの下司《げす》なくそったれがキャスティング・ヴォートを握るのを許すつもりはありません」ブキャナンが言った。

　エマは言葉を失った。

　ブキャナンのもう一つの賞賛すべき資質は、いかなる意見の不一致があろうとも、会議が終わった瞬間に、それを脇に置くことができる能力だった。

「ところで、セバスティアンに関する最新情報はありますか？」昼食前の飲み物休憩をとっているとき、ブキャナンがエマのところへやってきて訊いた。

「あの子の回復ぶりに自分はとても満足していると、看護師長ははっきり言ってくれているわ。うれしいことに、面会に行くたびに、目に見えてよくなっていることが、わたしにもわかるの。左脚のギプスも取れて、包帯でふさがっていた片方の目もいまは見えるようになり、なぜジャイルズ伯父がゲイツケルに代わって労働党の党首になるべきかということから、パーキング・メーターが国民が苦労して稼いだお金を搾《しぼ》り取るための政府のもう一つの策略に過ぎない理由にいたるまで、ありとあらゆることについて意見を表明できるのよ」

「その二つの事柄については、私も彼と同意見ですね」ブキャナンが言った。「そうやって活発にしゃべれるようになったことが全快への序曲であることを祈りましょう」

「担当医はそう考えているみたいね。ミスター・オーウェンが話してくれたところでは、現代外科医療は戦争中、セカンド・オピニオンもサード・オピニオンも求める余裕がないなかでとても大勢の兵士を手術しなくてはならなかったおかげで急速な進歩を遂げたそうなの。三十年前なら、セブは死ぬまで車椅子のお世話にならなくてはならなかっただろうけど、いまはそうじゃないんですって」

「新学期からケンブリッジ大学へ行きたいと、彼はいまも考えているのかな」

「そうだと思う。この前、あの子の担当教官が面会にきて、九月にピーターハウス学寮《カレッジ》への入学を認めると言ってくれ、それまでに読んでおく本も渡してくれたわ」

「まあ、気を散らすものがたくさんある振りはできないわけだ」

「あなた、そんなことを言っていいの?」エマは応えた。「なぜって、驚くべきことに、あの子は最近、わが社の将来に多大な関心を示しはじめているの。実際、すべての重役会の議事録を隅から隅まで読んでいるし、株も十株買ったのよ。そうすれば、わたしたちの動きを逐一追うための法的権利が得られるでしょう。教えてあげてもいいけど、ロス、あの子は自分の意見を口にするのを恥ずかしがるタイプじゃないわ。とりわけ、〈バッキンガム〉建造提案に関しては黙っていないんじゃないかしらね」

「その件についての母親の考えはよく知られていますからね、それに影響されているのは疑いの余地がないでしょう」ブキャナンが笑みを浮かべて言った。

「それが、奇妙なことに、そうではないの」エマは否定した。「その件については、ほかのだれかが助言しているようなのよ」

エマが笑いを弾けさせた。

朝食のテーブルの向かいに坐っていたハリーが新聞を置いた。「今朝の〈タイムズ〉にはこれっぽっちでも面白い記事がまるで見つからないんだ、そんなに笑える冗談なら、ぼくにも教えてくれないか」

エマはコーヒーを一口飲んで、〈デイリー・エクスプレス〉へ戻った。

「第九代フェンウィック伯爵の一人娘であるレディ・ヴァージニア・フェンウィックが、ミラノ伯爵を相手取って離婚手続きを始めたのよ。記事を書いたウィリアム・ヒッキーの推測だと、ヴァージニアが慰謝料として受け取るのは二十五万ポンド、それに加えて、ローンズ・スクウェアのアパートと、バークシャーのカントリー・ハウスと、その敷地ということになるみたい」

「二年のお務めの見返りとしては悪くないな」

「当たり前だけど、ジャイルズのことも書いてあるわ」

「それはヴァージニアが見出しになるときの避けがたい宿命だよ」

「そうね。でも、以前と違ってずいぶん好意的な書き方よ」エマはふたたび新聞に戻った。「〝レディ・ヴァージニアの最初の夫であり、ブリストル港湾地区選出の国会議員であるサー・ジャイルズ・バリントンは、次の選挙で労働党が勝利した暁には閣僚に指名されるだろうと広範に予想されている〟ですって」

「それはないんじゃないかな」

「ジャイルズが閣僚になることが?」

「そうじゃなくて、労働党が選挙に勝つことがさ」

「〝彼は議席の最前列に席を占める、侮りがたい発言をする政治家であることをすでに証明している〟」エマは記事を読みつづけた。「〝また、最近になって、ロンドンのキングズ・カレッジの教員、グウィネッズ・ヒューズと婚約してもいる〟。グウィネッズの写真が大々的に、ヴァージニアの写真はおまけ程度に載っているわ」

「ヴァージニアは面白くないだろうな」と応えて、ハリーは〈タイムズ〉に目を戻した。

「だけど、いまの彼女にはそれをどうすることもできないだろうがね」
「決めつけないほうがいいわよ」エマは注意した。「あの蠍《さそり》はしつこいの。まだ毒針を隠し持っているかもしれないって、わたしはそんな気がしてならないわ」

毎週日曜、ハリーとエマはセバスティアンに会うために、グロスターシャーからハーロウまで車を走らせた。兄と会う機会を一度でも逃したくないというので、ジェシカも必ず同行した。マナー・ハウスの門を出て左折し、プリンセス・アレグザンドラ病院への長いドライヴが始まるたびに、エマはいまでも最初のときを思い出さずにはいられなかった。あの朝、息子は死んだものと自分は思い込んでいた。それにつけても、グレイスとジャイルズに慌てて知らせなくてよかった。入学担当教官が電話をしたとき、ジェシカがガール・ガイズ（男子のボーイ・スカウトに相当する、イギリスのガール・スカウト団体）と一緒にクウォントック丘陵へキャンプに行っていたのも幸いだった。可哀相にハリーだけが、二十四時間、二度と息子に会うことはないのだと悲しんでいたのだった。

ジェシカはセバスティアンとの面会を一週間のハイライトと見なしていた。病院へ着くやいなや最新の作品を兄にプレゼントし、マナー・ハウスや家族、友人のあれこれをギプスにくまなく描いてしまうと、今度は壁をカンヴァスにした。看護師長は増えつづける作品をすべて病室の外の廊下に展示したが、それが階段を下って一階下へ進出するまで、そう時間はかからないだろうと認めた。エマとしては、ジェシカのプレゼントが受付へ達する前にセバスティアンが退院することを祈るしかなかった。それに、娘が最新作を看護師長にプレゼントするときはいつでも、多少の恥ずかしさを感じないではいられなかった。

「恥ずかしがる必要はありませんよ、ミセス・クリフトン」ミス・パディコームは言った。「わたしのオフィスに飾られるのを期待して、子煩悩《こぼんのう》の度が過ぎる親御さんたちから決して上手とは言えない絵をプレゼントされるんですけど、それをご覧になればわかるはずです。いずれにしても、ジェシカがロイヤル・アカデミーの会員になったら、彼女にプレゼントされた絵をすべて売って、そのお金で病室の建て増しをさせてもらいます」

　自分の娘にどれほどの才能があるかは、改めて思い出すまでもなかった。レッド・メイズで美術を教えているミス・フィールディングがジェシカをスレイド・スクール・オヴ・ファイン・アートの奨学生にするつもりでいることを知っていたし、結果についても自信満々のように見えたからだ。

「自分よりはるかに才能豊かな生徒を教えるのは、ミセス・クリフトン、とてもやりがいのあることなのですよ」と、かつてミス・フィールディングは言った。

「あの子がそれを知ることがないようにしてください」エマは頼んだ。

「もう、みんなが知っていますよ」ミス・フィールディングが応えた。「それに、わたしたちはもっとすごいことを楽しみにしているんです。彼女がロイヤル・アカデミー・スクールズに入学を認められても――レッド・メイズでは初めてのことです――、驚く者はいないでしょう」

稀に見る才能が自分にあることを、ジェシカは露ほども知らないようだった。それに、ほかの多くの才能にも気づいていない、とエマは考えていた。養女が父親についての真実を偶然であろうとなかろうと知ることになるのは時間の問題だとハリーに繰り返し注意を喚起し、見知らぬだれかから最初に真実を教えられるより、家族のだれかから告げられるほうがいいはずだと提案していた。あのとき、ほかにもっといい候補者がいたにもかかわらず、それを無視して彼女をドクター・バーナードの施設から引き取った本当の理由を教えることを、ハリーはなぜか渋っているようだった。ジャイルズとグレイスは、自分たち四人がなぜ同じ父親――サー・ヒューゴー・バリントン――を持つことになったかを、そして、彼女の母親がなぜ父親の時宜を得ない死の原因を作ったのかを、ジェシカに説明してもいいと志願していた。

エマが病院の駐車場にオースティンA30を駐めるが早いか、ジェシカは最新作を小脇に抱え、もう一方の手に〈キャドバリー〉のミルク・チョコレートを持って飛び降りると、一目散にセバスティアンのベッドサイドめがけて駆け出した。自分以上にセバスティアンを愛している者がいるとはエマは思わなかったが、万一いるとすれば、それはジェシカだった。

数分後、病室に入っていったエマが驚き、喜んだことに、セバスティアンが初めてベッドを出て、アームチェアに坐っていた。セバスティアンは母親を見た瞬間に両腕の助けを借りて立ち上がり、足を踏ん張って、両方の頰にキスをした。もう一つの初めてだった。そのときはいつくるのだろう、とエマは考えた。母親が自分の子供にキスをしなくなり、若者が自分の母親にキスをしはじめるときは？

今週、自分に何があったかをジェシカが微に入り細を穿《うが》って兄に報告し、エマはベッドの縁に腰かけて、娘が自分の業績を説明するのをもう一度聞いて満足した。妹がいくらか長めに息を継ぐと、セバスティアンがその隙を突いて割り込み、母に向かって言った。

「今朝、最新の重役会の議事録を読み直したよ。もちろんわかってるだろうけど、会長は次の重役会で〈バッキンガム〉建造をどうするか採決を求めるはずだし、お母さんも今度ばかりは賛否をはっきりさせないわけにはいかないだろうね」

エマが応えずにいると、ジェシカは二人に背を向け、隣りのベッドで眠っている老人を描きはじめた。

「ぼくが彼の立場でも同じことをするだろうな」セバスティアンがつづけた。「それで、お母さんはだれが勝つと思う？」

「だれも勝たないでしょうね」エマは答えた。「なぜなら、結果がどうあろうと、だれが正しいかを明らかにできるまでは、重役会の意見は割れたままになるはずだもの」

「そうならないことを祈ろうよ。だって、いまのお母さんの目の前には、もっと大きな問題が立ちはだかってるはずだもの。お母さんと会長が足並みを揃えて対応する必要のある問題がね」

「フィッシャーのこと？」

　セバスティアンがうなずいた。「それに、〈バッキンガム〉を建造すべきか、あるいは、すべきでないかということになったとき、あの男がどっちに投票するかは神のみぞ知るところなんだから」

「どっちであれ、ペドロ・マルティネスが指示したほうへ投票するわよ」

「株を買ったのがレディ・ヴァージニアでなくてペドロ・マルティネスだと、どうして言い切れるの？」セバスティアンが訊いた。

「〈デイリー・エクスプレス〉のウィリアム・ヒッキーの記事によれば、ヴァージニアはこのところ、またもや離婚を目論んでいて忙しいの。だから、断言してもいいけど、いまはミラノ伯爵から慰謝料をいくらむしり取れるかに集中していて、その使い道については、それがはっきりするまで考えられないんじゃないかしら。いずれにせよ、直近の株の購入の裏にはペドロ・マルティネスがいると信じる理由がわたしにはあるの」

「裏にブルーノの父親がいるという結論には、ぼくもすでに達していたよ」セバスティアンが言った。「なぜなら、ブルーノがケンブリッジへ向かう車のなかで、最後に話してくれたことがあるからだ。つまり、あいつの父親があの少佐と会っていて、二人の話のなかに〝バリントン〟という名前が出てきたのを聞いたと教えてくれたからだ」

「それが事実なら」エマは言った。「フィッシャーは会長を支持する側に回るでしょうね。国会議員になる目論見をジャイルズに打ち砕かれた仕返しをするというだけの理由だとしてもね」

「たとえそうだとしても、あの男が〈バッキンガム〉の建造をスムーズに進めたがると決めつけるべきじゃないでしょう。それどころか、むしろ逆なんじゃないのかな。〈バリントン海運〉の短期的な財政と長期的な評判を害するチャンスだと思ったら、そのときにはいつでも立場を逆転させるはずだもの。陳腐な言い方で申し訳ないんだけど、品性は直ら《レパーズ・ドーント・》ないんだ《チェンジ・ゼア・スポッツ》。あの男の目的は徹頭徹尾、お母さんの目的と正反対だということを絶対に忘れちゃだめだ。お母さんはあの会社を成功させたいと思っているけど、あいつは失敗させたいと考えているんだ」

「あの男がそう考える理由は何なの？」

「その質問の答えは、お母さん、あなた自身がわかりすぎるぐらいわかっているんじゃないかな」セバスティアンは母の答えを持ったが、彼女はそれを回避して話題を変えた。

「あなた、いきなり知識のかたまりになったみたいだけど、どうして？」

「専門家の下で、しかも一対一で、毎日勉強しているんだよ」セバスティアンは答えたが、それ以上の説明はしなかった。

「わたしが重役会の支持を取り付けて〈バッキンガム〉建造に反対票を投じさせるにはどうすればいいか、その専門家はアドヴァイスしてくれるかしら」

「次の重役会の投票でお母さんの勝ちを保証する計画を、その人はもう練り上げているよ」

「そんな計画はあり得ないわ。だって、まったく五分と五分に割れているのよ」

「いや、それがあり得るんだ」セバスティアンが否定した。「もっとも、お母さんがペドロ・マルティネスと同じリングに上がって相手をするつもりがあれば、だけどね」

「どういうことか、教えてくれる？」

「バリントン一族が〈バリントン海運〉の株の二十二パーセントを所有している限り」セバスティアンがつづけた。「お母さんたちはさらに二人を重役として指名できる。だから、お母さんはジャイルズ伯父さんとグレイス叔母さんを新重役に指名し、最終結論を得るための投票で、二人に反対票を投じてもらうだけでいいんだ。そうすれば、負けはあり得ない」

「それは絶対にできないわね」エマは否定した。

「どうして？　会社の存亡を左右する大問題の結論を出そうとしているときじゃないか？」

「どうしてかというと、それをやったら、会長としてのブキャナンの立場を傷つけることになるからよ。わたしたち一族が結託して反対したせいで重要な投票に負けたとなれば、彼は辞任する以外になくなるわ。たぶん、ほかの重役たちも彼と行動をともにするんじゃないかしら」

「そうだとしても、長い目で見れば、会社にとっては最良の結果かもしれない」

「そうね、でも、わたしは当日の議論によって勝利したと見られなくてはならないの。不正な工作をした投票に頼らなくてはならなかったと見られるわけにはいかないわ。だって、そんなのはフィッシャーがやりそうな、見下げ果てた小細工なんだもの」

「あなたは常に倫理を重んじる人だし、そのことについては、ぼく以上にあなたを尊敬している人間はいないと思う。でも、大事なお母さん、この世界のペドロ・マルティネスどもを相手にしているときは、相手が倫理なんて持ち合わせていなくて、自分が下司であることに常に満足している連中だということを理解しないとだめだ。実際、あいつは自分が投票に勝つと確信できたら、一番近くにあるどぶにでも潜り込む男なんだ」

長い沈黙がつづき、セバスティアンがようやく、とても小さな声でそれを破った。「お母さん、あの事故のあとで初めて意識が戻ったとき、ベッドの端にペドロ・マルティネスが立っているのが見えたんだ」エマは身震いした。「あの男は笑みを浮かべながら言った。『元気か、息子よ?』とね。ぼくは首を振った。そしてその瞬間、あいつはぼくがブルーノじゃないことに気がついた。病室を飛び出していく前にぼくを見たときの顔は、きっと一生忘れられないだろうな」エマは依然として黙っていた。「お母さん、ペドロ・マルティネスがなぜここまで執拗にぼくたち一族を屈服させようとするのか、その理由をぼくに教えるときがきたんじゃないの？　だって、彼がＡ１で殺そうとしたのがぼくであって、自分の息子でないことぐらい、推測するのはそう難しくないからね」

きみはいつも恐ろしくせっかちだな、ウォーウィック巡査部長、と病理医が死体をさらに細かく観察しながら言った。

しかし、死体がいったいどのぐらいの時間水に浸かっているかぐらいは、少なくとも教えてもらえるんじゃないですか?、と刑事は訊いた。

5

ハリーが〝いったい〟を線で消し、〝浸かっているか〟を〝浸かっていたか〟に直したとき、電話が鳴った。彼はペンを置き、受話器を取った。

「もしもし」いささかぶっきらぼうな口調になった。

「ハリーか? ハロルド・ギンズバーグだ。おめでとう、今週は八位だ」ギンズバーグは毎週木曜の午後に電話をかけてきて、その週の日曜のベストセラー・リストのどこに位置しているかを知らせてくれるのだった。「九週連続で十五位以内を維持することになる」

ひと月前は四位で、これまでの最上位だった。それに、エマにも認めていないけれども、大西洋の両側で一位になるという選ばれた作家群の一人になれるのではないかと、ハリーはいまも期待していた。ウィリアム・ウォーウィックを主人公とするミステリー・シリーズの最近の二作はイギリスでは一位になったが、アメリカはまだその位置に昇ることを認めてくれていなかった。

「本当に大事なのは売り上げ部数だ」ハリーの胸の内をほとんど見透かしているかのようにギンズバーグが言った。「それに、いずれにせよ私は自信を持っているんだが、三月にペーパーバック版が刊行されたらもっと上位をうかがうことになる」〝もっと上位〟であって、〝一位〟ではないことを、ハリーは聞き逃さなかった。「エマは元気かな？」

「この時代に〈バリントン海運〉が新たな豪華客船を建造すべきでない理由を述べる演説の準備をしていますよ」

「まあ、ベストセラーにはなりそうにないな」ギンズバーグが言った。「ところで、教えてほしいんだが、セバスティアンの回復具合はどうなのかな」

「車椅子のお世話になっていますよ。だけど、担当医が保証してくれたところでは、それもそう長くはなさそうです。来週は初外出を許してくれてもいますしね」

「よかった。一時帰宅ということなのかな」

「いや、看護師長がそこまでの長旅はまだだめだと許してくれないんですよ。だから、ケンブリッジ大学へ入学担当教官を訪ね、そのあとで、あの子の叔母とお茶を飲むことになるかもしれません」

「学校へ行ければもっといいんだろうが、それでも、退院は間もなくのようだな」

「あるいは、追い出されるかでしょうが、どっちが早いんでしょうね」

「追い出されるとしたら、その理由は何なんだ？」

「包帯が一つ取れるたびにセブへの興味が強くなりはじめている看護師が一人か二人いて、悪いことに、あいつもそれをやめさせようとしていないんです」

「七重の薄衣《うすぎぬ》を気を持たせながら徐々に脱いでいくストリップ・ショウというところかな」ギンズバーグが言い、ハリーが笑うと、つづけて訊いた。「あの子はいまでも、九月の新学期にケンブリッジへ行くつもりでいるのかな」

「私の知る限りでは、そうです。しかし、あの事故以来、あいつは大きく変わってしまいましたから、何があっても驚きはしませんが」

「どんなふうに変わったのかな」

「どうとはっきり指摘することはできません。一年前には考えられなかったはずの形で成熟したというところでしょうか。でも、その理由がわかったような気はしているんです」

「面白そうだな」

「実際に面白いんですよ。それについては、今度ニューヨークへ行ったときに詳しく、細大漏らさず教えます」

「そんなに長いこと待たなくちゃならないのか」

「そうなんです。というのは、私の作品と同じで、ページをめくったときに何が起こるか、さっぱりわからないんですよ」

「そういうことなら、あの才能豊かなわれらが少女のことを教えてくれ」

「あなたも彼女の虜になりましたか」

「必ずジェシカに伝えてほしいんだが、私は彼女が描いた秋のマナー・ハウスの絵を書斎に飾ったぞ。ロイ・リヒテンスタインの作品の隣りにだ」

「ロイ・リヒテンスタインってだれです？」

「いま、ニューヨークで流行《はや》っている画家だよ。もっとも、そう長くはつづかないと私は見ているんだがね。私見では、ジェシカのほうが素描家としてははるかに優れている。私のために秋のニューヨークを描いてくれたら、クリスマスにリヒテンスタインの作品をプレゼントすると彼女に伝えてくれ」

「あの子がその画家のことを知っていますかね」

「電話を切る前に敢えて訊くが、ウィリアム・ウォーウィックの最新作はどこまで進んでる？」

「たびたびの電話に邪魔されなければ、筆ははるかに速く進んでいくと思いますよ」

「申し訳ない」ギンズバーグが謝った。「執筆中だとは知らなかったんだ」

「実は、ウォーウィックは打ち克ちがたい問題に直面しているんですよ。あるいは、もっと正確に言えば、私がですが」

「何か手助けできることはないかな」

「ありません。だから、あなたが出版者であり、私が著者なんです」

「どういう種類の問題なんだ？」ギンズバーグがなおも訊いた。

「ウォーウィックは湖の底で元妻の死体を見つけたんですが、彼女は殺されたあとで湖に捨てられたに違いないと睨んでいるんです」

「それで、問題は何なんだ？」

「私のですか、それとも、ウィリアム・ウォーウィックのですか？」

「後者のを先に聞かせてもらおう」

「検死報告書を手にするまで、少なくとも二十四時間待たなくてはならない状況にいるんです」

「では、きみの問題は？」

「その検死報告書の内容をどう書かなくてはならないか、二十四時間のうちに決めなくてはならないことです」

「ウォーウィックはだれが犯人かを知っているのか？」

「確信はありません。当面の容疑者は五人、全員に動機があって……アリバイがあるんです」

「しかし、きみは犯人がわかっているんだろ？」

「それがわからないんですよ」ハリーは認めた。「なぜなら、私にわからなければ、読者にもわからないからです」

「それはちょっと危険じゃないか？」

「確かに危険です。しかし、そのほうがはるかに挑戦のし甲斐もあるでしょう、私にとっても、読者にとっても」

「第一稿を読むのが待ちきれないよ」

「私もです」

「では、そろそろ失礼しよう。きみに湖の底にいた元の奥さんの死体へ帰ってもらわなくちゃならないからな。彼女をそこへ投げ込んだ犯人の見当がついたかどうかを知りたいから、一週間後にもう一度電話させてもらうとしよう」

ギンズバーグが電話を切ると、ハリーは受話器を戻し、自分の前の余白の残っている原稿用紙を見下ろした。そして、集中しようとした。

それで、あなたの意見は、パーシイ？

正確な評価をするには早過ぎる。もっと詳しい検査をいくつかしてからでないと、

根拠のある判断は下せない

予備報告書はいつもらえそうですか？　ウォーウィックは訊いた。

きみはいつでも恐ろしくせっかちだな、ウィリアム……

ハリーは顔を上げた。犯人がだれか、いきなりわかった。

絶対に決選投票に負けないためにはジャイルズとグレイスを新役員として重役会に送り込むべきだというセバスティアンの提案を受け入れるつもりはなかったが、それでも、現状についての情報更新を兄と妹にしつづけるのが義務だと、エマは考えていた。自分が一族を代表して重役会に出席していることは誇りではあったが、兄妹《きょうだい》とも四半期ごとの配当を受け取っている限り、〈バリントン海運〉の閉ざされた扉の向こうで起こっていることに特に関心がないのもわかりすぎるぐらいわかっていた。

ジャイルズは庶民院における自分の責任を果たすことで頭がいっぱいで、ヒュー・ゲイツケルに影の内閣の閣僚に招請されてヨーロッパを担当するようになってからは、ほかのことに目を向ける余裕がもっとなくなっていると言っても過言ではないぐらいだった。それは辛うじて守った議席を失わないよう頻繁に有権者に姿を見せて彼らをないがしろにしていないことを知らしめなくてはならないにもかかわらず、同時に、一方ではイギリスの欧州経済共同体加入を認めるべきかどうかについての投票権を持っている国々を定期的に訪れなくてはならず、自分の選挙区へ足を運ぶ回数が非常に少なくなっているということでもあった。しかし、この数カ月、労働党は世論調査で保守党を上回っていて、次の選挙のあと、ジャイルズが閣僚になる可能性が増しているように見えた。というわけで、彼が最も必要としないのは、〝身内の問題〟に煩《わずら》わされることだった。

ジャイルズがようやくグウィネッズ・ヒューズとの婚約を、〈タイムズ〉の社交欄ではなく、自分の選挙区の真ん中にあるパブ、〈オストリッチ〉で発表したときには、ハリーもエマも大いに喜んだ。

「結婚は次の選挙の前にしてもらいたいな」選挙区の代理人のグリフ・ハスキンズが宣言した。「そして、選挙運動が始まる週の前にグウィネッズが妊娠できたら、もっといい」

「何ともロマンティックなことだな」ジャイルズはため息をついた。

「おれはロマンスなんかに興味はない」グリフが言った。「おれがここにいるのは、次の選挙のあとも絶対におまえさんを庶民院に坐らせておくためだ。だって、そうならなければ、おまえさんが閣僚になる目なんか間違ってもないからな」

ジャイルズは笑いたかったが、グリフが正しいこともわかっていた。

「日取りは決まったの？」ゆっくりと二人のところへやってきていたエマが訊いた。

「結婚式の？　それとも、選挙の？」

「結婚式に決まってるでしょう、馬鹿ね」

「五月十七日、チェルシー登記所だ」ジャイルズが答えた。

「ウェストミンスターのセント・マーガレット教会とは大違いだけど、少なくとも今度は、ハリーもわたしも招待状を受け取れると期待していいみたいね」

「ハリーにはもう新郎付添い役を頼んである」ジャイルズが言い、にやりと笑みを浮かべて付け加えた。「だけど、おまえについてはまだ決めかねている」


最良のタイミングではなかったかもしれないが、エマが妹と会うチャンスは決選投票が行なわれる重役会の前の晩しかなかった。間違いなく自分に同調して反対票を投じてくれるだろうと思われる重役たち、そして、まだどちらへ投票するかをためらっているのではないかと思われる一人ないし二人とは、すでに連絡を取っていた。だが、帰趨《きすう》についてはいまだ予測がつかないことを、グレイスに知らしめたかったのだ。

グレイスはジャイルズ以上に〈バリントン海運〉の資産に関心がなく、一度か二度、四半期の配当の小切手を現金化するのを忘れたことさえあるほどだった。ケンブリッジ大学ニューナム学寮《カレッジ》の主任教官《シニア・チューター》になったばかりで、ケンブリッジの町の外へ出るとしても、せいぜい郊外までにとどまっていた。ときどきロイヤル・オペラ・ハウスを餌にロンドンへ引っ張り出すことはできたが、それも昼興行《マチネー》に限られ、夕食もそこそこに列車に飛び乗ってケンブリッジへ帰っていくのだった。グレイスの言うとおり、彼女は枕が変わると眠れなかった。ある面ではとても如才なく、ある面ではとても偏狭だ、と二人の親愛なる母親はかつて見抜いていた。

ルキノ・ヴィスコンティがプロデュースしたヴェルディの「ドン・カルロ」は実に見事な出来映えだった。グレイスはいつもと違って夕食に時間をかけ、たった一つのプロジェクトにこれほど巨額の会社の資本を投下することの重大さを詳しく説明するエマの言葉にじっと耳を傾けた。そして、ほんのときたま感想めいたことを口にするだけで、ほとんど黙ったままグリーン・サラダをつついていたが、会話のなかにフィッシャー少佐の名前が出てきたとき、初めて意見らしいことを言った。

「信頼できる情報なんだけど、あの男も何週間かあとに結婚するんですってよ」グレイスが明らかにし、姉を驚かせた。

「あんな品性下劣な獣と結婚したいなんて、一体だれなの？」

「スージー・ランプトン、だったと思うけど」

「どこかで聞いた名前ね」

「あなたがレッド・メイズで首席だったとき、彼女もあの学校にいたのよ。二学年下だったから、たぶん憶えてないでしょうけどね」

「名前しか憶えてないわね」エマは言った。「だから、今度はあなたがわたしに説明する番よ」

「スージーは十六のときからもう美人だったし、自分でもそれをわかっていたわ。彼女が通りかかると、男の子たちは立ち尽くし、口を開けて見つめたものよ。レッド・メイズを卒業すると、最初に乗れる列車でロンドンへ行き、大手のモデル・エージェンシーに所属して売れっ子になったの。キャットウォークに上がった瞬間に、彼女が金持ちの夫を捜しているという事実は秘密でも何でもなくなったわ」

「金持ちの夫を探しているんだったら、フィッシャーなんかじゃ満足できないんじゃないの？」

「昔の彼女ならそうだったかもしれないけど、いまや三十の坂を越えて、モデルとしても盛りを過ぎているとしたら、〈バリントン海運〉の重役で、アルゼンチンの大金持ちが後ろ盾になっているんだもの、最後のチャンスってこともあり得るんじゃないかしら」

「そうだとしたって、フィッシャーにすがらなくちゃならないほど切迫してるの？」

「実はそうなのよ」グレイスが答えた。「彼女は二度、結婚し損ねているの。一度なんか式の直前に逃げられたんだけど、聞いたところでは、婚約不履行訴訟で勝ち得た慰謝料ももう遣ってしまって、婚約指輪まで質に入れてるわ。待てば海路の日和ありなんて暢気に構えてられる状況じゃないみたいよ」

「気の毒にね」エマはつぶやいた。

「スージーに限っては同情は無用よ」グレイスがきっぱりと言った。「あの女は〝生まれついての狡猾〟という、大学にもないカリキュラムの学位を持ってるんだもの」そして、コーヒーを飲み終える前に付け加えた。「だけど、フィッシャーに同情すべきかどうかもわからないわね。だって、長続きするとは思えないんだもの」グレイスは時計を見た。「急がなくちゃ。最終列車に乗り遅れたら大変なのよ」それだけ言うと、姉の左右の頰におざなりなキスをし、レストランを出てタクシーを止めた。

黒いタクシーの後部座席へ消える妹を見ながら、エマは苦笑した。世間的なたしなみは妹の最大の強みではないかもしれないが、それでも、彼女以上にエマが高く評価する女性はいなかった。過去数世代、そして、現在のケンブリッジ大学の学生は、このシニア・チューターに教えてもらうことができて幸運と思うべきかもしれなかった。

支払いをしようとしたエマは、妹が一ポンド札を脇皿《サイド・プレート》の上に置いていったことに気がついた。相手がだれであろうと――たとえ姉であっても――借りを作るのをよしとしなかった。

新郎付添い役がシンプルな金の指輪を花婿に手渡した。ジャイルズはそれをミス・ヒューズの左手の薬指にはめた。

「二人が夫と妻であることを宣言します」登記官が言明した。「新郎は新婦にキスを」

小波《さざなみ》のような拍手がサー・ジャイルズとレディ・バリントンに送られた。式につづいて、披露宴がキングズ・ロードの〈カドガン・アームズ〉で催された。最初の結婚のときとまったく正反対のやり方をするつもりでいることを、ジャイルズは全員に明らかにしているようだった。

パブに入っていったエマがハリーを見つけると、彼はジャイルズの代理人のグリフ・ハスキンズとおしゃべりをしているところだった。グリフは悪戯《いたずら》っぽい笑みを満面にたたえていた。「結婚した候補者は、離婚した候補者よりはるかに多くの票を獲得するものなんですよ」彼はその理由を説明したあとで、三杯目のシャンパンを飲み干した。

グレイスはそう遠くない過去に博士課程の教え子だった花嫁と話し込んでいた。ジャイルズと出会ったのが彼女の誕生パーティのときだったことを、グウィネッズが思い出させた。

「誕生日はあの特別なパーティを開くための口実に過ぎなかったの」グレイスが説明抜きで言った。

エマがハリーを見ると、さっきやってきたばかりのディーキンズと話しているところだった。きっとジャイルズの新郎付添い役を務めた、それぞれに大きく異なるお互いの経験を聞かせ合っているに違いなかった。アルジャーノン・ディーキンズがいまもオックスフォード大学の教授かどうかを、エマは思い出せなかった。確かにそれらしくはあるものの、彼は十六のときからすでにそうだったし、手入れしていない髭に当時はまだ覆われていなかったとしても、着ているスーツは同じはずだった。

ジェシカは床に胡座《あぐら》をかき、式次第を記した紙の裏にセバスティアンを描いていた。エマはそれを見て微笑した。セブは今日のために午後六時までには絶対に戻るという条件付きで特別に外出を許され、いまはジャイルズ伯父と話していた。ジャイルズは腰を屈め、甥の言葉にじっと耳を傾けていた。何を話しているかは、エマには推測するまでもなかった。

「だけど、エマが投票で負けたらどうなるんだ？」

「当分のあいだ、〈バリントン海運〉は利益を出せないでしょうね。そうなれば、伯父さんが四半期ごとに配当を受け取れる保証もうないと思いますよ」

「いいニュースはないのかな」

「あります。豪華客船事業についてロス・ブキャナンが正しいとわかれば、彼は洞察力のある賢明な経営者ということになり、〈バリントン海運〉の将来も明るいものになり得るでしょう。そして、伯父さんは生活を閣僚俸給に頼る心配をせずに、閣議に出席できるというわけです」

「おまえが一族の事業をそこまで熱心に考えてくれているのはとても嬉しいし、ケンブリッジへ行ってもそうであってくれることを祈るばかりだと、そう言わざるを得ないな」

「それについては安心してもらって大丈夫です」セバスティアンは言った。「何といっても、ぼくが一番気にしているのは〈バリントン海運〉の将来なんですから。ぼくが会長になるときに一族の事業でありつづけていることを、強く願っているんです」

「〈バリントン海運〉が沈没する可能性があると、本気で考えているのか？」ジャイルズが初めて不安げに訊いた。

「ないとは思うけど、フィッシャー少佐が重役に再任されたら、いいことは一つもありませんからね。なぜなら、ぼくは確信しているんだけど、彼の〈バリントン海運〉における利害は、われわれ一族のそれとまったく正反対なんですから。実際のところ、彼の後ろにペドロ・マルティネスがいるのが本当なら、あの二人の長期計画のなかに〈バリントン海運〉を生き残らせることが含まれていると言い切る自信があるとは、ぼくには言えません」

「ロス・ブキャナンとエマは自分たちがフィッシャーより上手《うわて》であることを証明してみせると、私は確信しているんだ。ペドロ・マルティネスよりも上手であることもな」

「そうかもしれません。でも、忘れないでください、会長と母は常に意見が一致しているとは限らないし、フィッシャーはそれを自分の強みにできると確信するでしょう。また、会長と母が短期的にはフィッシャーを阻止できるとしても、フィッシャーは二年待っているだけでいいんです。そうすれば、すべてが自分に転がり込んでくるんですから」

「何を言おうとしているんだ?」ジャイルズが訊いた。

「ロス・ブキャナンがあまり遠くない将来に退任を計画していることは、秘密でも何でもありません。聞いたところでは、最近、パースシャーの三つのゴルフ・コースと二本の川が近い、便利なところに家を買ったそうです。お気に入りの趣味に耽りたいだけ耽ることができる場所です。だとすると、新しい会長を捜すことになるまで、そう長くないことになりますよね」

「しかし、ブキャナンが退任するとしても、次の会長の最有力候補はだれが見てもおまえの母親だろう。考えてみろ、エマは一族の一人だし、われわれはいまでも二十二パーセントの株を押さえているんだ」

「でも、そのころにはペドロ・マルティネスも二十二パーセント、あるいは、それ以上を手に入れているかもしれませんよ。結局のところ、〈バリントン海運〉の株がマーケットに出るたびに、ペドロ・マルティネスがそれを買い漁っていることを、ぼくたちは事実として知っているじゃないですか。だとしたら、会長を選ぶときがきたら、彼がもう一人の候補者を考えていると、ぼくたちは肝に銘じておくほうがいいと思いますよ」

6

その金曜の朝に会議室に入っていったとき、同僚の重役の大半が顔を揃えているのを見ても、エマは驚かなかった。この特別な会議に欠席する理由としては死亡以外に認められなかったはずであり、ジャイルズなら〝登院厳重命令《スリー・ライン・ホイップ》〟と呼んだはずのものだった。

会長はサマーズ海軍少将とおしゃべりをしていた。クライヴ・アンスコットは、驚くには当たらないが、ゴルフ仲間のジム・ノウルズと話し込んでいた。ノウルズはすでに、投票になったら自分たちはともに会長を支持するとエマに伝えていた。エマはアンディ・ドブズとデイヴィッド・ディクソンに合流した。この二人は彼女を支持すると明らかにしていた。

総務担当重役のフィリップ・ウェブスターと財務担当重役のマイケル・キャリックは、複数の造船会社が提出している、件《くだん》の豪華客船の設計図に目を凝らしていた。設計図は会議テーブルに広げられ、その横にはエマが初めてお目にかかるもの、すなわち、〈バッキンガム〉の縮尺模型が鎮座していた。とても魅力的ね、とエマは認めざるを得なかった。

そしてもちろん、男の子は玩具が大好きと決まっている。

「僅差の勝負になるだろうな」アンディ・ドブズがエマに予想しているとき、会議室のドアが開いて、十人目の重役が姿を現わした。

アレックス・フィッシャーは入口にとどまった。少し神経質になっているらしく、新学年の初日に、だれか自分に話しかけてくれる者がいるだろうかと心配している新入生《ニュー・バグ》のようだった。会長がそれまで話していた仲間の輪からすぐに離れ、彼を迎えるために部屋を横切っていった。エマが見ていると、ロス・ブキャナンは少佐と型どおりに握手をしたが、みなに尊敬されている同僚を迎えているようには見えなかった。フィッシャーに関しては、重役たちの見方は一致していた。

会議室の隅でグランドファーザー・クロックが十時を告げはじめると、それまでのおしゃべりが一斉に止み、重役たちは会議室のテーブルの自分の指定席へ戻った。フィッシャーは教会のダンス・パーティの壁の花のように入口に立ち尽くし、まるで椅子取りゲームのように席が埋まっていって、ついに一つが残るだけになってようやく、エマの向かいの席に腰を下ろした。が、彼女のほうを見ようとはしなかった。

「おはようございます」全員が着席したのを見届けて、会長が言った。「まずはフィッシャー少佐が重役の一人として復帰することを歓迎するところからこの会議を始めたいと考えるが、それでよろしいですか？」

「異議無(ヒヤ・ヒヤ)し」と一つだけ不明瞭なつぶやきが聞こえたが、かつてフィッシャーが重役だったとき、その声の主はまだ重役室にいなかった。

「諸君も承知の通り、少佐は以前に一度、わが社の重役でした。だから、われわれのやり方にも、この偉大な会社を代表しているときに例外なく重役に期待される忠誠にも、すでに精通しておられるはずです」

「ありがとうございます、会長」フィッシャーが応じた。「この重役会に戻ってこられたことをとても嬉しく思っています。そして、いついかなるときでも、〈バリントン海運〉にとって最大の利益となるであろうことを考え、それを行なうと約束します」

「そう言ってもらえるのは喜ばしい限りです」会長は言った。「しかし、だれであれ新たな重役が加わったときの私の常なる義務として念のために申し上げておくが、重役が証券取引所、そして、総務担当重役に無断でわが社の株を売買することは法に抵触します」

　この棘のある矢が自分を狙ったものだとフィッシャーが感じたとすれば、その矢は的を打ち抜くことに失敗した。ミスター・ウェブスターが会長の言葉を一言半句疎かにすることなく記録しても、フィッシャーは黙って笑顔でうなずくだけだった。エマにとっては、それが記録に残されたことがせめてもの慰めだった。

　前回の議事録が読み上げられ、承認されるや、会長が言った。「重役諸君は言うまでもなくわかっておられると思うが、今日の会議の議題は一つしかありません。ご承知の通り、ある決断をすべきときがきたと私は感じています。その決断が〈バリントン海運〉の将来を、そして、いまこの会社に奉仕しているわれわれの一人あるいは二人の将来を、大袈裟でなく決めることになると私は信じます」

重役のなかには、いきなりの会長の言葉に明らかに驚いてささやきを交わす者がいた。ロス・ブキャナンが会議テーブルの真ん中に手榴弾を転がしたということだった。つまり、投票で負けたら辞任を考えていると、言外に脅したのである。

困ったことに、エマは手榴弾を投げ返せなかった。自分の辞任を武器に脅すことができないいくつかの理由があり、その最大のものは、一族のだれも彼女に代わって重役になる気がないことだった。セバスティアンなどは早くも、投票に勝てなかったら重役を辞め、エマとジャイルズが持っている株を売ればいいと助言しているぐらいだった。そうすれば、バリントン一族はかなりの額の儲けを手にでき、同時に、ペドロ・マルティネスを出し抜ける。一石二鳥だ、と。

エマはサー・ウォルター・バリントンの肖像を見上げた。「何であれ、死ぬまで後悔するようなことは絶対にしてはならないぞ」祖父の言葉が聞こえた。

「活発で忌憚のない議論を是非ともお願いします」ブキャナンがつづけた。「その議論の一つとして、重役諸君全員に自分の意見を公平に表明していただきたい」そして、二発目の手榴弾を転がした。「そのことを考慮して、私はミセス・クリフトンに討議の口火を切ってもらうことを提案します。なぜなら、この時期に客船を新造するという私の計画に反対の立場を取っておられるだけでなく、われわれ全員が忘れてはならないことに、二十二パーセントの株を代表しておられ、そして、百年以上前にこの会社を創立したのがサー・ジョシュア・バリントン、ミセス・クリフトンの高名な曾祖父だからであります」

　重役として自分の意見を述べるのなら、エマはむしろ殿《しんがり》を務めたかった。なぜなら、会長が最終弁論を行なうことになっていて、そのころには、最初の発言者の言葉の重みのかなりの部分が失われている可能性があるのがよくわかっていたからだ。それでも、できるだけ説得力のある、力強い議論をすることに決めた。

「ありがとうございます、会長」エマは手元のメモに目を落とした。「まず申し上げておきたいのは、わたしの知るところでは、今日の討議の結果がどうであれ、あなたがこの先、長きにわたってこの会社を導きつづけられることを、ここにいる全員が願っているということです」

　この言葉のあとに、「その通り《ヒヤ・ヒヤ》」という大きな賛同の声がつづき、少なくとも手榴弾の一つにはピンを挿し直すことができたとエマは感じた。

「会長が改めて思い出させてくださったように、わたしの曾祖父は百年以上前にこの会社を創りました。好機を見出し、同時に、その一方では危険を回避するという尋常ならざる才があり、しかも、その両方に関して甲乙つけがたい技術を持つ人でした。いまのわたしは、サー・ジョシュアの洞察力が自分にあることを願うばかりです」エマは造船会社が作った設計図を指さした。「なぜなら、そうであるならば、これが好機なのか、危険なのか、それをあなた方に教えることができるからです。わたしが深刻に懸念しているのは、このプロジェクトに〈バリントン海運〉のすべてがかかっていることです。一件の冒険的事業に社が保有する資産をこれだけ大きな割合で投入するのは、結果として、死ぬまで後悔する決断だったと証明される危険が十分にあります。結局のところ、豪華客船事業の将来はまさしく流動的であるように見えます。二大海運会社が今年度は赤字に終わると早くも宣言し、自分たちの事業が難しくなっている原因として旅客機産業の急成長を挙げているのです。わが社の大西洋航路の乗客の減少数と、同時期の旅客機の乗客の増大数がほぼ同じであるのは偶然ではありません。事実は簡単です。ビジネスマンは会議の行なわれる場所へできるだけ早く着きたいし、同じぐらいできるだけ早く家に帰りたいのです。それは完璧に理解できることです。人々の心変わりは元より愉快ではありませんが、その長期的な影響を無視するのは愚かでしかないでしょう。われわれは世界が〈バリントン海運〉を正当に評価してくれている事業にこだわるべきだと、わたしは信じます。すなわち、石炭、乗用車、大型運輸車両、鉄鋼、鉄、食料、その他の日用物資の輸送に専念し、人間の輸送についてはほかのだれかに任せて、手を出さないということです。わが社の核である貨物船事業をつづければ——客室は十数人分しかないとしても——、〈バリントン海運〉はこの困難な時代を生き延び、毎年かなりの黒字を宣言して、株主に投資に見合う以上の見返りを与えられると、わたしは確信しています。わが社が創業以来節約に励み、大切に持ちつづけているお金を、気紛れで移り気な世間をあてにしてすべて賭けるような博奕は、わたしはしたくありません」

今度はわたしがテーブルに手榴弾を転がす番だ、とエマはページをめくりながら考えた。

「わたしの父、サー・ヒューゴー・バリントン――本来であればこの重役会議室の壁に掲げられ、わが社を率いたことをわたしたちに思い出させるはずの油彩肖像がないことに気づかれるでしょうが――は、二年間〈バリントン海運〉の会長をつとめ、危うく倒産させそうになりました。それを救い、わが社の資産を現状復帰させたのは、ロス・ブキャナン現会長の大いなる才覚と腕のおかげにほかなりません。そのことについて、われわれは一人残らず、彼に永遠に感謝すべきでしょう。しかし、わたしが見るところでは、この直近の提案は行き過ぎた一歩です。したがって、重役会はそれを受け入れることなく、これまでわれわれに十分以上に奉仕し、核となってくれている事業をつづけるべきだと決定することを希望します。故に、この決議案に反対の票を投じることをお願いする次第です」

さっきまで迷っていた古参の重役の一人、あるいは二人が、ここへきてうなずいているのを見て、エマは嬉しくなった。ブキャナンがほかの重役たちに意見表明を求め、一時間後には全員が自分の考えを明らかにした。ただし、アレックス・フィッシャーだけは沈黙をつづけていた。

「少佐、同僚たる重役全員の意見を聞いたいま、あなたの考えもそこに付け加え、共有してはどうでしょう」

「会長」フィッシャーが応えた。「私はこのひと月、この特別な案件に関する前回の重役会の詳細な議事録に目を通し、研究してきました。そして、唯一無二の確信に到達したのです。その確信とは、もはや結論を先送りする余裕はなく、計画を進めるべきか、中止するべきかを、今日、どうしても決しなくてはならないというものです」

フィッシャーは「その通り《ヒヤ・ヒヤ》」の声が鎮まるのを待ってつづけた。

「私は同僚である重役のみなさんの意見を興味深く拝聴しました。とりわけ、ミセス・クリフトンの議論がそうでした。彼女の意見は筋が通っており、説得力があったと感じています。また、少なからぬ熱がこもっていて、彼女の一族が長きにわたってこの会社に関わってこられたことを思い出しました。しかし、私としてはどちらの票を投じるかを決める前に、〈バッキンガム〉建造を推し進めるべきだと会長がそこまで強く感じておられる理由を聞かせていただきたい。というのは、それが引き受ける価値のある危険であり、ミセス・クリフトンが言われるような行き過ぎた一歩ではないのだと、完全に納得する必要がいまもあるからです」

「いい考えだ」サマーズ海軍少将が言った。

エマは一瞬、自分はフィッシャーを見誤っていたのではないか、この男は〈バリントン海運〉の最良の利益を本当に心から願っているのではないか、と訝った。そのとき、「品性は直らないんだ」というセバスティアンの警告がよみがえった。

「ありがとう、少佐」ブキャナンが言った。

フィッシャーは実に周到に準備をし、言葉をうまく選んで発言していたが、彼がどのように票を投じるかはすでに決めていて、ペドロ・マルティネスの指示を文字通り実行するつもりでいることは、エマには疑いの余地がなかった。だが、どういう指示なのかが、いまだにわからなかった。

「ここにいる重役諸君は、この案件に関しての私の考えが強固であることをよく承知しているはずです」ブキャナン会長が七つの項目を書き留めた一枚のメモを見下ろしながら口を開いた。「今日、われわれが何を決定するかは明白だと私は信じています。つまり、〈バリントン海運〉を一歩前進させるか、あるいは、現状を維持するだけで満足すべきかを決めるのです。改めて言うまでもないことですが、〈キュナード汽船〉は最近、二隻の客船を就航させた。〈P&O〉はベルファストで〈キャンベラ〉を建造中です。〈ユニオン－キャッスル〉は彼らの南アフリカ船団に〈ウィンザー・キャッスル〉と〈トランスヴァール・キャッスル〉を加えようとしている。その一方で、われわれはと言えば、ライヴァルたちが海を支配し、わがもの顔に振る舞って利益を貪るのを、指をくわえて見ているだけでよしとしているかのようです。〈バリントン海運〉が旅客事業に参入するとしたら、いまほどいい機会は二度と訪れないでしょう。夏は大西洋横断、冬は周遊の船旅です。ミセス・クリフトンはわが社の乗客が減っていると指摘しています。確かに、その通りではあります。しかし、その原因はたった一つ、わが社の船団が時代遅れで、別の会社の船では受けられないようなサーヴィスを、より競争力のある価格で顧客に提供できなくなっているからなのです。今日ここで、いまは何もせず、ミセス・クリフトンが提案しているように時期を待つだけにすると決まったら、われわれの不在によって他社が有利になることは間違いないし、われわれはせいぜいが見送りの手を振って波止場に立っているしかなくなるでしょう。もちろん、フィッシャー少佐の指摘の通り、危険を引き受けなくてはならないのは確かです。しかし、それはサー・ジョシュア・バリントンのような偉大な起業家なら、いつでも、逃げることなく引き受けるであろう危険なのです。それから、もう一度確認しますが、このプロジェクトにミセス・クリフトンが指摘するような財政的な不安はありません」そして、テーブルの中央の豪華客船の模型を指し示して付け加えた。「なぜなら、この素晴らしい客船を建造するための費用は、いまわが社が保有している資産によって大半をまかなうことができ、資金調達のために銀行から大金を借り入れる必要がないからであります。サー・ジョシュアもそれを是認したはずだと私は考えます」そこで一息入れ、テーブルを囲んでいる重役たちを見渡した。「今日、われわれが何を決めなくてはならないかははっきりしていると私は信じます。すなわち、何もせず、せいぜいがじっと立っているだけで満足するか、それとも、将来のために票を投じ、過去百年と同じように海運の世界を主導しつづけるチャンスを〈バリントン海運〉に与えるか、です。故に、私は本重役会に対し、私の提案を受け入れ、その将来に投資してくれるようお願いするものであります」

会長の演説は聞く者の心に確かに響いたが、それでもどちらが勝つか、エマはいまだにわからなかった。やがて、ブキャナンが三発目の手榴弾のピンを抜くときがきた。

「では、総務担当重役にお願いします。重役一人一人に、私の提案に対する賛否を問うてください」

投票は〈バリントン海運〉の通常の手続きに従って無記名で行なわれるだろうとエマは予想し、そうであれば自分が過半数を制する可能性はより高くなると信じていた。しかし、この期に及んで記名投票に異議を申し立てれば、弱みを見せたと取られかねず、ブキャナンを利することにしかならない。

総務担当重役のミスター・ウェブスターが自分の前のファイルから紙を一枚抜き取り、決議案を読み上げた。「会長によって提案され、社長によって支持された案件――〈バリントン海運〉はこの時点で新豪華客船〈バッキンガム〉建造に着手すべく手続きを開始すべきである――に関しての投票を、本重役会にお願いするものである」

〝この時点で〟という文言を決議案に付け加えるべきだと要求したのはエマだった。その言葉が、時節を待つべきだとより保守的な重役に思わせてくれることを期待したのだった。

総務担当重役が議事録を開き、重役の名前を一人ずつ読み上げた。

「ミスター・ブキャナン」

「提案に賛成」会長はためらいなく答えた。

「ミスター・ノウルズ」

「賛成」

「ミスター・ディクソン」

「反対」

「ミスター・アンスコット」

「賛成」

エマは自分のリストの一人一人の名前の頭に、チェック・マークを書き込んだり、×印を書き込んだりしていった。いまのところは予想通りだった。

「サマーズ海軍少将」

「反対だ」彼はそれまでの重役と同じくらいきっぱりと宣言した。

エマは信じられなかった。少将が考えを変えた。それはつまり、残る全員が自分の意見を変えなければ、わたしの負けはないということだ。

「ミセス・クリフトン」

「反対」

「ミスター・ドブズ」

「反対」

「ミスター・キャリック」

　財務担当重役がためらった。彼はエマに、自分はこの計画の考え方全体に反対なのだと告げていた。なぜなら、建造費用は循環的に増大していくはずであり、ブキャナンはないと保証しているが、結局は大金を銀行から借り入れることになるからだ、と。

「賛成」ミスター・キャリックが小声で答えた。

　エマは内心で呪詛の言葉を吐き捨て、キャリックの名前の頭に×印を書き入れると、リストを見直して賛否を再計算した。五対五。全員がいまやキャスティング・ヴォートを握る新参の重役の顔を見た。

　ドン・ペドロ・マルティネスがどっちへ投票したか、もうすぐエマにもロス・ブキャナンにもわかるはずだった。が、その理由はわかるはずもなかった。

ドン・ペドロ・マルティネス

一九五八年—一九五九年

7

「一票差だった?」

「そうです」フィッシャーは答えた。

「それなら、あの株を買ったのは投資する価値があったと、早くも証明されたわけだ」

「次は何をすればいいんです?」

「当面は会長の味方でいつづけてください。なぜなら、彼がふたたびあなたの支援を必要とするまで、そう長い時間はかからないからです」

「意味がよくわかりませんが」

「あなたが理解する必要はありませんよ、少佐」

ドン・ペドロ・マルティネスは机の向こうで立ち上がり、出口のほうへ歩き出した。話し合いは終わりだった。フィッシャーもすぐにあとにつづき、廊下へ出た。

「結婚生活はどうです、少佐」

「最高ですよ」フィッシャーは嘘をついた。二人になったら一人のときのようには安上がりに暮らせないことに、早々と気づいていた。

「それは何よりだ」マルティネスが言い、分厚い封筒をフィッシャーに渡した。

「これは何です？」フィッシャーは訊いた。

「成功に対するささやかなボーナスといったところです」ペドロ・マルティネスが答えると、カールが玄関のドアを開けた。

「しかし、あなたにはすでに借りがあるんですがね」そう言いながらも、フィッシャーは封筒を内ポケットに滑り込ませた。

「その貸しは金でないもので返してもらえると確信しているのでね」ペドロ・マルティネスは応えた。そのとき、道の反対側のベンチで〈デイリー・メール〉を読む振りをしている男に気がついた。

「やはり、今度の重役会の前にロンドンへきたほうがいいですか？」

「いや、結構。だが、〈バッキンガム〉の建造をどこが引き受けるかがわかったら、すぐに電話をください」

「真っ先に知らせますとも」フィッシャーは請け合い、新しい雇い主にわざとらしく敬礼してみせると、足取りも軽くスローン・スクウェアのほうへ向かった。道の反対側のベンチにいた男は、尾行を開始する様子を見せなかった。ハートリー大尉はフィッシャーの行く先を正確に知っていた。ペドロ・マルティネスは笑みを浮かべてゆっくりと家のなかへ戻った。

「カール、ディエゴとルイスをすぐここへ呼べ。おまえも同席するんだ」

執事は玄関のドアを閉めながらお辞儀をし、いつであれだれかに見られているときの役を演じつづけた。ペドロ・マルティネスは書斎へ戻ると机に着き、にやりと笑みを浮かべると、たったいま終わったばかりの話し合いのことを考えた。あいつらも今度ばかりはおれの邪魔をできないはずだ。準備は万端整った。あとはあの一族を、一人どころか丸ごと終わらせてやるだけだ。フィッシャーには次の動きを教えない。あの男はいつでも金に釣られはするが、いざ戦いとなると縮み上がってしまいそうにも見える。だとすれば、ある時点で突撃の足が止まってしまう恐れがある。それほど長く待つことなくドアにノックがあり、信頼している三人が姿を現わした。二人の息子は机の向かいの椅子に腰を下ろした。ペドロ・マルティネスはそれを見て、末の息子はここにきたくてももうできないのだと改めて思い出し、バリントン一族に復讐する決意をさらに強固なものにした。カールは立ったままだった。

「重役会はおれたちにとって願ってもない方向へ進んでいる。少佐が最後に投じた一票で、〈バッキンガム〉建造計画は推進されると決まった。次にわれわれが突き止めなくてはならないのは、その仕事をどの造船会社が請け負うかだ。それがわからないことには、おれの計画の第二章に進めないからな」

「いずれにせよ、かなりの金がかかるかもしれないわけでしょう」ディエゴが口を挟んだ。

「この計画全体の費用をどう工面するか、何か考えがあるのかな?」

「あるとも」ペドロ・マルティネスは答えた。「銀行強盗だ」


正午直前、スコット＝ホプキンズ大佐はさりげなく〈クラレンス〉に入っていった。そのパブはダウニング街から二百ヤードしか離れていいず、観光客で賑わうことで知られていた。大佐はカウンターへ行くと、ビターを半パイントとジン・トニックをダブルで注文した。

「全部で三シリングと六ペンスになります」バーマンが言った。

大佐は二シリング銀貨を二枚カウンターに置くと、飲み物を手にして、奥の隅のアルコーヴ席へ向かった。そこなら、詮索好きな目から逃れていることができた。あちこちにビール・グラスの丸い痕や煙草の焼け焦げがついている、小さな木のテーブルに飲み物を置き、時計を見た。雇い主が遅刻することは、たとえ仕事の性質上ぎりぎりになって問題が起こることが当たり前だとしても、滅多になかった。だが、今日は違った。内閣官房長官は少し遅れてパブに姿を見せ、アルコーヴ席へ直行した。

スコット＝ホプキンズ大佐は立ち上がった。「おはようございます、サー」サー・アランと呼ぶなど、考えたこともないはずだった。なれなれしすぎる。

「おはよう、ブライアン。時間は何分かしかないが、その間《かん》に情報を更新してもらうことは可能かな？」

「ペドロ・マルティネス、息子のディエゴとルイス、そして、カール・ルンズドルフは、明らかに一つのチームとして動いています。しかし、私がペドロ・マルティネスに会いにいって以降は、彼らの誰一人として、どこであれプリンセス・アレグザンドラ病院へ近づいていませんし、ブリストルも訪れていません」

「それはいい知らせだ」サー・アランがグラスを手に取った。「だが、それはペドロ・マルティネスがほかの何かを企んでいないことを意味しない。そう簡単に引き下がる男ではないからな」

「まったく同感です、サー。あの男がブリストルへ行くことはないかもしれないとしても、それはブリストルが彼のところへやってこないことを意味しません」

サー・アランがどういう意味かと片眉を上げた。

「いま、アレックス・フィッシャーはフルタイムでペドロ・マルティネスのために動いています。〈バリントン海運〉の重役に復帰し、週に一度ないし二度はロンドンへきて、新しい雇い主に直接報告しています」

サー・アランはダブルのジン・トニックに口をつけながら、大佐の言葉の言外の意味を考えた。まずやるべきは、〈バリントン海運〉の株を数株買い、重役会が開かれるたびに議事録を送ってもらって、それを読めるようにすることだった。

「ほかに聞いて置くことがあるかな？」

「あります。ペドロ・マルティネスはイングランド銀行総裁と会う約束を取り付けました。今度の木曜の午前十一時です」

「だとすれば、偽造五ポンド紙幣の残りをあのろくでなしがいまどのくらい持っているか、間もなくわれわれに明らかになるわけだ」

「しかし、あの紙幣は先の六月、サウサンプトンでわれわれがすべて焼却したのではありませんか？」

「ロダンの『考える人』のなかに隠されていたものはな。しかし、この十年のあいだに、ブエノスアイレスからイギリスへこっそり持ち込まれていたものがある。あの男の企みにわれわれが気づく前のことだ」

「それらが偽札であることをわれわれ全員が知っているんですよ、総裁はなぜあの男に応対するのを拒否しないんでしょうか」

「なぜなら、総裁が愚かにも自惚れていて、自分の大事な五ポンド紙幣を完璧に偽造できる技術を持つ者がいることを信じようとしていないからだ。というわけで、ペドロ・マルティネスは持っている偽造紙幣すべてを本物の紙幣と入れ替えようとしているんだろう。それに対して、われわれができることは何もない」

「私ならいつでもあいつを殺せますが、サー」

「あいつとは総裁のことか？　それとも、ペドロ・マルティネスか？」サー・アランは応じたが、スコット－ホプキンズが冗談を言っているのか、本気なのか、半信半疑だった。

大佐が笑みを浮かべた。冗談と取ってもらってもかまわないし、本気と取ってもらってもかまわないと考えているようだった。

「それはだめだ、ブライアン。法が許す根拠がない限り、ペドロ・マルティネスを殺すのを認めるわけにはいかない。そして、最後に調べたときには、偽金造りは絞首刑に相当する罪ではなかった」


ペドロ・マルティネスは机に着き、吸い取り紙を指で叩きながら、電話が鳴るのをじりじりする思いで待っていた。

〈バリントン海運〉の重役会は十時に予定されていて、正午ごろに閉会するのが通常だった。すでに十二時二十分、会議が終わったら直ちに電話するようはっきり指示してあるにもかかわらず、フィッシャーからまだ連絡がなかった。しかしそのとき、ほかの重役たちに電話をしているところを目撃されるのを避けるために、フィッシャーはバリントン・ハウスから十分に遠ざかるまで連絡を取ろうとしないはずだという、カールの言葉が思い出された。

カールはまた、同僚の重役連の一人として頻繁に足を運ぼうとは考えない場所を選ぶよう、少佐に忠告してもいた。フィッシャーは〈ロード・ネルソン〉をすでに選んでいた。〈バリントン海運〉構内から一マイル足らずの距離にあることだけでなく、波止場周辺の港湾労働者が多い場所にあるからだった。そのパブで客が飲むのはもっぱら何パイントかのビターで、ときに林檎酒《サイダー》が注文されることもあるが、〈ハーヴェイ〉の〈ブリストル・クリーム〉を揃えておく必要はなかった。それ以上に重要なのは、店の入口の外に電話があることだった。

机の上で電話が鳴り、ペドロ・マルティネスは二度目の呼出し音より早く受話器をひっつかんだ。公衆電話からかけるときは自分から名乗るな、雑談なんかで時間を無駄にするな、確実に一分以内に用件を伝えろというのも、フィッシャーに対するカールの助言だった。

「〈ハーランド・アンド・ウォルフ〉、ベルファスト」

「天の助けはあるもんだな」

電話が切れた。それ以外、明日ロンドンへきて報告するまで待てないとフィッシャーが感じたようなことは、今日の重役会では話し合われなかったということだった。ペドロ・マルティネスは受話器を戻し、机を隔てて向かいにいる三人を見た。自分たちの次の仕事が何か、すでに三人ともわかっていた。

「どうぞお入りください」

出納責任者がドアを開け、脇にどいて、アルゼンチンの銀行家を促した。ペドロ・マルティネスは総裁室に足を踏み入れた。ピンストライプのダブルのスーツ、白のワイシャツ、シルクのネクタイといういでたちは、すべて、サヴィル・ロウの仕立屋で買ったものだった。後ろに二人の制服警備員がつづいて、使い古された学校用の大型トランク――〝BM〟とイニシャルが刻まれていた――を運んでいた。そのさらに後ろに長身で細身の紳士がついていて、洗練された黒のジャケット、グレイのヴェスト、ピンストライプのズボン、淡いブルーのストライプをあしらった黒いネクタイという服装が、自分と総裁が同じ学校で教育を受けたことを庶民に思い出させる役割を果たしていた。

警備員がトランクを部屋の中央に置くと、総裁が机の向こうから出てきてドン・ペドロ・マルティネスと握手をし、客がトランクの留め金を外して蓋を開けるところを見つめた。五人の男の目の下には、何列にもきちんと並べられ、やはりきちんと何段にも重ねられた五ポンド紙幣があった。五人にとって、それは珍しい眺めではなかった。

総裁が出納責任者に言った。「サマーヴィル、この紙幣を数え、もう一度数え直して、その数字にミスター・マルティネスが同意されたら、すべてを断裁処分するように」

出納責任者がうなずき、警備員の一人がトランクの蓋を閉めて、留め金をかけ直した。

それから重たいトランクを二人してそろそろと持ち上げ、出納責任者に従って部屋を出ていった。ドアが閉まる音を聞いて、総裁が初めて口を開いた。

「よろしかったら、ブリストル・クリームを一杯、一緒にいかがですか、オールドマン。金額の確認を待たなくてはなりませんから、そのあいだに」

〝オールドマン〟が親愛の意味を持ち、よそ者であるにもかかわらず同じクラブの一員だと認めたということでもあるのだと理解するのに、ペドロ・マルティネスはしばらく時間がかかった。

総裁が二つのグラスに酒を満たし、一方を客に渡した。「健康を祈って、オールド・フェロウ」

「健康を祈って、オールド・フェロウ」ペドロ・マルティネスは相手の言葉をそのままなぞった。

「驚いています」一口飲んだあとで、総裁が言った。「あれだけの金額を現金で持ってこられたとはね」

「あの金は五年前からジュネーヴの銀行の金庫に置きっぱなしになっていたんです。お国の政府が新しい紙幣を刷ると決めなかったら、そのままあそこに放置されていたでしょうね」

「それを決めたのは私ではありません、オールドマン。実は、私は反対だったし、そう意見もしたんです。しかし、内閣官房長官の馬鹿者――ろくでもない学校と、ろくでもない大学の出身です――が」総裁がグラスに口をつけながら、聞き取りにくい声で言った。「戦争中にわが国の五ポンド紙幣をドイツが偽造していたと言い張りましてね。そんなことは万に一つも不可能だと私は教えてやったんですが、あの男は聞く耳を持ちませんでした。どうやらイングランド銀行総裁より自分のほうがよく知っていると考えているようでした。私の署名がある限り、イングランド銀行発行の紙幣は一枚残らず保証されていると も教えてやったんですがね」

「当然のことでしょう」ペドロ・マルティネスは敢えて笑みを浮かべて見せた。

そのあと、二人は双方が気楽に話せる共通の話題を見つけるのが難しいことに気がついた。ポロ（水中ではない）、ウィンブルドン、そして、八月十二日の雷鳥猟の解禁が待ち遠しいという話題だけを頼りに、総裁は何とか二杯目のシェリーを注ぐところまで話を保たせたが、机の上の電話がようやく鳴ったときは安堵を隠せなかった。グラスを置いて受話器を取り、じっと耳を傾けた。そして、内ポケットからパーカーの万年筆を出して数字を書き留めたあと、出納責任者にその数字を復唱させた。

「ありがとう、サマーヴィル」総裁は受話器を戻した。「金額の確認作業が完了し、あなたのおっしゃっておられた金額と一致しましたよ、オールド・フェロウ」そして、すぐに付け加えた。「もちろん、あなたのおっしゃる金額を疑ったわけではありません」

総裁は机の最上段の引き出しから小切手帳を取り出し、〝二百十四万三千百三十五ポンド〟という金額をきっちりした、大きなカッパープレイト書体で書き込んだ。そして、誘惑に負けて〝のみ《オンリー》〟という言葉を書き加え、それから署名をした。笑顔で小切手を手渡されたペドロ・マルティネスは、金額を確認して笑顔を返した。

ペドロ・マルティネスとしては銀行手形のほうがありがたかったが、イングランド銀行総裁の署名がある小切手であれば次善だった。結局のところ、五ポンド紙幣同様、そこには彼の署名があるのだから。

8

午前中、三人はそれぞれ別々にイートン・スクウェア四四番地を出た。が、最終的な行く先は同じだった。

最初に姿を見せたのはルイスで、スローン・スクウェア地下鉄駅まで歩くと、そこでハマースミス行きの環状線に乗り、ハマースミスで降りるとプラットフォームを横切ってピカディリー線に乗り換えた。彼の背後、あまり遠くないところに、常にクラン伍長がついていた。

ディエゴはタクシーでヴィクトリア・バス・ターミナルへ向かい、空港行きのバスに乗った。直後、彼の影も同じバスに乗り込んだ。

クランにとってルイスの動きを逐一見張るのは難しくなかったが、この息子はせいぜい父親に命じられたことしかやろうとしなかった。ハウンズロウで地下鉄を出ると、タクシーでロンドン空港へ向かい、出発掲示板を見て、搭乗便が一時間ちょっとで離陸することを確認した。そのあと、W・H・スミス書店で〈プレイボーイ〉の最新号を買い、預ける荷物はなかったので、ゆっくりと五番搭乗口へ向かった。

　ディエゴは十時になる数分前にターミナルの前でバスを降り、やはり出発掲示板を見て、自分が乗ることになっているマドリード行きの便が四十分遅れていることを確認した。遅れは問題ではなかった。ゆっくりと〈フォーテスス・グリル〉へ入ってコーヒーとハムサンドウィッチを買い、尾行者がいたら目に留まらないはずのない入口近くに席を占めた。

　ルイスのニース行きの搭乗便が出発した数分後、カール・ルンズドルフが四四番地の玄関を開け、すでに膨らんでいる〈ハロッズ〉の買い物袋を持って、スローン・ストリートのほうへ歩き出した。途中、あたかもウィンドウ・ショッピングをするかのように足を止めたが、それはあくまでも見せかけで、実はガラスに何が映っているかを確かめているのだった。尾行の有無を確かめるための常套手段である。このひと月というもの、カールは常に変わることのないみすぼらしい服装の小男につきまとわれていて、それは今日も同じだった。〈ハロッズ〉に着くころには、その男がわずか数歩を隔てただけの背後にいることが、はっきりとわかっていた。

　緑の長外套に山高帽《トップ・ハット》のドアマンがカールのためにドアを開け、敬礼した。常連客を憶えているのを誇りにしているのだった。

　カールは店内に入るや足取りを速めて男性用服飾品売り場を通り抜け、さらに速度を上げながら革製品売り場を通過して、六台が並んでいるエレヴェーター・ホールにたどり着くころにはほとんど小走りになっていた。ドアが開いているのは一台だけで、すでに混んでいたが、無理矢理に乗り込んだ。尾行も追いつきかけていたが、彼が飛び込んでくる前にエレヴェーター係が格子扉を閉めた。カールがこらえきれずに笑みを送っているうちにエレヴェーターが動き出し、尾行の姿は見えなくなった。

途中で降りることなく最上階へ直行し、電気製品売り場、家具売り場、本屋、画廊を足早に通り抜けた。そして、店の北の端にある、滅多に使われることのない石造りの階段室までやってくると、階段を一段飛ばしで駆け下りて、一階に戻ったとたんにようやく走るのをやめた。紳士服売り場、香水売り場、筆記具と文房具売り場を突っ切り、ハンズ・ロードへつづく脇出入り口へたどり着いた。歩道に出るや、最初にやってきた空車のタクシーを止めて後部座席に乗り込み、外から見えないように頭を低くした。

「ロンドン空港だ」彼は告げた。

タクシーが信号を二つ通過するのを待って、危険を冒してリア・ウィンドウの外を見た。尾行の気配はなかった。もっとも、ロバーツ軍曹が自転車に乗っているか、ロンドンのバスを運転していれば別だが。

この二週間、カールは毎朝〈ハロッズ〉を訪れ、一階の食料品売り場でいくつかのものを買ってからイートン・スクウェアへ戻っていた。だが、今日は違った。陸軍特殊空挺部隊《ASA》の男を振りきったにもかかわらず、カールはわかっていた。〈ハロッズ〉を使っての綱渡りは二度とできない。それに、これからは今日の目的地へかなり頻繁に行かなくてはならなくなる可能性があるから、あいつらがおれの行き先を推測するのはそう難しくないだろう。そうだとしたら、いずれはおれが飛行機を降りたところで待ちかまえているはずだ。

ルンズドルフは第二ターミナルの前でタクシーを降りると、〈プレイボーイ〉も買わず、コーヒーも飲まずに十八番搭乗口へ直行した。

カールの搭乗便が離陸して数分後、ルイスの搭乗便がニースに着陸した。ルイスは新しい五ポンド紙幣を束にして丸め、洗面用具入れに隠して持ち込んでいた。指示は間違えようがないほどはっきりしていた。自分が楽しむこと、そして、少なくとも一週間は戻ってこないこと。面倒な任務ではほとんどなかったが、ドン・ペドロの全体計画の一部だった。

ディエゴの便は予定を一時間遅れてスペインの領空に入った。が、この国の大手食肉輸入業者と会う約束は今日の午後四時で、時間はたっぷりあった。マドリードではいつも同じホテルに泊まり、同じレストランで食事をし、同じ売春宿を使うことにしていた。尾行者も同じホテルに泊まり、同じレストランで食事をしたが、ディエゴが〈ラ・ブエナ・ノーチェ〉で二時間を過ごすあいだは、通りの反対側のカフェで一人時間を潰した。売春宿へ行って経費として請求したら、スコット－ホプキンズ大佐が喜ばないだろうと考えたからだ。

カール・ルンズドルフはベルファストを訪れたことは一度もなかったが、ピカディリーの〈ウォーズ・アイリッシュ・ハウス〉で幾晩か、そこにいる客に酒を奢《おご》って情報を収集し、最後の日に店を出たときには疑問の大半について答えを手に入れていた。そして、生涯、ギネスはもう一パイントも飲まないと誓った。

空港を出ると、タクシーで中心街にあるロイヤル・ウィンザー・ホテルへ行った。そこで三泊の予約をし、仕事の状況によってはもう少し長く滞在することになるかもしれないとフロントに断わった。部屋に入るや鍵をかけると、〈ハロッズ〉のキャリア・バッグを開いて荷物を整理し、風呂を使った。そのあと、ベッドにひっくり返り、今夜予定されている計画について考えた。町の明かりが灯るまでそうしていて、そのあと動き出し、市街道路地図をもう一度確認した。おかげで、ホテルを出るころには、それをもう一度見る必要はなくなっていた。

六時を過ぎてすぐに部屋を出ると、階段を使って一階へ下りた。ホテルのエレヴェーターは絶対に使わないつもりだった。狭くて、隠れようもなくて、明かる過ぎるから、ほかの客の記憶に簡単過ぎるぐらい簡単に残ってしまう恐れがあった。早過ぎない程度に足早にロビーを通り過ぎ、ドニゴール・ロードへ出た。百ヤードほどウィンドウ・ショッピングを装って歩いて、尾行されていないことを確認した。ふたたび、敵の前線の背後に一人でいることになった。

目的地へ直行せず、いったん脇道を進んでいって、もう一度引き返した。そのせいで、普段なら二十分ですむところが小一時間かかったが、急ぐ必要もなかった。ようやくフォールズ・ロードに着くと、額に汗が滲んでいるのがわかった。ローマ・カトリックの信徒だけが住んでいる十四街区《ブロック》にとどまっているあいだは、常に恐怖につきまとわれることになるとわかっていた。生きて出られるという確信がまったくないところにいるのは、人生で初めてではなかった。

カールは身長六フィート三インチ、豊かなブロンドのたてがみのような長髪、体重二百八ポンド、ほとんどが筋肉でできているかのような体格だから、目立たないように背景に溶け込むのは簡単ではなかった。若きナチ親衛隊将校だったときの強みは、数時間後に、その正反対の弱みになるだろうと思われた。唯一助けになりそうなものがあるとすれば、ドイツ語訛りだった。フォールズ・ロードに住んでいるカトリック教徒の大半は、ときに甲乙つけがたいとしても、ドイツ人よりイギリス人を忌み嫌っていた。なにしろヒトラーは、戦争に勝った暁には北アイルランドと南アイルランドを統一すると約束していたのだ。もしドイツが東へ変針してロシアへ向かうという破滅的な過ちを犯さず、自分が考えたとおりにイギリスへ侵攻していれば、ヒムラーの後の司令官は自分をどう処遇してくれただろうか、とカールはしばしば思うことがあった。残念なことに、総統は歴史をあまり知らなかった。しかし、アイルランド統一の大義を信奉する者たちの多くが、愛国主義をせいぜいのところ見え透いた金儲けのチャンスと見なしているごろつきか犯罪者であることを、カールは疑っていなかった。アイルランド共和国軍なるものにはナチ親衛隊と共通するところがあった。

夕刻の風に揺れている看板が見えた。引き返すのなら、いましかなかった。だが、カールはためらわなかった。ソヴィエトの戦車が議事堂《ライヒスターク》を射程距離に収めたとき、自分が祖国を脱出できるようにしてくれたのがドン・ペドロであるのを忘れたことは一度もなかった。

緑の塗装が剥げかかっているドアを開けてバーに入った。賭け屋の店に入る修道女のような、落ち着かない気分だった。だが、自分がベルファストにいることをアイルランド共和国軍に知らせるうまい方法はそれしかないことも、すでに受け入れていた。だれを知っているかは問題ではなかった……誰一人知らないのだから。

ドイツ語訛りを強調しながらアイリッシュ・ウィスキーの〈ジェムソン〉を注文し、財布から手の切れるような五ポンド紙幣を抜き出してカウンターに置いた。バーマンが疑わしげに札を見た。レジにある小銭で釣りが間に合うかどうかわからなかったのだ。

カールは一杯目を飲み干し、すぐに二杯目を注文した。そこにいる者たちと共通点があるところを見せようとする、せめてもの試みだった。大男は大酒飲みに違いないとあまりに多くの人たちが思い込んでいるのを、カールは昔から愉快に感じていた。二杯目を飲み干したあと、ちらりと店内を見回したが、目を合わせようとする者はいなかった。二十人ほどの客がおしゃべりをし、ドミノに興じ、ビールを飲んでいたが、みな、そこに巨人がいることに気づいていないふりをしていた。

午後九時三十分、バーマンがベルを鳴らしてラスト・オーダーだと叫ぶと、数人の客が急いでカウンターへやってきて最後の飲み物を注文した。依然として、だれもカールを見ようとしなかったし、話しかけてくるなど論外だった。カールはもうしばらくカウンターにとどまったが、変化は何もなかったので、今日のところはホテルへ戻って、明日もう一度試みることにした。仮に元からここにいる人間のように遇してもらえるようになるとしても、それには何年もかかるとわかっていた。しかし、カールはわずか数日のうちに、このバーへ入ることなど考えもしたことがないはずの人物と会わなくてはならなかった。もっとも、その人物は、今夜カールがこのバーへきたことをすでに知らされているはずだった。

フォールズ・ロードへ出ると、何対かの目が自分の一挙手一投足を見ていることに気がついた。直後、素面《しらふ》というよりは酔っているように見える二人の男が、身体を揺らしながら通りを横切った。カールが通りを横切るときには、必ず起こる現象だった。カールは足取りをゆるめ、彼が夜を過ごしている場所を見落とさないようにしてやった。そうすれば、彼らもその情報を上層部へ伝えることができる。ゆっくりとホテルへ入って振り返ると、その二人が道路の向こうの暗がりでうろついているのがわかった。階段を使って四階へ上がり、部屋へ入った。初めてきた町の、しかも一日目に何かできるとすれば、自分がここにいるのを彼らに知らせることぐらいしかないような気がした。

サイドボードに置いてあった無料のビスケットを貪り尽くし、果物皿のオレンジ、林檎、そして、バナナも平らげると、腹は十分に満たされた。一九四五年の四月にベルリンを脱出したときは、戦車や大型車両に汚されたばかりの川の濁った水で命をつないだ。兎の生肉は贅沢なご馳走だった。国境を越えてスイスへ入るころには、その皮まで食べていた。屋根の下で寝ることはなく、道を歩くこともなく、町も村もすべて迂回して、長い遠回りの道のりを何とか地中海沿岸までたどり着いた。そこで石炭の麻袋でも積み込むようにして、こっそり不定期貨物船に乗せられた。さらに五カ月かかって船がブエノスアイレスに到着すると、ヒムラーが自殺する前に最後に与えた命令を実行に移すべく、船を降りた足でドン・ペドロ・マルティネスを捜しにかかった。いまは、そのペドロ・マルティネスが司令官だった。

9

翌朝、カールは遅くまで寝ていた。プロテスタントで溢れているホテルのブレックファスト・ルームへ行って顔を見られるわけにはいかなかったから、リーソン・ストリートの角のカフェのベーコン・サンドウィッチで朝食をすませ、ふたたび、ゆっくりとフォールズ・ロードへ向かった。その時間は、買い物客、乳母車を押した母親、煙草の吸いさしをくわえた子供たち、黒い修道服を着た聖職者でごった返していた。〈ヴォランティア〉の前までくると、少し前に店主が店の入口を開けたところだった。彼はすぐにカールだとわかったようだったが——何せ五ポンド札の男なのだ——、確認はしなかった。ラガーを一パイント注文し、ベーコン・サンドウィッチの釣り銭で代金を払った。二度、トイレに行くために短時間離れただけで、閉店時間までカウンターを離れなかった。昼飯は青い小袋に入った塩味のポテトチップスで間に合わせたが、早い夕刻までに三袋が空になり、それはもっと飲みたいという誘惑をそそることにしかならなかった。地元の客が出たり入ったりし、そのうちの一人か二人は飲み物を口にせず、カールはわずかながら希望が膨らむのを感じた。彼らは見ないようにして、しかし、見ていた。時間が過ぎていっても、依然としてカールに話しかける者も、彼のほうを一瞥する者すらもいなかった。

ラスト・オーダーから十五分後、バーマンが叫んだ。「みなさん、時間です。よろしくお願いします」また一日無駄にしたかとがっかりして出口へ向かいながら、カールはプランBに変更しようかとまで考えた。立場を変えて、こっちからプロテスタントに接触するのだ。

舗道に出た瞬間、黒のヒルマンがカールの横に止まった。後部ドアが勢いよく開き、カールが反応する間もあらばこそ、二人の男が後部座席へ引きずり込んで、叩きつけるようにドアを閉めた。ヒルマンは猛然と走り出した。

選挙権を持つ年齢には明らかに達していないと思われる若者が、カールの額に銃を突きつけた。顔を上げてそれを見たカールにたった一つ心配があるとすれば、その若者が自分よりはるかに怯えていて、そのつもりもないのに引鉄《ひきがね》が引かれてしまうのではないかと思われるほどひどく手が震えていることだった。銃を取り上げるのは造作もないだろうが、それをやったら本来の目的を達成できなくなるように思われた。というわけで抵抗を思いとどまり、反対隣りに坐っている年かさの男に大人しく背後で両手を縛らせて、スカーフで目隠しをさせてやった。その男はカールが銃を持っているかどうかを確認し、素速く財布を抜き取った。五ポンド札を数えての驚きの口笛がカールの耳に聞こえた。

「それはほんの一部だ。実際にはこんなものじゃない」

つづいて、恐らく彼らの母語だろうと思われる言葉で激しい議論が始まった。どうやら一方はカールを殺したがっているように感じられたが、年かさのほうはもっとずっとたくさん金が手に入る可能性に気を惹かれているようだった。そして、金が勝ったらしかった。なぜなら、銃口の感触が額から消えたからだ。

ヒルマンは右へ弧を描き、ややあって、今度は左へ弧を描いた。だれをまこうとしているのか、とカールは訝った。こいつらはきたときと同じルートをそのまま引き返しているだけだ、それはわかっている。なぜなら、自分たちの拠点であるカトリック地域を外れる危険を冒すはずがないからだ。

いきなりヒルマンが止まり、ドアが開いて、カールは通りに放り出された。五分後にまだ死んでいなかったら、老齢年金をもらう年まで生きていられるかもしれない、とカールは思った。髪をつかまれ、そのまま立ち上がらされた。背中の真ん中を突き飛ばされ、開いているドアの向こうへつんのめった。奥の部屋から肉を焼いたあとの臭いが漂ってきていたが、食事を出してくれるわけではたぶんなかった。

引きずられるようにして階段を上がり、寝室の匂いのする部屋に入ると、硬い木の椅子に坐らされた。ドアが閉まり、一人残された。それとも、だれかいるのか？　隠れ家に違いない、とカールは推測した。もっと上の人間――地区司令官という可能性だってあるかもしれない――が、いま、おれをどうするかを決めようとしているんだろう。

どのぐらい待たされたか、わからなくなりはじめていた。何時間にも感じられ、一分が徐々に長くなっていった。そのとき、不意にドアが弾かれたように開き、少なくとも三人が部屋に入ってきたのが足音でわかった。一人が椅子の周りを歩き出した。

「何の用だ、イングランド野郎？」しわがれ声が巻き舌で訊いた。

「おれはイングランド人じゃない」カールは言った。「ドイツ人だ」

長い沈黙があった。「それなら、何の用だ、ドイツ野郎《クラウト》？」

「あんたたちに提案がある」

「アイルランド共和国軍を支援しているのか？」別の声が訊いた。もっと若くて熱がこもっていたが、権限はなさそうだった。

「アイルランド共和国軍なんか知ったことじゃない」

「それなら、命懸けでわれわれに近づこうとした理由は何だ？」

「言っただろう、あんたたちが価値があると思うかもしれない提案があるからだ。だから、もたもたせずに決定権のある人間を呼びに行き、ここへ連れてきたほうがいいぞ。どうしてかというとな、若造、まだおむつが取れたかどうかもよくわからないような、おまえみたいなひよっこじゃ話にならないからだよ」

最初の一撃が口元に炸裂《さくれつ》し、そのあと、複数の人間が同時に口を開いて、大きな声で腹立たしげに意見を言い合った。カールは血が顎を伝い落ちるのを感じながら、第二撃に備えて身構えたが、もう拳が襲ってくることはなかった。年かさの男が説得したに違いなかった。間もなく、三人は部屋を出ていき、ドアが音高く閉まった。だが、今回は一人残されたわけではなさそうだった。長時間目隠しをされているせいで、音や匂いに対しての感覚が鋭さを増していた。少なくとも一時間は経ったと思われるころ、ふたたびドアが開き、ブーツではなく、靴を履いた男が入ってきた。その足がわずか数インチを隔てて止まったのをカールは感じ取った。

「名前は？」教養のある、訛りのほとんどない男の声が訊いた。

年の頃は三十五から四十といったところだろうと声から推測し、カールは微笑した。見えてはいないけれども、こいつがおれの交渉相手だ。

「カール・ルンズドルフだ」

「それで、ベルファストへは何のために、ミスター・ルンズドルフ？」

「あんたたちの助けを必要としている」

「どんな助けだ」

「あんたたちの大義を信じ、なおかつ、〈ハーランド・アンド・ウォルフ〉で仕事をしている人間を必要としている」

「〈ハーランド・アンド・ウォルフ〉で仕事をしているカトリックはほとんどいないに等

しいし、それはきみだってすでに知っているはずだ。あそこは排他的なんだ。気の毒だが、きみは無駄な旅をしたことになるのかもしれないぞ」

「実は念入りに調べた結果、電気、配管、溶接といった、専門技能を必要とする分野に五人いるとわかった。もっとも、同様の技能を持ったプロテスタントが見つかるまでのことかもしれないが」

「なかなかの情報通だな、ミスター・ルンズドルフ。しかし、われわれの大義を信じているそういう男が見つかったとしても、そいつに何をさせたいんだ？」

「ついこのあいだ、〈ハーランド・アンド・ウォルフ〉は〈バリントン海運〉との契約を成立させた――」

「〈バッキンガム〉という豪華客船を建造させる契約だな」

「あんたこそなかなかの事情通じゃないか」カールは言った。

「それほどでもないさ」教養のある声が謙遜した。「契約が成立した日の翌日、地元の新聞が二紙とも、製作会社が提供したその客船の完成図を一面に載せたからだよ。だから、ミスター・ルンズドルフ、私が知らないことを教えてもらいたい」

「来月中に造船作業が開始され、一九六二年三月十五日に〈バリントン海運〉に引き渡されることになっている」

「それで、われわれにできることがあるとして、きみは何を期待しているんだ？　作業を加速させるのか？　それとも、減速させるのか？」

「停止させてもらいたい」

「それは簡単な仕事ではないぞ。何か不審なことはないかと、とても多くの目が四六時中光っているわけだからな」

「それに見合う報酬は払うつもりだ」

「理由は？」しわがれ声が訊いた。

「私は〈バリントン海運〉が財政的な苦境に陥るのを見たいと思っている競争相手の会社の代理人だとだけ言っておこう」

「それで、どうすればその報酬を受け取れるんだ？」教養のある声が訊いた。

「結果を出すことで、だ。契約書に明文化されているところでは、建造は八段階に区切られていて、それぞれの段階の締切日時が具体的に決められている。たとえば、第一段階は遅くとも今年の十二月一日に、双方が完了したことに合意しなくてはならない。私が提案するのは、どの段階であれ、完了が一日遅れるごとに千ポンドを支払う用意があるということだ。つまり、一年遅らせることができれば、三十六万五千ポンドになるというわけだ」

「一年が何日かぐらいは私も知っているよ、ミスター・ルンズドルフ。もしわれわれがきみの提案に同意するとすれば、〝善意〟の前払いを期待することになるだろうな」

「いくらだ?」カールは訊いた。初めて対等になったような気がした。

二人の男がささやきを交わした。「着手金として二万ポンド、それなら、きみが本気だとわれわれが納得するにやぶさかではないかもしれない」教養のある声が言った。

「銀行口座を教えてくれ。そうすれば、明日の午前中に全額を振り込む」

「連絡する」教養のある声が言った。「だが、その前にきみの提案をもう一度、よく検討させてもらう」

「しかし、あんたは私がどこに住んでいるか知らないだろう」

「チェルシーのイートン・スクウェア四四番地だろ、ミスター・ルンズドルフ」今度はカールが沈黙する番だった。「われわれがきみを助けることに同意したとしても、ミスター・ルンズドルフ、アイルランド人を過小評価するという、イングランド人が千年近く前から犯している同じ過ちを絶対に繰り返さないことだ」

「どうしてルンズドルフを見失ったんだ?」

「〈ハロッズ〉でロバーツ軍曹を振り切ったんです」

「それができればどんなにいいかと、私もときどき思うことがあるよ。妻に買い物に付き合わされたときにな」サー・アランが言った。「ルイスとディエゴはどうなんだ? あの二人も尾行を振り切ったのか?」

「いえ、それはありません。しかし、あの二人はルンズドルフを逃がすための囮《おとり》として、われわれの目を引きつけていただけだということがわかりました」

「ルンズドルフが姿をくらましていたのはどのぐらいのあいだなんだ?」

「三日です。金曜の午後にはイートン・スクウェアへ戻っていました」

「三日ではそう遠くへは行けないだろう。私が賭け屋《ブックメーカー》なら、ベルファストの賭け率を高くするのをためらうのではないかな。何しろ、このひと月、幾晩かピカディリーの〈ウォーズ・アイリッシュ・ハウス〉でギネスを飲んでいたことでもあるしな」

「それに、ベルファストは〈バッキンガム〉が建造される場所でもあります。しかし、マルティネスが何を企んでいるのかは、まだはっきりしませんが」スコット－ホプキンズが言った。

「私もだよ。だが、あの男が最近、ミッドランド銀行のセント・ジェイムズ支店に二百万ポンド強を預け、すぐさま〈バリントン海運〉の株を買いはじめていることはわかったぞ。あの男が二人目の重役を送り込むのも、そう遠いことではないだろうな」

「会社を乗っ取ろうと目論んでいるのかもしれませんね」

「ミセス・クリフトンにとっては、自分の一族の事業をマルティネスが仕切るなど、考えるだに屈辱だろう。名誉を奪われるのは、命を奪われるも同然……とシェイクスピアも言っているじゃないか」

「しかし、それをやろうとしたら、マルティネスは大金を失う恐れがあるでしょう」

「それはどうかな。あの男はすでに万一のときのための準備を整えているのではないだろうか。だが、私もきみと同様、残念ながらそれが何であるかを突き止められずにいるんだ」

「われわれにできることが何かあるでしょうか？」

「ないだろうな。あるとすれば、あいつらのだれかがへまをしてくれるのをじっと待つことぐらいだ」サー・アランがグラスを空にして付け加えた。「ロシアに生まれればよかったと思うのはこんなときだよ。私はいまごろＫＧＢの長官で、規則に縛られて時間を無駄にする必要はないだろうからな」

10

「だれの責任でもないでしょう」ブキャナン会長が言った。

「そうかもしれないけど、不可解な災厄が次から次へと起こっているように思えるわね」

エマは言い、自分の前の長いリストを読み上げていった。「荷物の積み降ろし場の火災で数日間の作業中止。ボイラーを吊り下ろしている最中にロープが切れて落下し、海中に沈没。集団食中毒で七十三名の電気技師、配管技師、溶接技師が自宅待機。山猫ストで――」

「損失はどのぐらいになりますか、会長」フィッシャー少佐が訊いた。

「予定がかなり大幅に遅れはじめています」会長が答えた。「第一段階が年内に完了する見込みはなくなりました。このような状況がつづけば、最初の予定を守るのはほとんど不可能です」

「予定が遅れることによって財務に生じる影響は？」サマーズ海軍少将が訊いた。

財務担当重役のマイケル・キャリックが数字を確認した。「現時点で三十一万二千ポンドの超過が出ています」

「引当金で穴埋めすることは可能なのかな？　それとも、短期の借り入れを余儀なくされるということだろうか」ドブズが訊いた。

「初期の不足分は資本勘定で補って十分にお釣りがくるが」キャリックが答えた。「失われた時間を来《きた》るべき数カ月で取り戻すために、われわれの力でできることはすべてやらなくてはならないだろう」

〝われわれの力で〟と、エマは自分の前のメモ・パッドに書き込んだ。

「日程についても、支出についても、元々の決定を修正しなくてはならないように見えはじめているいまの状況を考えると」ブキャナン会長が口を開いた。「何であれ進水予定日に関する知らせは延期するほうがいいかもしれません」

「あなたが〈P&O〉の副会長だったとき」ノウルズが言った。「こんなふうに問題が連続して生じたことがありますか？　それとも、われわれがいま経験しているのは異常なことなんでしょうか？」

「例外的な事態だと思います。事実、過去にこういう事態に遭遇したことは、私にはありません」ブキャナンは認めた。「造船には停滞や予想外の事態が付きものだが、普通は時間が経つうちに正常に戻るものなのです」

「これらの問題のなかで、保険で埋め合わせられるものはあるのだろうか？」

「保険金の支払いを請求できるものがなくはないが」ディクソンが答えた。「保険会社は必ず上限を設定しているし、今回については、すでにその上限を超えているものが一、二件出てきている」

「でも、今回生じている遅れのいくつかについては、〈ハーランド・アンド・ウォルフ〉に直接の責任があるのは間違いないわ」エマは言った。「だとしたら、契約のなかの関連違約条項を適用されるはずよ」

「残念ながら、ことはそんなに簡単ではないのですよ、ミセス・クリフトン」ブキャナンが応えた。「その条項の適用をわれわれが主張したとしても、〈ハーランド・アンド・ウォルフ〉は、その主張のほとんど一つ一つについて異議を唱え、今回の遅れのどれについても直接の責任はないと反論するはずです。それはつまり、弁護士を立てての戦争になるということで、さらに出費が増えるということでもあるのです」

「あるパターンが見えてきませんか、会長」

「あなたが何を示唆しているのか、少将、私にはよくわからないんですが」

「電気関係の機器に不具合を生じさせたのは、普段は信頼できるリヴァプールの会社です。ボイラーを吊り下ろしている最中に過って港に沈めてしまったのは、グラスゴーの沿岸輸送会社です。食中毒を起こしたのは〈バッキンガム〉の建造に従事している作業員だけで、あの造船所でほかの船の建造に従事している者から患者は出ていません。彼らに食事を提供したのはベルファストの単一の仕出し業者です」

「つまり、どういうことでしょう、少将?」

「偶然が多すぎるのが気に入らないのですよ、アイルランド共和国軍が示威行動を起こしはじめるのと時を同じくしてすべての事故が起こるなど、本当に単なる偶然でしょうか」

「それは飛躍が過ぎるのではないかな」ノウルズが言った。

「確かに深読みをし過ぎているのかもしれない」サマーズ海軍少将は認めた。「だが、私はメイヨー郡でプロテスタントの父とローマ・カトリックの母のあいだに生まれた。だから、そういう見方が染みついているのかもしれない」

エマがちらりとテーブルの向かいに目をやると、フィッシャーが凄まじい勢いでメモを取っていて、見られていると気づいた瞬間にペンを置いた。エマの知るところでは、フィッシャーはカトリックではなかったし、それについてはペドロ・マルティネスも同様で、唯一の信条は自分が利益を得ることだった。何しろこの前の大戦でドイツに武器を売っていた男であり、自分の得になるなら、アイルランド共和国軍と商売をしても不思議はなかった。

「来月の重役会で再会するときには、もっと明るい報告になることを祈りましょう」ブキャナンが言ったが、顔にはその望みは薄いだろうとはっきり書いてあった。

会議が終わったとたん、エマが驚いたことに、フィッシャーはだれとも言葉を交わすことなく、急いで部屋を出ていった。これもサマーズ少将の言うところの偶然の一つなのだろうか？

「少し話ができますか、エマ？」ブキャナンが訊いた。

「すぐに戻るわ、会長」エマは応え、フィッシャーを追って廊下へ出た。階段を下りる姿が消えていくところだった。どうして普通にエレヴェーターを待たないのか？　エマはエレヴェーターに乗ると〈一階〉のボタンを押した。一階に着いてドアが開いてもすぐには降りず、フィッシャーが回転ドアを押して外へ出ていくのを待った。彼女が玄関にたどり着くころには、フィッシャーはすでに自分の車に乗り込もうとしていた。エマは玄関の内側にとどまり、彼が正門のほうへ車を走らせるのを見送った。驚いたことに、正門を出た車はブリストルのほうへ右折するのではなく、ロウアー・ドックのほうへ左折していった。

エマはドアを押し開けると、自分の車へ走った。正門に着いて左を見ると、距離はあったが、少佐の車は特定できた。あとを追おうとした瞬間、大型トラックが目の前を横切った。彼女は悪態をつき、トラックを先に行かせてから左折した。対向車線の車の流れは途切れることがなく、トラックを追い抜くことができなかった。半マイルもそのまま走っていくしかなかったが、そのとき、フィッシャーの車が〈ロード・ネルソン〉の前に停まっているのが見えた。近づいていくと、パブの前の電話ボックスに立って番号をダイヤルしているのがフィッシャーだとわかった。

　エマは大型トラックの後ろについたまま走りつづけ、電話ボックスがバックミラーに映らなくなったところでUターンして、電話ボックスが見えるところまで引き返した。そこで路肩に停車したが、エンジンはかけたままにしておいた。間もなくフィッシャーが電話ボックスから姿を現わし、車に戻って走り去った。その姿が見えなくなるまで、エマは追跡を始めなかった。いずれにしても、行く先ははっきりわかっていた。

　数分後、ふたたび造船所の正門をくぐったとき、いつもの場所に少佐の車があるのを見ても、エマは驚かなかった。エレヴェーターで五階へ上がり、ダイニングルームへ直行した。フィッシャーを含めて数人の重役が長いサイド・テーブルの前に立ち、ビュッフェから料理を選んでいた。エマは皿を取ると彼らと同じように料理を選び、ブキャナン会長の隣りに腰を下ろした。「話があると言っていたわよね、ロス？」

「そうなんです。一つ、緊急に相談しなくてはならないことができたのですよ」

「いまはだめよ」自分の向かいにフィッシャーが皿を置くのを見て、エマは言った。

「重要な話でないと困るぞ、大佐。院内総務との打ち合わせを急いで切り上げてきたんだからな」

「ペドロ・マルティネスが新しい運転手を雇いました」

「それで？」サー・アランが先を促した。

「その運転手というのが、以前、リーアム・ドハティの金の運び屋をしていた男なのです」

「アイルランド共和国軍のベルファスト司令官のドハティか?」

「そうです」

「その新しい運転手の名前は何というんだ」サー・アランが鉛筆を握った。

「ケヴィン・ラファティ、綽名は〝指が一本少ない男〟です」

「どうして?」

「あいつを尋問しているときにイギリス兵がちょっとやり過ぎたと聞いています」

「では、きみのチームに一名加える必要があるな」

「〈パーム・コート〉でお茶を飲むのは初めてですよ」ブキャナンが言った。

「わたしの義母のメイジー・ホールコムが、かつてこのロイヤル・ホテルで働いていたの」エマは説明した。「でも、当時はハリーもわたしもここへくることを許してもらえなかったの。『プロであるなら絶対にしてはいけないこと』というのが彼女の口癖だったわね」

「明らかに時代のはるか先を行っていた、もう一人の女性というわけだ」ブキャナンが言った。

「あなたはその半分を知っているに過ぎないわ」エマは応じた。「でも、メイジーのことは別の機会に譲りましょう。まず、昼食のときに話すのを拒んだことを謝らなくちゃならないわね、でも、フィッシャーに盗み聞きされたくなかったのよ」

「まさか、われわれがいま直面している問題に、彼が何らかの形で関係があると疑っているわけではないでしょうね？」

「絶対の確信はないの。事実、心を入れ替えたのかもしれないと考えはじめてさえいたのよ、今朝まではね」

「しかし、重役会ではこれ以上ないほど協力的ですよ」

「そうね。でも、彼の本当の忠誠心がどこにあるのか、今朝、ついにそれがわかったの」

「話がよくわからないな」

「重役会が終わって、あなたが話があると言ったとき、わたしがそれを断わって部屋を出なくちゃならなかったのを憶えてる？」

「憶えているが、それがフィッシャーとどういう関係があるんです？」

「わたし、彼を尾《つ》けたの。そして、彼が出ていったのは、電話をするためだとわかったのよ」

「同じことをする重役は、間違いなくほかにも一人や二人はいるでしょう」

「そうね。でも、その人たちが電話をするのは、この会社のどこかからでしょう。フィッシャーは会社を出て、造船所のほうへ車を走らせ、〈ロード・ネルソン〉というパブの前の電話ボックスからかけていたわ」

「そんなパブがあったかな、知らなかったな」

「たぶん、それがあそこを選択した理由よ。二分足らずで電話を終わらせ、昼食に間に合ううちに会社へ戻るの。自分がいないことをだれかが気づく前にね」

「だれに電話をしているかを、どうしてそこまで秘密にしなくちゃならないのかな？」

「サマーズ少将が言っていたことがその理由よ。つまり、フィッシャーは自分の後ろ盾にすぐさま報告しなくてはならなかった、そして、それをだれかに聞かれるわけには絶対にいかなかった」

「まさか、フィッシャーがアイルランド共和国軍と何らかの形で関わっていると信じているのではないでしょうね」

「フィッシャーについては信じていないけど、ペドロ・マルティネスについては信じているわ」

「ペドロ、だれですって？」

「フィッシャー少佐が代理をつとめている人物について、あなたに教えるときがきたみたいね。わたしの息子のセバスティアンがどうやってあの男と出会ったか、ロダンの『考える人』がどんなに重大な意味を持っていたかも含めてね。そうすれば、わたしたちが何と敵対しているかがわかるはずよ」

その日の夕刻の遅い時間、三人の男がヘイシャム・フェリーに乗ってベルファストへ向かった。一人は道具箱を、一人はブリーフケースを持ち、最後の一人は何も持っていなかった。彼らは友人でもなく、知己ですらなかった。実際のところ、それぞれが持つ特殊な技術と信条だけで結びついたに過ぎなかった。

ベルファストまでは八時間ほどかかるのが普通で、その間、大半の乗客は少しでも眠ろうとするのだが、この三人は違った。バーへ行き、数少ない共通点の一つであるギネスを三パイント買い、上甲板へ出て席を見つけた。

仕事を始めるのは、客のほとんどが眠っているか、酔っぱらっているか、あるいは、多少のことなら気にしないぐらい疲れているはずの、夜中の三時ごろが一番いいと話がまとまっていた。その時間になると、一人がグループを離れて〈乗組員以外立入り禁止〉の札がかかっている鎖を乗り越え、甲板昇降階段を使って貨物甲板へ下りた。周囲には大きな木箱が積み上げられていたが、目指す四つを見つけるのは難しくなかった。何しろ、〈ハーランド・アンド・ウォルフ〉の文字がくっきりと捺《お》されているのだ。釘抜きハンマーの助けを借りて、四つの木箱の死角になっている側の釘を、百十六本全部ゆるめた。四十分後に仲間のところへ戻り、準備は万端整ったと告げた。今度は別の二人が、言葉を発することなく、貨物甲板へ下りていった。

二人のうちで大柄なほう、カリフラワーのような耳と折れた鼻を見る限りは実際にそうだっただろうと思われる、引退したヘビー級ボクサーで通用しそうな男が、最初の木箱の釘を引き抜き、木の羽目板を外すと、数百本の赤、緑、青の被覆の導線からなる電気系統の制御盤が露わになった。それは〈バッキンガム〉の船橋《ブリッジ》で使われることになっていて、機関室から厨房まで、船長が船のすべての部門と連絡を取ることを可能にしてくれるものだった。実に優れたこの装置を造り上げるのには電気工学の専門家グループが五カ月を要していたが、ベルファストのクィーンズ大学の大学院を修了し、物理学の博士号を持つ若者は、ペンチ一挺の助けを借りただけで、二十七分でそれを解体してしまった。彼は立ち上がると自分の仕事の結果に見惚《みと》れたが、それも束の間、ボクサーが木箱の横から剝がしてあった羽目板を元の場所にはめ直した。そして、まだ自分たちだけだと確認してから、二つ目の木箱に取りかかった。

その木箱には、ダーラムの職人チームが精魂込めて鍛造した、二つの銅のスクリューが収められていた。作品の完成には六週間を要し、彼らが誇りに思うのも当然の出来映えだった。大学院修了生がブリーフケースから硝酸の瓶を取り出し、蓋を開けて、その中身をスクリューの溝を切ってある接合部分にゆっくりと注ぎ込んだ。朝になって木箱が開けられたときには、スクリューは取り付け作業場ではなく、廃品処理場へ行く準備ができているかに見えるはずだった。

　三つ目の木箱の中身こそ、若き博士が実際に目にするのを最も楽しみにしていたもので、鍛えすぎた筋肉が盛り上がった仲間が横の羽目板を剝がして実物を見せてくれたときも、その期待が裏切られることはなかった。それはロレックス社が世界に先駆けて完成させた航法コンピューターで、公にしても大丈夫となったら、〈バリントン海運〉はそれを宣伝材料の目玉にし、その装置を備えているが故にほかの客船ではなく〈バッキンガム〉を選択すべきだとして、潜在的顧客の取り込みを図るはずだった。若者はそれをわずか十二分で、時代の最先端をいく傑作から、時代遅れの廃物へ引きずり下ろした。

　最後の木箱のなかはドーセットで作られた、樫材と真鍮で格調高く仕上げられた舵輪《だりん》で、ブリッジでその前に立つのを誇りに思わない船長はいないはずだった。若者は微笑した。時間がなくなりはじめていたし、もはや舵輪を破壊する意味もなかった。というわけで、指一本触れないで、栄光に包まれたままの状態で残してやることにした。

　ボクサーが木の羽目板の最後の一枚をはめ直すや、二人はすぐさま上甲板へ引き返した。作業が始まってから終わるまでの一時間、もし作業を邪魔するはめになった運の悪いだれかがいたら、その人物は元ボクサーが〝破壊神《ザ・デストロイヤー》〟と綽名されている理由を知ることになるはずだった。

　二人が上甲板にふたたび姿を現わすやいなや、もう一人がふたたび螺旋階段を下りていった。もはや時間との戦いだった。男は消音のためにハンカチの助けを借り、百十六本の釘を一本残らず、ハンマーで、慎重に元の場所に打ち込んでいった。最後の木箱の釘の最後の一本を打ち込んでいるとき、船が汽笛を二度鳴らすのが聞こえた。

フェリーがベルファストのドニゴール埠頭に着くと、三人はそれぞれ十五分の間隔を置いて下船した。いまだに互いの名前も知らなかったし、二度と会うこともない運命だった。

11

「はっきり申し上げるが、少佐、いかなる状況であろうと、私がアイルランド共和国軍と取引を考えるなどということは断じてあり得ません」ペドロ・マルティネスが言った。「あいつらはしょせん残忍な人殺し集団に過ぎん。一人残らずクラムリン・ロードの監獄にぶち込んでしまえばいいんだ。それが早ければ早いほど、われわれみんなのためにもなるんです」

「それを聞いて安心しましたよ」フィッシャーは言った。「あなたが私の知らないところであの犯罪者どもと取引をしていたら、即刻辞任せざるを得ないところでしたからね」

「それは何よりもあなたにしてもらいたくないことだ」ペドロ・マルティネスが抵抗した。

「いいですか、私はあなたを〈バリントン海運〉の次の会長と見ているんです。しかも、そう遠くない将来にね。それを忘れないでいただきたい」

「しかし、ブキャナンはしばらくは引退しそうにありませんよ」

「辞任やむなしと彼自身が感じれば、早まらないとも限らない」

「あの会社が始まって以来最大の投資計画にサインしたばかりのときに、なぜ引退するんです？」

「最大の投資計画どころか、最大の失敗だったらどうです？　なぜなら、あの投資が賢明でなかったと証明されたら、責任を取るべきは、それを提案した本人以外にいないからですよ。創業家一族であるバリントン家は、そもそも最初から計画全体に反対だったんだから」

「そうかもしれません。しかし、彼が辞任を考えるときには、その前に状況がさらに大きく悪化しなければ」

「これ以上、どう悪化する可能性がありますかね？」マルティネスが机の向こうから〈デイリー・テレグラフ〉を押して寄越し、フィッシャーはその見出しに目を凝らした――〝警察、ヘイシャム・フェリー破壊工作にアイルランド共和国軍の関与を確信〟。「あの事件で、〈バッキンガム〉建造はさらに半年の遅れを余儀なくされるでしょう。そして、忘れないでくださいよ。ブキャナンはこのすべてについて、知らなかったではすまない立場にいるんです。彼が自分の進退を考えはじめるのに、これ以上何が悪化する必要がありますか？　いいですか、〈バリントン海運〉の株価がさらに下がれば、彼は辞任する前に解任されるでしょう。というわけだから、あなたは彼に取って代わることを本気で考えるべきです。こんなチャンスは二度とないかもしれないんだから」

「たとえブキャナンが辞任することになるとしても、次の会長はだれが見てもミセス・クリフトンでしょう。創業家一族で、いまも株の二十二パーセントを持っていて、重役連にも好かれているんですから」

「彼女が本命であることは私も疑っていない。しかし、本命が第一障害で脱落することが往々にしてあるのはよく知られた事実です。だから、あなたは現会長に味方しつづけるんです。なぜなら、最終的に彼がキャスティング・ヴォートを握るかもしれないからですよ」ペドロ・マルティネスが立ち上がった。「申し訳ないが、これで失礼する。まさにその問題で銀行と打ち合わせの約束があるのでね。夕方に電話をいただきたい。そのときには、あなたにとって興味深いニュースを提供できるかもしれない」


ペドロ・マルティネスはロールス－ロイスの後部座席に乗り込み、朝の車の流れにゆっくりと合流しようとする運転手に言った。「おはよう、ケヴィン。おまえの仲間はへイシャム・フェリーでいい仕事をしたぞ。唯一残念なのは、〈ハーランド・アンド・ウォルフ〉であの木箱を開けたときの、あそこの連中の顔が見られなかったことだな。それで、次は何を企んでいるんだ？」

「次なんかない。あんたがまだ支払ってくれていない二十万ポンドの片がつくまではな」

「そのことなら、今朝、これから処理する。実際、いま銀行へ向かっている理由の一つがそれだ」

「それを聞いて嬉しいよ」ケヴィン・ラファティが応じた。「ブルーノの不幸な死から間がないってのに息子がまた一人死んだんじゃ、あんたも可哀相だからな」

「おれを脅す気か！」ペドロ・マルティネスは叫んだ。

「脅しなんかじゃないさ」ラファティが次の信号で停まった。「本気だったよ。まあ、あんたのことは嫌いじゃないから、それだけの理由でも、残っている二人の息子のどっちを生かしておくかぐらいは選ばせてやるつもりでいたがね」

　ペドロ・マルティネスは座席に沈み込み、それからは一切口を開かなかった。車は走りつづけ、ついにミッドランド銀行セント・ジェイムズ支店の前で停まった。

　銀行への階段を上がるとき、ペドロ・マルティネスは自分が属すところではない、別の世界へ入ろうとしている気分になるのが常だった。入口の把手《とって》を握ろうとしたそのとき、勢いよくドアが開いて、若者が一歩前に進み出た。

「おはようございます、ミスター・マルティネス。ミスター・レドベリーがお待ち申しています」若者はそれ以上何も言わずに、最も価値ある顧客の一人をまっすぐ支配人執務室へ案内した。

「おはよう、マルティネス」支配人が顧客の姿を見て挨拶した。「一年のいまごろにしては穏やかな天気ですな」

ペドロ・マルティネスは受け入れるのにしばらく時間がかかったが、イギリス人が〝ミスター〟を付けずに姓だけで相手を呼ぶときは、それは実は敬意を表わしているのだった。相手を同等と見なしているということだからである。しかし、友人と見なされるのは、ファースト・ネームで呼ばれるようになってからだった。

「おはよう、レドベリー」ペドロ・マルティネスは応えたが、イギリス人の天気についてのこだわりには、いまだにどう対応していいかわからなかった。

「コーヒーはどうです？」

「いや、結構。十二時にもう一つ約束があるのでね」

「なるほど。われわれはいまもあなたの指示通り、〈バリントン海運〉の株が市場に出てきたときはその場で買いつづけています。承知のことと思うが、あなたは現時点で二十二・五パーセントの株を所有しているから、フィッシャー少佐に加えて、さらに二人を重役会に送り込む資格を有しています。しかし、これは強調しておかなくてはならないが、あなたの保有する株が二十五パーセントまで増えていくようであれば、銀行は法的義務によって、その保有者が会社全体を肩代わりする意図があると証券取引所に知らせなくてはなりません」

「それは私が一番したくないことだ」ペドロ・マルティネスは言った。「私の目的を達成するには二十二・五パーセントで十分だ」

「素晴らしい。では、あなたが自分の代理として選任し、〈バリントン海運〉の重役会に新たに送り込む二人の人物の名前を教えてもらえば、私としてはほかにお願いすることはありません」

ペドロ・マルティネスが内ポケットから封筒を取り出し、支配人に手渡した。レドベリーはそれを開き、選任用紙を広げて、そこに記されている名前を見た。意外ではあったがそれを口にはせず、こう言うにとどめた。「このところ〈バリントン海運〉は不運な停滞に直面しているけれども、それが長期的にあなたの問題にならないことを願っていると、これだけはあなたの銀行家として付け加えておかなくてはなりませんね」

「会社の将来については、過去のいつよりも自信を持っているよ」

「その言葉を聞くことができて何よりです。というのは、これだけ大量の株を買っているわけだから、あなたの資本にも少なからず影響が出てきているからなんですよ。われわれとしては、株価がさらに下がらないことを願わなくてはなりません」

「いずれわかるだろうが、近々会社から発表があると思う。おそらく、株主と金融街《シティ》の両方が喜ぶはずの内容だ」

「それは実にいいニュースだ。それで、いまここで私がやることはほかにありませんか」

「ある」ペドロ・マルティネスは言った。「十万ポンドをチューリヒの口座へ移してほしい」

「本重役会に通告しなくてはならないのは残念だが、私は会長職を辞することにしました」

それを聞いた瞬間、ロス・ブキャナンの同僚たちは衝撃を受け、耳を疑った。その直後、ほとんど全員が、一斉に、それは認められないと声を上げた。一人だけ沈黙している重役がいた。ブキャナンの通告に驚かなかった唯一の人物でもあった。重役のほぼ全員がブキャナン辞任に反対であることは、すぐに明らかになった。会長は座が落ちつくのを待って話を再開した。

「あなた方がいまも私を支持してくれるのは本当にありがたい。だが、私には以下のことを諸君に知らせる義務がある。すなわち、私が彼の信頼をもはや得ていないことを、ある大株主が明らかにしたということです」ブキャナンは〝彼の〟の部分に力を込めた。「彼は改めて、また、まったく正しく、私が権限のすべてを行使して〈バッキンガム〉の建造を後押ししたことを思い出させてくれました。彼の見るところでは、それはせいぜいよく言っても判断ミス、悪く言えば無責任のなせることだったと証明されたのだそうです。第一および第二段階の作業完了予定日はすでに遅れているし、現時点での支出は予算を十八パーセント超過している」

「あなたが艦橋にとどまる、なおさらの理由がある」サマーズ少将が言った。「嵐が吹き荒れているとき、艦長は艦を捨てる最後の人間であるべきでしょう」

「今回の場合、われわれに残されている唯一の希望は、少将、私が艦を捨てることなのです」ブキャナンが応えた。一人、二人と俯き、残念ながらエマは、自分が何を言っても彼の決心を変えることはできないだろうと思わざるを得なかった。「私の経験では」ブキャナンがつづけた。「いまわれわれが直面しているような状況になった場合、シティは常に問題を解決するために新しいリーダーを見つけ出し、迅速に片を付けようとします」そして、重役の面々を見渡して、付け加えた。「これだけは言っておかなくてはならないと思うのだが、私の考えでは、私の後任にふさわしい人物を見つけるのに、現在の重役以外に目を向ける必要はないのではないでしょうか」

「ミセス・クリフトンとフィッシャー少佐をともに副会長ということにすれば」アンスコットが提案した。「スクウェア・マイル（ロンドンの金融街＝シティのこと）のわれらが主《あるじ》たちの動揺も鎮まるのではないでしょうか」

「残念だが、アンスコット、彼らはその正体を見抜くだろう。とりあえずの弥縫策《びほうさく》だとね。将来のどこかで〈バリントン海運〉がさらなる融資を必要としたとき、新会長はへりくだるのではなく、信用を携えて銀行に行かなくてはなりません。シティの辞書では、〝信用〟こそが何よりも重要な言葉なのです」

「ロス」重役会で、エマが会長をクリスチャン・ネームで呼ぶのは初めてだった。「わたしの一族があなたの舵取りを全面的に信用していて、会長職にとどまることを望んでいると明言したら、あなたの決心を変える一助にならないかしら」

「もちろん、私はその言葉を重く受け止めるが、シティは何とも思わないでしょう。単なるジェスチャー以外の何物でもないと見なすだけです。しかし、個人的には、エマ、あなたが支持してくれることは大変ありがたく思っています」

「私も常にあなたの味方だとあてにしてもらって結構ですよ」フィッシャーが割り込んだ。

「最後まで支えます」

「それが問題なのですよ、少佐。私が辞任しなければ、この偉大な会社が〝最後〟になる可能性が十分過ぎるほどあるのです。そして、われわれはこの会社の偉大さをよく知っている。その会社を終わらせてしまった、そんな思いを背負って生きていくことは、私にはできません」ブキャナン会長は発言を求める者がいるのではないかとテーブルを囲む重役たちを見渡したが、賽《さい》はすでに投げられてしまったことを、いまは全員が受け入れているようだった。

「今日の午後五時、証券取引所が閉まったあとで、私は一身上の都合で〈バリントン海運〉会長辞任を重役会に申し出たことを発表します。しかし、みなさんの同意を得られれば、新しい会長が選出されるまで、日常業務に関する責任者としてとどまるつもりでもあります」

異議を唱える声は上がらなかった。数分後に会議は終わり、フィッシャーがそそくさと部屋を出ていったが、それを見てもエマは驚かなかった。彼は二十分後、昼食に間に合うよう戻ってきて同僚と合流した。

「奥の手を出してもらう必要が出てきましたね」重役会の内容を詳しくフィッシャーから聞いたあとで、ペドロ・マルティネスは言った。

「その奥の手とは何でしょう？」

「あなたは男だ。そして、この国には女を会長に戴《いただ》いている上場企業はありません。女を重役にしている企業だってほとんどないんです」

「エマ・クリフトンがその旧来の慣習を打破して、新風を吹き込むんです」フィッシャーは思い出させた。

「そうかもしれないが、女を会長に戴くのを我慢できない可能性のある重役に心当たりはありませんか」

「ありませんね、ただ――」

「ただ？」

「競技が行なわれている日に女性のクラブハウス立入りを認めるかどうかについてロイヤル・ワイヴァーン・ゴルフ・クラブが揉《も》めたとき、ノウルズとアンスコットが反対票を投じたことは、私ももちろん知っています」

「それなら、節を曲げないその態度をあなたが尊敬していること、自分がそのクラブの会員であったなら、二人と同じことをしただろうことを知らせてやるんです」

「もう知らせたし、私はあのクラブの会員なんです」フィッシャーは言った。

「だったら、二票はすでに手に入っているわけだ。海軍少将はどうです？　だって、彼は独身でしょう」

「見込みはあるでしょうね。彼女が最初に重役に推薦されたとき、意見を留保した記憶がありますから」

「三票目の可能性が出てきたわけだ」

「しかし、彼らが私を支持してくれたとしても、まだ三票でしょう。残る四人はほぼ間違いなくミセス・クリフトンを支持しますよ」

「忘れないでください、私は次の重役会の開催日までに、新たに二人の重役を送り込むつもりです。そうすれば、あなたの票は六票になる。あなたに有利なほうへ針が振れるに十分以上でしょう」

「バリントン一族はあと二つ、重役会に席を持つことができるんです。彼らがその二席をすべて埋めたら、私が有利になるという保証はありません。勝利を確定させるためには、さらに一票が必要になります。なぜなら、投票数が同数だった場合は重役会の議長であるブキャナンがキャスティング・ヴォートを握ることになり、ミセス・クリフトンに票を入れるのはほぼ間違いないからです」

「では、今度の木曜までに、われわれは重役をもう一人送り込む必要があるわけだ」

二人は沈黙したが、やがてペドロ・マルティネスが口を開いた。「だれか、余分な金を持っている人間に心当たりはありませんか？　いまのバリントン株がどんなに安いかを知っていて、何があろうとミセス・クリフトンを次期会長にしたくない人物を？」

「ありますとも」フィッシャーは躊躇なく答えた。「あなた以上に、と言ってもいいほどエマ・クリフトンを激しく嫌っている人物がいます。彼女は最近、かなりの額の離婚慰謝料を手にしています」

12

「おはようございます」ロス・ブキャナンがいつもの改まった口調で言った。「この臨時重役会にようこそ足を運んでいただきました。本日の議題はただ一つ、すなわち、〈バリントン海運〉の新会長を選出することです。まず申し上げておかなくてはならないのですが、あなた方の会長として五年間奉仕できたことはこの上ない誇りであり、その地位を不本意ながら去らなくてはならないのは大いなる悲しみであります。しかし、ここでもう一度申し上げる必要のない理由によって、いまこそが身を引いて、新たな人物にその職務を譲るのが正しいときだと考えます。

「私の最初の責任は」彼はつづけた。「今日、われわれとともにいる株主と臨時重役会における投票権を持つ株主を紹介することです。それは社の組織構成に関する定款《ていかん》に書かれています。このテーブルの周囲に坐っている重役の一人あるいは二人はすでに馴染みがあるかとも思いますが、それ以外の方々はあまり知られていないかもしれません。私の右にいるのは社の最高経営責任者であるミスター・デイヴィッド・ディクソン、私の左にいるのが総務担当重役のミスター・フィリップ・ウェブスターです。彼の左が財務担当重役のミスター・マイケル・キャリックです。彼の隣りに坐っているのはサマーズ海軍少将、それから、ミセス・クリフトン、ミスター・アンスコット、ミスター・ノウルズ、フィッシャー少佐、そして、ミスター・ドブズ、いずれも社外取締役です。今日、この社外取締役に個人として、あるいは、〈バリントン海運〉株を多く保有している会社の代表として新たに加わった人々がいて、そこにはミスター・ピーター・メイナードとミセス・アレックス・フィッシャーが含まれます。二人とも、現在〈バリントン海運〉の株の二十二・五パーセントを代表しているフィッシャー少佐の指名によるものです」メイナードは微笑したが、スーザン・フィッシャーは全員の目が自分に向けられたとたんに顔を赤らめて俯いた。「さらに、バリントン一族と、一族の保有する二十二パーセントを代表して、サー・ジャイルズ・バリントン——氏は戦功十字章を授けられ、庶民院議員でもあります——と、氏の妹のドクター・グレイス・バリントンが新たに加わりました。また、法的要求を満たしてこの案件の投票権を保持している株主を代表して新たに加わった二人が、レディ・ヴァージニア・フェンウィック」——ヴァージニアがフィッシャーの背中を軽く叩き、彼女がだれを支持しているか、だれの目にも疑いの余地をなくした——「そして」——ブキャナンはノートを確認した——「ミスター・セドリック・ハードキャッスルです。ミスター・ハードキャッスルはファージングズ銀行を代表していて、現在、ファージングズ銀行はバリントン海運株の七・五パーセントを保有しています」

テーブルに向かって坐っている全員が、これまでだれも遭遇したことのない一人の人物を見た。その人物はグレイのスリーｰピース・スーツ、白のワイシャツ、かなりくたびれたブルーのシルクのネクタイという服装だった。身長はせいぜい五フィートを一インチ超えているぐらいで、ほぼ完全な禿頭と言ってよかったが、耳に届くかどうかといった白髪の多い髪が辛うじて薄く半円を描いていた。角縁の分厚い眼鏡をかけているせいで、年齢を推定するのはほぼ不可能だった。五十歳？　それとも、六十か？　もしかしたら七十もあり得るかもしれない。ミスター・ハードキャッスルが眼鏡を外し、鉄灰色の目が露わになった。どこかで見たことがある、とエマは確信した。だが、どこで見たかを思い出せなかった。

「おはようございます、会長」としか言わなかったが、それだけで、彼がどの州の出身かが明らかになった。

「では、当座の問題に移りましょう」ブキャナンは本題に入った。「昨日の午後六時の締切りまでに、次期会長候補として二人の人物の名前が届け出られました。一人はミセス・エマ・クリフトン、もう一人はアレックス・フィッシャー少佐です。ミセス・クリフトンの推薦人はサー・ジャイルズ・バリントン、介添人はドクター・グレイス・バリントン、フィッシャー少佐の推薦人はミスター・アンスコット、介添人はミスター・ノウルズです。

二人の候補者はともに、これからこの重役会に対し、〈バリントン海運〉の将来をどう見るか、おのおのの考えを明らかにすることになっています。では、この会議の口開けとして、所信表明をフィッシャー少佐にお願いしましょう」

フィッシャーは自分の席を動こうとしなかった。「女性に先を譲るのが礼儀にかなうと思いますが」そして、エマに鷹揚《おうよう》な笑みを向けた。

「ありがとうございます、少佐」エマは応えた。「ですが、わたしは喜んで会長の決定に従うつもりです。ですから、ご遠慮なく、どうぞお先に」

フィッシャーはかすかにうろたえた様子を見せたもののすぐに体勢を立て直し、ノートをめくりながら立ち上がると、テーブルの面々をゆっくりと見渡してから口を開いた。

「会長、並びに、重役のみなさん。自分が〈バリントン海運〉の会長候補と見なされることを、私は大いなる誇りとするものです。ブリストルに生まれ、ブリストルで育った私は、この偉大な会社を物心ついたときから知っています。その歴史、その伝統、そして、その名声は、海へ出ていくことを生業《なりわい》とする、ブリストルの偉大な遺産の一部になっているのです。サー・ジョシュア・バリントンは伝説的な人物であり、私がいみじくも知己を得る機会を得たサー・ウォルターは」――エマは驚きを顔に浮かべた。三十年前、卒業式の日にたまたま祖父と出くわしただけじゃないの、それをもって〝知己を得た〟だなんて――

「この会社をその手で上場させ、この国のみならず世界の大手海運会社の一つとしての名声を築いた人物です。しかし、悲しいことに、それはもはや当てはまらなくなりました。その原因の一部は、サー・ウォルターの子息、サー・ヒューゴーがその職務に単に耐え得なかったからであり、現会長が多大な努力を積み重ねて名声を回復させたにもかかわらず、最近の一連の出来事――もとより彼が引き起こしたものではありませんが――によって、少ないとは言えない株主の信頼が失われたことにあります。同席の重役のみなさん、あなた方の今日の役割は」そして、もう一度テーブルの面々を見渡した。「その信頼の危機に対処するに最もふさわしい能力を備えている人物を選ぶことなのです。状況に鑑《かんが》みて、戦場に臨んだときの私の実績に言及しておくべきだろうと考えます。モントゴメリー将軍によればトブルクは史上最も過酷な戦場の一つですが、私はそのトブルクで若き中尉として戦い、祖国に奉仕しました。あの猛攻撃を生き延びられたのは幸運の賜物で、そのとき、私は現役で勲章を授けられたのです」

ジャイルズは頭を抱えた。敵軍が北アフリカの地平線に姿を現わしたときの本当のことを重役たちに教えてやりたい衝動に駆られたが、それが妹のためにならないこともわかっていた。

「次の戦いは、この前の総選挙でサー・ジャイルズ・バリントンに対抗し、保守党から立候補したときでした」フィッシャーは〝保守党〟という言葉を強調したが、それはジャイルズを別にして、ここにいる重役たちの誰一人として労働党に票を投じたことはなさそうだと感じたからである。「私は労働党の金城湯池《きんじょうとうち》ともいうべきブリストル港湾地区で議席を奪還しようと試み、得票数を三度も数え直したあと、結局わずか数票の差で敗れたのでした」そして、今度はジャイルズに向かって微笑して見せた。

ジャイルズはフィッシャーに飛びかかってその顔から笑みを消し去ってやりたかったが、何とかその衝動を抑えた。

「したがって、私はこう自負してもいいのではないかと、いささかの確信を持っています。つまり、自分が勝利と敗北の両方を知っていて、キップリングの言葉を借りるなら、二人の詐欺師をまったく同じように扱ってきた人間である、と」

「そして、いまは」フィッシャーがつづけた。「高名なわれわれの会社が現在直面している問題のいくつかに手を触れることを許される人間である、と。ここで、〝現在〟という言葉を強調したいと思います。わずか一年と少し前、われわれは重要な決断をし、失礼ながらここでもう一度確認させてもらうなら、私はあのとき、〈バッキンガム〉建造を推し進めるべきであるという会長の提案を全面的に支持しました。しかし、それ以降、予想外の、あるいは、予想すべきだったはずの不幸な出来事が連続し、それらが原因となって予定が大きくくずれ込みました。結果として、この会社の歴史のなかで初めて、この困難な時期を乗り切るべく銀行に援助融資を要請することを考えなくてはならなくなりました。

「いまこの場で申し上げるのを許していただきたいのだが、私が会長に選出されたら、すぐに三つのことを行ないたいと考えています。一つ目は、ミセス・クリフトンに副会長をお願いすることです。そうすれば、バリントン一族が百年以上そうであったとおりに、会社の将来に完全に関わりつづけると、彼らも信じて疑わないでしょう」

テーブルを囲んでいる面々の何人かから「その通り《ヒヤ・ヒヤ》」と賛同の声が上がり、フィッシャーは重役になって以来二度目となる、エマへの笑みを浮かべた。ジャイルズはフィッシャーの厚かましさが羨《うらや》ましかった。なぜなら、〈バリントン海運〉がいま苦しめられている問題にはフィッシャーが関わっているとエマが信じていて、それ故に副会長を引き受けるはずがなく、まして笑みを返すなどあり得ないことを、あの男は知っているはずだからだった。

「二つ目は、明日の午前中にベルファストへ飛んで〈ハーランド・アンド・ウォルフ〉のサー・フレデリック・レベック会長と会い、〈バッキンガム〉建造作業中に生じた不幸な遅れについて彼の会社が責任を認めるのを執拗に拒否していることを指摘し、契約の見直し交渉に入るということです。三つ目は、一流の警備会社と契約し、何であれ〈バリントン海運〉のためにベルファストへ送られる備品を護《まも》らせるということです。そうすれば、ヘイシャム・フェリーで起こったような破壊工作は二度と不可能になるでしょう。同時に、違約条項が非常に小さな文字で印刷されているページのない、新たな保険に入ります。最後に、幸いにして会長になることができたら私は今日の午後から仕事を始め、〈バッキンガム〉が就航して、会社が投資に見合った利益を回復するまで休むつもりのないことを付け加えておきます」

フィッシャーは温かい拍手、笑顔、賛同のうなずきのなか、腰を下ろした。拍手がまだ鎮まりもしないうちに、エマは敵に最初に話させるという戦術的な過ちを自分が犯したことに気がついた。フィッシャーは彼女が指摘しようと思っていた点をほとんど網羅していて、そのあとで何を言ったとしても、よくてフィッシャーに同意しているように思われるか、最悪の場合は彼女自身の考えなどないようにしか思われないはずだった。この前の選挙運動で、ジャイルズがこの男にしたたかな屈辱を味わわせてやったことがよみがえったが、今朝のフィッシャーはコルストン・ホールのときとはまるで別人だったし、ジャイルズも驚いていることは、顔を一目見ただけでわかった。

「ミセス・クリフトン」ブキャナン会長が促した。「あなたの考えを重役会に聞かせてもらえますか」

エマは不安を抱えたまま立ち上がり、グレイスが親指を立てて見せてくれたものの、いまにもライオンの前に投げ出されようとしているキリスト教徒の奴隷のような気分だった。

「会長、まず申し上げなくてはならないのですが、今日、そしていま、あなたの前に立っているのは、自ら進んで手を上げた候補者ではありません。なぜなら、あなたが会長職にとどまるという選択肢があったら、立候補などしていないからです。辞任以外に選択の余地はないとあなたが決断したとき初めて、あなたのあとを襲って会長職に就き、この会社と長くともにありつづけているわたしの一族の伝統を引き継いでいくことを考えはじめたぐらいなのです。では、わたしの最大の弱点であるとこの重役会の何人かが考えておられるかもしれないもの、つまり、わたしの性、すなわち、わたしが女性であることについての議論から始めたいと考えます」

それを聞いてどっと笑い声が上がった。なかには神経質なものもあったが、スーザン・フィッシャーは同情を顔に浮かべていた。

「わたしは」エマはつづけた。「男の世界に一人だけ放り出された女としての不利を経験していますが、率直に言って、それについてできることは何もありません。勇気ある重役会が女性を〈バリントン海運〉の会長に指名することになれば、わたしはそれを大いなる英断だと心からありがたく思います。いまわたしたちが直面している困難な状況を考えれば、尚更です。ですが、勇気をもって革新を断行することこそ、いまのこの会社がまさしく必要としているものです。〈バリントン海運〉は岐路に立っています。そして、だれであれ今日、会長に選出される者が、いずれの標識に従うかを選択しなくてはならないのです。みなさんもご承知のとおり、昨年、この重役会が〈バッキンガム〉建造を推進すると決定したとき、わたしはその考えに異議を表明し、反対票を投じました。ですから、公正を期すためには、そのことについてのいまのわたしの立場を明らかにするしかないと考えます。わたしの見るところでは、建造計画を白紙に戻すことは考慮の対象になり得ません。なぜなら、それはこの会社が恥をさらすことになるどころか、消滅する恐れさえ出てくるからです。重役会は建造計画の推進を誠意を持って決定したのであり、わたしたちは株主に対して、だれかのせいにして投げ出すのではなく、わたしたちの持てる力と手段をすべて尽くして、失われた時間を埋め合わせ、長期的な成功を確かなものにする責任を負っているのです」

エマはノートに目を落としたが、そこに書かれているほとんどは、もう一人の候補者がすでに述べたことの繰り返しだった。それでも、ここにいる重役の面々が同じ考えと意見をもう一度聞くことになるという事実を、自分の持ち前の熱意と表現力が克服してくれることを願いながら、何とか話しつづけていった。

所信表明の最後の部分にたどり着くころには、重役たちの関心が失われつつあるのを感じ取ることができた。今日は何か予想外のことが起こるはずだとジャイルズは警告していたが、その予言は的中し、形勢は一気にフィッシャーに有利に転じていた。

「わたしの所信表明はこれで終わりですが、会長、最後に一言、バリントン一族の一人として、とりわけ会社がこのような本当の困難に直面しているときに、華々しい功績を持つ先祖の仲間入りをしてこの重役会に席を得るのを許されたことは、望外の幸せだったと申し上げなくてはなりません。あなた方の助けがあれば、自分がこの困難に打ち勝ち、〈バリントン海運〉という誇りある名前と、素晴らしい名声、財政の安定を取り戻せると、わたしは確信しています」

百点満点の出来とは言い難かったわね、とやや不満を感じながら、エマは着席した。あとはジャイルズのもう一つの予想——今日の出席者のほぼ全員が、この会議が招集されるはるか以前に、エマに投票するか、フィッシャーに投票するかをすでに決めているはずだ——が当たることを祈るばかりだった。

二人の候補者が所信表明を終えるや、今度は重役たちが意見を述べる番になった。大半が自分の考えを述べたがったが、一時間後には、洞察力や独創性に富んでいると言えるようなものはほとんどないことが明らかになった。そして、「あなたが会長に選ばれたら、フィッシャー少佐を副会長に指名しますか」という質問の答えを拒否したにもかかわらず、その結果がどう出るかはいまだ流動的だとエマには感じられた。その状態がつづいたのは、レディ・ヴァージニアが口を開くまでだった。

「一つの個人的な意見を述べたいだけなのですけれど、会長」彼女がまつげをはためかせながら、甘えるような口調で言った。「女性がこの世に存在するのは、重役会で議長を務めたり、労働組合を指導したり、豪華客船を造ったり、シティの銀行から巨額の資金を調達したりするためだとは、わたしは信じていません。ミセス・クリフトンを、そして、彼女がなし遂げてきたことを尊敬するにやぶさかではもちろんありませんが、それでも、わたしはフィッシャー少佐を支持します。そして、ミセス・クリフトンが少佐の寛大な申し出を受け入れ、副会長職を引き受けることを希望するばかりです。今日、わたしは一切の偏見を持たずにここにきていますし、ミセス・クリフトンに対しても、確証もないのに否定するつもりはありませんでした。ですが、残念なことに、彼女はわたしの期待に応えてくれていないと言わざるを得ません」

エマはヴァージニアの度胸に脱帽せざるを得なかった。この会議室に姿を現わすはるか前に原稿を一字一句頭に叩き込み、効果的な間を置くためのリハーサルまでしてきたのは明らかだったが、それでも、口を挟むつもりはなかったけれども最後の瞬間にとっさの発言を余儀なくされたのだという印象を与えることに何とか成功していた。いま、この会議に出席している重役のうちの何人が彼女に騙《だま》されただろう、とエマはなす術《すべ》もなく考えた。ジャイルズが騙されていないのは確かだった。彼の顔には、できることならかつては妻だったことのある、あの女を絞め殺してやりたいと書いてあった。

レディ・ヴァージニアが着席した時点で、まだ発言していないのは二人だけだった。ブキャナン会長が変わることなく慇懃《いんぎん》に言った。「投票に移る前に、お訊きすべきだと考えます。ミセス・フィッシャー、ミスター・ハードキャッスル、ご意見はありませんか？」

「ありません、会長」スーザン・フィッシャーが弾かれたように答え、ふたたび俯いた。

会長はミスター・ハードキャッスルを見た。

「お気遣いに感謝します、会長」ハードキャッスルが応えた。「しかし、申し上げることがあるとすれば、すべての意見を多大な関心を持って聞かせてもらったというにとどまります。とりわけお二人の候補者の考えは興味深く拝聴しました。というわけで、レディ・ヴァージニアと同じく、どちらの候補を支持するかは、私のなかではすでに決まっています」

フィッシャーがヨークシャーの男に笑顔を送った。

「ありがとうございます、ミスター・ハードキャッスル」会長が言った。「さらに意見を明らかにしたいという方がおられなければ、これをもって重役のみなさんに投票をお願いしたいと考えます」そして、短い間を置いたが、口を開く者はいなかった。「これから、みなさんの名前を総務担当重役に順番に指名してもらいます。どちらの候補を支持するかを答えてください」

「まず、社内重役から始めて」ウェブスターが言った。「それが終わってから、社外重役のみなさんの投票に移ります。それでは、ミスター・ブキャナン？」

「私はどちらにも投票しません」ブキャナンが答えた。「しかし、最終的に双方の得票が同数になった場合は、会長特権を行使して、次期会長にふさわしいと私が信じる候補に一票を投じます」

ブキャナンは自分のあとをだれに襲わせるべきかを考えて幾晩も眠れない夜を過ごし、

ようやくエマに軍配を上げたのだった。が、フィッシャーの所信表明が好感を持って迎えられ、エマのそれにはそれほどの反応がなかったために、その判断に迷いが生じていた。フィッシャーに投票する決心はいまだつかず、したがって自分は棄権して、決定を同僚に委《ゆだ》ねることにした。だが、そうであるにもかかわらず、双方同数という結果になったら、不本意ながらもフィッシャーを支持しなくてはならないように思われた。

ロスが棄権を宣言するのを聞いて、エマは驚きと失望を隠せなかった。フィッシャーが笑みを浮かべ、それまではクリフトン陣営に所属していた会長の名前を、線を引いて消した。

「ミスター・ディクソン？」

「ミセス・クリフトン」取締役社長は躊躇なく答えた。

「ミスター・キャリック？」

「フィッシャー少佐」財務担当重役が答えた。

「ミスター・アンスコット？」

「フィッシャー少佐」エマはがっかりしたが、意外ではなかった。なぜなら、それはノウルズも自分に投票しないことを意味するとわかっていたからである。

「サー・ジャイルズ・バリントン？」

「ミセス・クリフトン」

「ドクター・グレイス・バリントン？」

「ミセス・クリフトン」

「ミセス・エマ・クリフトン？」

「私は投票すべきでないと考えます、会長」エマは言った。「したがって、棄権します」

フィッシャーが賛同のうなずきを見せた。

「ミスター・ドブズ？」

「ミセス・クリフトン」

「レディ・ヴァージニア・フェンウィック？」

「フィッシャー少佐」

「フィッシャー少佐？」

「私は自らの権利を現状のまま行使し、私に一票を投じます」フィッシャーは答え、テーブル越しにエマに笑みを浮かべて見せた。

フィッシャーが紳士的に振る舞う可能性など万に一つもあり得ないのは明らかなのだから絶対に棄権はしないでくれと、セバスティアンは何度母に懇願したことだろうか。

「ミセス・フィッシャー？」

スーザン・フィッシャーは会長に向かって顔を上げ、一瞬ためらってから、小さな声で不安そうに答えた。「ミセス・クリフトン」

アレックス・フィッシャーが反射的に振り返り、信じられないという顔で妻を見つめた。しかし、スーザンは今度は俯かず、それどころか、エマを一瞥して微笑した。エマはフィッシャーに負けず劣らずの驚きを顔に表わし、スーザンの名前にチェック・マークを入れた。

「ミスター・ノウルズ？」

「フィッシャー少佐」躊躇なく答えが返された。

「ミスター・メイナード？」

「フィッシャー少佐」

エマは自分のメモ・パッドに書き込んだチェック・マークと×印を数えた。六対五でフィッシャーがリードしていた。

「サマーズ海軍少将？」総務担当重役が訊いた。実際には数秒に過ぎない、しかし、エマには果てしなくつづくように思われる沈黙があった。

「ミセス・クリフトン」ようやく返された答えに、エマは息を呑んだ。老人がテーブル越しに身を乗り出してささやいた。「フィッシャーという男を信用していいものかどうか、いま一つ確信がなかったんだが、あいつが自分に一票を投じた瞬間に、自分の目が節穴でなかったことが証明されたよ」

エマは笑うべきか、老人にキスするべきかわからなかったが、総務担当重役が彼女の思いを破った。「ミスター・ハードキャッスル？」部屋じゅうの目がふたたび、新参の重役に注がれた。「恐縮ですが、あなたがどちらに投票されるかを教えていただけますか、サー？」

フィッシャーは顔をしかめた。いまのところ、六票対六票。スーザンがおれに投票していれば、ハードキャッスルがどっちへ投票しても関係なかったんだ。それでも、とフィッシャーはいまも自信を持っていた。ヨークシャーの出身らしいこの男はおれを支持してくれるはずだ。

セドリック・ハードキャッスルは胸のポケットのハンカチを取り、眼鏡を外してレンズを拭いてから口を開いた。「私は自分が棄権し、二人の候補者を私よりはるかによく知っておられる会長に、どちらが後継者としてふさわしいかの判断を委ねるべきだと考えます」


新たに選出された会長がテーブルの上座に着くと、スーザン・フィッシャーは自分が坐っている椅子を後ろに押し、人目につかないよう、こっそり重役会議室を出た。

スーザンにとって、ここまではすべてが順調に運んでいた。だが、計画の残りの部分を完成させたいと思うのなら、これからの一時間が決定的に重要だということもわかっていた。今朝、この重役会へ向かうとき、自分の車に乗せていってあげると夫に申し出たのだった。そのほうが、演説原稿の推敲に集中できるだろうから、と。それに対してありがとうの一言すら返ってこなかったが、実は彼に告げていないことがあった。帰りは乗せてやらない、ということである。

スーザンはかなり以前から、自分の結婚は形だけのものだったのだと認めていた。最後に身体を合わせたのがいつだったかすら思い出せなかった。そもそもなぜあの男と結婚したのかと考えることがたびたびあった。「うかうかしていると、婚期を逃して棚の上に取り残されてしまうわよ」と母は口癖のように言っていたが、それを聞いて焦《あせ》ったというわけでもなかった。それでも、いまこそ棚の上のものをすべてきれいに片づけてしまうつもりだった。

アレックス・フィッシャーはエマの会長受諾演説に集中できなかった。妻が自分に投票しなかったことをドン・ペドロ・マルティネスにどう説明するか、いまだに答えを見つけ出せないでいたからである。

ペドロ・マルティネスは最初、ディエゴとルイスを重役会に送り込もうとした。それを、女性の会長を戴くこと以上に重役たちが恐れている状況があるとすれば、それは部外者に会社を乗っ取られることだと、フィッシャーが説得して取り下げさせたという経緯《いきさつ》があった。

思案のあげく、投票の結果エマが勝ったという事実だけをペドロ・マルティネスに伝え、妻が自分を支持してくれなかったことは黙っていようと決めた。ペドロ・マルティネスが議事録を読んだらどうなるかは、考えないことにした。

スーザン・フィッシャーはアーケイジャ・マンションズの前に車を駐め、鍵を使って正面入口のドアを開けると、エレヴェーターで四階へ上がって自分たちのアパートに入った。足早に寝室へ行き、膝をついて、ベッドの下からスーツケースを二つ、引っ張り出した。そして、ドレスを六着、スーツを二着、スカートを数枚、そして、果たしてもう一度着ることがあるだろうかと思いながら、夜会服を一着しまってあった衣装箪笥を空にした。つづいてチェストの引き出しを一段ずつ開けて、ストッキング、下着、ブラウス、エプロンドレスを取り出した。それで最初のスーツケースはほぼ一杯になった。

立ち上がると、湖水地方を描いた水彩画が目に留まった。新婚旅行のとき、少し高すぎる代金を払ってアレックスが買ったものだった。嬉しいことに、水彩画は二つ目のスーツケースの底にぴったり収まった。バスルームへ行き、自分の洗面化粧用品一切、部屋着を一着、タオルを数枚、二つ目のスーツケースの残っている隙間に詰め込んだ。

キッチンには持っていきたいものがほとんどなく、例外はアレックスの母が結婚祝いに贈ってくれたウェッジウッドの正餐用食器類一式ぐらいだった。それを一つずつ、〈デイリー・テレグラフ〉で丁寧に包み、流しの下で見つけた買い物袋に入れた。

グリーンの無地のティー・セットは置いていくことにした。本当に気に入ったことは一度もなかったし、とりわけ、あちこちが欠けているからだった。それに、二つ目のスーツケースもすでに一杯で、入れようにも隙間がなかった。「困ったわね」思わず声が漏れた。もっとたくさんのものを持っていくつもりだったのに、スーツケースは二つともすでに一杯になっていた。

寝室に戻ると椅子の上に立ち、衣装簞笥の上から、アレックスの古びた学校用のトランクを下ろした。それを廊下へ引きずり出し、留め紐を外して、詰め込み作業を再開した。上品なマントルピースの上には、アレックスが家宝だと言っている旅行用携帯時計と、三枚の写真がそれぞれ銀の額に入って鎮座していた。スーザンはその時計ももらうことにし、写真は破り捨てて、銀の額だけをトランクに収めた。テレビも持っていきたかったが、大き過ぎたし、どのみち母がよしとしないはずだった。

総務担当重役が閉会を宣言すると、フィッシャーは同僚の重役たちと昼食をともにすることなく、だれとも言葉を交わさないで、急いで会議室を出た。すぐ後ろにピーター・メイナードがつづいた。フィッシャーのポケットには、ペドロ・マルティネスから渡された、それぞれ千ポンド入りの封筒が二つ入っていた。約束した五百ポンドの報酬をスーザンが受け取ることはもはやあり得ない。エレヴェーターに乗るや、封筒の一つを取り出した。「少なくとも、あなたは約束を守ってくれた」フィッシャーは封筒をメイナードに差し出した。

「ありがとう」メイナードは礼を言うと、封筒を受け取ってポケットにしまった。「だが、スーザンはどうしてきみに投票しなかったんだ？」そう付け加えたとき、エレヴェーターが一階について、ドアが開いた。フィッシャーは答えなかった。

メイナードと一緒にバリントン・ハウスを出たフィッシャーは、自分の車がいつもの場所にないのを見ても驚かなかったが、見知らぬ車がそこを占拠しているのは訝しく思わざるを得なかった。

グラッドストン・バッグを持った若者がその車の前部ドアのそばに立っていて、フィッシャーに気づいた瞬間に近づいてきた。

スーザンは荷物を詰める作業にへとへとになりながらも、ようやく最後に、ノックもしないでアレックスの書斎に入った。これまでの戦利品に付け加える価値のあるものを期待したわけではなかったし、写真を入れる額がさらに二つ——銀製と革製——、そして、彼女がクリスマスにプレゼントしてやった銀のレター・オープナーが目に留まったに過ぎなかった。レター・オープナーは銀といっても鍍金《メッキ》だったから、残しておいてやることにした。

　時間がなくなりはじめていた。そろそろアレックスが帰ってきてもおかしくない頃合いだったが、書斎を出ようとしたまさにそのとき、自分の名前が走り書きされた分厚い封筒に気がついた。封を切った瞬間、目を疑った。重役会に出席して彼に投票するという条件でアレックスが約束した、五百ポンドだった。少なくとも条件の半分は履行したわけだから、とスーザンはその金をハンドバッグに入れ、その日初めて口元をゆるめた。

　書斎のドアを閉め、アパートのなかをもう一度確認した。何かを忘れているような気がするが、何だろう？　ああ、そうだ。すぐさま寝室へとって返し、小さいほうの戸棚を開けると、そこに並んでいる、いまも処分せずに置いてあるモデル時代の靴を見て、その日二度目の笑みを浮かべた。それを全部、時間がかかるのもかまわずトランクに収めた。戸棚の扉を閉めようとした瞬間、整然と並んでいる黒の革靴と茶色のブローグが目に留まった。どれも、これから閲兵を受けるかのように磨き上げられていた。靴がアレックスの誇りであり喜びであることは、スーザンも知っていた。例外なくセント・ジェイムズ街の〈ジョン・ロブ〉の手縫いで、耳にたこができるほど彼から聞かされたとおり、一生物だった。

　スーザンはそれらの靴の左足側だけを、一足残らず、アレックスの学校用トランクに放り込んでいった。そして、スリッパの右足側、ウェリントン・ブーツの右足側、スポーツ・シューズの右足側も同じようにトランクに放り込み、留め紐を締めた。

ようやく、トランク、スーツケース二つ、買い物袋二つを踊り場へ引きずり出し、二度と帰ることのない自宅の玄関を閉めた。


「ミスター・アレックス・フィッシャーですか？」

「そうだが」

若者は淡い黄褐色の縦長の封筒をフィッシャーに手渡した。「あなたにお渡しするようにとのことでした」それ以上は何も言わずに踵《きびす》を返すと、車に戻って走り去った。最初から最後まで、一分もかかっていなかった。

フィッシャーは戸惑いながら封を切り、数ページからなる書類を取り出した。〈離婚申請書：ミセス・スーザン・フィッシャー対アレックス・フィッシャー少佐〉と表紙に記されているのを見た瞬間、腰が抜けそうになり、メイナードの腕をつかんで身体を支えなくてはならなかった。

「どうしたんだ、オールド・チャップ？」

セドリック・ハードキャッスル

一九五九年

13

ロンドンへ戻る列車のなかで、セドリック・ハードキャッスルは、ブリストルの海運会社の重役会に出席することになった経緯についてもう一度考えた。すべては、脚の骨を折ったことが始まりだった。

四十五年近く、セドリックは地元の教区司祭でさえ非難するところがないと形容するであろう人生を送り、その間《かん》に、誠実であり、高潔であり、過つことのない判断力を備えた人物であるという名声を築いていた。

十五歳でハダーズフィールド・グラマー・スクールを卒業すると、父のあとを追って、目抜き通りの隅にあるファージングズ銀行に職を得た。そこは生粋のヨークシャー人でなければ口座を開けない銀行だった。新入行員は一人残らず、研修の初日から、何をおいてもないがしろにしてはならないファージングズ銀行の哲学――〝小さな金額をいい加減に扱うな、大きな金額は自《おの》ずから自分を大事に扱うから〟――を、繰り返し叩き込まれた。

三十二歳で、ファージングズ銀行史上最年少の支店長に任じられ、依然として窓口担当をしていた父親は危ういところで定年を迎えて、息子を〝サー〟付けで呼ぶことを免れた。

四十歳の誕生日を迎える数週間前にファージングズ銀行の重役に就任すると、彼ならこの銀行を小さな地方銀行以上の存在にするのもそう遠くないだろうとだれもが考え、ディック・ホイッティントン同様、ロンドン市長にもなるのではないかと予想した。が、セドリックはそうはならなかった。結局のところ、彼は何をおいてもヨークシャー人だった。バトリー出身の娘のベリルと結婚し、二人の息子のアーノルドはスカーボロで休暇を過ごしているときに授かり、キースリーで生まれた。だれであれ、息子をファージングズ銀行に入れようと思えば、その子はヨークシャーで生まれることが必要だった。

ファージングズ銀行会長のバート・エントウィスルが心臓発作が原因で六十三歳で世を去ったとき、セドリックを後継者とするについて、投票を要求する声は上がらなかった。

戦後、ファージングズ銀行も、国内の新聞の経済欄に〝格好の買収候補〟として頻繁に取り上げられる銀行の一つになった。しかし、セドリックは別の計画を持っていて、自分たちより大きないくつかの企業から話があったにもかかわらず、そのすべてを話も聞かずに拒絶し、自分の銀行の力をさらに蓄えて新支店を開くことに取りかかった。そうすれば、数年のうちに、買収される側から買収する側へ立場を変えられると考えたのである。セドリックは三十年にわたって余分な金、ボーナス、配当を注ぎ込み、ファージングズ銀行の株を買いつづけた。その結果、六十歳の誕生日を迎えるころには、会長というだけでなく、株の五十一パーセントを保有する大株主にもなっていた。

大半の男が引退を考える六十のとき、セドリックはヨークシャーで十一の支店を率い、ロンドン市でも存在感を増していて、後継会長を捜そうとしてもいなかった。

人生で一つ失望したことがあるとすれば、それは息子のアーノルドだった。リーズ・グラマー・スクールを優秀な成績で卒業したのだが、そのあと反抗し、リーズ大学から奨学生として迎えるという申し出があったにもかかわらず、オックスフォード大学へ行くほうを選んだ。さらに悪いことに、父のあとを追ってファージングズ銀行へ入行しようとせず、法廷弁護士の道を選択した——しかも、ロンドンで。それはつまり、銀行経営をバトンタッチする候補者がいなくなったことを意味した。

そういうことがあって、セドリックは人生で初めて、ミッドランド銀行からの株式公開買付けを受けることを考えた。申し出のあった金額は、死ぬまでコスタ・デル・ソルでゴルフをし、スリッパを履き、ホーリックス（麦芽エキスと牛乳から製造される粉末を温かいミルクまたは湯でといた、安眠のための就寝前の飲み物）を飲み、十時にはベッドに入る生活を許してくれるはずだった。しかし、ベリルを除いてだれも理解できないようだったが、セドリック・ハードキャッスルという人物にとって、銀行業は仕事であるだけでなく趣味でもあり、ファージングズ銀行の大株主である限り、ゴルフもスリッパもホーリックスも、あと何年かは待ってもよかった。十八番ティーに立っているときに死ぬよりも、机に向かって坐《すわ》って仕事をしているときに死ぬほうがいい、と妻にも言っていた。

結局のところ、危うく死にそうになったのは、あの日の夜、ヨークシャーへ戻る途中だった。だが、金曜の夜遅く、Ａ１で交通事故に巻き込まれることになったとき、自分の人生がこれほど大きく変わるとは、セドリックをもってしても予想できなかったに違いない。シティの本店での長い会議で疲れ果てていたから、本来ならロンドンのアパートに泊まるべきだった。だが、車を駆ってでもハダーズフィールドへ帰り、ベリルと週末を過ごすほうを昔から選んでいた。ハンドルを握ったまま眠ってしまい、病院のベッドで両脚にギプスが巻かれて目を覚ますまで、そのあとの記憶がなかった。ギプスだけが隣りのベッドにいる若者との共通点だった。

セドリックはセバスティアン・クリフトンのすべてが気に入らなかった。お高くとまった南部人で、無礼で、だらしなく、何事につけても意見を言わずにいなかった。それ以上によくないのは、社会は自分を援助して当然だと考えているように見えることだった。病室を換えてもらうことはできないかとすぐに訊いたが、看護師長のミス・パディコームはそれはできないと答え、しかし個室なら二つ空きがあると言った。セドリックは現状に甘んじることにした。無駄遣いはしない男だった。

ベッドにいるしかないそれからの数週間のあいだに、果たしてどちらがより大きな影響を相手に及ぼしているのか、よくわからなくなった。最初は銀行業についての果てしない質問責めに苛々《いらいら》させられたが、ついには根負けして、渋々ながら臨時教師役を自分に許した。看護師長に訊かれたときには、この若者がこの上なく聡明なだけでなく、何であれ同じことを二度と教える必要はないことを認めざるを得なかった。

「病室の変更をわたしが認めなかったのを、喜んでいらっしゃるんじゃありませんか？」ミス・パディコームがからかった。

「喜ぶというのは言い過ぎだな」セドリックは応えた。

セバスティアンの教師であることには、二つの余禄《よろく》がついていた。毎週、母親と妹が見舞いにくるのだが、セドリックはそれを大いに楽しんだ。二人とも侮り難い立派な女性で、それぞれに自分の問題を抱えていた。ジェシカがミセス・クリフトンの実の娘ではないのではないかと推測できるようになるまでにそう長い時間はかからず、セバスティアンからついに真相をすべて教えられたとき、セドリックは一言だけ言った。「本当のことをだれかが教えてやる潮時だな」

ミセス・クリフトンが一族の事業に関して何らかの危機に直面していることも明らかになった。彼女が息子の面会にくるたびに、セドリックは背中を向けて眠っている振りをしたが、実はセバスティアンの承認を得て、母子《おやこ》のあいだでやりとりされる一言一句に耳を澄ませていた。

ジェシカは新しいモデルをスケッチできるよう、しばしばセドリックが顔を向けているほうのベッドサイドへやってきた。というわけで、目をつぶりつづけていなくてはならなかった。

セバスティアンの父親のハリー・クリフトン、伯父のジャイルズ、叔母のグレイスもときどき見舞いにやってきて、ゆっくりと形になりつつある豊かな彩《いろど》りのジグソー・パズルにさらなるピースをはめていく手助けをしてくれた。ペドロ・マルティネスとフィッシャーが何を企んでいるか見当をつけるのは難しくなかったが、その動機が何なのかは、セバスティアンでさえ答えを持ち合わせていないらしいこともあって、よくわからなかった。しかし、〈バッキンガム〉建造計画を推進すべきかどうかを投票で決することになったとき、ミセス・クリフトンの勘――あるいは、女性が言うところの直感――が、結局正しいということになるかもしれないと感じた。というわけで、〈バリントン海運〉の社則を確認したあと、ミセス・クリフトンは株の二十二パーセントを保有しているのだから、重役会に三人を送り込む資格があるとセバスティアンに助言した。それをやれば、建造計画推進を阻止するに十分以上であるはずだ、と。しかし、ミセス・クリフトンはそれをせず、一票差で敗れることになった。

翌日、セドリックは〈バリントン海運〉の株を十株買い、重役会の議事録に定期的に目を通せるようにした。その結果、フィッシャーが次期会長の座を狙っているとわかるまで、数週間しかかからなかった。ロス・ブキャナンとミセス・クリフトンに共通の弱点があるとすれば、それは重役一人一人が自らの倫理基準を例外なく高く持ちつづけていると無邪気に信じていることだった。残念なことに、フィッシャー少佐は基準を持ち合わせず、ペドロ・マルティネスには倫理がなかった。

セドリックは〈フィナンシャル・タイムズ〉と〈エコノミスト〉に常に怠りなく目を通し、〈バリントン海運〉の株が下落しつづけて止まる気配がない理由がわかるような情報を探しつづけた。〈デイリー・エクスプレス〉のある記事が示唆しているとおりにアイルランド共和国軍が関与しているのだとすれば、そのあいだをペドロ・マルティネスがつないでいるのは間違いなかった。ただ、フィッシャーがなぜペドロ・マルティネスに唯々諾々と従っているのかが理解できなかった。そんなに切羽詰まって金を必要としているのか？　セドリックは疑問を一覧表にし、毎週息子を見舞いにくるミセス・クリフトンに、セバスティアンを通じて訊いていった。その結果、〈バリントン海運〉の日常業務に関して重役のだれにも負けないぐらい精通するのに、あまり時間はかからなかった。

全快し、退院して仕事に復帰できるまでに体力が戻ったとき、セドリックは二つの決断をしていた。一つは、ファージングズ銀行が〈バリントン海運〉の株の七・五パーセントを買うことである。それは重役会に席を置き、次期会長をだれにすべきかを決める投票に加わることのできる最少限の株数だった。翌日、仲買人を呼んで話を聞いたときに驚いたのは、ずいぶん多くの人々が、恐らく自分と同じ魂胆で、同じように〈バリントン海運〉

の株を買っていることだった。それは当初予期していたよりも少し多くの金を最終的に遣わなくてはならないことを意味したし、普段の彼の主義にも反したが、実は自分が心底から楽しんでいることを、ベリルには認めざるを得なかった。

傍観者としての数カ月が過ぎると、ロス・ブキャナン、ミセス・クリフトン、フィッシャー少佐、サマーズ海軍少将をはじめとする重役たちと顔を合わせるのが待ちきれなかった。が、自分がした二つ目の決断は広範囲にわたることがわかった。

セドリックが退院する直前、ケンブリッジ大学入学担当教官のミスター・パジェットが面会にきて、もしセバスティアンが希望するのなら、新学年の始まる九月に復学を認めるにやぶさかでないと明言した。

シティに戻り、会長室の机に向かって最初に認《したた》めた手紙の一通は、セバスティアンに宛てて、ケンブリッジ大学が始まるまでの休暇期間中、ファージングズ銀行で仕事をしてみないかと誘うものだった。

ロス・ブキャナンはファージングズ銀行の前でタクシーを降りた。数分後に、その銀行の会長と会うことになっていた。スレッドニードル・ストリート一二七番地の玄関ホールでミスター・ハードキャッスルの専属アシスタントが待っていて、六階の会長室へ案内してくれた。

　セドリックはブキャナンが入ってくると机の向こうで立ち上がり、心のこもった握手をしてから、煖炉のそばの坐り心地のいい二脚の椅子の一方を勧めた。ヨークシャーの男とスコットランドの男は、すぐに、お互いが多くの共通の関心を持っていて、なかでも〈バリントン海運〉の将来をともに懸念していることを知るに至った。

「ここへきて株価が多少持ち直しているようですが」セドリックは言った。「それはつまり、いろいろなことが落ち着きはじめているということでしょうか」

「確かに、アイルランド共和国軍は可能性があるとなったらあらゆる機会を捉えてわが社を攻撃することに興味を失ったようです。エマは大いに安堵しているに違いありません」

「それは単に金が入ってこなくなったからではありませんか？　何しろ、ペドロ・マルティネスは〈バリントン海運〉の株の二十二・五パーセントを手に入れるためにかなりの金を投資し、そのあげくに、自分の傀儡《かいらい》を次期会長にする企てに失敗したわけですからね」

「そうだとしたら、なぜさっさと手を引いて全面撤退しないんでしょう」

「なぜなら、負けを認めることを拒否する執念深い男だからですよ。それに、隅にうずくまって傷を舐《な》めるタイプでもないと、私は確信しています。あの男は時間稼ぎをしているだけに違いないし、われわれもそう考えるべきです。しかし、何をするために時間を稼いでいるのでしょうね」

「わかりません」ブキャナンは答えた。「あの男は謎めいていて、ほとんど正体が知れないんです。私にわかっていることがあるとすれば、バリントン一族とクリフトン一族のこととなると、尋常でなく感情的になるということぐらいです」

「それは驚くに当たらないでしょうが、最終的にあの男の没落の原因になるかもしれませんよ。彼はマフィアの格言を思い出すべきです。〝競争相手を殺すときは、仕事として冷静にやらなくてはならない、感情的になってはならない〟というやつです」

「あなたがマフィアだとは思ってもいませんでしたよ」

「あなただって知らないはずはないと思うが、ロス、イタリア人がニューヨークへ渡るまでは、ヨークシャーがマフィアを動かしていたんです。われわれは競争相手を殺したりはしません、州境を越えて入ってくるのを許さないだけです」ロスは苦笑した。「ペドロ・マルティネスのような信用できない人物と遭遇したとき、私は必ず」セドリックが真剣な口調に戻ってつづけた。「そいつの身になって考え、最終的に何を目的にしているかを推測しようとします。しかし、今回のペドロ・マルティネスに関しては、いまだに何かを見落としています。その見落としているピースを見つける手助けを、あなたがしてくれるのではないかと期待しているのですよ」

「私自身、最初から最後まですべてを知っているわけではありませんが」ブキャナンは認めた。「エマ・クリフトンが語ってくれた話は、ハリー・クリフトンの小説に匹敵すると言っても過言ではありませんでした」

「予想外の伏線がそんなにたくさん張り巡らされているんですか」セドリックが坐り直して椅子に背中を預け、一言も口を挟まずに、知っている限りのことを明らかにするブキャナンの話に聴き入った――サザビーでのオークションのこと、ロダンの「考える人」のなかに八百万ポンドの偽造紙幣が隠されていたこと、いまだ満足のいく説明がつかない、A1での自動車事故のこと。「マルティネスが戦術的撤退を余儀なくされている可能性は十分に考えられますが」ブキャナンは結論した。「完全に戦場を去ったとは、私は考えていません」

「あなたと私が協力すれば」セドリックが提案した。「ミセス・クリフトンの背後を護り、彼女に〈バリントン海運〉の富だけでなく、名声も回復させてやることができるかもしれません」

「あなたの考えを聞かせてもらえますか」ブキャナンが促した。

「では、まず最初に、あなたにファージングズ銀行の社外重役になってもらえないだろうかと考えているのですよ」

「それは買いかぶりが過ぎるというものです」

「そんなことはない。あなたなら多くの分野の少なからぬ経験と専門知識を本行にもたらしてくれるはずだ。とりわけ海運の世界がそうでしょう。それに、〈バリントン海運〉へのわれわれの投資に目を光らせるのに、あなた以上にふさわしい人物は絶対にいない。考えてみて、結論が出たら返事をもらうということでどうでしょう」

「考える必要はありません」ブキャナンは答えた。「喜んで重役会の末席を汚させてもらいます。ファージングズ銀行には昔から大いなる敬意を払っているのですよ。〝小さな金額をいい加減に扱うな、大きな金額は自ずから自分を大事に扱うから〟は、その哲学を取り入れれば恩恵を被《こうむ》るはずの会社が、名前は伏せますが、何社かあるはずです」セドリックが微笑した。「それに、いずれにしても」ブキャナンはつづけた。「〈バリントン海運〉の件はまだ片づいていないと考えていますのでね」

「同感です」と応えてセドリックが立ち上がり、部屋を横切っていって、机の下のボタンを押した。「〈ルールズ〉で昼食を一緒にどうです？　そうすれば、最初は間違いなくフィッシャーに投票するつもりでいたのに、ぎりぎり最後の瞬間に考えを変え、ミセス・クリフトンに一票を投じた理由を教えてもらえるでしょうからね」

ブキャナンが唖然として言葉を失っていると、その沈黙をドアのノックが破った。見ると、玄関ホールで出迎えてくれた若者が立っていた。

「ロス、きちんと会うのは初めてだと思うが、私の専属アシスタントです」

14

ミスター・ハードキャッスルが部屋に入っていくと、全員が立ち上がった。ファージングズ銀行で働く者が自分たちの会長に明らかに抱いているこの尊敬に慣れるのに、セバスティアンはしばらく時間がかかった。何カ月もつづけて隣り合わせのベッドで眠り、無精髭を伸ばし、パジャマを着たきりで、溲瓶《しびん》に小便をし、鼾《いびき》をかくところを目の当たりにしてきた人物に畏怖の念を持つのは、それがどんな人物であろうと、普通であればかなり難しい。だが、セバスティアンの場合、最初に会ってから何日も経たないうちに、このハダーズフィールド出身の銀行家を尊敬するようになっていた。

ミスター・ハードキャッスルが上座に着き、着席するよう手で全員を促した。

「おはよう、諸君」彼はテーブルに着いている全員を見渡して口を開いた。「この会議を招集したのは、稀に見る好機を提供するという申し出が本行に届いたからである。それを過つことなく扱えば、新たな収入の流れを丸まる一本開いて、これからの長い年月、ファージングズ銀行に利益をもたらしてくれる可能性がある」

全員の目が会長に集中した。

「本行は最近、日本の機械製作会社である〈ソニー・インターナショナル〉の創業者であり社長でもある人物から接触を受けた。その人物は一千万ポンドの短期固定クーポン融資について合意を希望している」

会長はそこで一息入れ、テーブルを囲んでいる十四人の上級重役の表情を観察した。そこにあるのは、あからさまな嫌悪から好機に対する興奮まで、そして、そのあいだのすべて、と言ってよかった。しかし、ミスター・ハードキャッスルは提案説明の次の部分を最も慎重に準備していた。

「戦争は十四年前に終わっている。しかるに、諸君たちのなかには今朝の〈デイリー・ミラー〉の社説がはっきりと述べているように、〝戦争を挑発するろくでなしの日本人ども〟と取引しようなどと絶対に考えるべきでないと、いまだに感じている者がいるかもしれない。しかし一方で、メルセデスの新工場をドルトムントに建設するに際してドイツ銀行とのパートナーシップを結んだ、ウェストミンスター銀行の成功に気づいている者もいるかもしれない。われわれは同じような申し出を受けているのだ。ここで少し時間を作るので、十五年後の実業界がどのような形態になっているかを、諸君の一人一人に考えてもらいたい。今日でも、もちろん十五年前でもなく、十五年後だ。そのとき、われわれは依然としていまと同じ古びた偏見に囚われつづけていて、それを隠そうともしていないだろうか、あるいは、前に進んで新たな秩序を認め、もはや過去を糾弾されるべきではない新世代日本人が存在することを受け入れているだろうか？　日本人と取引をするなど、辛い傷をふたたび開くことになるから考えるだにすべきではないと思っている者がこの部屋にいるなら、いまここで、その立場を明らかにしてもらわなくてはならない。なぜなら、諸君の心底からの支持なくしては、この冒険的取引の成功は望み得ないからだ。いまの言葉を歯を食いしばって口にしたことが過去にあるとすれば、一九四七年、あるランカシャー人が本行に口座を開くのをついに許したときに遡る」

それを聞いて笑い声が小波のように広がり、そのおかげで、張り詰めていた雰囲気が幾分かほぐれた。しかし、古参のスタッフのなかには依然として反対する者がいるだろうし、保守的な顧客のなかに口座をほかの銀行へ移すことまで考えかねない者が出てくる恐れがあることを、セドリックは疑っていなかった。

「いま、私が諸君に教えられるのは」彼はつづけた。「〈ソニー・インターナショナル〉の社長が二人の社内重役とともに約六週間後にロンドンを訪れる予定であること、そして、自分たちが接触しようとしているのは本行だけではないと明らかにし、しかし同時に、現時点では本行が本命であると私に知らせてくれていること、それだけだ」

「この分野が専門のもっと大きな銀行がいくつもあるときに、〈ソニー・インターナショナル〉が本行を候補として考える理由は何でしょう、会長」為替部門の責任者のエイドリアン・スローンが訊いた。

「信じられないかもしれないが、エイドリアン、昨年、私は〈エコノミスト〉のインタヴューを受けたんだが、そのときにハダーズフィールドの自宅で私を撮影した写真の背景に、ソニーのトランジスタ・ラジオが写っていたんだ。そういう偶然が往々にして幸運をもたらす、と言うだろう」

「ジョン・ケネス・ガルブレイスですね」セバスティアンは言った。

普段、会長の発言に口を挟むなど考えもしないはずのスタッフの一人か二人が低く感嘆の声を漏らし、セバスティアンは珍しく顔を赤らめた。

「この部屋に少なくとも一人は教養のある人物がいるとわかって何よりだ」会長が言った。「そういうことで、仕事に戻ろう。この案件について、私と二人だけで話したいという者がいれば、だれであれ面会の約束を取りつける必要はない。いつでも会長室へきてくれてかまわない」

セドリックが会長室へ戻ると、セバスティアンが足早に追いかけてきて、いきなり話をさえぎったことをすぐさま謝罪した。

「謝るには及ばんよ、セブ。きみは雰囲気を明るくする手助けをしながら、同時に、上級スタッフのあいだでの存在感を自分で増したということだ。今日、きみが発言してくれたことに勇気を得て、将来、私に議論をふっかける者が出てきてくれるといいんだがな。そんなことよりもっと重要な問題についてだが、きみにやってもらわなくてはならない仕事があるんだ」

「ようやくですか」セバスティンは言った。重要な顧客をエレヴェーターで送り迎えし、彼らが会長室に入るや目の前でドアが閉まるだけの日々に、ほとほとうんざりしていたのだった。

「きみは何カ国語を話せるんだ？」

「英語を含めていいのなら、五カ国語です。でも、ヘブライ語は自信があるとは言えません」

「では、六週間で日本語を勉強し、使い物になるようにしてくれ」

「使い物になるかどうかはだれが判定するんですか？」

「〈ソニー・インターナショナル〉の社長だ」

「それなら、まあ気は楽ですけどね」

「ジェシカに教えてもらったが、きみはトスカナにあるご一家の別荘に休暇で滞在しているとき、三週間でイタリア語を使えるようにしたそうじゃないか」

「使えるようにするのとマスターするのとは違いますよ」セバスティアンは言った。「いずれにしても、妹は何であれ誇張する傾向があるんです」と付け加えて、プリンセス・アレグザンドラ病院のベッドにいるセドリックを描いた作品を見た。タイトルは「死にかけている男の肖像」だった。

「きみ以外に候補を思いつかないんだ」セドリックが学校案内を差し出した。「いま、ロンドン大学が三つの日本語講座を持っている。初級、中級、上級コースだ。したがって、きみはそれぞれを二週間ずつ履修することができる」少なくとも笑ってみせるぐらいのたしなみは、セドリックも持ち合わせていた。

会長の机の上で電話が鳴り出した。セドリックは受話器を取って少しのあいだ耳を傾けていたが、やがて言った。「ジェイコブ、折り返し電話をくれてよかったよ。実はボリビアの鉱山事業の件で話し合う必要があるんだ。何しろ、きみが筆頭融資家だとわかっているわけだからな……」

セバスティアンは会長室を出ると、静かにドアを閉めた。


「日本人の精神を理解するには儀礼が鍵となります」マーシュ教授が階段教室に何列にも並ぶ、期待に満ちた顔を見渡した。「言葉をマスターするのとまったく同じぐらい、それが重要なのです」

初級、中級、上級の三つのコースの授業が同じ日の異なる時間に行なわれていて、そうであるならば、一週間に十五齣の授業に出席できることに、セバスティアンはすぐに気がついた。これは、数え切れないほど本を読み、テープレコーダーで十数本のテープを聴くことに専念しなくてはならない時間があることを考えると、食事をする時間も眠る時間もほとんどないことを意味した。

一人の同じ若者が最前列に陣取り、一心不乱にノートを取る姿を見ることに、マーシュ教授は慣れることになった。

「まず最初はお辞儀です」教授は言った。「日本人社会におけるお辞儀は、イギリス人社会における握手より、はるかに多くのことを明らかにします。握手には力を込めるか込めないかという違いがせいぜいあるぐらいで、その結果として、握手の仕方を変えることで双方の立場を示すということはありません。しかし、日本人がお辞儀をする場合はさまざまなお辞儀の仕方があり、それによって双方の立場が示されるのです。まず、一番上の立場から始めるなら、天皇だけはだれにもお辞儀をしません。あなたが同等の立場のだれかと会った場合は、双方が会釈をします——」教授は軽く頭を下げて見せた。「しかし、たとえば、会長が社長と遭遇した場合、会長はうなずくだけ、社長はこんなふうに腰を折ってお辞儀をします。また、社員が会長と出会ったら、その社員は目が合わないようもっと深くお辞儀をして、会長のほうはうなずくでもなく、ただ通り過ぎてしまうこともあり得ます」

「ですから」その日の午後、銀行へ戻ったセバスティアンはセドリックに教えた。「ぼくが日本人で、あなたが会長だとしたら、ぼくは自分が立場をわきまえていることを伝えるために、深々とお辞儀をするわけです」

「きみがそんなことをする見込みはまずないだろうな」セドリックが言った。

「そして、あなたは」セバスティアンは会長の軽口を無視してつづけた。「うなずくか、あるいは、ただ歩き去るかです。というわけで、ミスター盛田との初対面のとき、その場所があなたの国だったら、まず彼に先にうなずかせ、それからあなたが敬意を表わし、そのあとで名刺を交換しなくてはなりません。彼に好印象を持たせようと本当に望むなら、名刺の表は英語で、裏に日本語で表記すべきです。ミスター盛田が自分の会社の重役を紹介したら、その重役はお辞儀をするでしょうが、あなたはうなずくだけでいいんです。また、序列が三番目の随行者を紹介されたときは、その人物はさらに深くお辞儀をするでしょうが、あなたは今度もうなずくだけでかまいません」

「では、私はうなずきつづけるだけでいいんだな。私がお辞儀をすべき相手はいるのか？」

「天皇だけです。でも、彼がいま短期融資を求めているということはないんじゃないですか。ぼくがいま言っているようにしてもらえれば、ミスター盛田は同行グループのなかで自分が最高位の人間であるとあなたが認めているとわかるし、これも同じぐらい大事なことですが、同行している人たちも、自分たちの社長にあなたが敬意を表わしているのを評価するはずです」

「その哲学をいますぐ、丸ごとファージングズ銀行に導入してはどうだろうな」セドリックが言った。

「それから、一緒に食事をするときに気をつけなくてはならない礼儀があります」セバスティアンはつづけた。「レストランでは、ミスター盛田が最初に注文し、最初に料理が運ばれなくてはなりませんが、食事を始めるのはあなたが最初でなくてはいけないんです。ミスター盛田の同行者は彼のあとから食事を始め、しかし、彼より先に終わらせなくてはならないんです」

「十六人が出席するディナー・パーティがあったとして、そのなかで立場が一番下だったら……」

「消化不良になるでしょうね」セバスティアンは言った。「でも、食事が終わっても、ミスター盛田はあなたが立ち上がるまで席を立たず、ご一緒したいと申し出るはずです」

「女性についてはどうなんだ?」

「見えない危険がたくさんあります」セバスティアンは答えた。「部屋に入ってきた女性をイギリス人の男がなぜ立ち上がって迎え、彼女たちのところへ先に料理を運ばせ、自分の妻が食事を始めるまでナイフもフォークも手に取ろうとしないのか、日本人はその理由を理解できません」

「ベリルはハダーズフィールドに残しておいたほうがいいということか?」

「諸々の条件を考慮すれば、そうするほうが賢明かもしれません」

「きみが食事に同席する場合はどうなんだ、セブ？」

「だれよりも最後に注文し、だれよりも最後に料理を運んでもらい、だれよりも最後に食事を始めて、だれよりも最後にテーブルを離れることになるでしょうね」

「もう一つの初めてだな」セドリックが言った。「ところで、これだけのことをいつ学んだんだ？」

「今朝です」セバスティアンは答えた。


気を散らすことさえなかったら、セバスティアンは最初の週の終わりには初級者コースの受講を必要としなくなっていたはずだった。マーシュ教授の一言一言に集中しようとしたが、彼女のほうへ目を走らせている自分に気づくことが多すぎた。かなり年上で、三十、もしかすると三十五まで行っているかもしれなかったが、とても魅力的だったし、シティで働く女は年下の男のほうを好む場合がしばしばあると、銀行の若手の男どもが保証してくれていた。

セバスティアンはもう一度彼女のほうを見たが、彼女は教授の一言一句に耳を澄ましていた。あるいは、その振りをしているだけなのか？　それを突き止める方法は一つしかなかった。

ようやく授業が終わると、セバスティアンは彼女を追って大教室を出た。後ろ姿も同じぐらい魅力的だった。ペンシル・スカートからほっそりとした脚が伸びていて、セバスティアンはいそいそとあとを追って学生用のバーに入った。彼女がカウンターへ直行し、バーマンがすぐに白ワインのボトルに手を伸ばしたとき、セバスティアンは自信を募らせた。そして、彼女の隣りのストゥールに腰掛けた。

「そうだな、このレディにはシャルドネをグラスでどうだろう、ぼくはビールをもらうよ」

彼女が微笑した。

「少々お待ちを」バーマンが応えた。

「ぼくはセブだ」

「わたしはエイミーよ」彼女が名乗った。アメリカ訛りがセバスティアンを驚かせた。アメリカ娘も銀行の男どもが言っているように簡単かどうか、もうすぐわかるかもしれなかった。

「日本語を勉強していないときは何をしてるの？」セバスティアンは訊いた。バーマンが二人の飲み物をカウンターに置いた。

「四シリングです」

セバスティアンは半クラウン貨を二枚渡して言った。「釣りはいいよ」

「客室乗務員を辞めたばかりなの」彼女が言った。

滑り出しは上々だぞ、とセバスティアンは期待した。「どうして辞めたのかな」

「いつだって年寄りは歓迎されないのよ」

「だけど、どう見たって二十五を一日でも過ぎているはずはないだろう」

「そうだといいんだけど」彼女が言い、ワインに口をつけた。「あなたは何をしているの？」

「マーチャント・バンクで仕事をしているんだ」

「面白そうね」

「実際、面白いよ」セバスティアンは応えた。「今日もジェイコブ・ロスチャイルドと、ボリビアの錫《すず》鉱山を買うための取引を成立させたよ」

「すごいわね、それに較べたら、わたしのいる世界なんてずいぶん面白味に欠けるんじゃないかしら。ところで、どうして日本語を勉強しているの？」

「極東部門の責任者がこのあいだ昇進してね、その後釜の最終候補者にぼくも残っているんだ」

「そんな責任の重い地位には、あなた、少し若すぎるんじゃない？」

「銀行業というのは若者のゲームなんだ」セバスティアンは言い、彼女がワインを飲み終えたのを見て訊いた。「もう一杯どう？」

「ありがとう、でも、もう結構よ。復習しなくちゃいけないことがたくさんあるから、うちへ帰るわ。さもないと、明日、教授がわたしを見つけられなくなるでしょうからね」

「ついて行っちゃだめかな。そうすれば、一緒に復習できるけど」

「それも悪くない気はするけど」彼女が言った。「雨が降ってるでしょう。タクシーに乗らなくちゃならないわ」

「任せてよ」セバスティアンは心からの笑みを浮かべるとバーを飛び出し、降り注ぐ雨の下に立った。タクシーはすぐにはやってこず、ようやく捕まえたときは、彼女の住まいがあまり遠くないことを祈るしかなかった。持ち合わせが小銭しかなくなっていた。彼はガラスのドアの奥に立っている彼女を見つけて手を振った。

「どちらまで、旦那？」

「どこだろう、あのレディに訊いてくれ」セバスティアンは運転手にウィンクした。見ると、エイミーが走ってきて、なるべく濡れないようにと急いで後部ドアを開けた。彼女が乗り込み、そのあとにつづこうとしたとき、背後で声がした。「ありがとう。クリフトン。こんなひどい雨のなかで妻にタクシーを見つけてくれて感謝するよ」

「では、明日」教授はそう付け加えてエイミーの隣りに坐り、ドアを閉めた。

15

「おはようございます、ミスター盛田、お目にかかれて何よりです」セドリックは言い、淀みなくうなずいた。

「こちらこそ、お目にかかれて嬉しく思っています、ミスター・ハードキャッスル」ミスター盛田が敬意を返した。「私どもの専務の植山を紹介します」紹介された人物が一歩前に出て、恭《うやうや》しくお辞儀をした。セドリックはふたたびうなずいた。「それから、私の専属秘書の小野を紹介します」専属秘書が深々とお辞儀をしたが、今回、セドリックは素っ気なくうなずくにとどめた。

「どうぞ、掛けてください、ミスター盛田」セドリックは勧め、客が腰を下ろすのを待って、自分の机に着いた。「空の旅は何事もありませんでしたか？」

「ありがとうございます、至って快適でした。香港からロンドンまで、何時間か眠ることができました。それに、あなたの専属アシスタントが車を準備して空港へ迎えにきてくれていました。お心遣いに感謝します」

「どういたしまして。ホテルはどうですか?」

「ありがとうございます、とても満足しています。それに、シティにも近くて便利です」

「そう言っていただけて安心しました。それでは、さっそく仕事にかかりましょうか」

「だめです! とんでもない!」セバスティアンは飛び上がった。「日本の紳士はお茶が供されるまで、仕事の話をしようとは考えないんです。東京では、お茶の儀式が芸者によって執り行なわれ、それはあなたがどの程度高い地位にあるかによって、三十分、あるいはそれ以上でもつづけることができます。もちろん、彼はその申し出を辞退するかもしれませんが、本心では、供されることを期待しているんです」

「忘れていた」セドリックが言った。「愚かな過ちを犯したな。危うく当日にしくじるところだった。もし本番で私がしくじったら、きみが助けてくれるとありがたいんだがな」

「それはできません」セバスティアンは答えた。「だって、ぼくは部屋の奥に控え、ミスター小野ともども、あなたとミスター盛田の会話のメモを取ることになっているんです。雇用主の会話に口を挟むなんて考えられませんよ」

「それでは、いつ仕事の話を始めればいいんだ?」

「ミスター盛田が二杯目のお茶に口をつけてからです」

「しかし、仕事の話に入る前のおしゃべりのときに、私の妻や一族のことを話題にすべきかな?」

「ミスター盛田からその話題が振られてからならいいでしょう。彼は十一年前に良子夫人と結婚し、ときどき海外出張に同伴しています」

「子供はいるのか?」

「まだ小さい子が三人います。息子が二人、六歳の英夫と四歳の昌夫、そして、娘の直子はまだ二歳です」

「私の息子が法廷弁護士で、最近、勅撰弁護士になったことを話してもいいかな」

「彼が自分の子供たちのことを持ち出してからならかまいませんが、そういうことはまずないでしょう」

「わかった」セドリックが応えた。「というか、少なくともわかったとは思う。ところで、ほかの銀行の会長がこんな面倒くさい準備を厭《いと》わずにすると思うか?」

「するんじゃないですか、あなたと同じぐらい契約を成立させたいと望んでいるのなら、ですが」

「きみには大いに感謝しなくてはならないな、セブ。それで、日本語の習得は順調か?」

「至って順調だったんですが、笑いものになっても仕方がないような馬鹿な真似をしてしまったんです。教授の奥さんに近づこうとしたんですよ」

　昨日の夕方のことをセバスティアンから詳しく聞くに及んで、セドリックは笑いを止めることができなかった。「ずぶ濡れになったたって?」

「びっしょりですよ。ぼくは女性から見てどうなんでしょうね。銀行のほかの男性陣と同じような、引きつける力を持っていないようなんですけど」

「ほかの男性陣についてなら、私にも教えられるぞ」セドリックが言った。「彼らは二パイントも飲んだとたんに、どうすれば女性にもてるかをいかにも真実めかしてきみに教え、きみはそれを信じたんじゃないのか？　いいかね、その教えの大半は口先だけの空論だ」

「ぼくの年頃に、同じ問題に悩んだことはないんですか？」

「断言してもいいが、ないな」セドリックが答えた。「もっとも、私は六歳のときにベリルと出会ったんだ、それ以降、ほかの女性に目をくれたことはない」

「六歳ですか」セバスティアンは驚いた。「それはぼくの母よりひどいですよ。母は十歳のときに父を好きになって、それ以後、哀れな父にチャンスはなかったんです」

「それは私も同じだよ」セドリックが認めた。「いいかね、ベリルはハダーズフィールド初等学校《プライマリー》のミルク給食係で、私が少しおまけをしてもらおうとしようものなら……偉そうな小娘だったな、まったく。まあ、それはいまでもそうなんだが、にもかかわらず、ほかの女性がいいと思ったことは一度もないな」

「ほかの女性は一人も目に入らなかったんですか？」

「もちろん、入ったさ。しかし、それ以上ではまったくなかったな。黄金にぶち当たったのに、どうしてわざわざ真鍮を探さなくちゃならないんだ？」

セバスティアンは笑みを浮かべた。「ぼくが黄金にぶち当たったとして、そのときはどうしたらそうとわかるんでしょうか？」

「わかるんだよ、若者。嘘じゃない、きみだって、そのときにはそうとわかる」

ミスター盛田の乗った飛行機がロンドン空港に着陸する前の最後の二週間、セバスティアンはマーシュ教授の授業に一つ残らず出席し、彼の妻のほうへ目をやることすらしなかった。その夕刻、スミス・スクウェアのジャイルズ伯父の自宅へ戻り、ナイフとフォークの代わりに箸を使って軽い夕食をとったあと、自室に籠もって日本語の教科書を読み、テープを聴き、全身が映る鏡の前で正しいお辞儀の仕方を練習した。

幕が開く日の前夜には、準備が整ったような気がした。それでも、半分というところだったが。

毎朝、午前中に使う居間《ブレックファスト・ルーム》に入ってくるセバスティアンが必ずお辞儀をすることに、ジャイルズは慣れはじめていた。

「だから、ぼくにうなずいてもらわないと困るんだ。そうでないと、席に着けないんだから」

「私もこの儀式が面白くなってきているんだ」ジャイルズが応え、姿を現わしたグウィネッズに言った。「おはよう、マイ・ダーリン」そして、男二人は立ち上がった。

「玄関の前にダイムラーの高級車が駐まってるけど」グウィネッズがジャイルズの向かいに腰を下ろしながら言った。

「そうなんだ。これからあの車で、ミスター盛田を迎えにロンドン空港へ行くんだよ」

「ああ、そうだったわね。今日は大事な日なのよね」

「そうなんだよ」セバスティアンはオレンジ・ジュースを飲み干すと勢いよく立ち上がって廊下へ飛び出し、もう一度鏡を見た。

「シャツはいいと思うけど」グウィネッズがトーストにバターを塗りながら言った。「ネクタイは少し……地味じゃないかしら。わたしたちの結婚式のときにしていた、ブルーのシルクのネクタイのほうがふさわしいと思うけどね」

「確かに」セバスティアンはすぐさま階段を駆け上がり、自分の部屋へ飛び込んだ。

「幸運を祈ってるぞ」階段を駆け下りてきたセバスティアンに、ジャイルズが声をかけた。

「ありがとう」セバスティアンは肩越しに叫び、玄関を出た。

ミスター・ハードキャッスルの運転手が、ダイムラーの後部ドアの脇に立っていた。

「助手席に乗りたいんだ、トム。だって、帰りはそこに乗るんだからね」

「好きにするさ」トムが答え、ハンドルの前に坐った。

「教えてほしいんだけど」車がスミス・スクウェアを出て右折し、エンバンクメントに入ると、セバスティアンは運転手に言った。「あんたが若いときだけど――」

「ちょっと待った、おれはまだ三十四だぞ」

「悪かったよ。言い直す。独身だったころ、何人の女性と寝たのかな。結婚するまでにってことだけど」

「何人とやったかってことか？」トムが訊いた。

セバスティアンは真っ赤になりながらも何とか答えた。「そうだ」

「おまえさんも女で悩んでるってことか？」

「まあ、そういうことかな」

「気の毒だが、その質問に答える気はないな。なぜならば、答えたら、おれが有罪であることを疑いの余地なく証明することになるからさ」セバスティアンは噴き出した。「だけど、自分で満足できるほど数は多くないし、おれが友だちに吹聴《ふいちょう》しているほど多くもない」

セバスティアンはまたもや噴き出した。「それで、結婚生活というのはどんなものなのかな」

「タワー・ブリッジみたいに上がったり下がったりするもんだとでもいったところかな。だけど、どうしてこんなことを訊くんだ、セブ？」トムがアールズ・コートを過ぎたところで探りを入れた。「いい娘《こ》でも見つけたのか？」

「それならいいんだけど、違うんだ。ぼくは女性のこととなるとからっきしなんだよ。だから、訊いてるんだ。いいなと思う女の子と出会うと、そのたびに自分からぶち壊しているような気がする。なぜだかわからないけど、すべて間違った信号を送ってしまうんだ」

「そいつはあんまり賢いとは言えないな。だって、おまえさんには有利な条件が全部揃ってるんだぞ、そうだろ？」

「どういうこと？」

「顔の造りだっていいし、ちょっと気取ってるところがあって、教育も受けてる。話し方だってちゃんとしてるし、家柄だって悪くない。これ以上、望みようがないぐらいだ」

「でも、金がないよ」

「いまはそうかもな。だけど、おまえさんには可能性がある。若い娘ってのは可能性が好きなんだ。鵜の目鷹の目で可能性を探し、それを見つけたら有利な材料にできると、四六時中考えてる。だから、嘘じゃない、その部門ではおまえさんに問題なんかないんだ。前へ進みはじめたら、後ろを振り返っちゃだめだ」

「もったいないな、トム、きみは哲学者になるべきだったよ」

「がきのくせに生意気なことを言うな。おれはケンブリッジ大学に席を予約なんかする気はないんだ。なぜかというと、半分でもチャンスがあったら、おまえさんと立場を逆にするつもりだからだ」

それはセバスティアンの頭をよぎったこともない考えだった。

「いいか、おれはいまが不満だといってるわけじゃないからな。いい仕事だし、ミスター・ハードキャッスルは素晴らしい人だし、リンダは文句なしだ。だけど、おまえさんと同じような生まれなら、運転手をしてないことは確かだな」

「何をしてるのかな」

「いまごろは自前の車を何台も持って、おまえさんから〝サー〟付けで呼ばれてるはずだ」

セバスティアンは不意に後ろめたさを感じた。あまりに多くのことに慣れきってしまい、ほかの人々がどういう人生を送っているのか、自分がどれほど特権階級だと思われているのかを考えたこともなかった。生まれが人生最初のくじ引きなのだと気づき、それからは悄然として沈黙した。

グレート・ウェスト・ロードを降りるとき、トムが沈黙を破った。「本当に日本人野郎《ニップス》を三人も迎えに行くのか？」

「言葉に気をつけてくれよ、トム。三人の日本の紳士《ジェントルマン》を迎えに行くんだ」

「ああ、誤解しないでくれ。おれは黄色いちびのろくでなしどもに反感なんか持ってないからな。だって考えてみろよ、あいつらだって、行けと言われたから戦争に行っただけだろう」

「きみは歴史家でもあるな」セバスティアンが言ったとき、車は空港ターミナルの前に着いた。「次にぼくが見えたら、エンジンをかけ、後部ドアを開けて待っていてほしいんだ、トム。今日迎えにきた三人の紳士は、ミスター・ハードキャッスルにとってとても大事なお客さんなんだよ」

「直立不動でここにいるさ」トムが応えた。「お辞儀までしてお迎え申し上げるんだよな」

「きみの場合は、深いお辞儀だ」セバスティアンはにやりと笑って釘を刺した。

ミスター盛田の乗っている便は定刻に到着予定となっていて、セバスティアンは一時間待つことになった。混雑する狭いカフェでぬるいコーヒーを買い、〈デイリー・メール〉に目を通した。アメリカが宇宙に送り出した二匹の猿が無事地球に戻ってきたという記事が載っていた。トイレへ二度行き、鏡を見て三度ネクタイを確認し——グウィネッズの助言は正しかった——、何度となくコンコースを往復しながら、〝おはようございます、ミスター盛田、イギリスへようこそ〟という日本語の挨拶と、それにつづいて丁寧なお辞儀をする練習を繰り返した。

「東京発日本航空一〇二七便はただいま到着しました」ラウドスピーカーが几帳面な声で知らせた。

セバスティアンはすぐさま到着ゲートの前の、税関を出てくる搭乗客がよく見えるところに陣取った。が、これほど大勢の日本人ビジネスマンが一〇二七便から降りてくるとは予想していなかった。それに、ミスター盛田や同行者の人相風体もよくわかっていなかった。

三人の乗客がまとまってゲートを出てくるたびに、急いで前に進み出てお辞儀をし、名前を名乗りつづけて、四度目にようやく目指す相手に出会うことができたが、狼狽のあまり、せっかく練習していた台詞を英語で言ってしまった。

「おはようございます、ミスター盛田、イギリスへようこそ」そして、お辞儀をした。「私はミスター・ハードキャッスルの専属アシスタントです。車を待たせてありますので、ホテルへご案内いたします」

「ありがとう」ミスター盛田が答え、彼の英語のほうがセバスティアンの日本語よりはるかに流暢であることがすぐに明らかになった。「ミスター・ハードキャッスルがそこまで心遣いをしてくださっているとは感謝に堪えません」

ミスター盛田が二人の同行者を紹介する気配を見せなかったので、セバスティアンはすぐに三人をターミナルの外へ案内した。安堵したことに、トムは後部ドアを開けて直立不動で立っていた。

「おはようございます、サー」トムが丁重にお辞儀をしたが、ミスター盛田をはじめとする三人はうなずきもしないで車に乗り込んだ。

セバスティアンが助手席に飛び乗ると、車はゆっくりと流れに合流してロンドンへ入っていった。サヴォイ・ホテルまでの道中、セバスティアンは沈黙を守ったが、ミスター盛田は同行者と声をひそめた母国語でおしゃべりをしていた。四十分後、ダイムラーはホテルの前で停まった。三人のポーターが車の後ろへ駆け寄り、荷物を降ろしはじめた。

ミスター盛田が舗道に立つと、セバスティアンはお辞儀をして英語で言った。

「十二時のミスター・ハードキャッスルとのお約束に間に合うよう、十一時三十分にお迎えに上がります」

ミスター盛田がうなずくと、ホテルの支配人が進み出て言った。「ようこそ私どものところへお帰りくださいました、盛田さん」そして、丁重にお辞儀をした。

ミスター盛田がホテルの回転ドアの向こうへ消えるのを待って、セバスティアンは車に戻った。「できるだけ急いでオフィスへ戻らなくちゃ」

「だけど、おれはこのままここにいろと言われてるぞ」トムは動こうとしなかった。「ミスター盛田が車を使う必要があるかもしれないからってな」

「きみがどんな指示を受けていようとどうでもいい」セバスティアンは言った。「とにかく、いますぐオフィスへ引き返すんだ。さあ、車を出してくれ」

「責任はおまえが取れよ」トムが言い捨て、道路を猛然と逆走してストランド街へ向かった。

二十分後、ダイムラーはファージングズ銀行の前で停まった。「車を反転させて、エンジンはかけたままにしておいてくれ」セバスティアンは言った。「できるだけ早く戻るから」そして、車を飛び降りると建物へ走り、最寄りのエレヴェーターで六階へ上がって廊下を走り、ノックもせずに勢い込んで会長室へ入った。振り返ったエイドリアン・スローンは、会長と話しているところをいきなり邪魔された不満を隠そうともしなかった。

「サヴォイ・ホテルにとどまっているよう指示したと思うが」セドリックが言った。

「気になることがあるんです、会長。手間は取らせませんから、報告させてください」

　ちょっと席を外して数分後に戻ってきてくれと会長に言われて、スローンはますます面白くなさそうだった。「それで、気になることとは何なんだね」ドアが閉まるや、セドリックがセバスティアンに訊いた。

「ミスター盛田は今日の午後三時にウェストミンスター銀行と、そして、明日の午前十時にバークレイズ銀行と会う約束をしています。ミスター盛田と二人の同行者は、ファージングズがカンパニー・ローンを扱った経験が多くないことを懸念しています。ですから、あなたがそれだけの大きな取引をできることを、彼らに納得させなくてはならないでしょう。それから、これはついでですが、彼らはあなたのことを、十五で学校を辞めたことまで含めてすべて知っています」

「では、彼は英語が読めるわけだ」セドリックが言った。「しかし、そのほかの情報はどうやって手に入れたんだ？　まさか彼らが進んできみに話してくれたとは信じられないんだがね」

「それはありません。でも、彼らはぼくが日本語を話すことを知らないんです」

「では、そのままにしておくんだ」セドリックが言った。「あとでまた役に立つことがあるかもしれないからな。しかし、とりあえずはサヴォイ・ホテルへ戻ってくれ、急ぐんだぞ」

「もう一つだけ」セバスティアンは出口へ向かいながら言った。「ミスター盛田がサヴォイ・ホテルに泊まるのは初めてではありません。実は、まるで常連客のようにホテルの支配人が挨拶したんです。それから、いま思い出したんですが、彼らは『マイ・フェア・レディ』のチケットを三枚ほしがっていて、でも、もう売り切れているんです」

セドリックが電話を取って指示した。「『マイ・フェア・レディ』をやっている劇場を突き止めて、切符売り場につないでくれ」

セバスティアンは会長室を飛び出ると、エレヴェーターが最上階にいてくれることを願いながら廊下を駆けた。その願いは虚しく、しかも永久に戻ってこないかのようであり、ようやくやってきたときも各階止まりで降りていく始末だった。セバスティアンは建物から走り出るとダイムラーに飛び乗り、時計を見て言った。「二十六分でサヴォイ・ホテルへ戻ってくれ」

記憶にないほどの渋滞で、信号は近づくたびに必ず赤になるように思われた。それに、午前中のこの時間だというのに、なぜか大勢の歩行者が横断歩道を渡って途切れることがなかった。

ダイムラーが十一時二十七分にサヴォイ・プレイスに入っていったとき、そこではリムジンがずらりと列を作り、一台ずつのろのろと進んでは、ホテルの前で客を降ろしていた。遅刻するわけにはいかなかったし、マーシュ教授の言葉も耳で鳴り響いていたから——〝日本人は決して会合に遅れない、もし相手が遅刻したら、それは自分に対する侮辱と見なす〟——、車を飛び降りて、ホテルへと通りを走り出した。

ホテルの電話を使えばいいんじゃないかと思いはじめてからしばらくして、ようやく正面入口にたどり着いた。そのときには、電話の心配は手後れになっていた。ドアマンの前を走り抜け、回転ドアを力任せに押して、すでにそこにいた女性を、本人が意図していたよりはるかに早く通りへ出してやった。

ロビーの時計を見上げると、十一時二十九分だった。足早にエレヴェーター・ホールへ行くと、鏡でネクタイを検《あらた》め、深呼吸をして待った。時計が二度鐘を鳴らし、エレヴェーターの扉が開いて、ミスター盛田と二人の同行者が降りてきた。ミスター盛田は笑顔でセバスティアンを一瞥した。この若者が一時間前からそこに立っていたと考えているのだった。

16

セバスティアンはドアを開け、ミスター盛田と二人の同行者を会長室に通した。

セドリックは三人を迎えるために歩み寄りながら、自分が生まれて初めて背が高くなったような気がしていた。お辞儀をしようとしたまさにそのとき、ミスター盛田が握手の手を差し出した。

「お目にかかれて嬉しく思います」セドリックは握手をしながらもう一度お辞儀をしようとしたが、ミスター盛田が同行者の一人を見て言った。「ご紹介しましょう、わが社の専務の植山です」一歩前に出たミスター植山も、やはりセドリックと握手をした。ミスター小野が両手で箱を抱えていなかったら、セドリックは彼とも握手をしたはずだった。

「どうぞお坐りください」セドリックは練習してきた台本通りの道に戻ろうとした。

「ありがとうございます」ミスター盛田が応えた。「ですが、まず最初に、新たな友人になった印に贈り物の交換をさせてください。日本の名誉ある伝統なのです」専属秘書のミスター小野が前に進み出てミスター盛田に箱を差し出し、ミスター盛田がそれをセドリックに渡した。

「気を遣っていただいて、感謝に堪えません」セドリックは言ったものの、その顔にはかすかな当惑が浮かんでいた。というのは、三人の訪問客全員がいまも立ったままで、彼が贈り物を開けるのを明らかに待っているからだった。

セドリックはゆっくりと時間をかけ、まずはとても丁寧に蝶結びにされた青いリボンを外して金色の包み紙を開いた。その間《かん》も、お返しにミスター盛田に贈ることができるものは何だろうかと考えを巡らせていた。あのヘンリー・ムーアを犠牲にしなくてはならないだろうか？　期待というより願いのこもった目をセバスティアンに走らせたが、彼も同様に当惑しているようだった。贈り物の交換については、彼が欠席した数少ない授業のどこかで教えられたに違いなかった。

セドリックは箱の上蓋を開けると、青緑と黒からなる繊細で美しい壺をそうっと取り出して息を呑んだ。部屋の奥に控えていたセバスティアンが一歩前に出たが、何も言わなかった。

「素晴らしい」セドリックは感嘆し、机の上の花瓶をどかすと、精妙な楕円の壺をそこに置いた。「将来、あなたがこのオフィスへいらっしゃったときは、ミスター盛田、常にこの壺を目になさることになるでしょう」

「それは大変な光栄です」ミスター盛田が初めてお辞儀をした。

セバスティアンはさらに一歩前に出て、ミスター盛田からわずか一フィートまで近づくと、会長を見てお伺いを立てた。

「われわれの名誉とするお客さまに質問をする許可をいただけますか、サー？」

「もちろんだ」セドリックは救いの手が差し伸べられようとしていることを願いながら認めた。

「この壺を作った陶工の名前を教えていただけるでしょうか、盛田さん？」

ミスター盛田が微笑して答えた。「濱田庄司《はまだしょうじ》だよ」

「お国の人間国宝のお一人の手になる贈り物をいただけるとは光栄の至りです。ミスター・ハードキャッスルがあらかじめ知っていたら、イギリスの最も優れた陶工の作品を同じくお贈りしたでしょう。その陶工はミスター濱田の作品についての著作がある人です」

ジェシカとは際限なく時間を費やしておしゃべりしてきたが、それがついに役に立つことが証明されたということだった。

「ミスター・バーナード・リーチだね」ミスター盛田が言った。「私のコレクションに彼の作品が三点、幸運にも含まれているんだ」

「ですが、私どもの会長が選んだ贈り物は、芸術的価値こそ劣るかもしれませんが、友情の証《あかし》としての価値は劣るものではありません」

セドリックはにんまりした。自分の贈り物の正体が明らかになるのを待ちきれなかった。

「会長は今夜の『マイ・フェア・レディ』のチケットを三枚、確保しています。よろしければ、七時にホテルへお迎えに上がり、ドルリー・レーンのシアター・ロイヤルへご案内します。開演は七時三十分です」

「これ以上嬉しい贈り物があるとは考えられない」ミスター盛田が言い、セドリックを見て付け加えた。「あなたの思慮深い寛容さには畏《おそ》れ入るばかりです」

セドリックはお辞儀をしたが、すでに自分が劇場へ電話をし、二週間先までチケットは売り切れているという返事しか返ってこなかったことを、セバスティアンに知られてもいいときでないことはわかっていた。物憂《ものう》げな声が電話の向こうでこう言ったのだった——「キャンセル待ちの列に並んでもらうことはいつでもできますよ」。それはまさに今日、これからセバスティアンにやらせようとしていることだった。

「お坐りください、ミスター盛田」セドリックは態勢を立て直そうとして言った。「お茶でもいかがです？」

「いや、結構。ですが、できればコーヒーを一杯いただければ」

セドリックは恨めしかった。週の初めに〈カーワディーンズ〉へ行き、インド、セイロン、マラヤの六種類の茶葉を自分で選んでブレンドしたのに、すべての努力が一言の下に拒絶されてしまった。彼は秘書がコーヒーを飲む女性であることを祈りながら、机のボタンを押した。

「コーヒーを頼むよ、ミス・クラフ」そして、受話器を置いてからミスター盛田に訊いた。「空の旅は快適でしたか?」

「残念ながら、乗り継ぎが多すぎました。東京－ロンドン間に直行便が就航する日が待ち遠しいですよ」

「すごいことを考えておられますね」セドリックは応じた。「ホテルはどうですか?」

「サヴォイ・ホテルにしか泊まったことがないのですよ。何しろ、シティに近いものでね」

「確かに」セドリックは言った。また予想外の返事だった。

ミスター盛田が身を乗り出し、セドリックの机の写真を見て訊いた。「奥さまとご子息ですか?」

「そうです」セドリックは答えたが、詳しく説明すべきかどうかわからなかった。

「奥さまはミルク給食係で、ご子息は勅撰弁護士でしたね」

「そうです」セドリックはなす術もなく認めた。

「息子の英夫と昌夫です」ミスター盛田が内ポケットから財布を出し、そこから二枚の写真を抜き出して、セドリックの前の机に置いた。「二人とも、東京で学校に通っています」

セドリックは写真を見ながら、台本を破り捨てるときだと判断した。「それで、奥さまは?」

「今回、妻は同行できませんでした。娘の直子はまだ幼いんですが、水疱瘡《みずぼうそう》にかかってしまいましてね」

「それは可哀相に」セドリックは言った。そのときドアが低くノックされ、ミス・クラフが盆にコーヒーとバタークッキーを載せて入ってきた。セドリックがコーヒーに口をつけながら、次は何を話せばいいだろうと考えていると、ミスター盛田が提案した。「そろそろ仕事の話に入りませんか」

「もちろんです」セドリックはカップを置き、机の上のファイルを開いて、ゆうべ、備忘のために特に印をつけておいた大事な点を確認した。「最初に申し上げておきたいのですが、ミスター盛田、件のクーポン融資は本行が評判を得ている分野ではありません。しかし、私どもは高名な貴社と長期にわたる関係を望んでおり、故に、われわれにその能力があることを証明する機会を是非とも与えてもらいたいと願っています」ミスター盛田がうなずいた。「あなたが要請されている金額が一千万ポンドであり、五年返済の短期クーポンであることを頭に入れ、貴社の直近のキャッシュ－フローの数字を見る一方で現在の円の為替レートを評価した結果、われわれが現実的なパーセンテージだと考えるのは……」

　ようやく自分のリングに戻ったセドリックは初めてリラックスし、四十分後には自分の考えをすべて披露して、ミスター盛田の質問に一つ残らず答えていた。最高だ、とセバスティアンが感じたほどの出来映えだった。

「契約書の作成を提案してもかまいませんか、ミスター・ハードキャッスル？　私は東京を発つはるか以前から、あなたこそこの仕事にふさわしい人物であることをほとんど疑っていませんでした。いま、あなたの説明を聞いて、その思いは確信に変わりました。もちろん、ほかの二つの銀行とも会うことになっていますが、それは私が選択肢を残しているのだと株主に思わせるために過ぎません。〝厘《りん》をいい加減に扱うな、円は自ずから自分を大事に扱うから〟です」

二人は声を上げて笑った。

「お時間があれば」セドリックは言った。「昼食を一緒にいかがでしょう。最近、シティに日本料理の店ができたのですよ。とても評判がいいので、そこへ行ってみようかと考えているんですが――」

「それなら、ミスター・ハードキャッスル、考え直してもらって結構ですよ。なぜなら、日本料理の店を探すためにはるばる六千マイル旅してきたわけではありませんのでね。そうではなくて、〈ルールズ〉へご一緒して、ローストビーフとヨークシャー・プディングに舌鼓を打つのはどうです？　ハダーズフィールドの男にふさわしいと思いますが？」二人はまたも声を上げて笑った。

数分後、ミスター盛田の一行が会長室を出ると、セドリックは束の間そこに残り、セバスティアンの耳元でささやいた。「実に名案だが、今夜の『マイ・フェア・レディ』のチケットは売り切れだ。だから、きみはキャンセル待ちの列に並ばなくちゃならん。雨が降らないことを祈ろうじゃないか、さもないと、またびしょ濡れになるからな」会長はそう付け加えて、廊下にいるミスター盛田たちに合流した。

セバスティアンがお辞儀をして見送ると、セドリックと彼の客たちはエレヴェーターに姿を消し、一階へ下りていった。セバスティアンは用もないのにしばらく六階にとどまり、会長一行が建物を出てレストランへの途についたと確信してから、エレヴェーターを呼んだ。

銀行を出るや、タクシーを停めた。「ドルリー・レーンのシアター・ロイヤルまで」二十分後に劇場の前に着いて最初に気づいたのは、キャンセル待ちの列が延々とつづいていることだった。タクシー代を払うと、ゆっくりと劇場へ入り、切符売り場へ直行した。「今夜のチケットが三枚なんて、無理だろうね」セバスティアンは訴えるようにして訊いた。

「気の毒だけど、無理ね」売り場の女が答えた。「キャンセル待ちの列に並ぶのはもちろんかまわないけど、率直に言って、クリスマスまでにそのチケットを手に入れられる人は多くないいんじゃないかしら。チケットを持ってる人が開演前に死にでもしない限り、難しいでしょうね」

「金に糸目は付けないいんだけどな」

「みんながそう言ってるわよ。あの列のなかには、二十一歳の誕生日なんだとか、五十回目の結婚記念日なんだとか訴えてくる人がいるの……必死のあまり、わたしにプロポーズした男の人までいたぐらいよ」

セバスティアンは劇場を出ると、舗道に立って、もう一度列を見た。数分のあいだにさらに長くなったようだった。何か方法はないか考えようとしていると、以前に読んだ父親の小説の一節が頭に浮かんだ。ウィリアム・ウォーウィックのように自分も成功するかどうか、答えを突き止めてみることにした。

ストランド街のほうへ丘を小走りに下り、午後の車の流れを左右に避けながら数分後にまたサヴォイ・プレイスに入ると、フロントへ直行してヘッド・ポーターの名前を尋ねた。

「アルバート・サウスゲイトですが」フロントの女性が教えてくれた。

セバスティアンは彼女に礼を言うと、客を装ってコンシェルジュのデスクへゆっくりと歩いていった。

「アルバートはいるかな」彼はポーターに訊いた。

「昼食に出ているのではないかと思いますが、サー、ただいま確認して参ります」男は奥の部屋へ消えていった。

「バート、あんたをお呼びの紳士がおられるぞ」

そう長く待たされることなく、さっきのポーターより年上の男が現われた。ブルーのロング・コートのボタンは金色に輝き、袖は金モールで縁取られて、胸には勲章が――そのなかの一つは、セバスティアンも見分けがついた――二列に並んでいた。男が用心深い表情でセバスティアンを見て訊いた。「ご用でしょうか?」

「実は困っているんだが」セバスティアンはその危険を冒していいものかどうか、いまだに迷いながら言った。「サヴォイに泊まったときに何であれ必要になったら、アルバートに相談するようにと、私の伯父のサー・ジャイルズ・バリントンが教えてくれたんだ」

「トブルクの戦いで戦功十字章を授けられた、あの紳士ですか?」

「そうだ」セバスティアンはびっくりしながら認めた。

「あの戦いを生き延びた者は多くないんです。ひどいものでしたよ。それで、ご用とは?」

「サー・ジャイルズが『マイ・フェア・レディ』のチケットを三枚必要としているんだ」

「いつのチケットでしょう?」

「今夜なんだ」

「まさか、本気でおっしゃっているのではありませんよね」

「金ならいくらかかってもかまわないそうだ」

「お待ちください、とにかくやってみましょう」

セバスティアンが見ていると、アルバートは足早にホテルを出て通りを渡り、シアター・ロイヤルのほうへ消えていった。セバスティアンはロビーを行ったり来たりしながら、ときどき不安の目をストランド街へ向けたが、ヘッド・ポーターはさらに三十分経ってようやくふたたび姿を現わし、ホテルへ戻ってくると、握っていた封筒をセバスティアンに差し出した。

「特別招待席のチケットが三枚入っています。F列の中央です」

「素晴らしい。それで、いくらかかったんだろう」

「いえ、それは結構です」

「どうして？」セバスティアンは訝った。

「切符売り場の主任の兄――ハリス軍曹というんですが――は、トブルクで戦死したのです。それを忘れないでいただきたいと彼が言っていたと、サー・ジャイルズにお伝えください」

セバスティアンは自分を恥じた。


「よくやった、セブ、きみのおかげで土壇場で助かった。今日のきみの任務はあと一つだけだ。ミスター盛田の一行が何事もなくベッドに入り、上掛けを顎まで引き上げたとわかるまで、ダイムラーをサヴォイ・ホテルの前にとどめておくことだ」

「でも、ホテルから劇場まではほんの二百ヤードですよ」

「雨が降っていれば、ほんの二百ヤードではなくなる可能性がある。マーシュ教授の奥さんとの束の間の出会いのとき、きみも身をもって学んだのではないかね？　それに、われわれがその努力を怠ったら、きっとほかのだれかがやるはずだ」

セバスティアンは車を降りると、午後六時三十分にサヴォイ・ホテルに入り、エレヴェーター・ホールで辛抱強く待った。七時を過ぎて間もなく、ミスター盛田と二人の同行者がエレヴェーターを降りてきた。セバスティアンはお辞儀をし、三枚のチケットが入った封筒を差し出した。

「ありがとう」ミスター盛田が礼を言い、セバスティアンを含めた四人はロビーを突っ切ると回転ドアをくぐってホテルを出た。

「会長の車でシアター・ロイヤルへご案内します」セバスティアンが申し出ると、トムがダイムラーの後部ドアを開けた。

「いや、それには及ばない」ミスター盛田が断わった。「歩くほうが身体にもいいだろうし」そのあとは一言も発せずに、二人をともなって劇場のほうへ歩き出した。セバスティアンはもう一度お辞儀をしてからトムの隣りに腰を下ろした。

「おまえは家に帰ればいいいじゃないか」トムが運転席で言った。「ここでぐずぐずしてる必要はないんだし、雨になったら、おれがこの車であいつらを劇場へ迎えに行ってホテルへ送ってやるよ」

「だけど、幕が下りたあとで夕食を食べたいかもしれないし、ナイトクラブへ行きたくなるかもしれないだろう。きみはナイトクラブを知ってるか？」

「あいつらがどんなナイトクラブをお望みかによるけどな」

「まあ、きみの知ってるようなナイトクラブじゃないだろうな。だけど、いずれにしてもぼくはここを動けないんだ、ミスター・ハードキャッスルの言葉を引用するなら、ミスター盛田の一行が何事もなくベッドに入り、上掛けを顎まで引き上げたとわかるまではね」

雨は一滴も降らず、十時になるころには、セバスティアンはトムの人生について、どこで学校に通ったか、戦争中はどこに宿営していたか、ミスター・ハードキャッスルの運転手になる前はどこで働いていたかを含めて、知るべきことはすべて知っていた。女房が今度の休みにマルベリャ（スペインのコスタ・デル・ソルに臨むリゾート地）へ行きたがっているんだというようなことをしゃべっているとき、セバスティアンは「何てことだ」とつぶやいて助手席のなかでずるりと腰を滑らせ、姿勢を低くして姿を隠した。洒落た服装の二人組の男がダイムラーの前を横切り、大股でホテルへ入っていった。

「おまえ、何をしてるんだ？」

「二度と会わずにすむことを願っている男を避けてるんだ」

「芝居が終わったみたいだぞ」トムが言った。演劇好きが群れをなし、おしゃべりをしながらストランド街へ溢れ出しはじめていた。数分後、自分が責任を持つべき三人がホテルへと歩いてくるのに気がついたセバスティアンは、ミスター盛田が正面入口に着く直前、車を降りてお辞儀をした。

「『マイ・フェア・レディ』はいかがでしたか、盛田さん」

「最高だったよ」ミスター盛田が応えた。「あんなに笑ったのは何年ぶりだろう。それに、音楽も素晴らしかった。明日の朝、ミスター・ハードキャッスルにお目にかかったときに直接お礼を言いたい。どうぞ、きみも引き上げてくれ、ミスター・クリフトン。今夜はもう車を使う必要はないだろうからな。遅くまで気を遣わせて申し訳なかった」

「どういたしまして、盛田さん」セバスティアンは応えてそのまま舗道にとどまると、三人がホテルに入ってロビーを横切り、エレヴェーター・ホールへ向かうのを見守った。心臓の鼓動が速くなったのは、二人の男が進み出てお辞儀をし、ミスター盛田と握手をするのを見たときだった。セバスティアンは根が生えたように立ち尽くした。ミスター盛田は少しのあいだ二人と話していたが、やがて同行者を去らせ、二人組と一緒にアメリカン・バーへ入っていった。セバスティアンはホテルへ行ってもっと近くで様子をうかがいたくてたまらなかったが、その危険を冒せないことはわかっていた。それで、仕方なく車に戻った。

「大丈夫か？」トムが訊いた。「ひどく顔色が悪いぞ」

「ミスター・ハードキャッスルがベッドに入るのは何時だ？」

「十一時か、十一時半か、事情によりけりだ。だけど、起きてるときは必ずわかる。書斎の明かりが灯ってるからな」

セバスティアンは時計を見た。午後十時四十三分。「それなら、会長がまだ起きてるかどうか、確かめに行こう」

トムはストランド街へ出るとトラファルガー・スクウェアを横断し、ザ・マルをハイド・パーク・コーナーへと走って、十一時を過ぎた直後にカドガン・プレイス三七番地の前に着いた。会長の書斎の明かりはまだ煌々《こうこう》と灯っていた。明日の朝、日本側にサインさせたいと考えている契約書に、三度目の確認の目を通しているに違いなかった。

セバスティアンはゆっくり車を降りると、階段を上がり、玄関のドアベルを鳴らした。ややあって玄関ホールが明るくなり、セドリックがドアを開けた。

「こんな遅い時間にお邪魔して申し訳ありません、会長。しかし、問題が発生しました」

17

「真っ先にきみがやらなくてはならないのは、本当のことを伯父さんに話すことだ」セドリックは言った。「いいかね、何一つ端折《はしょ》ってはだめだぞ」

「今夜、帰ったら、すぐに話します」

「きみがサー・ジャイルズの名前を使って何をしたか、それを伯父さんが知ることが重要なんだ。なぜなら、彼はシアター・ロイヤルのミスター・ハリスと、それに、サヴォイ・ホテルのヘッド・ポーターにも礼状を書こうとするだろうからだ」

「アルバート・サウスゲイトです」

「きみも二人に礼状を書かなくてはだめだぞ」

「はい、もちろんです。それから、改めてお詫びしますが、サー、ぼくはあなたを失望させたように思います。これまで教えてもらったことや、やらせてもらったことが、あなたにとってまったくの時間の無駄だったと証明されたわけですから」

「こういう経験がまったくの時間の無駄になることは滅多にない。新たな契約を成立させようとするときはいつでも、たとえそれが失敗に終わったとしても、次の機会に大いに役に立つ何かを学ぶ場合がほとんどと言っていい」

「ぼくは何を学んだんでしょう?」

「まずは日本語だろうな。それから、自分自身について一つか二つ、後々得になるだろうと私が確信していることを学んだはずだ」

「でも、あなたと重役の人たちはこのプロジェクトに長い時間を費やし……それにともなって、銀行のお金を少なからず遣われたわけでしょう」

「それについては、バークレイズ銀行だって、ウェストミンスター銀行だって変わりはないさ。こういうプロジェクトは、五件に一件でも成立させられたら、ゴルフにたとえればパーなんだ」セドリックがそう付け加えたとき、机の電話が鳴った。彼は受話器を取り、ややあって言った。「かまわない、通してくれ」

「失礼したほうがいいでしょうか、サー?」

「いや、それには及ばんよ。むしろ、息子に会ってもらいたいぐらいだ」ドアが開いて、セドリック・ハードキャッスルの親族でしかあり得ないはずの男性が入ってきた。背は一インチぐらい高いかもしれないが、温かな笑顔、がっちりした肩、いくらか多く残って半円形を保っているとはいえ、てっぺんにはちらほらとしか髪がなく、禿げていると言ってもいい頭は、父親と同じく十七世紀の托鉢《たくはつ》修道士を思わせた。それに、すぐにわかったのだが、父に負けず劣らずの切れ味鋭い頭脳を備えていた。

「おはようございます、お父さん。会えて何よりです」父親と同じヨークシャー訛りだった。

「アーノルド、紹介しよう。セバスティアン・クリフトンだ。〈ソニー・インターナショナル〉との交渉の手伝いをしてもらっている」

「お目にかかれて光栄です、サー」セバスティアンは言い、差し出された握手の手を握り返した。

「私はとても高く評価しているんだが、きみの――」

「――ぼくの父の小説は実に面白い、ですか？」

「いや、そうじゃない。きみの父上の小説は、実は一冊も読んだことがないんだ。夜に刑事が登場する話を読まなくても、昼に刑事と会うだけで十分なんでね」

「では、上場企業の最初の女性会長になった母でしょうか？」

「いや、私が畏敬しているのは、きみの妹さんのジェシカだ。素晴らしい才能じゃないか」アーノルドが付け加え、壁に掛かっている父親の肖像画へ顎をしゃくった。「それで、彼女はこれからどうするつもりなのかな？」

「このあいだ、ユニヴァーシティ・カレッジ・ロンドンのスレイド・スクール・オヴ・ファイン・アートに入学を認められて、そろそろ新学年が始まろうとしています」

「そういうことなら、私は彼女の哀れな同級生たちに同情するよ」

「なぜです?」

「彼らはジェシカを大好きになるか、あるいは、大嫌いになるかだ。なぜなら、天地がひっくり返っても彼女に敵わないと、すぐにわかってしまうからだよ。それはともかく、もっと世俗的な事柄に戻ろうか」そう言って、アーノルドは父親を見た。「双方が同意したとおり、契約書を三通準備しました。それにサインしたら、あなたは九十日のうちに、五年満期、利率二・二五パーセントの、一千万ポンドのローンを実行することになります。〇・二五パーセントは、取引手数料です。さらに言及しておくべきは——」

「もういいんだ」セドリックがさえぎった。「この件については、もはやわれわれに勝ち目はなくなったように思う」

「しかし、ゆうべ、あなたと話したときは、自信満々だったじゃないですか」

「あのあと、状況が変わったとだけ言っておこう。これ以上の詮索は無用だぞ」セドリックが言った。

「それは残念でしたね」準備してきた契約書をまとめてブリーフケースへ戻そうとしたとき、アーノルドは初めてそれを見た。

「あなたが美術愛好家だと思ったことは一度もありませんが、お父さん、でも、これはすごいですよ」アーノルドは父親の机の上に置かれた壺を慎重に手に取ると、仔細に観察してから、底を見た。「それに、確かに日本の国宝です」

「私もおまえが美術愛好家だと思ったことは一度もないよ」セドリックが言い返した。

「濱田庄司です」セバスティアンは言った。

「どこで見つけたんです？」

「見つけたんじゃない」セドリックが答えた。「ミスター盛田からの贈り物だ」

「そういうことなら、この取引はまったく得るものがなかったわけではないじゃないですか」アーノルドが言ったとき、ドアが低くノックされた。

「どうぞ」もしかして……とセドリックが訝りながら応えると、ドアが一気に開き、トムが切羽詰まった様子で入ってきた。「サヴォイ・ホテルから動くなと言ったはずだが」会長は言った。

「あそこにいても意味がないんです、サー。私は指示されたとおり、九時三十分にホテルの前で待っていたんですが、ミスター盛田は現われませんでした。決して時間に遅れることのない紳士ですから、私はドアマンに訊いてみたんです。そうしたら、三人の日本人紳士が九時ちょっと過ぎにチェックアウトし、タクシーでホテルをあとにしたと教えてくれました」

「その可能性にはまったく思いが及ばなかったな」セドリックが言った。「私も腕が落ちてきているらしい」

「全部に勝つわけにはいきませんよ、お父さん。あなたがいつもぼくに思い出させてくれているじゃないですか」アーノルドは言った。

「弁護士というのは、自分が負けたときでさえ勝ったことにするようだからな」父親が言い返した。

「さて、私はこれからどうしますかね」アーノルドが言った。「手にするはずだった巨額の手数料を諦め、代わりに、このちっぽけで取るに足りない安物でももらっていきますか」

「うせろ」

「では、失礼しましょう。ここにいても、これ以上、私にできることはないようだ」

アーノルドがグラッドストン・バッグに契約書を戻していると、ふたたびドアが勢いよく開いて、ミスター盛田と二人の同行者が入ってきた。ちょうどそのとき、スクウェア・マイルのいくつかの教会の鐘が十一時を知らせはじめた。

「遅刻でなければいいのですが」ミスター盛田が開口一番に言いながら、セドリックと握手をした。

「約束の時間ぴったりです」セドリックは答えた。

「そして」ミスター盛田がアーノルドを見た。「偉大なお父上の跡を継がなかった不肖のご子息でしかあり得ませんね」

「まさにそのとおりです」アーノルドは応え、握手をした。

「契約書は準備されていますね？」

「もちろんです、サー」

「では、あなたに必要なのは私のサインだけだ。そうすれば、お父上は仕事に取りかかることができる」アーノルドがグラッドストン・バッグからふたたび契約書を取り出し、机の上に広げた。「しかし、サインする前に、新たな友人であるセバスティアン・クリフトンに贈り物をしましょう。今朝早くホテルを出たのは、その贈り物を買うためだったのですよ」

ミスター小野が進み出て、小さな箱をミスター盛田に渡し、ミスター盛田がそれをセバスティアンに差し出した。

「いつもいい子ではないかもしれないが、イギリスの人々が言うように、彼には誠意がある」

セバスティアンは黙って赤いリボンをほどき、銀色の包み紙を開いて箱の蓋を持ち上げた。深紅と黄色の光沢の小さな壺が姿を現わし、とたんに目を奪われた。

「ひょっとして、弁護士をお探しではありませんか？」アーノルドが訊いた。

「壺の底を見ずに陶工の名前を当てることができたら、あなたを指名してもいいですよ」

セバスティアンは壺をアーノルドに渡した。弁護士は赤と黄色が混じり合い、オレンジ色の条《すじ》になって流れているさまをじっくり堪能《たんのう》したあとで、思い切ってその名前を口にした。「バーナード・リーチ、ですか？」

「結局のところ、このご子息は無能ではなかったわけだ」ミスター盛田が言った。

二人は声を上げて笑い、アーノルドは名作をセバスティアンに返した。「どうお礼を申していいかわかりません、サー」

「わかったときには、必ず私の母語でそれを伝えてもらいたいな」

セバスティアンは驚きのあまり、危うく壺を取り落とすところだった。「どういうことでしょうか。よくわからないんですが、サー」

「いや、もちろんわかっているはずだ。もし日本語で返答ができなければ、この壺はミスター・ハードキャッスルのご子息にプレゼントするしかなくなるだろうな」

セバスティアンが口を開くのを、全員が待ち受けた。「ありがとうございます。たいへんにこうえいです。いっしょう、たいせつにいたします」

「見事なものじゃないか。妹さんの作品と違って、多少の磨きをかける必要はあるが、それでも立派なものだ」

「ですが、盛田さん、私がお国の言葉を話せると、どうしておわかりになったんでしょう？　あなたの前で日本語を口にしたことは一度もなかったはずですが」

「私の見るところでは、『マイ・フェア・レディ』の三枚の切符だな」セドリックが予想して見せた。

「ミスター・ハードキャッスルは鋭い人だ。だからこそ、彼を私の代理人としての一番手に選んだのだよ」

「でも、どうしてわかったんですか？」セバスティアンは繰り返した。

「あのチケットがわれわれに贈られたのは、偶然にしてはできすぎているからね」ミスター盛田が言った。「そのことを考えてみるんだな、セバスティアン。そのあいだに、私は契約書にサインをするから」そして、内ポケットから万年筆を取り出し、セドリックに差し出した。「まずあなたがサインをしなくてはだめです。さもないと、神々はわれわれの同盟を祝福されないでしょう」

　ミスター盛田はファージングズ銀行会長が三通すべての契約書にサインするのを見守り、そのあとで、自分のサインを書き加えた。二人はお辞儀をし、握手をした。

「空港へ急行して、パリ行きの便に乗らなくてはならないのですよ。フランスの人たちが私にたくさんの問題を作ってくれているのでね」

「どういう問題ですか？」アーノルドが訊いた。

「残念ながら、あなたにはどうにもできない種類の問題なのですよ。私どものトランジスタ・ラジオが四万台、保税倉庫に留め置かれたままになっているというわけです。フランスの税関が、梱包《こんぽう》を一つ残らず開けて検査してからでないと、納入業者に卸すのを認めないと言っていましてね。現時点での検査の進捗状況は、一日に梱包二つがせいぜいなのです。できるだけ長くわが製品を足止めしておいて、その間に、性能の劣る自国の製品を焦《じ》れた消費者に売ってしまおうという魂胆なんでしょう。しかし、いつまでもそんなことをさせてはおきませんよ。実は計画があるんです」

「その計画を是非とも聞かせていただきたいですね」

「至って簡単なことです。フランスに工場を造り、現地の人々を雇えばいいんです。そうすれば、わざわざ税関を通す必要もなく、われらが優れた製品をお客さまに届けられます」

「フランス側があなたのその計画に気づかずにはいないんじゃないですか？」

「もちろん、気づくでしょう。しかし、そのころにはみんながミスター・ハードキャッスルのようになっていて、居間にソニーのラジオを置きたがっていますよ。飛行機に乗り遅れるわけにはいきませんが、まずは新しいパートナーと二人だけで話をさせていただけますか」アーノルドはミスター盛田と握手をし、セバスティアンとともに部屋を出た。「ペドロ・マルティネスという人物をご存じかな？」盛田が会長の机の向かいの椅子に腰を下ろしながら訊いた。「セドリック」

「セドリック」盛田が会長の机の向かいの椅子に腰を下ろしながら訊いた。「ペドロ・マルティネスという人物をご存じかな？　実は、ゆうべ、シアター・ロイヤルからホテルへ戻ったら、彼が会いにきていたんだ。フィッシャー少佐という男も一緒だった」

「ペドロ・マルティネスについては、知っていると言っても評判だけだ。だが、フィッシャー少佐には会ったことがある。マルティネスの代理として〈バリントン海運〉の重役会にいて、私もそこの社外重役なんだ」

「私の見るところでは、ペドロ・マルティネスというのは徹頭徹尾汚ないろくでなしで、フィッシャーは取るに足りない、ペドロ・マルティネスの金に頼って辛うじて沈没を免れている男だな」

「たった一度会っただけで、もうそこまで見抜いたのか」

「そんなことはないが、二十年もそういう連中の相手をしてきているからね。しかし、今度のあの男は抜け目がなくて狡猾だ。見くびらないほうがいい。ペドロ・マルティネスにとっては、人の命でさえ安いものらしい」

「きみの洞察に基づいた助言に感謝するよ、昭夫。だが、それ以上に、われわれを心配してくれることをありがたく思っている」

「では、そのお返しに、パリへ発つ前に願いを聞いてもらえるだろうか」

「何なりと」

「貴行とわが社の連絡係を、これからもセバスティアンにやらせてもらいたい。そうすれば、お互いに時間と手間が大いに省けるはずだ」

「二つ返事で応諾したいのは山々なんだが」セドリックは言った。「あの子は九月からケンブリッジ大学へ行くことになっているんだ」

「きみは大学へ行ったのか、セドリック？」

「いや、学校は十五で終えて、二週間の休みのあとで、父のあとを追って本行に入った」

盛田がうなずいた。「みんなが大学に適しているわけではないし、大学へ行ったせいでその後の人生が停滞する者だっている。セバスティアンはすでに自分の天職を見つけているように私には思われるし、きみという教育係をもってすれば、最終的にはきみの後任にうってつけということになるかもしれないぞ」

「いくら何でも若すぎるだろう」セドリックは否定的だった。

「イギリス女王だって、二十五という若さで女王の座についてるじゃないか。セドリック、私たちはいま、素晴らしい新世界に生きているんだぞ」

ジャイルズ・バリントン

一九六三年

18

「本当に野党の党首になりたいのか?」ハリーは訊いた。

「違うよ」ジャイルズが答えた。「本当になりたいのは首相だ。だけど、その前に野党の人心を掌握しないと、ダウニング街一〇番地の鍵を手に入れることなんか望めないだろう」

「この前の総選挙で、あなたは議席を守ったかもしれないけど」エマが言った。「党は地滑り的な大敗を喫したじゃない。選挙で労働党が勝つことがあるんだろうかって、わたしは疑いはじめてるわ。永遠に野党でいることを運命づけられているんじゃないかってね」

「わかってる、いまはきっとそう見えてるに違いない」ジャイルズは応えた。「だけど、次の選挙のころには有権者も保守党にうんざりしていて、政権を換えるときだと考えるはずだ」

「保守党にとって、プロヒューモ事件が追い風にならないことは確かでしょうね（一九六三年、マクミラン内閣の陸相、プロヒューモとショウ・ガールとの関係が明るみに出、彼女がソヴィエト大使館付き武官とも関係を持っていたために、スパイに利用されていた疑いが生じて政権の崩壊につながった）」グレイスが言った。

「次の党首を決めるのはだれなの？」

「いい質問だ、セバスティアン」ジャイルズが答えた。「選挙で選ばれて庶民院に議席を得ているわが仲間たち、二百五十八人全員だ」

「選挙人の数としてはずいぶん少ないな」ハリーが言った。

「確かに。しかし、彼らの大半は自分の選挙区の意見を慎重に調べて、一般有権者がだれに党を率いてもらいたがっているかを知る努力をしているし、労働組合の構成員は自分の属する組合が推す男に投票することになっている。だから、タインサイド、ベルファスト、グラスゴー、クライデズデール、リヴァプールといったような選挙区は、どこであれ、ぼくを支持してくれるはずだ」

「男、ね」エマが繰り返した。「それはつまり、二百五十八人の労働党の議員で、党首になる望みを持てる女性は一人もいないということ？」

「バーバラ・キャッスルにはその気があるかもしれないが、率直に言って、見込みはまったくないだろうな。だけど、現実を直視するなら、エマ、庶民院では保守党よりも労働党のほうが女性議員が多いんだ。だから、いつの日か女性がダウニング街一〇番地の住人になるとしたら、賭けてもいいが、それは社会主義者だ」

「でも、労働党の党首になりたがる理由は何？　この国で最も報われない仕事の一つに違いないのに」

「同時に、最も刺激的な仕事の一つでもあるんだよ」ジャイルズは言った。「だって、現実を変え、人々の生活をよくし、次の世代に価値ある遺産を残すチャンスを手にできる人間が何人いると思う？　忘れてほしくないんだが、ぼくはいわゆる銀のスプーンをくわえて生まれてきた人種だからね、そのお返しをするときかもしれないんだ」

「かっこいい」エマが冷やかした。「わたし、あなたに一票を投じるわ」

「もちろん、われわれはみんな、きみを支援するさ」ハリーは言った。「だが、見たことも会ったこともなく、これからもその可能性がありそうにない二百五十七人もの国会議員に影響力を及ぼすために、ぼくたちがそう多くのことをできるかどうかは自信がないな」

「ぼくが当てにしているのはそういう種類の支援じゃなくて、もっと個人的なものなんだ。なぜなら、メディアがまたもやきみたちの私生活を根掘り葉掘りしはじめるだろうことを、いまここにいる全員にわかっておいてもらわなくちゃならないからだ。いまでももううんざりしているかもしれないし、ぼくとしてもそれを責めることはできないけどね」

「あなたが労働党の党首選に立候補しているのを自分たちは喜ばしく思っていて、それはあなたがその職務にふさわしい人物だからであり、あなたが勝利すると確信していると、わたしたちみんなが口を揃えてあなたを支持しつづければ」グレイスが言った。「メディアだって、すぐに飽きて退散するんじゃないの？」

「まさにそのときに、あいつらは何か書く材料はないかと鵜の目鷹の目になりはじめるんだ」ジャイルズは応えた。「だから、駐車違反より重い法律違反をしていて、それを白状したいと思っている者がここにいるなら、いまがそのときだぞ」

「実は今度の新作が〈ニューヨーク・タイムズ〉のベストセラー・リストの一位になってくれないかと願っているんだが」ハリーが言った。「ウィリアム・ウォーウィックが警察署長の妻と浮気をすることになるのを、ここで明らかにしておくべきかもしれないな。それが労働党の党首になる可能性を減じる恐れがあるとおまえさんが考えるなら、ジャイルズ、党首選が終わるまで刊行を延期するにまったくやぶさかじゃないんでね」全員が笑った。

「正直に言わせてもらうと、ダーリン」エマが言った。「ウィリアム・ウォーウィックはニューヨーク市長の妻と浮気をするべきね。だって、アメリカで一番になるためには、そのほうがはるかに効果があるはずだもの」

「悪くない考えだ」ハリーは応えた。

「それから、あなたたちみんなにもっと真面目な知らせがあるんだけど、いまがそのときかもしれないわね」エマがつづけた。「実は、〈バリントン海運〉はいま、辛うじて海面から顔が出ている状態で、一年以内の改善を期待できそうにないの」

「もう少し詳しく教えてくれないか」ジャイルズが訊いた。

「〈バッキンガム〉の建造が、予定より一年以上遅れているの。それに、最近は大きな停滞はないけど、会社はすでに銀行からかなりの額の融資を受けているわ。その借り越しが会社の資産価値より大きくなるとわかった場合、銀行が融資を回収にかかる恐れがあって、そうなったら、さらに状況が悪化する可能性も否定できないわね。もちろん、最悪を想定しての話だけど、あり得ないことではないの」

「その可能性が現実になるとしたら、時期はいつごろなんだろう」

「近い将来ということはないけど」エマは答えた。「会社が表沙汰にしたくないことを自分の利点にできるとフィッシャーが考えたら、話はもちろん別よね」

「〈バリントン海運〉の株をあれだけ大量に持っているあいだは、ペドロ・マルティネスがそんなことはさせないんじゃないのかな」セバスティアンが予想した。「もっとも、伯父さんが立候補することにしたら、手をつかねて傍観はしていないだろうけどね」

「同感ね」グレイスが認めた。「それに、あなたの立候補を邪魔して喜ぶのは彼だけじゃないんじゃないかしら」

「それはだれなのかな?」

「まず考えられるのは、レディ・ヴァージニア・フェンウィックね。あの女は出会う国会議員全員に、あなたが自分を捨ててほかの女に走った離婚経験者だと、喜んで触れて回るでしょう」

「ヴァージニアが知っているのは保守党の連中だけだ。そして、保守党にはすでに離婚経験者の首相がいるよ。それから、忘れないでくれよ」ジャイルズがグウィネッズの手を取って付け加えた。「ぼくはいま、ほかの女性と結婚して幸せなんだ」

「正直なところ」ハリーは言った。「おまえさんはヴァージニアよりペドロ・マルティネスを心配すべきだと思う。なぜなら、われわれ一族に害を為すための口実を、あの男がいまでも探しているのが明らかだからだ。そのことは、セバスティアンがファージングズ銀行で働きはじめたその日に明らかになったじゃないか。それから、ジャイルズ、おまえさんのほうが戦利品としてはセブよりはるかに大きいんだ。だから、ペドロ・マルティネスは力の限りを尽くして、おまえさんを絶対に首相にさせないようにするに決まっている」

「立候補したら」ジャイルズが言った。「ペドロ・マルティネスが何を企んでいるかを気にしながら、後ろに気をつけてばかりいるわけにはいかないんだ。いまだって、ペドロ・マルティネスよりはるかに気にしなくてはならない《ファー・クローザー・トゥ・ホーム》競争相手が何人かいて、彼らから目を離せないでいるんだからな」

「最大の競争相手はだれなんだ？」ハリーは訊いた。

「ブックメーカーの贔屓はハロルド・ウィルソンだ」

「ミスター・ハードキャッスルも彼を勝たせたがっているよ」セバスティアンが明らかにした。

「いったい《イン・ヘヴンズ・ネーム》、その理由は何なんだ」ジャイルズが訝った。

「天《ヘヴン》は関係ないよ」セバスティアンは答えた。「はるかに故郷に近い《ファー・クローザー・トゥ・ホーム》からさ。二人とも、ハダーズフィールドの生まれなんだ」

「さしたる意味もないように見えることが、人を支持するかしないかを決める要因になるのは珍しくないさ」ジャイルズがため息をついた。

「ハロルド・ウィルソンにはメディアが興味を持つような、外聞をはばかる一家の秘密があるかもよ」エマが言った。

「ぼくの知る限りでは、そんなものはないな」ジャイルズが否定した。「そのなかに、オックスフォード大学を首席で卒業したことと、公務員試験に一番で合格したことを含めるなら、話は別だがね」

「しかし、彼は戦争に行っていないだろう」ハリーが指摘した。「だとしたら、おまえさんの戦功十字章が有利な材料になるんじゃないか？」

「デニス・ヒーリイも戦功十字章組で、立候補の可能性も十分にあるんだ」

「労働党を率いるには、彼は才を鼻にかけすぎているだろう」ハリーは言った。

「まあ、それがあなたの問題にならないことは確かね、ジャイルズ」グレイスが言い、ジャイルズが苦笑を妹に向けると、全員が爆笑した。

「ジャイルズが直面しなくてはならない問題があるとして、わたしが一つ思いつけるのは……」それまで黙っていたグウィネッズが口を開き、全員が彼女に注目した。「わたしはこの部屋で唯一の血のつながりがなく、結婚して一族の仲間入りをさせてもらった人間です。ですから、別の角度から物事を見ているかもしれません」

「だとすれば、あなたの意見にはますます意味があることになるわ」エマは促した。「だから、遠慮しないで、あなたが気になっていることを教えてちょうだい」

「お話ししてしまうと、微妙な問題を蒸し返すことになるのではないかと恐れているんですけど」グウィネッズはためらう様子だった。

「そんな心配はしなくて大丈夫だ、さあ、話してくれないか」ジャイルズが妻の手を取った。

「もう一人、いまはここにいないけれども家族がいますよね。わたしの見るところでは、彼女は歩く時限爆弾なのではないでしょうか」

　長い沈黙が落ちたあとで、グレイスが言った。「あなたの見立てはまったくそのとおりよ、グウィネッズ。だって、ハリーとエマが養女にした少女が実はジャイルズの異母妹で、セバスティアンの叔母であり、彼女の実の父親は妻の宝石を盗んで彼女の実の母親に殺され、そのあと、その母親が彼女を棄《す》てたことを、たまたまであれ何であれ新聞記者が一人でも嗅ぎつけたら、メディアは大騒ぎするに決まっているわ」

「そして、忘れないでちょうだい、その母親は自殺したの」エマが小さな声で付け加えた。

「ねえ、あの子に真実を教えてやるぐらいのことはできるんじゃないの」グレイスが言った。「だって考えてみてよ、あの子はスレイドで一人暮らしをしているのよ。だとすれば、メディアが彼女を見つけるのは難しくないし、あなたたちがあの子に真実を教える前に見つけたとしたら……」

「ことはそんなに簡単じゃないんだ」ハリーが応えた。「みんなもよく知っているとおり、ジェシカは一度ならず鬱《うつ》の状態に落ち込んでいる。それに、才能に疑いの余地などないにもかかわらず、自信を失うことがよくある。さらに、中間試験まで数週間しかないことを考えれば、いまは時期としてもまったく理想的でないだろう」

理想的な時期など絶対にこないとジャイルズは十年以上前に義理の弟に忠告していたのだが、いまは改めてそれを言わないことにした。

「ぼくなら、いつでもジェシカに話せるよ」セバスティアンが志願した。

「だめだ」ハリーはきっぱりと拒否した。「だれかが話すことになるとしたら、それは私でなくてはならない」

「できるだけ早くね」グレイスが促した。

「そのときは必ず教えてくれよ」ジャイルズは頼み、そのあとで付け加えた。「備えをしておくべきだと思われる爆弾はもうないのかな」ふたたび長い沈黙がつづいたので、ジャイルズはつづけた。「では、お開きにしようか。忙しいのに時間を割いてくれてありがとう。今週末までには最終的な決断をして、みんなに知らせる。議会へ戻ることになっているんで失礼するよ。投票人がいるのはあそこだからね。立候補するとなったら、これから何週間かは、あまりみんなと会えないと思う。握手をして愛想を振りまきつづけ、演説を果てしなく繰り返し、大勢の投票人と面会し、時間が空いている夜には〈アニーズ・バー〉で労働党の議員に酒を奢らなくちゃならないんでね」

「アニーズ・バー?」ハリーが訝った。

「庶民院で一番人気のある溜まり場で、よく顔を出すのは主に労働党の議員なんだ。というわけで、これからそこへ行くのさ」

「幸運を祈る」ハリーは言った。

全員が一斉に立ち上がり、部屋を出ていくジャイルズを激励の拍手で見送った。

「彼は多少でも勝つ見込みがあるのかな」

「あります」フィッシャーは答えた。「彼は一般有権者のあいだでとても人気がありますが、ハロルド・ウィルソンこそが現職議員の信頼を得ていて、投票権があるのは現職議員だけなんです」

「それなら、ウィルソンの選挙資金としてそれなりの額の寄付をしようじゃないですか、必要とあれば現金でもかまわない」

「それは最も必要のないことですよ」フィッシャーは諫めた。

「どうして?」ディエゴが訊いた。

「送り返してくるからだよ」

「なぜそんなことをするのかな」ドン・ペドロ・マルティネスは不審げだった。

「ここがアルゼンチンではないからです。外国人がウィルソンの選挙を応援しているとメディアに知られたら、彼は単に負けるだけでなく、選挙そのものからの撤退も余儀なくされるでしょう。実際、ウィルソンは金を返すだけでなく、返したことを公表もするはずです」

「金がなくて、どうやって選挙に勝とうというんです?」

「有権者が二百五十八人の国会議員だけなら、大金は必要ありません。彼らの大半は同じ建物のなかにずっといるわけですからね、何通か郵便を出し、何本か電話をかけ、〈アニーズ・バー〉で何杯か飲んでいれば、ほとんどの有権者と連絡が取れるんです」

「ウィルソンを勝たせるための手助けができないのなら、バリントンを確実に負けさせるためには何ができるんだろう」ルイスが訊いた。

「有権者が二百五十八人なら、確実に買収できるやつを見つけなくちゃならないな」ディエゴが言った。

「金ではなくて、だ」フィッシャーは言った。「彼らにとって唯一関心があるのは昇進なんだ」

「昇進？」ドン・ペドロが鸚鵡返しに訊き返した。「それは一体何なんです？」

「候補者が、若手の議員には最前列の五席で仕事をしてもらうことを考慮しているとほのめかすかもしれず、次の総選挙に出馬しないで引退しようかと考えている古手の議員には、彼らの経験と知恵が上院で非常に高く評価されるだろうと示唆するかもしれないというようなことです。そして、何らかの役職に就く望みはもはやないにもかかわらず、次の総選挙で当選してきた議員については、党首というのは必ず無用の仕事を用意しているものなんです。私の知っている議員などは、どのワインをメニューに載せるかを選べるというだけの理由で、庶民院仕出し業者選定委員会の委員長になりたがったくらいです」

「なるほど、ウィルソンに金をくれてやれず、投票権を持った議員を買収できないとしても、バリントン一族に関しておれたちが持っている攻撃材料をもう一度引っ張り出して、それをぶつけることぐらいはできるんじゃないか」ディエゴが提案した。

「あまり意味はないだろうな。それはわれわれが手助けをしてやらなくても、メディアが自分たちだけでも喜んでやるはずだ」フィッシャーは退けた。「それに、われわれが手助けをしたとしても、彼らが食いつくような新しい材料を提供しない限り、ほんの何日かで飽きてしまうだろう。だめだな、確実に新聞の見出しになって、同時に、一撃であいつをノックアウトできるような何かを考えるしかない」

「これについてはかなり考えてきたようですね、少佐」ドン・ペドロが言った。

「まあ、否定はしません」フィッシャーがしたり顔で応えた。「それに、最終的にバリントンを沈没させられる作戦を考えついたような気もしているんですよ」

「聞かせてもらいましょう」

「一つ、政治家が絶対に立ち直れないことがあるんです。しかし、それをバリントンに仕掛けるとすると、小規模ではあるけれどもチームを編成して配置につける必要があるし、タイミングが完璧でなくてはなりません」

19

ブリストル港湾地区の労働党代理人であるグリフ・ハスキンズは、ジャイルズが党首になる見込みが多少にかかわらずあるのなら、自分は酒を断たなくてはならないだろうと考えていた。どんな選挙であれ、ひと月前から禁酒し、選挙のあとは、勝敗によっては少なくともひと月は大酒を飲んで暮らすのが常だった。ジャイルズがブリストル港湾地区から無事に選出され、数を増した多数党の一員として無事に国会へ戻って以来、ときには仕事をしない夜があってもいいだろうと思うようになってもいた。

その日の朝のグリフはゆうべ飲み騒いだあとであり、党首選に立候補することをジャイルズが電話で告げるにいいタイミングとは言えなかった。そのときのグリフはまだ二日酔いの最中にあったから、一時間後に折り返し電話をして、ジャイルズの言葉を正しく聞いたかどうかを確認した。間違いはなかった。

グリフはそのあと、コーンウォールで休暇中の秘書のペニーと、人生なんて頭がおかしくなるほど退屈で、生きている気がするのは選挙運動をしているときだけだと自ら認めている、最も経験豊かな党の働き手のミス・パリッシュと連絡を取った。そして、次期首相のために働きたければ、その日の午後四時三十分にテンプル・ミーズ駅の七番ホームで待っていると告げた。

五時、三人はパディントン行きの列車の三等車両に腰を下ろした。翌日の正午には、庶民院とスミス・スクウェアのジャイルズの自宅に、それぞれ選挙事務所を開いた。それでもグリフは、もう一人、自分のチームにヴォランティアを採用する必要があった。

ジャイルズ伯父が選挙に勝つためなら喜んで二週間の休暇を取りやめるとセバスティアンは言ってくれ、セドリックに至っては、サー・ジャイルズは自分の考える一番手の候補ではないが、その経験から得られるものはためになることばかりだと言って、セバスティアンの休みを二週間から一か月に延ばすことに同意してくれた。

セバスティアンの最初の仕事は、壁に貼る図表を作り、投票権のある労働党国会議員二百五十八名全員の名前を記載して、彼らがどちらに分類されるかを表わすチェック・マークを、一人一人の名前の横に入れることだった。ジャイルズに投票するのが確実な議員は赤で、別の候補に投票するのが確実な議員は青で、まだだれとも決めていなくて、それ故に最も疎かにしてはいけない議員は緑で。その図表を作ることを提案したのはセバスティアンだが、実際に仕上げたのはジェシカだった。

最初の集計では、ハロルド・ウィルソンに投票するのが確実な議員は八十六人、ジョージ・ブラウンが五十七人、ジャイルズが五十四人、ジェイムズ・キャラハンが十九人、未定で疎かにしてはならない議員が四十二人。すぐに取りかからなくてはならないのは、キャラハンを取り除き、それからブラウンに追いつくことだった。なぜなら、そのベロッパー選出の議員が撤退することになれば、彼への票の大半が――グリフの読みでは――ジャイルズのものになるからだ。

一週間の選挙運動のあとで再集計してみると、ジャイルズとブラウンは一ポイントあるかないかの差で二位を争っていた。ウィルソンははっきり優位に立っていたが、ブラウンかバリントンのどちらかが撤退すれば、残ったほうの候補者と接戦になるだろうというのが、政治評論家の一致した見立てだった。

グリフは〝権力の回廊〟をうろつき回ることをやめず、だれに投票するか決めていないと言っている議員を私的にジャイルズと会わせる手配に奔走した。そのうちの何人かは最後の最後まで態度を決めないだろうと思われたが、それは人生で初めてこれほど注目されているのを楽しんでいるからであり、何としても最終的に勝ち馬に乗ろうとしているからでもあった。ミス・パリッシュは片時も電話を離さず、セバスティアンはジャイルズの目となり耳となって庶民院とスミス・スクウェアのあいだを往復し、みんなに最新の情報を提供しつづけた。

ジャイルズは選挙運動の最初の一週間に二十三回も演説をしたが、その一節でも翌日の新聞に載ることは稀だったし、一面を飾ることは一度もなかった。残りが二週間しかなくなり、ウィルソンの勝利が絶対確実視されはじめると、ジャイルズは危険を冒してでもメッセージを発信するときだと判断して、それを実行した。グリフでさえ、翌朝のメディアの反応に驚いた。〈デイリー・テレグラフ〉を含む、全紙の一面にジャイルズが登場していた。

「この国には日々の仕事をしたがらない人々があまりに多すぎます」ジャイルズは聴衆である労働組合の指導者に言っていた。「心身ともに健康であるにもかかわらず、半年のあいだに三度仕事を拒否していれば、失業保険金を受け取る資格を自動的に喪失することにすべきです」

この演説は大喝采をもって迎えられたわけではなかったし、国会の同僚たちの反応も最初は否定的で、競争相手は喜々として、〝自分で自分の足を撃った〟という表現を繰り返した。しかし、日が経つにつれて好意的な新聞が増えはじめ、労働党はようやく、現実世界に住んでいて自分の党が万年野党で終わるよりも国を治めることをはっきり望んでいる、将来性が見込まれるリーダーを見つけたというようなことを示唆しはじめた。

週末には二百五十八人の労働党庶民院議員全員が選挙区へ帰り、そのとたんに、ブリストル港湾地区選出の候補者が地滑り的に評価を上げている事実を知ることになった。翌月曜の世論調査がそれを裏付け、バリントンはウィルソンを二ポイント足らずのところまで追い上げて、ブラウンは気の毒にも三番手を、ジェイムズ・キャラハンは四番手を走っていた。火曜にはキャラハンが撤退を決め、自分はバリントンに一票を投じると支援者に告げた。

その日の夜、セバスティアンが壁の図表の情報を更新したときには、ウィルソンの支持者が百二十二人、ジャイルズが百七人、未定が二十九人になっていた。何らかの理由で依然として態度を保留している二十九人を特定するのに、グリフとミス・パリッシュは二十四時間しかかからなかった。そこには影響力のあるフェビアン・グループの議員が含まれていて、その十一票が決定的に重要だった。グループを率いるトニー・クロスランドは、ヨーロッパに関する見方を聞きたいという理由で、上位二人の候補者とそれぞれ個人的に会うことを要求した。

クロスランドとの話し合いはうまくいったとジャイルズは感じたが、いつ図表を確かめても、ウィルソンが変わることなく先頭を走っていた。しかし、選挙戦が最終週に入ると、メディアは〝首差〟という形容をするようになっていた。ジャイルズもわかっていたが、最後の数日でウィルソンを追い抜くには、思いがけない大きな幸運が必要だった。その幸運は、選挙戦最終週の月曜にオフィスに届いた電報という形で現実になった。

党首選のまさに三日前、欧州経済共同体《EEC》（ヨーロッパ共同市場の正式名称）がブリュッセルで開かれる年次総会での基調演説をしてほしいと要請してきたのだった。もっとも、シャルル・ド・ゴールが土壇場になってその役を辞退したことには触れていなかったが。

「これは」と、グリフは言った。「国際舞台で輝くだけでなく、フェビアン・グループの十一票を獲得するチャンスだ。形勢逆転の可能性がある」

与えられた基調演説のテーマは、〝イギリスはヨーロッパ共同市場に参加する準備ができているか〟だった。その問題に関しての自分の立場なら、ジャイルズは正確にわかっていた。

「だけど、そんな重要な演説原稿を書く時間がどこにあるんだ？」

「労働党庶民院議員の最後の一人が眠りについて、翌朝、最初の一人が目を覚ますまでのあいださ」

ジャイルズは思わず笑ってしまいそうになったが、グリフが本気で言っていることもわかっていた。

「おれはいつ寝るんだ？」

「ブリュッセルから戻る機内だ」

グリフの提案で、セバスティアンはジャイルズと一緒にブリュッセルへ行き、グリフとミス・パリッシュは国会議事堂《ウエストミンスター》にとどまって、態度を保留している議員に油断なく目を光らせることになった。

「出発便は二時二十分にロンドン空港を離陸する」グリフが教えた。「だが、忘れるな、ブリュッセルはこっちより一時間進んでいるんだ。だから、着陸するのは四時十分ごろになるが、会議に間に合うには十分以上の余裕があるはずだ」

「ぎりぎりじゃないのか？」ジャイルズは訊いた。「おれの演説は六時だぞ」

「わかってる。だけど、態度保留の議員全員がそこに顔を揃えているのでない限り、おまえさんを空港でうろうろさせておく余裕はない。それで、おまえさんが演説することになっている会議は一時間ほどつづいて、七時前後には閉会するはずだ。それなら、八時四十分の便でロンドンへ戻ってこられる。ロンドンへ戻ったら、一時間の時差が利点になるんだ。着いたらすぐにタクシーを捕まえるんだぞ。十時の年金法案の採決に間に合うよう、議会に帰ってきてもらいたいからな」

「それで、いまはどうしてほしいんだ？」

「いい演説をしてほしい。すべてはそれに懸かっている」

　ジャイルズは少しでも空いている時間があれば演説の草稿を仲間や重要な支援者たちに見せて推敲を重ね、夜半を過ぎた直後にスミス・スクウェアの自宅に戻ると、たった一人の聴衆に向かって、初めて言葉として発した。グリフは満足できる出来だとしか言わなかったが、それは賞賛と同じだった。

「明日の朝、このコピーを検証用として、公表を禁じた形で主要メディアに配るつもりだ。そうすれば、翌日の社説を準備し、詳細に調べる時間が十分以上にできるはずだ。それから、トニー・クロスランドにも草稿を見せてやるのがいいかもしれない。自分が仲間内と思われつづけていると感じるだろうからな。さらに、演説をざっとしか読まない横着な新聞記者のために、見出しになりそうな部分にマーカーで印をつけておいた」

ジャイルズが演説原稿を二ページめくると、グリフが印をつけた部分が現われた――

〝私はイギリスがふたたびヨーロッパの戦争に関与するところを見たいと望むものではありません。あまりに多くの国の優秀な若者が、この五十年だけでなく、千年にもわたって、ヨーロッパの土の上で血を流してきました。われわれはヨーロッパの戦争が歴史書のなかにしか存在しないことが可能になるよう、ともに力を合わせなくてはなりません。われわれの子孫が父祖の犯した過ちについて読み、その過ちを繰り返さなくてすむようにしなくてはならないのです〟

「どうしてこの部分なんだ？」ジャイルズは訊いた。

「これを一字一句変更もせず削りもせずに印刷するだけでなく、おまえさんの競争相手が怒りに満ちて一発の銃弾も発射したことがない事実を指摘するのを抑えられなくなる新聞が出てくるはずだからだよ」

翌朝、ジャイルズはトニー・クロスランドから演説原稿を興味深く読ませてもらったという、好意的な、彼が自ら書いたメモを受け取って喜び、午前中のメディアの反応が楽しみになった。

その日の午後、ブリュッセル行きのブリティッシュ・ヨーロピアン・エアウェイズに乗り込んだとき、ジャイルズは初めて、本当に労働党の次の党首になれるかもしれないと思った。

20

ブリュッセルの空港に着陸してジャイルズが驚いたことに、イギリス大使のサー・ジョン・ニコラスが、タラップの下に横づけしたロールス－ロイスの脇に立っていた。

「演説原稿を読ませてもらいましたよ、サー・ジャイルズ」ほかの乗客がパスポート・コントロールにたどり着きもしないうちに空港をあとにした車内で、大使が言った。「それから、外交官は意見を持たないことになっているのですが、これだけはどうしても言わずにはいられません。あれは実に爽快でした。もっとも、あなたの党がどう考えているかはわかりませんが」

「わが党の十一人があなたと同じように感じてくれるのを、切に願っているところです」

「なるほど、それが狙いでしたか」サー・ジョンが言った。「私も察しが悪いな」

ジャイルズが二度目に驚いたのは、車が欧州議会の前で停まり、関係者、ジャーナリスト、カメラマンの長い列を見たときだった。全員が基調演説者を迎えるべく待っていたのだ。セバスティアンが助手席を飛び降り、ジャイルズのために後部ドアを開けた。これまで、一度としてしようともしなかったことだった。

　欧州議会のガエターノ・マルティーノ議長が進み出てジャイルズと握手をし、自分のチームを紹介した。大会議場へ向かう途中で、ヨーロッパの大物政治家の何人かと出会い、全員から幸運を祈ってもらった――とはいっても、演説のことではなかったが。

「ここでお待ち願えますか」ステージへ上がると、議長が言った。「私が開会宣言のようなことをしてから、あなたにお願いしますので」

　ジャイルズは機内で最後にもう一度演説原稿に目を通し、一、二カ所を修正しただけでセバスティアンに原稿を戻したときには、ほとんど暗唱できるぐらいになっていた。天井から床まで垂れている黒いカーテンの隙間から会場を覗くと、千人ほどものヨーロッパの指導者が、ジャイルズの見立てを聞こうと待ちかまえていた。この前の総選挙のときにブリストルで行なった最後の演説の聴衆は、グリフ、グウィネッズ、ペニー、ミス・パリッシュ、そして、ミス・パリッシュが飼っているコッカースパニエルを含めても、三十六人と一匹だった。

　マルティーノ議長の紹介の言葉をステージの袖に隠れて聞きながら、ジャイルズは緊張して立ち上がった。その紹介によると、彼は自分の考えをはっきり口にするだけでなく、世論調査に態度を左右されることのない、稀に見る政治家の一人となっていた。ジャイルズは「そのとおり」と不満げに同調する、グリフの声が聞こえるような気がした。

「……では、イギリスの次期首相に基調演説をお願いしましょう。紳士淑女のみなさん、サー・ジャイルズ・バリントンです」

セバスティアンが隣りにやってきて、演説原稿を手渡しながらささやいた。「幸運を祈ります、サー」

いつまでも鳴り止まない拍手に迎えられて、ジャイルズは演壇の中央に進み出た。長い年月のあいだに、入れ込みすぎのカメラマンが無闇に焚《た》くフラッシュやテレビ・カメラが回る唸りにも慣れていたが、これはまったく初めての経験だった。ジャイルズは演説原稿を演台に置くと、一歩後へ下がって聴衆が落ち着くのを待った。

「歴史のなかでは、国家の運命を決めるわずかな数瞬があります。そして、ヨーロッパ共同市場参加を申請するというイギリスの決断は、間違いなくその一つでしょう。もちろん、イギリスは国際舞台での役割を演じつづけるつもりですが、それは現実的な役割、陽が没することのない帝国ではもはやないという事実を甘んじて受け入れたうえでの役でなくてはなりません。私が申し上げたいのは、イギリスは新たなパートナーと歩調を揃え、敵意を歴史に委ねて、友人として仕事をしながら新たな役に挑戦するときがきているということです。私はイギリスがふたたびヨーロッパの戦争に関与するところを見たいと望むものではありません。あまりに多くの国の優秀な若者が、この五十年だけでなく、千年にもわたって、ヨーロッパの土の上で血を流してきました。われわれはヨーロッパの戦争が歴史書の中にしか存在しないことが可能になるよう、ともに力を合わせなくてはなりません。われわれの子孫が父祖の犯した過ちについても読み、その過ちを繰り返さなくてすむようにしなくてはならないのです」

新たな拍手の波が押し寄せるたびに、ジャイルズは少しずつ緊張がほどけていった。そして、締めくくりに入るころには、会場全体が自分の虜になっているように感じた。

「私が子供のとき、真のヨーロッパ人であるウィンストン・チャーチルがブリストルを訪れました。私がそのときに通っていた学校で、賞の贈呈者をつとめるためです。私は一つの賞ももらえませんでした、それがかの偉大な人物との唯一の共通点です」――これは大きな笑いを持って迎えられた――「しかし、私が政治を志したのは、その日の彼の演説があったからであり、労働党に加わったのは、あの戦争の経験があったからなのです。サー・ウィンストンはこう言いました。〝いま、わが国はまたもや歴史上の偉大な瞬間に直面している。イギリス国民は自由世界の運命を決するよう、ふたたび要請されるかもしれない〟と。サー・ウィンストンと私は、所属する党こそ違え、このことについては疑いの余地なく考えを同じくするものです」

ジャイルズは顔を上げ、満員の聴衆を見た。その声は一言ごとに大きくなっていった。

「今日、この会場にいる私たちは、所属する国は違うかもしれません。しかし、いまの自分たちの利己的な利益のためでなく、いまだこの世に誕生していない未来の世代の利益のために、一つになって、ともに努力すべき時が到来しているのです。最後にこう申し上げて、締めくくりといたします。私の未来に何が控えていようとも、私はその大義に一身を捧げる覚悟であると、ここに約束するものであります」ジャイルズが一歩下がると、会場の全員が立ち上がった。ジャイルズはしばらくステージを降りることができず、ようやく降りてからも、議会人、関係者、成功を祈ってくれる人々にもみくちゃにされながら会場をあとにすることになった。

「あと一時間ほどで空港へ戻らなくちゃならないけど」セバスティアンが興奮を隠そうとしながら言った。「何かぼくがしなくちゃならないことがあるかな」

「電話を見つけてグリフに電話をし、さっきの演説について、イギリスで初期の反応が出ているかどうかを訊いてくれ。これがただの蜃気楼でないことを確認したいんだ」ジャイルズはそう指示しながら、次々に差し出される握手の手を握り返し、成功を祈ってくれる人々に礼を言いつづけて、ときどきサインまでした。もう一つの初めてだった。

「道の向かいがパレス・ホテルだから」セバスティアンは応えた。「そこからなら、オフィスへ電話できるんじゃないかな」

ジャイルズはうなずいたが、依然として思うように前に進めず、さらに二十分かかってようやく議会の階段の上まで帰り着いて、ようやく議長に別れの挨拶をすることができた。

ジャイルズとセバスティアンは広い大通りを渡り、まだしも落ち着いているパレス・ホテルへ入った。セバスティアンがフロント係に番号を教えてロンドンへ電話をかけさせ、回線の向こうで声が聞こえたとたんに、彼女が言った。「間もなくおつなぎできます、サー」

ジャイルズが受話器を取ると、グリフの声が迎えてくれた。「ついさっきまで、BBCの六時のニュースを観ていたんだ」彼は言った。「おまえさんがトップ・ニュースだったぞ。それに、あの演説原稿を欲しがる連中がひっきりなしに電話をかけてきてる。ロンドンへ戻ったら、空港に車を待たせておくから、独立テレビへ直行してくれ。夜のニュースでサンディ・ゴールのインタヴューを受けることになってるんだ。だが、それが終わってもぐずぐずしてるんじゃないぞ、十時半にはBBCの〈パノラマ〉でリチャード・ディンブルビーを相手にしゃべってもらわなくちゃならないからな。新聞は本命でない候補の猛追が大好きだからな。いま、どこにいる？」

「これから空港に向かうところだ」

「それでいい。着陸したら、すぐに電話をくれ」

ジャイルズは受話器を置くと、セバスティアンににやりと笑って見せた。「タクシーを呼んでくれ」

「その必要はないと思うよ」セバスティアンが言った。「たったいま大使の車がやってきて、ぼくたちを空港へ送るために外で待ってるんだ」

二人が外へ出ようとロビーを歩いていると、一人の男が手を差し出して言った。「おめでとうございます、サー・ジャイルズ。見事な演説でした。あの演説があなたに有利に働くことを願っていますよ」

「ありがとうございます」ジャイルズは応えた。大使が車のそばに立っているのが見えた。

「EEC副議長をつとめているピエール・ブシャールです」

「もちろん、存じ上げていますとも、ムッシュ・ブシャール。EECの正式メンバーになるべくイギリスが提出した申請を受け入れるために倦《う》むことなく努力していただいていることは、とりわけよく知っています」

「ありがとうございます」ブシャールが言った。「ところで、内々で相談したいことがあるのですが、お時間はありませんか」

ジャイルズはちらりとセバスティアンを見た。「十分だけなら。大使には知らせておきます」セバスティアンが言った。

「私の親友のトニー・クロスランドはご存じと思いますが」ジャイルズをバーへ案内しながら、ブシャールが言った。

「よく知っています。私の演説原稿を昨日、あらかじめ渡したぐらいです」

「あれを読んだのなら、彼もあなたの考えに賛同したに決まっています。フェビアン協会の考えがすべて盛り込まれていますからね。ところで、飲み物は何を？」バーに入りながら、ブシャールが訊いた。

「たっぷりの水で割ったシングル・モルトをいただきましょう」

ブシャールがバーテンダーにうなずいて言った。「私にも同じものを」

ジャイルズはストゥールに腰掛け、周囲に目を走らせた。隅に政治記者のグループがいて、さっき聞いたばかりの演説の検討をしていた。その一人が額に手を当てて敬礼の仕草をして見せ、ジャイルズは微笑した。

「理解しておいていただきたい重要なことは」ブシャールが言った。「イギリスがヨーロッパ共同市場の正式メンバーになることを阻止するためなら、ド・ゴールは手段を選ばないということです」

「彼の言葉についての私の記憶が正しければ、〝わが屍《しかばね》を越えて行け〟ですか」ジャイルズはグラスを手にした。

「それを長く待つ必要がないことを祈りましょう」

「あの将軍はイギリスが戦争に勝ったことが許せないかのようですね」

「あなたの健康を祈って」ブシャールがグラスを傾けた。

「乾杯」ジャイルズは応じた。

「ド・ゴールが自身の問題を抱えていることを忘れてはいけません、とりわけ――」

ジャイルズはいきなり目眩《めまい》を感じ、カウンターをつかんで身体を支えようとしたが、部屋全体がぐるぐる回転しているようだった。グラスを取り落とし、ストゥールを滑り落ちて、床に崩れ落ちた。

「どうしました」ブシャールが脇に膝をついて声をかけた。「大丈夫ですか?」隅に坐っていた男が急いでやってくるのが見えた。

「私は医師です」男が名乗り、腰を屈めて、ジャイルズのネクタイと襟をゆるめた。二本の指を首に当てて脈を診ていたが、切迫した口調でバーテンダーに指示した。「救急車を。心臓発作だ」
二、三人の新聞記者がカウンターへ駆け寄ってきた。一人がメモを取りはじめ、バーテンダーがあわてて受話器を取って三つの数字をダイヤルした。
「はい」声が応えた。

「救急車をお願いします。急いでください、お客さまの一人が心臓発作を起こされたのです」

ブシャールが立ち上がり、ジャイルズの横で膝をついている男に声をかけた。「先生、私が外で救急車を待ち、患者の居場所を教えましょう」

「この人物の名前はわかるかな」新聞記者の一人がバーテンダーに訊き、そのあいだにブシャールがバーを出た。

「わかりません」バーテンダーが答えた。

一人目のカメラマンがバーに飛び込んできてから救急車が到着するまでの数分間、ジャイルズは状況が完全にわかっているわけではなかったが、無数のカメラのフラッシュをまたもや浴びなくてはならなかった。ジャイルズが倒れたとの知らせが広まると、好評を持って迎えられたサー・ジャイルズ・バリントンの演説についての記事を会議センターで推敲していた数人の新聞記者が、あわてて電話を置いてパレス・ホテルへ駆けつけた。

セバスティアンは大使とおしゃべりをしているときにサイレンを聞いたが、ホテルの前に救急車が停まり、制服を着た二人の隊員が飛び降りてストレッチャーを押しながらホテルへ飛び込んでいくのを見るまでは、気にも留めなかった。

「まさか——」とサー・ジョンが言いかけたときには、セバスティアンはすでに階段を駆け上がってホテルへ走り込んでいた。隊員が自分のほうへストレッチャーを押してくるのを見て足を止めたが、患者を一瞥しただけで最悪の恐れが現実だったことが確認された。ストレッチャーが救急車の後部に乗せられると、セバスティアンはそこへ飛び乗って叫んだ。「ぼくのボスなんです」隊員の一人がうなずき、もう一人が救急車のドアを閉めた。

サー・ジョンはロールス－ロイスで救急車のあとにつづき、病院へ着くと受付の女性に名前と身分を名乗って、医師の診察を受けているのがサー・ジャイルズ・バリントンかどうかを尋ねた。

「はい、いまドクター・クレルベールが緊急救命室で診断をしているところです。どうぞお掛けになってお待ちいただけますか、大使。診察が終わり次第、ドクター・クレルベールがご説明いたしますので」

グリフ・ハスキンズは七時のテレビ・ニュースを見ようと、ＢＢＣにチャンネルを合わせた。ジャイルズがいまもトップ・ニュースであってほしかった。

ジャイルズは依然としてトップ・ニュースだったが、ストレッチャーの上の男の正体をようやく受け入れたとき、グリフは椅子に崩れ落ちた。これだけ長いあいだ政治の世界にいれば、サー・ジャイルズ・バリントンがもはや労働党を率いる候補者でないことをわからないはずがなかった。

パレス・ホテル四三七号室に泊まっていた男は、フロントでキイを返し、チェックアウトをして、料金を現金で支払った。そして、タクシーで空港へ行き、一時間後にロンドン行きの便に乗った。サー・ジャイルズが予約していた便だった。ロンドン空港に着くとタクシー待ちの列に並び、順番がきて後部座席に乗り込むや、行き先を告げた。「イートン・スクウェア四四番地」

「どうも戸惑っているのですが、大使」患者を一度、そして、もう一度診察したドクター・クレルベールが言った。「サー・ジャイルズの心臓に、悪いところはまるで見つからないのですよ。実際、あの年齢の男性としては素晴らしい状態を保っています。しかし、私の行なった検査結果がすべて戻ってくれば、たちどころに確かなことがわかるはずです。それはつまり、絶対に間違いがないようにするために、一晩、入院していただかなくてはならないということです」

ジャイルズは翌朝のイギリスじゅうの新聞の一面を飾り、それはまさにグリフが願ったとおりだった。

しかし、第一版に載っていた見出し――〝首差〟（エクスプレス）、〝大接戦〟（ミラー）、〝真のリーダーたる政治家《ステイツマン》誕生か？〟（タイムズ）――は、すでに差し替えられていた。〈デイリー・メール〉の新たな一面が、それを簡潔にまとめていた――〝心臓発作、バリントンの労働党を率いるチャンスを奪う〟。

日曜の新聞は全紙が雁首揃えて、新しい労働党党首のプロフィールを長々と紹介した。その大半が、ダウニング街一〇番地の前で日曜の晴れ着を着て制帽をかぶって立っている、八歳のときのハロルド・ウィルソンの写真で一面を作っていた。

ジャイルズは月曜の朝の便で、セバスティアンとグウィネッズにともなわれてロンドンへ帰った。

ロンドン空港へ着陸したとき、彼を迎えるジャーナリストも、写真家も、カメラマンも、昨日のニュースのせいで、一人もいなかった。三人はグウィネッズの運転でスミス・スクウェアへ戻った。

「自宅へ戻ったらどうしろと医者は言ってるんだ?」グリフが訊いた。

「どうしろとも何とも言っていない」ジャイルズは答えた。「そもそもなぜおれが病院へ運ばれることになったのか、いまもその理由を突き止めようとしているよ」

〈タイムズ〉の十一面の記事を伯父に教えたのはセバスティアンで、それはジャイルズが倒れたとき、パレス・ホテルのバーにいた新聞記者の一人が書いたものだった。

マシュー・キャッスルは何日かブリュッセルにとどまって、もっと調べることにした。サー・ジャイルズが心臓発作を起こしたことを、現場にいて一部始終を目の当たりにしたにもかかわらず、完全には信じられなかったのだ。

彼はこう書いていた――〝一つ、EEC副議長のピエール・ブシャールは、あの日、サー・ジャイルズの演説を聴いていないし、ブリュッセルにもいなかった。マルセイユで執り行なわれた、古い友人の葬儀に参列していたのである。二つ、救急車を呼んだバーテンダーは三回しか数字をダイヤルしていないし、回線の向こうにいる相手に救急車を派遣する場所を教えていない。三つ、サン－ジャン病院にはパレス・ホテルから救急車要請の電話があったという記録がないし、サー・ジャイルズを載せたストレッチャーを押していた隊員がだれかも特定できないでいる。四つ、救急車を出迎えると言ってバーを出ていった男は戻ってこなかったし、二人分の飲み代を払った者もいない。五つ、バーにいて医者だと名乗り、サー・ジャイルズは心臓発作だと見立てた人物は、以降、一度も姿を見られていない。六つ、バーテンダーは翌日から出勤していない〟。

これは偶然の連鎖以上の何物でもないかもしれないが、とマシュー・キャッスルは示唆していた。もしそうでないのなら、いまごろ労働党は別の党首を戴いていた可能性があるのではないか？

翌朝、グリフはブリストルへ戻り、少なくとも一年は選挙がなさそうだったから、それからの一カ月、大酒を食らって過ごした。

ジェシカ・クリフトン

一九六四年

21

「これが何を表わしているか、理解しなくちゃならないの?」その絵を仔細に眺めながら、エマは訝った。

「理解しなくちゃいけないとかいうものじゃないんだよ、お母さん」セブが言った。「あなたは大事なことを見落としているんだ」

「それなら、大事なことって何? わたしに思い出せるのは、ジェシカがよく人物を描いていたことぐらいね。わたしが知っている人物をね」

「あの子はその段階は過ぎてしまったんだよ、お母さん。いまや抽象画の時期に入りつつあるんだ」

「残念ながら、わたしには不定形のかたまりにしか見えないわね」

「それはお母さんが心を開いて見ていないからだよ。あの子はもはや、コンスタブルやターナーになりたいとは思っていないんだ」

「だったら、何になりたがっているの?」

「ジェシカ・クリフトンだよ」

「たとえおまえの言うとおりだとしてもだ、セブ」ハリーが「かたまり一」をじっくりと見ながら言った。「芸術家は例外なく、ピカソでさえも、外部から影響を受けたことを認めているぞ。ジェシカはだれの影響を受けたんだ？」

「画家のピーター・ブレイク、やはり画家のフランシス・ベーコン、そして、いまはロスコというロシア系アメリカ人の画家を敬愛しているよ」

「誰一人として聞いたことがないわね」エマは認めた。

「彼らは女優のイーディス・エヴァンズも、オペラ歌手のジョーン・サザーランドも、作家のイヴリン・ウォーも、たぶん聞いたことがないと思うよ。お父さんやお母さんは彼らをとても敬愛しているけどね」

「ロスコなら、ハロルド・ギンズバーグがオフィスに飾っていたな」ハリーが言った。

「一万ドルで買ったと聞いて、ぼくのこの前の前払い印税より高いと言ってやったよ」

「そんなふうに考えちゃだめだよ」セバスティアンがたしなめた。「芸術作品というのは、買い手がそれだけの価値があると考えるから、それだけのお金を出すんだ。お父さんの小説にそれが当てはまるのなら、どうして芸術作品に同じようにそれが当てはまらないの？」

「それは銀行家の考え方ね」エマは言った。「価格と価値に関してオスカー・ワイルドが何と言ったかを蒸し返すつもりはないわよ、だって、わたしは流行遅れだと、あなたに非難されるかもしれないもの」

「あなたは流行遅れなんかじゃないよ、お母さん」セバスティアンが母に腕を回し、口元をゆるめたエマにつづけた。「はっきりと時代遅れだ」

「四十歳だってことは認めるけど」エマは笑いを止められずにいる息子を見上げて抗議した。「これが本当にジェシカが描ける最高のものなの？」そして、作品に目をやった。

「その絵はあの子の卒業制作で、この九月にロイヤル・アカデミー・スクールズの大学院に進めるかどうかを決める作品なんだよ。それに、多少は懐《ふところ》を温かくしてくれる可能性だってあるかもしれない」

「ここにある作品は売り物なのか？」ハリーが訊いた。

「もちろんだよ。卒業展示会は若き芸術家の多くにとって、世の中に自分の作品を見せる最初の機会なんだ」

「それをだれが買うんだ？」四方の壁が油彩画、水彩画、素描で埋まっている部屋を見回しながら、ハリーが訝った。

「買う者がいるとしたら、それはわが子を溺愛《できあい》する親たちなんじゃないの？」エマは言った。「だとしたら、わたしたちはみんな、ジェシカの作品を一つは買わなくちゃならないわね。セブ、あなたもよ」

「わざわざ念を押してもらうまでもないよ、お母さん。展示会が正式に始まるのは七時だから、そのときに小切手帳を持ってここへ戻ってくるよ。ぼくが買う作品はもう選んであるんだ――『かたまり二』だよ」

「ずいぶん気前のいいことね」

「あなたがわかってないだけだよ、お母さん」

「それで、次のピカソはどこにいるの？」エマは息子を無視して部屋を見渡した。

「たぶん、ボーイフレンドと一緒だよ」

「知らなかったな、ジェシカにボーイフレンドがいるのか？」ハリーが訊いた。

「今夜、あなたたちに紹介したいと思ってるんじゃないかな」

「それで、そのボーイフレンドとやらは何をしている男なんだ？」

「彼も芸術家さ」

「ジェシカより年が上なの、それとも下なの？」

「同い年だよ。ジェシカと同じクラスにいるけど、率直に言って、同じ才能《クラス》じゃないね」

「面白いことを言うじゃないか」ハリーが言った。「名前はあるのか？」

「クライヴ・ビンガム」

「おまえ、会ったことはあるのか？」

「あるさ。あの二人が離れていることは滅多にないし、ぼくの知るところでは、彼は少なくとも週に一度はジェシカにプロポーズしているよ」

「だけど、結婚を考えるにはジェシカは若すぎるわ」エマは言った。

「お母さんが四十三歳で、ぼくが二十四歳なら、ぼくが生まれたとき、あなたは十九歳でなくちゃならないって計算ぐらい、ケンブリッジ大学の数学優等卒業試験の一級合格者でなくたってできるんだぜ」

「でも、当時といまは違うわ」

「当時、ウォルター・お祖父《じい》さまは反対しなかったの？」

「ええ、反対なんかなさらなかったわ」エマは答え、ハリーの腕を取った。「お祖父さまはあなたのお父さまを敬愛していらっしゃったわ」

「お母さんもクライヴを敬愛するようになるよ。本当にいいやつだし、芸術家として大したことがないのは彼の落ち度じゃないからね。まあ、自分の目で見ればわかるよ」セバスティアンが言い、クライヴの作品の前へ両親を連れていった。

ハリーは「自画像」をしばらく睨みつけてから感想を口にした。「ジェシカはとても優秀だとおまえが言う理由がわかるよ、なぜなら、これらの作品を買う人間がいるとは思えないからな」

「幸いなことに、彼の親は金持ちなんだ。だから、それは問題じゃないはずだよ」

「だが、ジェシカが金に関心を持ったことは一度だってないし、そのボーイフレンドは才能がないらしい。それなのに、彼のどこに惹かれているんだ？」

「ジェシカの学科の女子学生のほぼ全員が、この三年のどこかでクライヴを描いてるんだ。つまり、彼をハンサムだと思っているのは、明らかにジェシカだけじゃないってことだよ」

「彼がこの絵みたいだったら、それは怪しいわね」エマは「自画像」に目を凝らした。

セバスティアンが笑った。「判定を下すのは、実際に本人を見てからにしたほうがいいよ。ただ、あらかじめ忠告しておくべきだろうけど、お母さんの基準だと、クライヴは少しだらしがないというか、ぼんやりしているように見えるかもしれない。だけど、ぼくたち全員が知っているとおり、ジェスは昔から、迷子に出くわしたら必ず世話をしたがるところがあるでしょう。もしかしたら、あの子自身が孤児だったからじゃないのかな」

「あの子が養女ということを、クライヴは知っているの？」

「もちろんだよ」セバスティアンは答えた。「ジェシカは事実を隠すことは決してしないんだ。訊かれれば、だれにでも教えているよ。美術学校では、それは追加の特典、ほとんど勲章なんだ」

「一緒に住んでいるのかしら」エマが小声で訊いた。

「二人とも美学生だよ、お母さん。だったら、それはまさにあり得ることなんじゃないのかな」

ハリーは笑ったが、エマはやはりショックを受けているようだった。

「あなたにはショックかもしれないけど、お母さん、ジェスはもう二十一で、美人で、才能がある。教えてあげるけど、あの子を特別だと思っていない男子学生はクライヴだけじゃないんだ」

「ともあれ、会うのを楽しみにしておくわ」エマは言った。「成績優秀者の表彰式に遅刻する心配がなければ、いったん戻って着替えるべきね」

「それはいいんだけど、お母さん、お願いだから、今夜は〈バリントン海運〉の会長のような服装はしないでね。それに、これから重役会の司会をするといったような態度もやめてほしい。だって、ジェシカが当惑するだけだから」

「でも、わたしは〈バリントン海運〉の会長よ」

「今夜は違うんだよ、お母さん。今夜のあなたはジェシカの母親だ。だから、ジーンズがあったら――古くて褪《あ》せていれば最高だ――それが一番ふさわしいんだけどな」

「でも、ジーンズなんて持ってないわ。古いものも、褪せたものもね」

「それなら、教会の慈善バザーに出そうと思っているような服を着てきてよ」

「それなら、庭仕事用の格好なんかはいかがかしら？」エマは皮肉を隠そうともしなかった。

「完璧だ。一番古いセーターがあればもっといいし、肘に穴があいていれば最高だ」

「それで、父親はどんな格好をすればいいの？」

「お父さんは問題ない」セバスティアンが答えた。「いつだって、売れない作家みたいなひどい格好をしてるからね。そのままでまさにぴったりだよ」

「言っておきますけどね、セバスティアン、あなたのお父さまは最も尊敬されている作家の一人で……」

「お母さん、ぼくはあなたもお父さんも愛しているよ。それに、尊敬している。でも、今夜はジェシカの夜なんだ。お願いだから、それを台無しにしないでよ、あの子のために」

「セブの言うとおりだ」ハリーは同意した。「私も昔、終業式にラテン語の成績を表彰されるかどうかより、母がどの帽子《ハット》をかぶってくるかで気を揉んだからな」

「でも、お父さん、ラテン語で表彰されるのはいつでもミスター・ディーキンズだったって、あなたがそう教えてくれたじゃない」

「そのとおりだ」ハリーは認めた。「ディーキンズとジャイルズと私はずっと同じクラスにいたかもしれないが、ちょうどジェシカのように、ディーキンズは才能《クラス》が違っていたよ」

「ジャイルズ伯父さま、わたしのボーイフレンドのクライヴ・ビンガムをご紹介します」

「やあ、クライヴ」ジャイルズが応じた。やってきていくらも経たないのに、早くもネクタイを外して、シャツのボタンを外していた。

「あなたがあの進んでる国会議員ですよね」握手をしながら、クライヴが言った。

ジャイルズは顔を上げてその若者を見た瞬間の驚きで、「やあ、クライヴ」と言うのが精一杯だった。何しろ、大きなひらひらの襟の黄色い水玉模様のオープン‐ネックのシャツに、脚にぴったり貼りついた細いジーンズという格好だったのだ。しかし、癖のあるもじゃもじゃの金髪、北方人種を思わせる青い目、そして、魅惑的な笑顔は、この会場でクライヴのほうへちらちらと目を走らせつづける女性がジェシカ一人でない理由を理解するに十分だった。

「だれよりも偉大で」ジェシカが伯父を優しく抱擁《ハグ》しながら言った。「労働党の党首になるはずの人よ」

「さあ、ジェシカ」ジャイルズは言った。「きみの絵のどれを選ぶかを早く決めないと――」

「それはもう手後れです」クライヴがさえぎった。「でも、ぼくの作品ならまだ間に合いますよ」

「しかし、私が欲しいのはジェシカ・クリフトンの作品のオリジナルなんだ。コレクションに加えたいんだよ」

「そういうことなら、お気の毒です。展示会は七時に開いたんですが、ジェシカの作品はすべて、ものの数分で引き取り手が決まってしまいました」

「私はきみの勝利を喜ぶべきなのかな、それとも、もっと早くここへこなかった自分に腹を立てるべきなのかな」ジャイルズはもう一度姪を抱擁した。「おめでとう」

「ありがとうございます。でも、クライヴの作品も見てください、本当にいいんですから」

「それがぼくが一枚も売っていない理由なんです。実を言うと、もう身内でさえ買わないんですよ」クライヴが付け加えていると、エマ、ハリー、そして、セバスティアンが会場に入ってきて、そこにいるもう一組の三人にすぐに合流した。

まったくファッショナブルでないとしか言いようのない服装をしている妹をジャイルズは知らなかったが、今夜のエマは庭仕事道具をしまってある納屋からたったいま出てきたかのようだった。それに較べれば、ハリーのほうがまだはっきりとましだった。それにしても、エマのジャンパーに穴があいているなどということがあり得るだろうか？　服装は女の武器の一つだと、自分で言っていたではないか。しかし、今夜は……そのとき閃いた。

「なるほど、大した女だ」ジャイルズはつぶやいた。

セバスティアンが両親をクライヴに紹介し、エマは彼が自画像と似ても似つかないことを認めざるを得なかった。握手には力が欠けているとしても、〝魅力的〟というのが頭に浮かんだ言葉だった。エマはジェシカの絵のほうへ目を向けた。

「あの赤い点が意味しているのは――？」

「売れたということです」クライヴが答えた。「ですが、サー・ジャイルズにもさっき説明したとおり、ぼくが同じ問題に苦しんでいないことはおわかりになると思いますよ」

「つまり、買いたくてもジェシカの作品はもう残っていないということ？」

「一点もね」セバスティアンが答えた。「だから、言ったでしょう、お母さん」

会場の奥でグラスが打ち鳴らされた。全員がそのほうを見ると、頬髭を蓄えた車椅子の男が注目を求めていた。薄汚れた茶色のコーデュロイのジャケットを着て、緑のズボンを穿いたその人物が、来場者に笑顔を向けた。

「紳士淑女のみなさん」開会の辞が始まった。「少しのあいだ、耳をお貸しください」全員がおしゃべりをやめ、声の主に向き直った。「今宵はスレイド・スクール・オヴ・ファイン・アートの年次卒業制作展覧会にようこそいらっしゃいました。私はラスキン・スピアー、判定委員会の委員長をつとめる者です。私の今夜の最初の仕事は、素描、水彩、油彩の各カテゴリーで表彰される学生を発表することです。本学史上初めて、三つのカテゴリーすべてにおいて、一人の同じ学生が一位になりました」

その驚くべき若い芸術家がだれなのか、エマは早く知りたくてたまらなかった。それがわかれば、ジェシカの作品と較べてみることができる。

「率直なところ、恐らく本人以外はだれも驚かないと思いますが、本年度の本学の最優秀学生は、ジェシカ・クリフトンであります」

会場にいる全員が拍手喝采し、エマは誇りに顔を輝かせたが、ジェシカはお辞儀をして、クライヴにしがみついているだけだった。彼女がどんな試練に直面しているかを本当に知っているのは、セバスティアンしかいなかった。ジェシカはそれを〝わたしの悪魔〟と呼んでいた。兄と二人だけのときはいつもずっとしゃべりつづけるのだが、注目の的になったとたんに、だれにも気づかれないよう願いながら、亀のように甲羅の下に首を引っ込めるのだった。

「ジェシカ、三十ポンドの小切手とマニングズ杯《カップ》を贈呈します。登壇してくれますか？」

クライヴにつつかれ、会場の拍手に後押しされて、ジェシカは渋々といった様子で判定委員長のほうへ歩き出した。階段を一段上がるごとに、頬の赤みが増していった。ミスター・スピアーが小切手とカップを手渡すや、一つのことが疑いようもなく明らかになった。受賞者のスピーチがないということである。わがことのように喜んでいるらしいクライヴのところへ、ジェシカが急いで戻ってしまったのだ。

「もう一つ、お知らせがあります。ジェシカは九月からロイヤル・アカデミー・スクールズへ大学院生として進学が認められました。ロイヤル・アカデミーのわが同僚も、みな、彼女がやってくる日を楽しみにしています」

「こんなに持ち上げられて、あの子が天狗にならないといいんだけど」エマがクライヴの手を握り締めている娘を見て、セバスティアンにささやいた。

「その心配はないと思うよ、お母さん。自分がどれほど豊かな才能に恵まれているかに気づいていないのは、この部屋であの子だけと言っていいぐらいだから」そのとき、赤のシルクのボウ・タイに流行のダブルのスーツを着こなした、洗練された男性がエマの横へやってきた。

「自己紹介をさせてください、ミセス・クリフトン」クライヴの父親だろうかと訝りながら、エマは見知らぬ男に笑顔を向けた。「私はジュリアン・アグニューと申します。美術品のディーラーをしているのですが、お嬢さんの作品をどれほど高く評価しているかをお伝えしたかったものですから」

「そこまでおっしゃっていただいてありがとうございます、ミスター・アグニュー。あの子の作品は買えましたか？」

「全部買わせていただきましたよ、ミセス・クリフトン。そんなことをしたのは、デイヴィッド・ホックニーという若い芸術家のとき以来です」

残念ながら、エマはデイヴィッド・ホックニーという芸術家を聞いたことがなかったし、セバスティアンも、セドリックが彼の絵をオフィスに何点か飾っているから知っているにすぎなかった。ただし、ホックニーはヨークシャー人だった。セバスティアンはミスター・アグニューにさしたる注意を払っているわけではなく、思いは別のところにあった。

「それはつまり、われわれが娘の作品を買うチャンスが出てきたということですか？」ハリーが訊いた。

「それはまず間違いないでしょう」アグニューが答えた。「なぜなら、来春、ジェシカの個展を開くつもりでいるからです。そのころには、さらに何作かが完成するのではないかと期待してもいるのですよ。もちろん、クリフトンご夫妻には初日の夜の招待状をお送りします」

「ありがとうございます」ハリーは答えた。「そのときは、今度こそ遅刻しないようにしましょう」

ミスター・アグニューは軽く頭を下げると、それ以上何も言わずに出口へ向かった。壁を飾っているほかの芸術家の作品には明らかに関心がないようだった。エマがちらりとセバスティアンを見ると、息子は会場を去ろうとしているミスター・アグニューを見つめていた。そのとき、アグニューの横に若い女性がいることに気づき、息子がぽかんと口を開けている理由がわかった。

「その口を閉じなさい、セブ」

セバスティアンが恥ずかしそうな顔をし、エマは滅多にない経験を楽しんだ。

「ところで、クライヴの作品をもう少ししっかり見せてもらおうじゃないか」ハリーが提案した。「彼の両親に会えるかもしれないし」

「父親も母親もきていないんじゃないかな」セバスティアンが言った。「ジェスが言ってたけど、これまでも、息子の作品を見にきたことは一度もないんだって」

「ずいぶん奇妙なことだな」ハリーが言った。

「ずいぶん悲しいことね」エマは言った。

22

「もちろん、きみのご両親は好きだよ」クライヴが言った。「だけど、きみのジャイルズ伯父さんは別物だ。ぼくでさえ彼に投票してもいいと思うぐらいだからね。もっとも、両親は賛成しないだろうけど」

「どうして？」

「二人とも筋金入りの保守党員《トーリィ》なんだ。母は社会主義者が家にいることさえ許さないんじゃないかな」

「ご両親が展示会にいらっしゃらなくて残念だったわ。いらっしゃっていたら、あなたを誇りに思われたでしょうに」

「ぼくはそうは思わないね。本当は、母はぼくが美術学校へ行くことにそもそも賛成じゃなかったんだ。オックスフォード大学かケンブリッジ大学へ入れたかったんだよ。彼女はいまでも受け入れないだろうけど、能力的に無理だったんだけどね」

「それなら、わたしのこともたぶん賛成なさらないんでしょうね」

「賛成しない理由がいったいどこにあるんだ？」クライヴがジェシカの顔をまともに見て言った。「きみは三つのカテゴリーを総なめにした、スレイド校史上最も優秀な生徒で、ぼくと違ってロイヤル・アカデミー・スクールズへの入学も認められている。父親はベストセラー作家で、母親は上場企業の会長で、伯父は影の内閣の閣僚じゃないか。引き比べて、ぼくの父親はフィッシュ・ペースト会社の社長で、リンカーンシャーの次の州長官になるのが願いときてる。それだって、ぼくの祖父がフィッシュ・ペーストを売って財をなしたおかげで可能性が出てきているに過ぎないんだ」

「でも、あなたは少なくとも自分の祖父がだれかを知っているわ」ジェシカはクライヴの肩に頭を休ませて言った。「ハリーとエマはわたしの実の両親じゃないの。でも、二人とも常に実の娘として扱ってくれているし、わたしとエマが似ているからだろうけど、世間は実の母子《おやこ》だと思っているみたい。それに、セブは妹が持ち得る最高の兄よ。でも、実を言うと、わたしは孤児で、実の両親を知らないの」

「見つけようとしたことは？」

「あるわ。だけど、生物学的な意味での親については、本人の許可がない限りいかなる情報も開示しないのがドクター・バーナードの不変の方針だと教えられたの」

「なぜジャイルズ伯父さんに訊いてみないんだ？　彼なら知っているんじゃないかな」

「なぜなら、たとえジャイルズ伯父さまがご存じだとしても、本当のことをわたしに教えられない理由が家族にあるんじゃないかと考えるからよ」

「実のお父さんは戦死し、英雄的戦闘行動を讃えられて勲章を授けられて、お母さんは悲しみのあまり亡くなってしまったとか」

「クライヴ・ビンガム、あなたって時代錯誤もいいところのロマンチストね。そろそろビグルズ（W・E・ジョーンズ作の少年向け人気読物の主人公。第一次大戦中、戦闘機乗りとして巧みな操縦技術と冷静・大胆・不敵の精神でさまざまな冒険をし、探偵として活躍）を卒業して、『西部戦線異状なし』を読みなさいよ」

「有名な画家になったとき、きみはジェシカ・クリフトンとジェシカ・ビンガムのどっちを名乗るつもりなんだ？」

「ひょっとして、またプロポーズしてるの、クライヴ？　だって、今週になって三度目よ」

「気がついてたのか。そのとおりだよ。いまも、これまでも、週末にぼくと一緒にリンカーンシャーへきて、両親に会ってほしいとずっと思っているんだ。そうすれば、ぼくたちのことを正式な形にできるからね」

「素敵」ジェシカはクライヴに抱きついた。

「だけど、いいかい、きみにリンカーンシャーにきてもらう前に、ぼくが訪ねなくちゃならない人がいるんだ」クライヴが言った。「だから、荷造りはまだしないでくれ」

「こんな急なお願いなのに会っていただいて、ありがとうございます、サー」

ハリーはこの若者に好印象を持った。ジャケット着用でネクタイを締め、閲兵を受けているかのように靴が磨き上げてあるところから、ずいぶん気を遣ったに違いないことが見て取れた。ひどく神経質になっているのが見え見えだったから、ハリーは少しリラックスさせてやろうとした。

「手紙によれば、大事な話があるので会いたいということだったが、それは二つのことの一つに違いない、と私は睨んでいるんだがね」

「実は至って簡単なことなのです、サー」クライヴが言った。「お嬢さんに結婚を申し込む許しをいただきたいのです」

「ずいぶんと時代がかったことをするじゃないか」

「こうすることをジェシカが望んでいるだろうと考えたからに過ぎません」

「結婚を考えるには、二人ともちょっと若いとは思わないか？　せめてジェシカがロイヤル・アカデミー・スクールズを卒業するまで待ったらどうかな」

「生意気を言うようですが、サー、セバスティアンに教えてもらったところでは、あなたがミセス・クリフトンにプロポーズなさったときよりは、いまの私のほうが年が上です」

「それはそのとおりだが、あのときは戦争中だったんだ」

「お嬢さんをどれほど愛しているかを証明するためだけに戦争へ行くというのは、できればしないですませたいのですが」

ハリーは笑った。「将来そうなるかもしれない義理の父親として訊いておくべきだと思うが、きみ自身の将来はどうなんだ？　ロイヤル・アカデミー・スクールズへは進めないとジェシカから聞いているんだがね」

「きっと、そんなに意外には思っていらっしゃいませんよね、サー」

ハリーは苦笑した。「では、スレイドを卒業したあと、どうするつもりなのかな？」

「これまでも広告代理店で仕事をしていました。〈カーティス・ベル・アンド・ゲティ〉のデザイン部門です」

「給料はいいのかな？」

「年俸が四百ポンドですから、いいとは言えませんが、父が千ポンドを補ってくれていますし、二十一歳の誕生日には、母と一緒にチェルシーにアパートを借りてくれました。ですから、ぼくたち二人が暮らすには十分以上と言えると思います」

「もちろんわかっているだろうが、ジェシカにとってはいまも、そしてこれからもずっと、絵が愛の対象の一番手でありつづけるし、自分のキャリアを邪魔するものは何であれ許さないはずだ。それはあの子がわれわれ家族の人生に入ってきた、その日にわかったことなんだよ」

「それはわかりすぎるぐらいよくわかっていますし、サー、彼女の大きな望みを叶えるためなら、ぼくは力の限りを尽くすつもりでいます。彼女の才能を思えば、そうしないなど正気の沙汰ではありません」

「そう思ってくれているのなら、こんな嬉しいことはないな」ハリーは言った。「だが、あの子は確かに飛び抜けた才能を持っているかもしれないが、その一方で、きみがときとして思いやりと理解を持って対処しなくてはならない、不安定なところもあるんだぞ」

「それも十分にわかっていますし、サー、彼女のためにしてやって楽しいことがそれなんです。特別な気分になれるんです」

「きみが私の娘と結婚したいと思っているのを、ご両親はどう考えておられるのかな？」

「母はあなたの大ファンで、奥さまのことをも敬愛しています」

「しかし、私とエマがあの子の実の両親でないことをご存じなのかな？」

「もちろん、知っています。ですが、それは父も言っているとおり、彼女の責任ではありません」

「ジェシカと結婚したいと、もうご両親には話したのかな？」

「いえ、まだです。ですが、今週末に彼女をともなってラウスへ行き、そのときに話すつもりでいます。でも、特に驚きを持って迎えられるとは思っていません」

「では、私にやることが残っているとすれば、きみたちの幸せを一緒に願うことだけだな。世界にもっと愛情深い娘がいるとしても、私はまだお目にかかったことがないんだ。もっとも、世の父親というのはみな同じように思うものかもしれないがね」

「ぼくに彼女と釣り合うだけの才能がないことは重々わかっていますが、彼女を裏切ることはしないと誓います」

「それは確信しているよ」ハリーは応えた。「だが、コインに表と裏があることは警告しておかなくてはならないだろうな。あの子は繊細な娘だ、一度信用をなくしたら失うことになるぞ」

「そんな事態になるようなことは絶対にしません、信じてください」

「それも確信しているよ。だから、あの子がうんと言ったら、電話をくれないか」

「承知しました、サー」クライヴが応え、ハリーは立ち上がった。「日曜の夜になっても電話がなかったら、彼女がまたもやうんと言ってくれなかったのだと思ってください」

「またもや?」ハリーは訊き返した。

「そうなんです。もう何度もプロポーズしているんですが」クライヴが認めた。「そのたびに断わられているんですよ。気になることがあるけれども、それをぼくに話したものかどうか迷っているように思われるんです。その気になることというのがぼくでないのであれば、あなたが答えをご存じなのではないかと思っていたんですが」

　ハリーは少しのあいだ、ためらった。「明日、私はジェシカと昼食をとることになっている。リンカーンシャーへ行く前に、あの子と話す機会を持ってくれないか。もちろん、結婚したいとご両親に打ち明ける前に、だ」

「そうすべきだとあなたがお考えになっているのであれば、サー、もちろん、そうさせてもらいます」

「状況を考えると、そのほうが賢明かもしれないな」ハリーが応えたとき、エマが入ってきた。

「まずおめでとうを言うのが順序だと理解すべきかしら?」エマが尋ね、いまの会話を聞いていたのではないかとハリーを訝らせた。「もしそうだとしたら、こんな喜ばしいことはないわ」

「いえ、それはまだ早すぎます、ミセス・クリフトン。でも、うまくいけば、週末にはそうなるかもしれません。その暁には、ぼくがご夫妻にふさわしい息子であると証明する努力をします」そして、ハリーに向き直って付け加えた。「会ってくださって、ありがとうございました」

二人は握手をした。

「くれぐれも運転に気をつけるんだぞ」まるで息子に言っているかのようだった。

ハリーとエマは窓辺に立ち、車に乗り込むクライヴを見守った。

「あの子の実の父親がだれなのか、ようやくジェシカに話すことにしたのね?」

「クライヴのせいで、そうするしかなくなったんだ」ハリーが応えていると、クライヴの運転する車が車道《ドライブ》を下っていき、マナー・ハウスの門を通り抜けて消えていった。「本当のことを知ったら、あの若者はどんな反応をするだろうな」

「わたしはジェシカがどんな反応をするかのほうが心配だわ」

23

「わたし、A1が大嫌いなの」ジェシカは言った。「いつも、不幸な思い出がこれでもかというぐらい生々しくよみがえるんですもの」

「あの日、実際には何が起こったのか、警察は真実を本当に究明したのかな?」クライヴは大型トラックを一瞥して訊いた。ジェシカが左側に目を走らせたが、すぐに正面に向き直った。「きみは何をしているんだ?」

「調べているだけよ」ジェシカは答えた。「検死報告では事故死となっているけど、ブルーノが死んだのは自分のせいだって、セブはいまも自分を責めているわ」

「だけど、きみもぼくもわかっているとおり、それはまるっきりフェアじゃないよ」

「セブにそう言ってやって」ジェシカは応えた。

「昨日は、どこでお父さんと昼食をとったんだい」クライヴは訊いた。話題を変えたかった。

「ぎりぎりになって中止を余儀なくされたの。ロイヤル・アカデミー・スクールズの夏の展示会に出す絵について、わたしの先生が相談したいと言ってきたのよ。それで、父との昼食は月曜に延期したの。父がとても残念そうな口振りだったのは認めないわけにいかないわね」

「何か特に話したいことがあったんじゃないのかな」

「月曜まで待てない話なんかないわよ」

「それで、きみと先生はどの絵を選んだんだ？」

「『煙霧二』よ」

「いい選択だ！」

「ロイヤル・アカデミー・スクールズはあの絵を無視できないだろうって、ミスター・ダンスタンは自信を持っているわね」

「出発する直前に、アパートの壁に立てかけてあるのを見たけど、あの絵かい？」

「そうよ。今週末、あなたのお母さまにプレゼントするつもりだったんだけど、残念なことに、展示会への出展申込み締切りが今度の木曜なの」

「未来の義理の娘の絵がロイヤル・アカデミー・スクールズの絵と一緒に展示されているのを見たら、母は鼻高々だろうな」

「毎年、一万点を超す出展申込みがあって、実際に選ばれて展示されるのはたったの数百点よ。だから、まだ招待状の発送も始まっていないの」クライヴがまた大型トラックを追い抜き、ジェシカは今度も左へ目を走らせてから正面へ向き直った。「今週末にわたしたちがお邪魔する理由について、ご両親は多少なりとも見当がついていらっしゃるのかしら」

「大きなヒントは与えてないからね、一生をともに過ごしたいと思っている女性に会ってもらいたいという程度のことしか言ってない」

「でも、ご両親がわたしを気に入らなかったらどうするの？」

「父も母もきみを敬愛するに決まってるよ。それに、もし気に入らなかったからといって、だれが気にする？　いま以上に愛することができないぐらい、ぼくはきみを愛しているんだぜ」

「あなたって、ほんとに優しいのね」ジェシカは身を乗り出してクライヴの頰にキスをした。「でも、ご両親に確信を持ってもらえなかったら、わたしが気にするわよ。だって、あなたは一人息子なんだから、大切すぎるぐらいに思っていらっしゃるでしょうし、神経質になったりもなさるんじゃないかしら」

「母が神経質になることなんか、何があってもあり得ないよ。それに、父の場合はきみに会った瞬間に納得するさ、こっちが何も言う必要はないぐらいにね」

「わたしもお母さまみたいに自分に自信が持てるといいんだけど」

「母がそういうふうなのは仕方がない部分もあるんだよ。ローディーン（イングランド南部のブライトンにある女子パブリ

《ツク・スクール》）の卒業生で、あの学校で教えるのは、貴族と結婚する方法だけなんだ。でも、自分の結婚した相手が結局のところフィッシュ・ペースト王だから、きみの一族が自分たちの一族に加わることになるとわかれば大喜びするに決まってるよ」

「お父さまはそういうことを気になさらないの？」

「全然。工場で働いている人たちに自分のことを――母は気に入らないみたいだけど――ボブと呼ばせてるぐらいだからね。それに、自宅から半径二十マイル以内にある、ありとあらゆるものの会長に祭り上げられているんだ。色覚障碍で音痴なのに、ラウス・スヌーカー・クラブからクリーソープス合唱音楽同好会まで含まれているんだぜ」

「お目にかかるのが待ちきれないわ」ジェシカは言った。クライヴがA1を降り、メイブルソープの方向を示す標識に従って走り出した。

たわいないおしゃべりをしつづけてはいたが、一マイルが過ぎるごとに、クライヴにもはっきりわかるぐらい、ジェシカは神経質になっていった。そして、車がメイブルソープ・ホールの門をくぐった瞬間、ついにはぴたりと口を閉ざしてしまった。

「何てこと」目の届く限り、背が高くて上品な楡《にれ》の並木が誇らかに整列している広い車道《ドライヴ》を走りつづけていると、ジェシカがようやく口を開いた。「お城に住んでいるなんて教えてもらってないわ」

「ここがメイブルソープ伯爵の持ち物だというんで、父が買っただけだよ。ぼくの祖父の事業を伯爵が潰そうとしたからだと父は言うんだけど、本当は母の歓心もついでに買いたかったんじゃないかとぼくは睨んでるんだけどね」

「すごい」ジェシカは屋敷の前に着くや、目の前に聳える三階建てのパラディィオ様式を見て感嘆の声を上げた。

「まあね、これだけのものを買おうとしたら、フィッシュ・ペーストを何壺か売らなくちゃならないのは認めざるを得ないな」

ジェシカは笑ったが、玄関が開いて執事が姿を見せたとたんに真顔に戻った。すぐ後ろにつづく使用人が階段を駆け下り、二人の荷物を預かろうと車のトランクを開けた。

「わたし、使用人半人分の荷物も持ってないわ」ジェシカはささやいた。

助手席のドアを開けてやってもジェシカが動こうとしないので、クライヴは彼女の手を取るとなだめすかすようにして階段を上がらせ、玄関をくぐらせた。玄関ホールでビンガム夫妻が待っていた。

クライヴの母親を初めて見て、ジェシカは膝から崩れ落ちそうになった。とても優雅で、とても洗練されていて、とても自信ありげだった。ミセス・ビンガムが一歩前に出て、友好的な笑顔でジェシカを迎えた。

「何て素晴らしいんでしょう、ようやく会えたわね」ミセス・ビンガムは大袈裟に歓迎してみせ、ジェシカの両頬にキスをした。「あなたのことはクライヴからたくさん聞いているわ」

クライヴの父親が温かい握手をした。「クライヴの言葉は誇張ではなかったと言わなくてはなりませんな、お嬢さん。あなたは絵のようにかわいらしい」

クライヴが噴き出した。「ぼくはそうでないことを願うよ、お父さん。ジェシカの最新作のタイトルは『煙霧二』なんだから」

ジェシカはクライヴの手を握り締めたまま夫妻のあとに従って客間に入り、クライヴの肖像画を見てようやく気持ちが楽になりはじめた。出会って間もなく、彼の誕生日のプレゼントとして描いた作品が、マントルピースの上に掛けてあった。

「いつか、私の肖像も描いてもらえるといいな」

「ジェシカはもうそういう絵は描かないんだよ、お父さん」

「是非とも描かせてください、ミスター・ビンガム」

ジェシカがクライヴと並んでソファに腰を下ろすと、客間のドアが開き、ふたたび執事が現われた。今度は一人のメイドが、大きな銀の盆に銀のティーポットとサンドウィッチを盛りつけた、大きな皿を二枚載せてつづいていた。

「きゅうり、トマト、そして、チーズでございます、マダム」執事が告げた。

「だけど、すぐにわかると思うけど、フィッシュ・ペーストはなしなんだ」クライヴがささやいた。

ジェシカは勧められるものをすべて、慎重に口にした。そのあいだミセス・ビンガムは、とても忙しくて余暇など一瞬たりとないように思われる生活なのだと滔々《とうとう》と述べたてた。ジェシカがナプキンの裏に——寝室へ引き上げて一人になったら仕上げるつもりで——クライヴの父親の顔の輪郭を描きはじめたことにも気づかないようだった。

「今夜は家族だけの静かな夕食にしましょう」ミセス・ビンガムが言い、ジェシカにさらにサンドウィッチを勧めた。「でも、明日はお祝いのディナーを計画しているの——あなたに会うのを待ちきれないでいるお友だちを数人だけ招待してね」

注目の的になることがジェシカはとても苦手だとわかっているクライヴが、彼女の手を握り締めた。

「そんなにも気を遣っていただいて、本当にありがとうございます、ミセス・ビンガム」

「どうぞ、プリシラと呼んでちょうだい。この家のなかでは形式張ることはないわ」

「私は友だちみんなにボブと呼ばれているんだ」ミスター・ビンガムが言い、ヴィクトリア・スポンジ（ジャムなどをはさんだ二層重ねのスポンジ・ケーキ）を一切れ、ジェシカに差し出した。

一時間がたって部屋に案内されるころには、取り越し苦労をしていただけではないかという気にジェシカはなりはじめていた。狼狽が頭をもたげたのは、衣類が荷ほどきされ、衣装戸棚に掛けてあるのを見たときだった。

「どうかしたのか、ジェス？」

「今夜の夕食のための着替えなら辛うじて何とかなるかもしれないけど、明日の夜のフォーマルなディナー・パーティに着るものがないわ」

「その心配ならいらないんじゃないかな。たぶん、明日の朝、母はきみを連れて買い物に行くはずだから」

「まだお母さまにプレゼントもしていないのに、何かを買ってもらうわけにはいかないわよ」

「信じてほしいんだが、母はきみを見せびらかしたいだけなんだ。そうすることで、きみよりもはるかに大きな喜びを感じるんだよ。だから、何かを買ってもらったとしても、フィッシュ・ペーストの壺を詰めた木箱一箱ぐらいに考えればいいんだ」

ジェシカは笑い、夕食がすんでみんなが寝室へ引き上げるころにはすっかりリラックスして、いまも楽しいおしゃべりをつづけていた。

「そんなに悪くなかっただろ?」ジェシカのあとから寝室に入ってきたクライヴが訊いた。

「最高だった」ジェシカは答えた。「わたし、ご両親を大好きになったわ。あんなにも気を遣って、まるで自分の家にいるような気持ちにさせてくださったんだもの」

「四柱式のベッドで寝たことは?」ジェシカを抱き寄せながら、クライヴが訊いた。

「ないけど」ジェシカはクライヴを押しやった。「あなたはどこで寝るの?」

「隣りの部屋だよ。だけど、見てわかるとおり、ドアがあって往き来できるようになってるだろう。なぜかというと、かつては伯爵の愛人がこの部屋で寝ていたからなんだ。というわけだから、ぼくもあとでお邪魔するよ」

「いいえ、だめよ」ジェシカは怒る振りをした。「でも、伯爵の愛人になるという考えは悪くないかもね」

「そんなのはだめだ」クライヴが片膝をついた。「きみにはミセス・ビンガム、フィッシュ・ペースト王女になることで満足してもらわなくちゃならない」

「またプロポーズしてるんじゃないでしょうね、クライヴ？」

「ジェシカ・クリフトン、ぼくはきみを愛し、尊敬している。これからの人生をきみと過ごしたい。きみを妻にするという名誉をぼくに与えてもらえないだろうか」

「否《いな》やのあるはずがないでしょう」ジェシカは答え、両膝をついてクライヴを抱き締めた。

「少しはためらって、考えることになってるんじゃないのか？」

「この半年、それ以外のことはほとんど考えていなかったわ」

「しかし、ぼくはてっきり――」

「問題はあなたじゃないわよ、馬鹿ね。もっと愛そうとしてもこれ以上は無理というぐらい、わたしはあなたを愛しているわ。問題は……」

「問題は？」

「あなたも自分が孤児だったら迷わずにいられないはずだけど――」

「きみはときどき、とても愚かになることがあるな、ジェス。ぼくはきみに恋をしたんだ。だから、きみの両親がだれであろうと、だれであっただろうと、そんなことは関係ない。さあ、ぼくを解放してくれ。きみにささやかな驚きを与えたいんでね」

ジェシカが抱擁を解くと、婚約者は内ポケットから赤い革張りの小箱を取り出した。それが開けられたとたんに、ジェシカは爆笑した。入っているのは〈ビンガムズ・フィッシュ・ペースト〉の瓶だった——〝漁師も食べるペースト〟。

「なかを見たほうがいいんじゃないかな」クライヴが提案した。

ジェシカは瓶の蓋を開けてペーストに指を突っ込み、「ぬるぬるしてて気持ち悪い」と言いながら、何かをつまみ出した。ヴィクトリア朝風の、サファイアとダイヤモンドを精妙にあしらった婚約指輪だった。「まあ。まさか全部の瓶にこんな素敵なものが入ってはいないわよね。何て美しいんでしょう」舐めてきれいにしたあとで、彼女は言った。

「元々は祖母のものだったんだ。ベッツィはグリムズビー（イングランド東部ハンバー川の河口近くの港町）の地元娘で、財をなすはるか前の延縄《はえなわ》漁船に乗り組んでいたころの祖父と結婚したんだ」

ジェシカはいまも指輪に見とれていた。「わたしには勿体《もったい》ないわ」

「ベッツィはそうは考えないんじゃないかな」

「でも、お母さまはどうなの？　これを知ったらどう思われるかしら」

「これはそもそも母の考えなんだよ」クライヴが打ち明けた。「だから、階下《した》へいって、このことを知らせようじゃないか」

「あとでね」ジェシカはふたたびクライヴを抱き締めた。

24

　次の日、朝食をすませると、クライヴは婚約者を連れ出してメイブルソープ・ホールの敷地内を案内してまわろうとしたが、庭園と大きな池を辛うじて制覇したところで、ラウスへ買い物に行くからと、母親にジェシカを横取りされた。

「いいかい、忘れるなよ、レジスターが鳴るたびに、売るべきフィッシュ・ペーストの箱がもう一箱増えただけだと考えるんだぞ」車の後部座席のプリシラの隣りに乗り込もうとするジェシカに、クライヴがささやいた。

　遅い昼食のために二人がメイブルソープ・ホールへ戻ってきたとき、ジェシカはドレス二着、カシミヤのショール、靴、小振りなイヴニング・バッグを収めた袋や箱を抱えてよろよろしていた。

「今夜のディナー用よ」プリシラが説明した。

　これだけの掛かりを埋め合わせるにはフィッシュ・ペーストを何箱売らなくてはならないのか、ジェシカには知るよしもなかった。実際、プリシラの気前のよさに大いに感謝してはいたが、自分にあてがわれた部屋でクライヴと二人になったとたんに、きっぱりと宣言した。「これはわたしの望むライフスタイルじゃないわ。こういう生活を我慢するとしても、せいぜい二日が限界ですからね」

昼食のあと、クライヴはふたたびジェシカを連れ出して敷地内を案内し、午後のお茶に危うく遅刻しそうになって戻ってきた。

「あなたの家族はいつもこんなにひっきりなしに食べているの?」ジェシカが訝った。「お母さまがどうしてあんなにほっそりしていつづけられるのか、わたしには理解できないわね」

「母は食べてないんだ、あれこれつまんでるだけだよ。気づかなかったのか?」

「ディナーにお呼びしたお客さまを確認しておくべきかしらね」お茶が運ばれるや、プリシラが言った。「グリムズビー主教と奥さまのモーリーン」そして、顔を上げた。「もちろん、わたしたちみんなが主教に式を司《つかさど》っていただきたいと希望しているわ」

「それは何の式なのかね、マイ・ディア?」ボブが訊き、ジェシカに片目をつぶって見せた。

「わたしのことを〝マイ・ディア〟と呼ぶのはやめてくださらないかしら」プリシラが不満げに言った。「陳腐に過ぎるわ」そして、客の確認作業を再開した。「ラウス市長のパット・スミス議員。クリスチャン・ネームを約《つづ》めるのも感心できないわね。来年、夫が州長官になったら、きちんとロバートと呼ぶよう、みんなに言いつづけるつもりよ。そして最後は、わたしのかつての級友のレディ・ヴァージニア・フェンウィック、フェンウィック伯爵令嬢よ。ちなみに、同じ年に社交界にデビューしたの」

ジェシカはクライヴの手を握り締めた。そうでもしないと、身体が震えるのを抑えられなかった。それからあと、自分の部屋という安全地帯に戻るまで、ジェシカは一言も発しなかった。

「どうしたんだ、ジェス？」クライヴが訊いた。

「レディ・ヴァージニアがジャイルズ伯父の最初の妻だって、お母さまはご存じないの？」

「もちろん、知ってるさ。だけど、大昔のことだろう。だれが気にする？　きみが彼女を憶えていることに、実は驚いているぐらいだ」

「祖母のエリザベスの葬儀のときに一度会ったきりで、思い出せることといえば、自分をレディ・ヴァージニアと呼べって言われたことだけなんだけどね」

「いまもそう主張してるよ」クライヴが雰囲気を軽くしようとした。「だけど、年を経るうちに彼女も多少は穏和になったとわかるんじゃないかな。もっとも、白状すれば、彼女はわが愛《いと》しい母の最悪の部分を引き出してくれるけどね。これは事実として知ってるんだが、父は彼女を我慢できない。だから、あの二人が一緒にいるときは必ず何らかの口実を作って同席を避けようとするんだが、特に驚くには当たらないからね」

「わたし、お父さまのことは大好きよ」ジェシカは言った。

「父のほうもきみに憧れているよ」

「あなたがそう言う根拠は何なの？」

「わかってるくせに、探りを入れるのはやめろよ。でも、父のいつもの台詞を聞かされたことは認めざるを得ないけどね。〝おれが二十歳若かったら、おまえに勝ち目はないだろうな〟ってやつさ」

「本当に思いやりのある方なのね」

「思いやりなんかじゃないよ、本気で言ってるんだ」

「そろそろ着替えないと、ディナーに遅刻するわ」ジェシカは言った。「二着のドレスのうちのどっちを着るべきか、まだ迷ってるの」クライヴが出ていくと、両方を試着し、鏡に映してしばらく考えたが、クライヴが戻ってきてボウ・タイを結ぶのを手伝ってくれと頼んだときも、まだどちらにするか決めかねていた。

「どっちがいい？」ジェシカはお手上げの状態で訊いた。

「ブルーのほうがいいな」クライヴは答え、自分の部屋へ戻っていった。

ジェシカはもう一度鏡を見直し、どちらかでももう一度着る機会が果たしてあるだろうかと思案した。美大生のパーティで着るようなドレスでないことは確かだった。

「素敵だよ」ようやくバスルームを出たジェシカを見て、クライヴが声を上げた。

「ドレスも最高だ！」

「お母さまが選んでくださったの」ジェシカはくるりと回って見せた。

「さあ、階下《した》へ下りようか。車道《ドライヴ》をやってくる車の音が聞こえた気がする」

ジェシカはカシミヤのショールを取って肩に羽織ると、もう一度鏡を覗いてから、クライヴと手を取り合って階段を下りた。客間に入ったそのとき、玄関のドアにノックがあった。

「まあ、あなた、素敵よ。ドレスがほんとによく似合っているわ」プリシラが褒めた。

「ショールもぴったりね。そう思わないこと、ロバート？」

「もちろんだよ、完璧じゃないか、マイ・ディア」ボブが答えた。

〝マイ・ディア〟が気に入らないプリシラが眉をひそめたとき、執事がドアを開けて告げた。「グリムズビー主教とミセス・ハドリーがお着きになりました」

「主教さま」プリシラが言った。「ようこそいらっしゃってくださいました。ミス・ジェシカ・クリフトンを紹介します。息子と婚約したばかりなんですよ」

「クライヴは運がいい」主教は答えたが、ジェシカの頭には裾の長い見事な黒のフロック・コート、紫の聖職者用のシャツ、真っ白な聖職者用のカラーというでたちの主教を描きたいという思いしかなかった。

数分後、ラウス市長がやってきた。彼を紹介するとき、プリシラはパトリック・スミス議員という呼び方に頑なにこだわった。彼女が最後の客を迎えに出ていくと、市長がジェシカにささやいた。「私をパトリックと呼ぶのは、母とプリシラだけですよ。あなたにはパットと呼んでもらいたいですな」

そのとき、ジェシカが決して忘れることのできない声が聞こえた。

「大好きなプリシラ、ずいぶん久し振りね」

「そうね、ご無沙汰していたわね」プリシラが認めた。

「本当はもっとこっちへこなくちゃならないんだけど、なかなか思うに任せなくて。積もる話が山ほどあるわ」ヴァージニアが言いながら、女主人にともなわれて客間へ入ってきた。

プリシラは主教と市長をヴァージニアに紹介し、ジェシカに引き合わせた。「ミス・ジェシカ・クリフトンを紹介するわ、クライヴと婚約したばかりなのよ」

「今晩は、レディ・ヴァージニア。わたしのことはお忘れでしょうね」

「忘れるなんてことがあるものですか。でも、あのときのあなたはまだ七つか八つだったわね。さあ、よく見せてちょうだいな」ヴァージニアは言い、一歩後ろへ下がった。「美しい娘さんになったじゃないの。わかってる？　あなたのお母さまにとてもよく似ているわよ」ジェシカは言葉を失ったが、それは問題ではないようだった。「それに、スレイドを最優等で卒業したんですってね。ご両親はさぞかし誇りに思っていらっしゃるでしょうね」

レディ・ヴァージニアがどうして自分の成績を知り得たのかをジェシカが訝りはじめたのはそのあと、それもかなり時間が経ってからで、それまでは〝何て素晴らしいドレスでしょう〟とか〝本当に美しい指輪だこと〟とか〝クライヴは運のいい男性じゃないかしら？〟といった褒め言葉を浴びてうっとりとなっていたのだった。

「新たな神話がいきなり誕生したじゃないか」腕を組んで食堂へ入りながら、クライヴが言った。

ジェシカはそうと完全に納得していたわけではなかったから、自分の席が市長と主教に挟まれているのを見てほっとした。レディ・ヴァージニアの席はテーブルの反対側、ミスター・ビンガムの右隣りで、会話を強いられる心配がないぐらい十分に離れていた。メイン・ディッシュが片づけられると――客よりも使用人のほうが数が多かった――上座のミスター・ビンガムがスプーンでグラスを鳴らしてから立ち上がった。

「今日」と、彼は始めた。「私どもは新たな家族の一員を歓迎するものであります。そのまさに特別な若いレディは、わが息子の妻となることに、光栄にも同意してくれたのです。では、友人諸君」そして、グラスを掲げた。「ジェシカとクライヴに」

全員が立ち上がって唱和した。「ジェシカとクライヴに」ヴァージニアでさえグラスを掲げた。これ以上の幸せが果たしてあるだろうかと、ジェシカは信じられない思いだった。

ディナーのあと、客間へ移ってさらにシャンパンを楽しんでいると、主教が明朝の礼拝を執り行なわなくてはならないし、まだ説法が一つ残っているからと説明して、そろそろ失礼すると言った。プリシラが主教夫妻を玄関へ送っていくと、それから数分後、市長がビンガム夫妻に礼を言い、幸福なカップルにもう一度祝いの言葉を贈って辞去した。

「おやすみなさい、パット」ジェシカが別れの挨拶をすると、市長は彼女に向かってにやりと笑って見せてから出ていった。

市長が帰ってしまうや、ミスター・ビンガムが客間へ戻ってきて妻に宣言した。

「私は犬どもを夜の散歩に連れていくから、二人だけで楽しんでくれ。きっと積もる話もあるだろうしね、何しろずいぶん会っていないようだから」

「それはぼくたちもそろそろ引き上げるべきだというほのめかしなんだろうな」クライヴが言い、母親とレディ・ヴァージニアに夜の挨拶をすると、ジェシカとともに彼女の部屋へ上がった。

「大勝利だ」寝室のドアを閉めるや、クライヴが言った。「レディ・ヴァージニアさえも味方につけたみたいじゃないか。いいかい、そのドレスを着たきみには、だれだろうと魅せられずにいられないんだよ」

「あなたのお母さまの気前のよさに感謝するしかないわね」ジェシカは改めて姿見を覗き、自分の姿を確かめた。

「それから、祖父のフィッシュ・ペーストも忘れないでくれよ」

「だけど、お母さまがくださった、あの素敵なショールはどこかしら？」ジェシカは部屋を見回した。「きっと客間に忘れたんだわ。ちょっと取ってくる」

「朝になってからでもいいじゃないか」

「だめよ」ジェシカは拒否した。「目の届かないところに置きっぱなしにするなんてよくないわ」

「だったら、あの二人とのおしゃべりに引きずり込まれないようにするんだぞ。たぶん、ぼくたちの結婚式について細々としたところまで、早くも計画を立てはじめているはずだからね」

「すぐに戻るわよ」ジェシカは応え、鼻歌まじりに部屋を出た。弾むような足取りで階段を下り、客間のドアまであと少しのところまできたとき、わずかに開いている隙間から〝人殺し〟という言葉が聞こえて、とたんにその場に凍りついた。

「検死報告では偶発的な事故死となっているけど、サー・ヒューゴーは血溜まりに倒れて、首にレター・オープナーが突き刺さった状態で発見されたのよ」

「それで、サー・ヒューゴー・バリントンが彼女の父親だと信じる理由はあるの？」

「それについては疑いの余地がないわ。率直なところ、彼の死は一族にとって救いでもあったのよ。だって、詐欺罪で法廷に立たされる直前だったんだもの。そうなったら、〈バリントン海運〉は間違いなく持ち堪《こた》えられなかったでしょうからね」

「全然知らなかったわ」

「本当はもっとひどいのよ。なぜって、サー・ヒューゴー殺しを告発されるのを避けるために、ジェシカの母親が自殺しているからよ」

「すぐには信じられないような話ね。ジェシカ自身はあんなにきちんとした娘なのに」

「あの一族のクリフトンの側をもっとよく見たら、残念ながらそうとも言えないんじゃないかしらね。ハリー・クリフトンの母親は有名な売春婦で、彼は自分の父親がだれなのかわからないでいるわ。普段ならこんな話は絶対にしないけど」ヴァージニアがつづけた。

「いまは特別な時期だもの、スキャンダルは避けたほうがいいわ」

「特別な時期？」プリシラが訊いた。

「そうよ。首相がロバートにナイトの爵位を与えることを考えているという、確かな筋からの情報があるの。そうなったら、もちろんあなたはレディ・ビンガムよ」

プリシラが少し考えてから言った。「ジェシカは自分の両親について、本当のことを知っているのかしら？　クライヴは何であれスキャンダルの匂いがするようなことは何もほのめかしもしてもいないけど」

「もちろん、彼女は知っているわ。でも、あなたにもクライヴにも打ち明けるつもりなんかなかったでしょうね。あの小娘はこの一件がちらりとで公になる前に、金の指輪を手に入れたいと願っていたんだもの。あなた、あの娘がどんな手管でロバートを丸め込んだか、気づいてないの？　彼の肖像画を描くと約束するなんて、遣り手中の遣り手としか言いようがないわね」

ジェシカはいまにも泣きそうになりながら踵《きびす》を返すと、急いで二階へ逃げ帰った。

「一体どうしたんだ、ジェス？」寝室へ走り込んできたジェシカに驚いて、クライヴが訊いた。

「レディ・ヴァージニアがあなたのお母さまに、わたしは人殺しの娘だって話していたの……わたしの母親が、わたしの父親を殺したんだって」ジェシカはすすり泣きながら言った。「……わたしの祖母は売春婦で、わたしはあなたのお金を手に入れることにしか関心がないんだって」

クライヴはジェシカを抱き寄せて落ちつかせようとしたが、それは不可能だった。「ぼくに任せてくれ」彼は抱擁を解くと、ドレッシング・ガウンを羽織った。「レディ・ヴァージニアの考えなんかぼくは知ったことじゃないと、母にそう言ってくる。だって、ぼくは何があろうと、絶対にきみと結婚するんだから」そして、もう一度彼女を抱き寄せてから寝室を出ると、足どりも荒く階段を下りて客間へ直行した。

「ぼくの婚約者について、あなたがばらまいていたいくつもの嘘はいったい何なんです」クライヴはレディ・ヴァージニアを見据えて詰問した。

「わたしは事実しか話していないわよ」レディ・ヴァージニアは落ち着き払っていた。「あなたが結婚する前に、あなたのお母さまがお知りになるほうがいいだろうと考えたの。だって、結婚してからでは手後れだものね」

「しかし、ジェシカの母親が人殺しだというのは……」

「確認するのは難しいことではないわよ」

「それなら、彼女の祖母が売春婦だというのは？」

「気の毒だけど、ブリストルでは衆知のことよ」

「だけど、ぼくは気にしない」クライヴは言った。「ぼくはジェスを愛しているし、尊敬しているんだ。この話がどんな波風を立てようと知ったことじゃない。なぜなら、レディ・ヴァージニア、あなたなんかにぼくとジェシカの結婚を止められるわけがないとわかっているからだ」

「クライヴ、ダーリン」プリシラが冷静に言った。「わたしならそんなに急いで決めつけないで、判断する前に少し考えるわよ」

「地球上で最も完全な生き物と結婚するんだ、考える必要なんかない」

「でも、彼女と結婚したとして、どうやって生活していくの？」

「一年に千四百ポンドあれば、お釣りがくるぐらいだ」

「だけど、そのうちの千ポンドはお父さまから支給されるんじゃないの。お父さまがこの話を聞いたら……」

「それなら、ぼくの給料でやりくりするさ。みんな、それで何とかなってるみたいだし」

「ちらりとでも頭をよぎったことはないの、クライヴ、その四百ポンドはどこから出てくるのかって？」

「あるさ。〈カーティス・ベル・アンド・デッティ〉だよ。そこで仕事をして、四百ポンドを丸まる稼ぐんだ」

「〈ビンガムズ・フィッシュ・ペースト〉が顧客でなかったら、あの代理店があなたを雇うと思う？　そんなことを本気で信じているの？」

クライヴは一瞬言葉に詰まり、ようやく答えた。「そのときは、ほかの仕事を探さなくちゃならないだろうね」

「どこに住むつもり？」

「ぼくのアパートだよ、当たり前じゃないか」

「でも、いつまで？　わかってるでしょうけど、グリーブ・プレイスの賃貸契約は九月で切れるのよ。お父さまは契約を更新するつもりでいらっしゃるけど、状況を考えると……」

「あんなアパート、あなたたちが借りつづければいいよ、お母さん。あなたたちに、ぼくとジェシカの仲を裂くことはできないんだ」クライヴは二人に背を向けると部屋を出て、静かにドアを閉めた。そして、何も変わっていない、いますぐロンドンへ戻ろう、とジェシカを安心させてやれればいいがと思いながら階段を上がった。ジェシカの寝室を覗き、自分の寝室も覗いたが、彼女の姿はどこにもなかった。彼女のベッドの上に、ドレスが二着、小振りのイヴニング・バッグ、靴、婚約指輪、そして、クライヴの父親の肖像画が置いてあった。クライヴが階段を駆け下りると、父親が怒りを隠せない様子で玄関ホールに立っていた。

「ジェスを見なかった?」

「見たとも。しかし残念なことに、おれは彼女を止めることのできる言葉を一言も持ち合わせなかった。あのおぞましい女が何を言ったかは、あの子から聞いた。この屋根の下で一晩でも過ごしたくないというあの子を、可哀相に、だれが責められる? バロウズに車で駅まで送らせたよ。さあ、クライヴ、着替えて彼女のあとを追うんだ。絶対に失うなよ、あんな素晴らしい娘は、二度と、絶対に見つからないんだからな」

クライヴは階段を駆け上がり、父親は客間へ向かった。

「ヴァージニアの話はもう聞いた、ロバート?」プリシラが部屋へ入ってきた夫に訊いた。

「確かに聞かせてもらったとも」彼はヴァージニアと正面から向かい合った。「さあ、よく聞いてもらおうか、ヴァージニア。いますぐ、この家から出ていくんだ」

「でも、ロバート、わたしは親友を助けようとしていただけだわ」

「そんなことをするつもりなんか、あんたにはこれっぽっちもなかった。それは自分でもわかっているはずだ。ここへきた目的はたった一つ、あのうら若い娘の人生をぶち壊すことだ」

「だけど、ロバート、ダーリン、ヴァージニアはわたしのだれより古いお友だちで……」

「それは自分に都合のいいときだけだ。この女をかばおうなんて、考えもするな。さもなければ、一緒に出ていってくれてかまわんぞ。そうすれば、この女がどの程度の友だちか、すぐにわかるだろうからな」

ヴァージニアが立ち上がり、ゆっくりと出口へ向かった。「こんなことを言わなくちゃならないのは残念だけど、プリシラ、あなたを訪ねることは二度とないでしょうね」

「そういうことなら、このろくでもない一件から、少なくとも一つはいいことが出てきたわけだ」ロバートは言った。

「わたしに向かってそんなものの言い方をしたのは、あなたが初めてよ」ヴァージニアがいまや敵となったロバートに向き直って言った。

「それなら、エリザベス・バリントンの遺言書を読み返してみることを勧めようじゃないか。なぜなら、彼女が間違いなく、あんたという人物を正確に見抜いているからだよ。さあ、出ていけ。私に放り出される前にな」

執事が危ういところで玄関を開けてくれたおかげで、レディ・ヴァージニアは足を止めずに出ていくことができた。

クライヴは駅の前で車を飛び降りると、跨線橋《こせんきょう》を走って三番ホームへ急いだ。車掌が警笛を吹き鳴らす音が聞こえ、階段を下りきったときには、列車はすでに動き出していた。全力で、まるで百ヤード競走の決勝のように必死で走り、追いつけるのではないかと思われはじめたが、列車も速度を上げていった。ついにプラットフォームが尽きてしまい、クライヴは両手を膝に置いて腰を折り、上がった息を整えようとした。最後部の車両が見えなくなると、プラットフォームを今度は歩いて引き返した。車に戻ったときには、考えは決まっていた。

運転席に乗り込むとエンジンをかけ、道路の突き当たりを右折した。メイプルソープ・ホールへ戻る方向だったが、途中で左折してアクセルを踏み込み、標識に従ってＡ１へと走りつづけた。夜の普通列車はラウス－ロンドン間のほとんどすべての駅に停まることになっていたから、運がよければ、ジェシカより早くアパートに帰り着けるはずだった。

正面入口の鍵をこっそりあけることぐらい、その侵入者にとっては簡単だった。確かに流行のアパートではあったが、ナイト・ポーターを雇うほど豪奢《ごうしゃ》ではなかった。侵入者は用心深く階段を上がり、ときどき小さく軋んだものの、夜中の二時半にだれかを起こすような音は立てなかった。

三階の踊り場に着くと四号室を素速く突き止め、廊下の左右を確認した。だれもいなかった。二つの鍵を開けるのに、予定より少し時間がかかった。なかへ入るや、静かにドアを閉め、明かりをつけた。邪魔が入る心配はなかった。彼女が週末をどこで過ごすかはわかっていた。

こぢんまりしたアパートのなかを歩きまわり、探している絵のすべてを、時間をかけて特定した。表側の部屋に七点、寝室に三点、キッチンに一点、余禄として、大きな油彩画がドアのそばの壁に立てかけてあった。貼ってあるラベルに、〝「煙霧二」木曜までにロイヤル・アカデミー・スクールズへ届けること〟と書かれていた。侵入者は特定した絵を一点残らずリヴィングルームへ運び、一列に並べた。どれも悪くなかった。侵入者は一瞬ためらったが、ポケットから飛び出しナイフを取り出し、父親の指示を実行しはじめた。

列車は午前二時四十分を過ぎた直後にセント・パンクラスに停まったとき、ジェシカはこれからどうするかをはっきり決めていた。タクシーでクライヴのアパートへ帰り、荷物をまとめてからセブに電話をして、どこか住むところが見つかるまで二日ばかり泊めてくれないかと頼むのだ。

「あんた、大丈夫かい？」タクシーの後部座席に沈み込んだジェシカに運転手が訊いた。

「ええ、何でもないわ。チェルシーのグリーブ・プレイス一二番地へお願い」それだけ言うのがやっとだった。涙はもう涸れ果てていた。

タクシーがアパートの前に着くと、ジェシカは十シリング札――持ち合わせのすべてだった――を運転手に渡して頼んだ。「待っていてもらえないかしら、できるだけ早く戻るから」

「かまわんよ」


楽しみながらの仕事もそろそろ終わりかけていた。そのとき、外の通りで車が止まる音が聞こえたような気がした。

ナイフをサイド・テーブルに置き、窓のところへ行って、カーテンを細く開けて外をうかがった。彼女がタクシーを降り、運転手と話しているところだった。侵入者は躊躇なく引き返して明かりを消し、玄関を開けた。廊下の左右を改めて確認したが、今度も人の気配はなかった。

小走りに階段を下り、正面入口を開けたとき、ジェシカが小道をやってくるのが見えた。彼女がハンドバッグから鍵を取り出している隙に、侵入者は脇を擦り抜けた。ジェシカはちらりと目をやって、意外に思った。この建物の住人は全員を知っているはずなのに、見知らぬ男だった。

ジェシカはなかに入ると、階段を上がりはじめた。三階に着いて四号室の玄関を開けるころには、へとへとになっていた。まずはセブに電話をして、事情を説明しなくてはならない。明かりをつけて、部屋の奥の電話へと歩き出した。自分の作品が最初に目に入ったのはそのときだった。

二十分後、クライヴはグリーブ・プレイスへと入っていった。ジェシカより早く着いているのではないかと、いまも思っていた。見上げると、寝室に明かりが灯っていた。ジェシカだ。どっと安堵の波が押し寄せた。

車を駐めると、前のタクシーがエンジンをかけっぱなしにしていた。ジェシカを待っているんだろうか？　いや、そうではないだろう。正面入口を開けて階段を駆け上がると、四号室のドアが大きく開いて、すべての明かりがついていた。なかへ入り、それを見た瞬間に、クライヴは膝から崩れ落ちた。激しい吐き気に襲われながら、あたりに散らばっている残骸を見つめた。ジェシカの描いた水彩画、油彩画が、どれも繰り返し、何かで突き刺されたようだった。「煙霧二」だけは例外で、カンヴァスの真ん中が切り裂かれ、大きなぎざぎざの穴が穿たれていた。こんな不合理なことをするなんて、いったい彼女はどんな衝動に駆られたのか？

「ジェス！」叫んだが、返事はなかった。何とか立ち上がって寝室へ行ってみたが、彼女がいる気配はなかった。そのとき、水の流れる音が聞こえ、はっとして振り返ると、バスルームのドアの下から水が染みだしていた。突進していってドアを開けたとたんに、信じられない光景に目が釘付けになった。愛するジェスの顔が水に浮かんで、手首が浴槽の縁からだらりと垂れ下がっていた。その二カ所が深く切り裂かれ、もう出血もしていなかった。彼女の横の床に飛び出しナイフが落ちていた。

クライヴはもう生きていないジェシカをそうっと浴槽から出してやり、床に坐り込んで彼女を抱き締めた。泣かずにはいられなかった。一つの思いが頭を駆け巡りつづけた――あのとき、着替えなんかしないですぐに駅へ車を走らせていたら、ジェシカはいまも生きていたに違いない。

内ポケットから婚約指輪を取り出して指にはめ直してやったのが、憶えている最後のことだった。

25

ブリストル主教はセント・メアリー・レッドクリフ教会の満員の信徒席を説教壇から見下ろしながら、ジェシカ・クリフトンが短い人生でこれほどさまざまな多くの人々に強い衝撃を与えたことに改めて思いをいたしていた。考えてみれば、トルロ（イングランド南西部、コーンウォール州の都市）地方執事としての自分を描いてくれた絵を、彼自身も主教館の廊下に誇らかに飾っているのだった。

「愛する人が七十代、あるいは八十代で世を去ったとき」主教は口を開いた。「私たちはともに集ってその人を悼《いた》みます。愛情と尊敬と感謝をもって故人の長い人生を思い起こし、その人ならではの逸話や幸福な思い出を語り合います。そして、もちろんのこと、涙を流します。しかし、同時に、それが物事の自然の順序だということも受け入れるのです。若く美しく、年上の者たちが自分など及ぶべくもないと疑うことなく受け入れる稀有《けう》な才能を発揮していた女性が世を去ったとき、私たちはさらに多くの涙を流すことになるのです。なぜなら、彼女の将来を思い描くことしかできなくなったからです」

エマは知らせを聞いてからというものあまりに多くの涙を流したせいで、心身ともに疲労困憊していた。考えられるのは、愛する娘のこれほど残酷で不必要な死を阻止する術が自分になかっただろうかということだけだった。そして、それはもちろんあった。彼女に真実を告げるべきだったのだ。自分はだれに勝るとも劣らないくらい責められるべきだと感じていた。

信徒席の最前列でエマの隣りに坐っているハリーは一週間で十も年を取ったようになり、責められるべきは自分だと信じて疑わなかった。養子にした本当の理由をもっと早く教えるべきだったという後悔を、ジェシカの死が思い出させつづけてくれるはずだった。事実を教えていれば、彼女は確かにいまも生きていただろう。

ジャイルズはエマとグレイスのあいだに坐り、本当に久し振りに二人の手を握っていた。それとも、握られていたと言うべきか。グレイスは人前で感情を露わにするのを嫌っているにもかかわらず、式のあいだじゅう泣きつづけた。

セバスティアンはハリーの反対隣りに坐り、しかし、主教の話は聞いていなかった。すべてを思いやり、すべてを理解する憐れみ深い神の存在など、もはや信じていなかった。一方で与えておきながら、一方で奪ってしまったではないか。セバスティアンは真の友を失った。彼を愛し、尊敬してくれた、代わる者などあり得ない友を。

ハロルド・ギンズバーグは教会の後方に静かに腰を下ろしていた。ハリーに電話をしたときは、彼の人生が一瞬にして打ち砕かれてしまったことに気づかなかった。最新作が〈ニューヨーク・タイムズ〉のベストセラー・リストの一位に躍り出たという勝利の知らせを分かち合おうとしただけだった。

その知らせを聞いても著者が反応しないのは、ハロルドにとって確かに意外だった。が、そのときのハリーが、本が売れることなどどうでもよく、一部も売れなくても、それと引き替えに、時宜を得ない死を遂げたジェシカを墓に横たえるのではなく、自分の隣りに立たせることができればそれに勝ることはないと考えていることなど、知るよしもなかった。

埋葬式が終わり、みなが自分の生活へ戻っていったあとも、ハリーは墓の前にひざまずきつづけた。自分の罪はそう簡単に償えるものではないとわかっていた。そして、ジェシカが思いのなかに乱入してきて、笑い、おしゃべりをし、からかわなくなるときが、この先一日でも、いや一時間でも、あるはずがないことも受け入れようとした。主教と同じく、自分もまた、ジェシカの将来を思い描くことしかできないのだ。あの子はクライヴと結婚しただろうか？　どんな子供ができただろうか？　ロイヤル・アカデミーの会員になる日をこの目で見る日まで、おれは生きていられただろうか？　墓の前にひざまずいているのがジェシカで、悼まれているのがおれなら、どんなによかったことか。

「赦してくれ」ハリーは声に出して言った。

赦してくれるとわかっていることが、悲しみにさらに追い打ちをかけた。

セドリック・ハードキャッスル

一九六四年

26

「私はこれまでずっと、用心深く、退屈で、冴《さ》えないやつだと仲間から言われつづけてきました。一方で、頼りになるやつだという評判もしばしば耳に入ってきています。『ハードキャッスルと一緒なら、そうやばいことにはならない』。まあ、ずっとこんなふうです。学校時代、クリケットの守備位置は常にロング・ストップ（ウィケット後方で通ってくるボールを止めるウィケットキーパーのすぐ後ろにいて、彼が逸らした球を捕らえる選手、あるいは、ポジション）だったし、先頭打者をつとめろと言われたこともありませんでした。演劇祭では主役ではなくて端役《はやく》が定番でした。試験では、落第点は一度も取らなかったけれども上位三人になったこともありません。そんなふうに思われたり言われたりすれば、ほかの者なら傷ついたり、あるいは侮辱されたと思うかもしれないけれども、私には褒め言葉でした。他人《ひと》の金を管理し、世話をするにふさわしいきちんとした人間であると自負するのであれば、自分に対するそういう評価は、私見では、まさにそのために期待されるはずの性質だからです。

「年齢を重ねるにつれて、どちらかと言えば、私はさらに用心深く、さらに退屈な人間になっているし、実際、それは私を造った創造主に自分がついに対面するとき、墓場まで持っていきたいと考えている評判でもあります。というわけだから、これまでの人生において拠《よ》って立ってきたそういう信条を、今度ばかりはすべて無視するつもりだと明らかにしたら、いまこのテーブルを囲んでいるみなさんはびっくりするかもしれないし、同じことをしてほしいとお願いすれば、もっと驚くかもしれない」

　テーブルを囲んでいる六人は途中でさえぎることなく、セドリック・ハードキャッスルの発する一言一言をしっかりと聞いていた。

「それをわかった上でみなさんにお願いするわけですが、あの恥を知らない腐りきった悪党を叩き潰す手伝いをしてほしいのです。われわれが罰し終えたときにはだれに対してであろうと二度と害を及ぼせないよう、完璧に退治してやりたいのですよ。

「私はペドロ・マルティネスを遠くから観察することができているけれども、その間《かん》、あの男は私が知己を得た二つの立派な一族を破壊する計画を実行しつづけています。みなさんに知っておいてもらわなくてはならないのだが、私はポンティウス・ピラト（イエスに死刑を言い渡した古代ローマのユダヤ総督）のように自分は手を出さず、汚れ仕事は他人に任せて傍観しているつもりはもはやありません。

「用心深く、退屈で、冴えないコインのもう一方の側には、長い年月を費やし、ロンドンのシティにそれなりの名望を築いてきた人物が刻まれているのです。今回はその名望を利用し、何十年ものシティへの貢献の見返りを求めて、彼らに貸した借りを返してもらうつもりでいます。それを念頭に置き、このところでかなりの時間を費やして、ペドロ・マルティネスとあの男の家族の潰滅計画を考えてみたのだが、私が単独でそれをやりきり、最終的に成功させる望みはないとわかりました」

テーブルの周囲にいる六人のなかに、ファージングズ銀行会長の言葉をさえぎろうと一瞬でも考える者は、いまも一人もいなかった。

「この数年、私はあの男がいかに執拗に、今日ここに全員が顔を揃えているバリントン家とクリフトン家を破壊しようとしているかを見てきました。最初に目の当たりにした企ては、本行の顧客になる可能性のある〈ソニー・インターナショナル〉のミスター盛田に影響力を行使し、セバスティアンが私の専属アシスタントであるというだけの理由で、本行と大きな契約を結ばせまいとしたことです。その契約を結ぶことができたのは、ミスター盛田がペドロ・マルティネスと対峙する勇気を持っていたからにほかなりません。しかし、その企てに対して、私は何もしませんでした。数カ月前、〈タイムズ〉に謎のピエール・ブシャールなる人物と、実際にはそうではなかったにもかかわらず、サー・ジャイルズが労働党の党首選から撤退を余儀なくされた心臓発作についての記事が載りました。そのときも、私は何もしませんでした。もっと最近になって、私は何の罪もない、とても才能豊かなお嬢さんの葬儀に参列しました。いま机の横に掛かっている私の肖像を描いてくれた女性です。その葬儀のあいだに、私は決めたのです。もはや冴えない、退屈な男でいるわけにはいかない、それが生涯の習慣を破ることを意味しても問題ではない、と。

「この数週間、私は自分の計画をペドロ・マルティネスに悟られることなく、あの男を顧客としている銀行、株式仲買人、財務助言者と会って、内々で話をしました。その全員が私のことを、自分が相手をしているのはファージングズ銀行の冴えない、身の程をわきまえすぎるぐらいわきまえていて、一線を越えることなど考えもしない同業者だと考えていました。この年月でわかったのですが、ペドロ・マルティネスは危ない橋を平気で渡る男で、何度かそういう危険を引き受けています。同時に、その一方では法を軽んじるところも見せています。私の計画を成功させるには、あの男が調子に乗って限度を超えた危険を引き受けた瞬間を見落とすことなく罠を仕掛ける必要があります。そのときでさえ、あの男のリングに上がってあの男を叩き潰すとすれば、われわれ自身も危険を引き受けざるを得なくなる可能性が生じるのを覚悟しなくてはなりません。

「お気づきになっているはずですが、今日はもう一人、ペドロ・マルティネスから悪しき影響を受けていない人物を仲間に加えるべく呼んでいます。私の息子のアーノルドは法廷弁護士で」セドリックは自分の右側に坐っている、彼によく似た若者のほうへ顎をしゃくった。「私同様、頼りになる男だと見なされています。それ故に、私の良心となって導いてくれるよう、息子に頼んだというわけです。なぜなら、私が生まれて初めてぎりぎりまで法を曲げることになった場合、私情を交えず、冷静かつ客観的で、しかも物事を複雑でなくありつづけさせることのできるだれかに私の代理人をつとめてもらう必要があると思われるからです。簡単に言うと、息子に道徳的な部分での羅針盤になってもらうということです。

「これから、私の頭のなかにあることを息子から明らかにしてもらいます。この冒険的な計画に加わるとあなた方が決めれば、その瞬間に、あなた方は疑いの余地なく危険を引き受けることになります。では、アーノルド」

「みなさん、アーノルド・ハードキャッスルです。父を大いに残念がらせたことに、私は銀行家ではなくて弁護士になることを選択しました。私が自分と同じく頼りになる男だと見なされていると父が言ったとき、私はそれを褒め言葉と受け取りました。なぜなら、この作戦が成功するとしたら、われわれのだれか一人がそうでなくてはならないからです。私は直近の政府の財政法案を研究し、父の計画を成功させる方法を見つけました。しかし、その方法は法律をまともに犯すことにはならないとしても、精神を無視することになるのは間違いありません。私はいま、その条件を受け入れてもなお克服不能であると恐らく証明されるであろう問題と相対しています。すなわち、このテーブルを囲んでいるあなた方が一度も会ったことがなく、しかし、ペドロ・マルティネスを法廷に引きずり出すことをあなた方と同じぐらい強く望んでいる個人を見つける必要があるということです」

依然としてだれも口を開かなかったが、例外なく疑わしげな顔が弁護士に向けられていた。

「そのような男性あるいは女性を見つけられなければ」アーノルド・ハードキャッスルはつづけた。「計画を丸ごと放棄し、あなた方にはそれぞれ別のやり方をしてもらうようにすべきだと、すでに父には話してあります。何しろ、ペドロ・マルティネスがいつ、どこで、あなた方のだれを次に襲うかが不確かな状態で、常に背後を用心しながらこれから生きていかなくてはならないとわかっているわけですから」そして、フォルダーを閉じた。「質問があれば、お答えする努力をします」

「質問はないけれども」ハリーは言った。「状況を考えると、そういう個人をどうやったら見つけることができるのかがわからない。私の知っている人間でペドロ・マルティネスと出くわしたことのある者は例外なく私と同じぐらいあの男を嫌っているし、このテーブルの周囲にいる者も全員がそうだと思っているんだが」

「そのとおりよ」グレイスが同調した。「事実、わたしたちのなかのだれがあの男を殺すかをくじ引きで決めるんだったら、わたしは喜んでそれに参加するわ。あのおぞましい獣を最終的に排除できるんだったら、何年か獄につながれることになったとしてもかまわない」

「その場合、私は力になれませんね」アーノルドが言った。「私は会社法が専門で、刑事犯罪は守備範囲の外なんです。だから、別の弁護士を探してもらわなくてはなりません。しかし、どうしてもその線で行くというのであれば、いい弁護士の一人や二人は推薦できますよ」

ジェシカの死以来、エマが初めて笑った。しかし、アーノルド・ハードキャッスルは笑わなかった。

「きっとアルゼンチンなら、あいつを殺してもいいと思っている人間は十人は下らないはずだけど」セバスティアンが言った。「その十人がだれかもわからないのに、どうやって見つければいいんだろう」

「見つけられたとしても」アーノルドが言った。「父の計画の目的を損なうことになるだろうな。なぜなら、その行為が最終的に法廷に持ち出されたら、きみは彼らの存在を知らなかったとは主張できないんだから」

また長い沈黙がつづき、それまで終始黙っていたジャイルズが初めて口を開いた。「そういう男に思い当たる節があるような気がするぞ」その一言で、テーブルの周囲の目がすべて彼に集まった。

「それが本当なら、サー・ジャイルズ、その特定の紳士について、いくつかの質問をあなたにしなくてはなりません」アーノルドが言った。「そして、その質問に対する答えがすべて〝ノー〟でなくては、法的に受け入れられません。私の質問に対するあなたの答えに一つでも〝イエス〟があれば、あなたの頭にある紳士は私の父の計画を実行する資格を持たないことになります。おわかりいただけましたか？」

ジャイルズがうなずくと、弁護士はふたたびフォルダーを開いた。エマは指を重ねて幸運を祈った。

「その人物に会ったことがありますか？」

「ノー」

「その人物とあなた自身が、あるいは第三者を通じて、仕事上の取引をしたことがありますか？」

「ノー」

「その人物と電話で話したことがありますか？」

「ノー」

「その人物に手紙を書いたことがありますか？」

「ノー」

「通りで擦れ違ったら、あなたはその人物だとわかりますか？」

「ノー」

「最後の質問です、サー・ジャイルズ。その人物は権能を有した国会議員としてのあなたに接触してきたことがありますか？」

「ノー」

「ありがとうございます、サー・ジャイルズ。最初の関門は文句なしに通過されました。しかし、もう一回、同じく重要な一連の質問に答えていただかなくてはなりません。ただし、今回受け入れられる答えは〝イエス〟だけです」

「了解」ジャイルズは答えた。

「この人物はあなたと同じくらい強くペドロ・マルティネスを嫌うに十分な理由を持っていますか？」

「イエス、そうであると信じます」

「その人物はペドロ・マルティネスと同じくらい裕福ですか？」

「間違いありません」

「その人物は誠実であり高潔であると認められていますか？」

「私の知る限りでは、イエスです」

「最後の、もしかすると最も重要な質問ですが、その人物は深刻な危険を厭わず引き受ける覚悟があると思われますか？」

「疑いの余地はありません」

「質問に対する答えはすべて満足のいくものでしたので、サー・ジャイルズ、よかったらその紳士の氏名をあなたの前のメモ・パッドに記していただけませんか。テーブルの周囲にいるだれにも見えないようにして」

　ジャイルズはその人物の名前を書いてメモ・パッドを剝ぎ取ると、折りたたんでから弁護士に渡した。そのあと、メモは弁護士の父親へ中継された。

　セドリック・ハードキャッスルはそこに記されている名前が自分が一度も会ったことのない人物のものであることを祈りながら、折りたたまれたメモを開いた。

「知っている人ですか、お父さん」

「評判だけはな」セドリックは答えた。

「よかった。では、彼があなたの計画に加わると言ってくれれば、今日、ここにいる誰一人として法を犯すことにはならないでしょう。しかし、サー・ジャイルズ」アーノルドがブリストル港湾地区選出のライト・オナラブルを見て付け加えた。「あなたはいついかなるときであろうと、この人物と絶対に接触してはなりません。また、バリントン家とクリフトン家の人々に、彼の名前を明らかにすることもできません。彼らが〈バリントン海運〉の株主であれば尚更です。彼らにその人物の名前を漏らした場合、法廷はあなたが第三者と共謀していて、それ故に法を犯していると見なす恐れがあります。おわかりいただけましたか？」

「わかった」ジャイルズが答えた。

「ありがとうございます、サー」弁護士はジャイルズに応え、書類をまとめてブリーフケースにしまうと、父親にささやいた。「幸運を祈りますよ、お父さん」そして、黙って部屋を出ていった。

「あなた、どうしてそこまで自信が持てるの、ジャイルズ？」アーノルドが廊下へ出てドアを閉めるや、エマは訊いた。「だって、その人と会ったこともないんでしょ？　それなのに、ミスター・ハードキャッスルの計画に乗ってくれるとどうしてわかるの？」

「ジェシカが埋葬されたあと、棺《ボール・ベアラー》を守ってくれていた係の一人に訊いたんだよ。式のあいだずっと、まるで自分の娘を失ったかのように泣きつづけて、式が終わるや急いで立ち去った人物がいたんだが、それはだれかとね。そのときに教えてもらった名前を書いたんだ」

「ルイス・マルティネスがあの娘《こ》を殺した証拠がない」サー・アランは悲観的だった。

「彼女の作品を冒瀆したというだけだ」

「ですが、飛び出しナイフの柄《つか》にあいつの指紋が残っていました」スコット－ホプキンズ大佐は食い下がった。「それだけで、私にはまったく十分な証拠です」

「だが、そこにはジェシカの指紋もあった。だとすれば、一番の腕利きの弁護士でなくともあいつを無罪放免にできるだろう」

「しかし、ペドロ・マルティネスが彼女の死に関わっていることは、あなたにも私にもわかっているではありませんか」

「そうかもしれない。しかし、法廷では、それは同じではないんだ」

「では、私があの男を殺せと命令することはできないと、そうおっしゃっているわけですか」

「いまはまだそのときではないと言っているんだ」内閣官房長官は答えた。

大佐が半パイントを呷《あお》り、話題を変えた。「ペドロ・マルティネスが運転手を解雇したことが確認されました」

「ケヴィン・ラファティはだれにも解雇されないんだ。仕事が終わったから立ち去るか、報酬が支払われないので自分のほうから辞めるかしかない」

「では、今度はどっちなんでしょう」

「きっと仕事が終わったんだろう。そうでなければ、ラファティがきみの代わりにすでに仕事をしてくれていて、きみがペドロ・マルティネスを殺すことを考える手間を省いてくれているはずだからな」

「ペドロ・マルティネスがバリントン家を破壊することに関心を失った可能性はあるでしょうか」

「いや、それはないだろう。フィッシャーが重役でいる限り、ペドロ・マルティネスはあの一家の全員に仕返しをしたいといまでも思っているはずだ。これは信じてもらって間違いない」

「では、レディ・ヴァージニアはどうしてこの一件に関わることになり、どういう役割をしているんでしょう」

「あの女はまだサー・ジャイルズを赦していないいんだよ。彼の母の遺言書の不服申し立てをしたときに、友人のハリー・クリフトンの味方をしたのをいまだに恨んでいるんだ。レディ・バリントンはその遺言書で、自分の義理の娘を飼い猫のクレオパトラと比較し、〝美しく、りゅうとしていて、虚栄心が強く、狡猾で、巧みな捕食動物である〟と形容していたんだ。そう簡単には忘れられないだろうな」

「彼女も監視下に置きつづけますか？」

「いや、レディ・ヴァージニアは自らは法を犯さない。そのときには、だれかほかの人間にやらせるはずだ」

「では、あなたがおっしゃっているのは、ペドロ・マルティネスを厳重監視下に置き、あなたに報告を上げる以外、いまのところ私にできることはないということですね」

「辛抱だよ、大佐。あいつは必ず新たなミスを犯すから、そのときには、私は喜んできみの仲間の特殊技能を利用させてもらうつもりだ」サー・アランはジン・トニックのグラスを置いて席を立つと別れの握手も挨拶もせずに素速くパブをあとにし、足早にホワイトホールを横切ってダウニング街へ入った五分後には机に着いて日常の仕事に戻った。

セドリック・ハードキャッスルは番号を確認し、自らダイヤルを回した。だれに電話をしているかを秘書に知られたくなかった。呼出し音を聞きながら待った。

「〈ビンガムズ・フィッシュ・ペースト〉でございます。ご用件をお伺いいたします」

「ミスター・ビンガムをお願いしたいのだが」

「どちらさまでいらっしゃいますか？」

「ファージングズ銀行のセドリック・ハードキャッスルだ」

「お待ちください」

回線の切り替わる音がして間もなく、セドリックと同じ訛りをほとんど丸出しにした声が言った。「〝小さな金額をいい加減に扱うな、大きな金額は自ずから自分を大事に扱うから〟」

「恐縮ですな、ミスター・ビンガム」セドリックは応えた。

「謙遜なさる必要はありませんよ。実際、素晴らしい銀行を経営しておられるんだから。ハンバー川の向こう岸におられるのが実に残念です」

「ミスター・ビンガム、実は――」

「ボブと呼んでもらいましょうか。私をミスター・ビンガムと呼ぶのは、税金の取立て係とチップをはずませようと目論むヘッド・ウェイターだけです」

「では、ボブ、実は私的なことで、是非ともお目にかかって話さなくてはならないのですよ。どうでしょう、喜んでグリムズビーへうかがいますが」

「どうやら深刻な話のようですな。そうでもなければ、喜んでグリムズビーへくる人間は多くありませんからね」ボブが言った。「たぶんフィッシュ・ペーストの口座を開きたいという話ではないと思いますが、どういう用件なのか訊いてもかまいませんか?」

退屈で、冴えないセドリックなら、「電話ではなくて直接会って話したいのですが、ミスター・ビンガム」と答えたはずだが、いまや危険を引き受ける男になったばかりの新しいセドリックはこう言った。「ボブ、レディ・ヴァージニア・フェンウィックに恥をかかせて、まんまと逃げおおせられるとしたら、いくら出しますか?」

「全財産の半分だってやぶさかではありませんな」

アレックス・フィッシャー少佐

一九六四年

27

バークレイズ銀行
ホールトン・ロード
ブリストル
一九六四年六月十六日

親愛なるフィッシャー少佐
本日午前、本行は貴殿の二件の支払い請求小切手を執行し、一件の個人口座からの自動振替依頼を処理しました。一件目の小切手は西部地方建築協会から請求があった十二ポンド十一シリング六ペンス、二件目の小切手は〈ハーヴェイズ・ワイン販売〉から請求があった三ポンド四シリング四ペンス、自動振替依頼はセント・ビーズ校同窓会からの一ポンドです。
これらの支払いを行なった結果、貴殿への貸越しが限度額の五百ポンドをわずかに上回ることになりました。したがって本行としては、十分な金額が貴殿の口座に入るまで、新たな小切手を振り出されないよう助言申し上げる次第です。

フィッシャーは午前中に配達されて机に置かれた郵便物を見て、深いため息を漏らした。白い封筒より茶色い封筒のほうが多く、請求書の何通かは三十日以内の精算を迫ってきていたし、残念なことに一件、すでに事務弁護士の手に渡っている問題もあった。滞っている毎月の扶養費を支払ってくれるまでは彼の高価なジャガーを返さないとスーザンが言い張っているのも痛かった。車なしでは生き延びられないとあれば尚更で、最終的に中古のヒルマン・ミンクスを買わなくてはならないとなったら、さらに金がかかるということだった。

彼は何通かの薄っぺらい茶色の封筒を机の脇に押しやり、白い封筒の封を切りはじめた。ロイヤル・ウェセックス連隊の戦友会への招待状があった。会場は連隊の食堂、ブラック・タイ着用のディナーで、ゲスト・スピーカーはサー・クロード・オーキンレック元帥。これにはすぐに出席の返事をしておこう。地元の保守党選挙区支部長、ピーター・メイナードからの手紙があり、州議会選挙への立候補を考えてくれないかと依頼してきていたが、膨大な時間をかけて選挙区を遊説《ゆうぜい》し、候補者のためというより自分のためにする応援演説を聞かなければならない。しかも、資金はすでにまったく不足している。当選したとしても、〝議員〟と呼ばれることだけが褒美《ほうび》だ。お断わりだ。いまの自分はほかに力を注がなくてはならないことが多すぎるぐらいあるのだと言い訳して、丁重な断わりの返事を書こう。最後の封筒にレター・オープナーを挿し込んだとき、電話が鳴った。

「フィッシャー少佐だ」

「アレックス」決して忘れることのできない甘ったるい声だった。

「レディ・ヴァージニア、これはうれしい驚きですよ」

「ヴァージニアで結構よ」彼女は訂正したが、それは何か欲しいものがあるときの決まり文句であり、それはフィッシャーもわかっていた。「これから二週間のうちに、どこかでロンドンへいらっしゃる予定はないかと思って」

「ロンドンなら木曜に行きますが……イートン・スクウェアで十時に約束があるんです」

「それなら、あなたも知ってるでしょうけど、わたしはカドガン・スクウェアの角を曲がってすぐのところに住んでいるの。だから、一杯飲みにいらっしゃらない？　お昼ごろでどうかしら。お互いの利益になることがあるの。あなたも気を惹かれるかもしれないわよ」

「木曜の十二時にうかがいましょう。お目にかかるのを楽しみにしていますよ……ヴァージニア」

「この一カ月、〈バリントン海運〉の株価が着実に上昇している理由を説明してもらえますか」ドン・ペドロ・マルティネスが言った。

「〈バッキンガム〉の第一期の予約が始まったんですが、それが予想以上に順調なんです」フィッシャーは答えた。「処女航海分はほぼ完売したと聞いています」

「それはいいニュースです、少佐。あの船がニューヨークへ向けて出港するとき、一つだって空いている客室があってほしくありませんからね」フィッシャーが理由を訊こうとしたとき、ドン・ペドロが付け加えた。「命名式の準備はできているんですか?」

「ええ、〈ハーランド・アンド・ウォルフ〉の試験航海が完了し、正式な引き渡しがすみ次第、命名式の日取りが発表されます。実際、いまのところは会社にとって文句なしに順調に進んでいます」

「それも長くはつづかないでしょうね」ドン・ペドロが保証した。「それでも、少佐、あなたには会長を忠実に支持しつづけてもらわなくてはならない。ことが起こったときに、あなたを疑う者が一人もいないようにするための予防措置です」フィッシャーは不安になりながらも笑って見せた。「次の重役会が終わったら、すぐに電話をもらいたい。命名式の日取りがわかるまでは、私としても次の動きに移れないのでね」

「なぜその日取りがそんなに重要なんです?」フィッシャーは訊いた。

「いずれわかりますよ、少佐。私のほうの準備がすべて整ったら、あなたに真っ先に知らせます」ドアにノックがあり、ディエゴがのっそりと入ってきた。

「あとにしましょうか?」彼は訊いた。

「いや、それには及ばん。少佐はもうお帰りだ。ほかに聞いておくことがありますか、アレックス?」

「いや、ありません」フィッシャーはレディ・ヴァージニアと会うことをドン・ペドロに教えるべきか迷ったが、やめておくことにした。考えてみれば、バリントン家ともクリフトン家とも関係のない用事かもしれないのだ。「日取りがわかり次第、すぐに電話をします」

「頼みましたよ、少佐」

「あんたが何を企てようとしているか、彼は多少でも知っているんですか」フィッシャーが部屋を出てドアを閉めたとたんに、ディエゴが訊いた。

「いや、これっぽっちも知らない。これからも、何も教えるつもりはない。考えてみろ、自分が仕事を失おうとしているとわかったときに、それでも協力しようとする人間がいると思うか?　そんなことより、おれが必要としている追加の金は手に入ったのか?」

「ご心配なく。もっとも、ちょっと高くはつきましたがね。あんたへの貸越しをもう十万ポンド増やすことには銀行も同意したんですが、あれだけの高利を要求しておきながら、さらに担保を増やせと言ってきかなかったんですよ」

「おれの持っている株は担保として十分でないということか。まあ、考えてみれば、借りた金の大半は株を買うために遣ったわけで、その金額と株価はほぼ同じなわけだからな」

「忘れないでください、あんたは運転手に給料を渡して解雇しているんですよ。しかも、その金額はわれわれが当初予想していたより、はるかに高額だったんです」

「くそったれどもが」ドン・ペドロは吐き捨てた。息子のどちらにも明らかにしていなかったが、ケヴィン・ラファティは全額一時払いでなかったらどうなるかわかっているかと、雇い主を脅したのだった。「それでも、金庫には緊急の場合の予備費としての五十万ポンドが残っているだろう」

「この前確認した時点では、それは三十万ポンド強になっていました。バリントン一族とクリフトン一族を根絶やしにするというこの復讐ですがね、どうしてもやり遂げなくてはならないほどの価値があるんだろうかと、そんな気がしはじめてもいるんですよ。最終的に自分たちが破産する恐れがあるにもかかわらず、それを押してまでやる価値がね」

「破産の心配は無用だ」ドン・ペドロは言った。「あいつらにおれと戦う度胸なんかあるものか。しかも、戦いは決着がつきかけているんだ。それに、忘れるなよ、おれたちはすでに、二度も攻撃に成功しているじゃないか」そして、にやりと笑って見せた。「ジェシカ・クリフトンは思いがけない余禄だったが、おれが株をすべて売り払ったら、そのときにミセス・クリフトンを、あの女の大事な家族もろともに沈めてやることができるんだ。

すべては一《いっ》にかかってタイミングだ。しかも、おれがストップウォッチを持っているんだ」

「アレックス、訪ねてくれて嬉しいわ、本当に久し振りね。飲み物を作るわね」ヴァージニアがキャビネットへ歩きながら話しつづけた。「わたしの記憶が正しければ、お好みはジン・トニックだったわよね？」

フィッシャーは嬉しかった。五年前、レディ・ヴァージニアのせいで〈バリントン海運〉の重役会の席を失って以来会っていないにもかかわらず、憶えていてくれたのだ。フィッシャーが憶えているのは、別れる前に彼女に言われた言葉だった――〝それから、わたしがさよならを言うときは、本当にさよならをするときなの〟。

「あなたが重役に復帰したいま、バリントン一族はどんなふうなのかしら」

「〈バリントン海運〉は最悪の時期をいままさに抜け出そうとしています。〈バッキンガム〉の第一期の予約募集がこの上なく順調なのです」

「わたし、ニューヨークへの処女航海のスイートを予約しようと思うの。そうすれば、みんな考えるでしょうよ」

「あなたが予約されたとしても、船長のディナー・テーブルにあなたが招待されるとは思えませんがね」フィッシャーはその場面を想像し、内心でにんまりした。

「ニューヨークに着くころには、だれであれ坐りたがるのは、わたしのテーブルだけになってるわ」

フィッシャーは笑った。「私に会いたいというのは、そのことだったんですか？」

「いいえ、もっととても重要なことよ」ヴァージニアが答え、ソファの自分の横をぽんと叩いた。「ここにお坐りなさいな。実はいま、ささやかなプロジェクトに取り組んでいるんだけど、そのことであなたの助けが必要なの。少佐、あなたは軍隊での経験と実業界での経験を両方お持ちよね、だから、このプロジェクトの実行役として理想的なのよ」

フィッシャーは飲み物をすすりながら、信じられない思いでヴァージニアの目論見に耳を傾けた。話をすべて聞き終わり、誘いを断わろうとしたまさにそのとき、彼女がハンドバッグから二百五十ポンドの小切手を出して差し出した。フィッシャーの脳裏に借金の返済を迫る茶色の封筒の束がよみがえった。「しかし――」

「仕事が完了したら、もう二百五十ポンド差し上げるわ」

苦境からの脱出路が見えた。「申し訳ないのですが、お断わりします、ヴァージニア」フィッシャーはきっぱりと言った。「全額、前払いでいただけるのなら話は別かもしれませんがね。過去にも同じような約束をしましたが、あのときのことはお忘れですか？」

ヴァージニアが小切手を引き裂き、フィッシャーは喉から手が出るほどその金が欲しかったにもかかわらず、安堵のようなものを感じた。しかし、驚いたことに、ヴァージニアがふたたびハンドバッグを開けて小切手帳を取り出し、〝A・フィッシャー少佐へ五百ポンドを支払うこと〟と書いて、署名してからフィッシャーに渡した。

ブリストルへの帰途、フィッシャーはその小切手を引き裂こうかと何度も考えたが、そのたびに、未払いのままの請求書が瞼によみがえった。ひと月以内に支払わなければ法的手段に訴えると脅すものさえ一件あり、しかも、机にはまだ封を切っていない茶色の封筒が積み上がっていた。

小切手を現金化し、未払いだった請求を精算するや、もう引き返すことはできないのだとフィッシャーは覚悟した。そして二日がかりで、やるべきことを最初から最後まで、あたかも軍事作戦であるかのようにして考えた。

一日目、バースを偵察。

二日目、ブリストルで準備。

三日目、バースで実行。

日曜には、引き受けたことを後悔しはじめていたが、不本意ながらも考えざるを得なかったのは、土壇場になって彼女をがっかりさせ、あの金を返せなくなった場合に待っている復讐のことだった。

月曜の朝、フィッシャーは十三マイル離れたバースまで車を走らせて公共駐車場に駐めると、歩いて橋を渡り、レクリエーション・グラウンドを突っ切って市の中心部へ入った。地図は必要なかった。週末の大半を費やして、目をつぶっていても歩けるぐらいに一本一本の道路をすべて暗記していた。偵察に費やした時間は決して無駄にならない、と昔の指揮官は口癖のように言っていた。

本通りから探検を始めて、食料雑貨店や新しいスーパーマーケットに遭遇したときだけ足を止めた。そして、なかに入って注意深く棚を検め、目当てのものがあれば半ダース購入した。作戦の第一段階が完了すると、訪ねなくてはならない施設は一つを残すだけになった。そのエンジェル・ホテルの住所を公衆電話ボックスで確かめると、満足して橋を渡り、駐車場へ戻って、二つの買い物袋をトランクにしまってからブリストルへ引き返した。

自宅に着いて車をガレージに入れると、買い物袋をトランクから出した。〈ハインツ〉のトマト・スープとソーセージ・ロールの夕食をとりながら、明日、すべきことを繰り返し復習した。夜中に何度も目が覚めた。

朝食をすませると、机に着いてこの前の重役会の議事録に目を通したが、自分にはできそうもないという悲観的な気持ちを拭い去ることができなかった。

十時三十分、キッチンへ行くと、窓台に置いておいた空の牛乳瓶をきれいに洗い、布巾でくるんで流しに置いた。引き出しの最上段から取り出した小さなハンマーで牛乳瓶を割りはじめた。それをさらに細かく砕いていき、ついにはガラスの粉のようになったものを受け皿《ソーサー》に移した。

その作業を終えると疲れてしまい、まっとうな職人がまっとうな仕事でもしたあとのように休憩を取ることにした。ビールを注ぎ、チーズとトマトのサンドウィッチを作って、テーブルで朝刊を読んだ。ヴァチカンが避妊用のピルを禁止するよう要求していた。

四十分後、フィッシャーは仕事に戻った。二つの買い物袋を調理台に置くと、三十六個の小瓶を取り出して、閲兵式の兵士のようにきちんと三列に整列させた。最初の瓶の蓋を開け、スパイスでも散らすようにして、少量のガラスの粉を振りかけた。そして、しっかり蓋を閉め直すと、残る三十五個にも同じことを繰り返した。作業を終えると、小瓶をすべて買い物袋に戻し、流しの下の戸棚にしまった。

残ったガラスの粉を流しに棄て、完全に流しきったと確信するまで水を流しつづけた。そして、自宅を出ると、道路の突き当たりまで歩いていってバークレイズ銀行の地元支店に立ち寄り、一ポンド紙幣を二十シリング貨に崩した。自宅へ戻る途中で〈ブリストル・イヴニング・ニューズ〉を買った。帰り着くと、お茶を淹《い》れて書斎へ持っていき、机について電話番号案内をダイヤルした。尋ねたのはロンドンの番号が五つ、バースの番号が一つだった。

翌日、二つの買い物袋を車のトランクに戻し、ふたたびバースへ出発した。公共駐車場の奥の隅に車を駐めると、買い物袋を取り出して、市の中心部へ向かった。小瓶を購入した店を一軒ずつ回って、万引きとは逆に、小瓶を棚に戻していった。最後の店で三十五個目の小瓶を棚に戻すや、三十六個目を持ってカウンターへ行き、店長に会いたいと頼んだ。

「何か不都合でもございましたか、サー？」

「大事《おおごと》にはしたくないんだが、オールド・チャップ」フィッシャーは言った。「昨日、ここで〈ビンガムズ・フィッシュ・ペースト〉の小瓶を買ったんだ——大好物でね」そして、付け加えた。「自宅へ戻って気がついたんだが、ガラスの破片が紛れ込んでいるんだよ」

　驚きを顔に浮かべる店長に、フィッシャーは蓋を開けて見せて、なかを検めるよう促した。店長は小瓶に挿し込んだ指を抜いたときに血が出ているのを見て、さらにショックを露わにした。

「口やかましく苦情を申し立てるつもりはないが」フィッシャーは言った。「それでも、在庫を一つ残らず確かめて、製造元に知らせるのが賢明ではないのかな」

「すぐに確かめます、サー」と応えてから、店長がためらった。「正式な苦情申し立てをなさるのでしょうか？」

「いや、そんなことはしない」フィッシャーは言った。「たまたま一個、そういう事故があったというだけだろう。それに、あなたを面倒に巻き込みたくはないからな」

　感謝する店長と握手をして店を出ようとしたとき、彼が言った。「せめてものお詫びに、サー、代金をお返しいたします」

自分に気づく人間がいるのではないかと恐れていたから、ぐずぐずしていたくはなかったのだが、返金してくれるというのを断わって出ていったら店長に不審に思われる心配が確かにあった。足を止めて向き直ると、店長がレジスターを開け、一シリングを取り出して顧客に差し出した。

「ありがとう」フィッシャーは金をポケットにしまって、出口へ向かおうとした。

「またも煩わせて恐縮ですが、サー、受け取りにサインをいただけるとありがたいのですが」

フィッシャーはまたもや渋々後戻りし、最初に頭に浮かんだ名前〝サミュエル・オークショット〟を署名欄にぞんざいに走り書きして、急いで店をあとにした。通りに出るや、元々の計画よりもっと回り道をしてエンジェル・ホテルへ向かった。ホテルの前で振り返って尾行されていないことを確認して満足すると、なかへ入って公衆電話ボックスへ直行し、二十一枚の一シリング貨を棚に置いた。そして、尻のポケットから一枚の紙を取り出し、そこに書いてある最初の電話番号をダイヤルした。

「〈デイリー・メール〉です」返事が返ってきた。「ニュースでしょうか、広告でしょうか」

「ニュースだ」フィッシャーは言った。そのまま待っていてくれと言われたあと、間もなくして、報道局の記者に電話がつながった。

フィッシャーはその女性記者に数分かけて、自分のお気に入りのブランドである〈ビンガムズ・フィッシュ・ペースト〉の商品についてどんな不幸な経験をしたかを説明した。

「訴えるんですか？」記者が訊いた。

「まだ決めていない」フィッシャーは答えた。「だが、弁護士に相談するつもりでいることは確かだ」

「あなたのお名前を教えていただけますか、サー？」

「サミュエル・オークショットだ」フィッシャーはまたもその名前を使い、いまは亡き校長がこの企てを知ったら絶対に反対しただろうと口元をゆるめた。

そのあと、〈デイリー・エクスプレス〉、〈ニューズ・クロニクル〉、〈デイリー・テレグラフ〉、〈タイムズ〉、そして、おまけとして〈バース・エコー〉へ電話をした。ブリストルへ帰る前にかけた最後の電話の相手は、レディ・ヴァージニアだった。彼女が言った。

「あなたが信頼できることはわかっていたわ、少佐。またいつかね。あなたに会うのはいつだって楽しいわ」

フィッシャーは残った二シリングをポケットに入れると、ホテルを出て駐車場へ戻った。ブリストルへ戻るあいだに、しばらくはバースへ行かないほうが賢明かもしれないと考え、その考えに従うことにした。

翌朝、ヴァージニアは〈デイリー・ワーカー〉を除くすべての新聞を買ってこさせた。彼女が喜んだことに、そこには例外なく、自分が意図したとおりの記事が掲載されていた。〈デイリー・メール〉は〝〈ビンガムズ・フィッシュ・ペースト〉スキャンダル〟と見出しを打ち、〈タイムズ〉は〝〈ビンガムズ・フィッシュ・ペースト〉社長のミスター・ロバート・ビンガムは声明を発表して、〈ビンガムズ・フィッシュ・ペースト〉を店頭からすべて回収し、徹底的な調査が終わるまでは販売を停止することを明らかにした〟と書いていた。

〈デイリー・エクスプレス〉は〝グリムズビーのビンガムズ社の工場への立入り検査が健康安全当局によって遠からず行なわれると、農漁食糧省副大臣が公に保証した〟ことを記事にし、〈フィナンシャル・タイムズ〉は〝ビンガムズ社の株価が取引開始と同時に五シリング下がった〟と告げていた。

全紙を読み終わったときのヴァージニアの唯一の願いは、ロバート・ビンガムがこの作戦の黒幕の正体に見当をつけてくれることだった。今朝、メイブルソープ・ホールの朝食に同席し、この不幸な事故についてのプリシラの見方を聞けたらどんなに楽しかっただろう。彼女は時計を見て時間を確かめ、ロバートがもう工場へ行っていることを確信してから、受話器を上げてリンカーンシャーの番号をダイヤルした。

「わたしの大事なプリシラ」ヴァージニアは大袈裟な言い方をした。「バースでの不幸な出来事のことを新聞で知ったものだから、電話で慰めたいと思っただけなの。本当に災難だったわね、心から気の毒に思っているわ」

「わざわざ電話をくれるなんて、あなたは優しい人なのね、ダーリン」プリシラが言った。「だれが本当の友だちか、こういうときにこそわかるものなのよね」

「ともかく、あなたがわたしを必要としているとき、わたしはいつでも電話の向こう側にいるということはいまも保証できるわよ。それから、ロバートにもわたしが気の毒がっていると伝えてちょうだい。ナイトの爵位を授けられる可能性がいまやなくなってしまったことを、彼があまり悲観しなければいいんだけど」

28

全員が立ち上がるなか、エマは重役会議室のテーブルの上座に着いた。しばらく前から、この瞬間を楽しみにしていたのだった。

「みなさん、会議を始めるに当たって、まずは報告を一つさせてください。昨日、わが社の株価が最高値に復帰しました。というわけで、株主は三年ぶりに配当を受け取ることができるはずです」

「よし《ヒヤ・ヒヤ》」というつぶやきが、一人を除いて全員の重役の笑顔とともに、そこここで上がった。

「過去に引きずられることがなくなったいま、われわれは将来へ向かって進みましょう。昨日、運輸省から、〈バッキンガム〉の耐航性に関する初期報告がわたしのところに届きました。それによると、いくつかの小規模な改善措置を講じ、その後に試験航海を完了することを条件に、月末には完全な海事許可を与えることができるはずだとのことでした。その許可が下り次第、〈バッキンガム〉はベルファストからエイヴォンマスへ回航されます。みなさん、わたしは次の重役会を〈バッキンガム〉の船橋《ブリッジ》で開くつもりです。そうすれば、わたしたち全員が船内をくまなく見て回ることができ、株主のお金を何に使ったかを目の当たりにできるからです。

「もう一つ、同じくらいみなさんに喜んでいただけるはずの知らせがあります。今週初め、わが社の総務担当重役に宛ててクラレンス・ハウスから電話があり、エリザベス皇太后が九月二十一日の命名式を執り行なうことに同意くださったと伝えてきたのです。みなさん、こう言っても過言ではないはずですが、これからの三カ月は〈バリントン海運〉史上、最も忙しくなるはずです。なぜなら、第一期の予約は至って順調で、処女航海の船室はいくつかを残してすべて埋まっているけれども、わが社の将来を決めるのは、この三カ月という長い期間だからです。そのことについて質問があれば、何なりと喜んで答えましょう。少将、どうぞ」

「会長、まずはだれよりも先にお祝いを申し上げましょう。また、穏やかな海に出るにはいまだしばらくかかるとしても、二十二年間この会社の重役をつとめさせてもらっている私の記憶のなかで、今日が最も満足すべき日であるのも間違いのないところです。しかし、いつまでも喜んでばかりもいられないので、早速ながら、帆船時代の海軍が船の方位と呼んでいた点についてお尋ねしたい。重役会は船長候補を三人に絞り込んだはずですが、船長はもう決まっているのでしょうか」

「ええ、少将、決まっています。わたしどもが最終的に選択したのは、ニコラス・ターンブル退役海軍大佐です。最近まで、〈クイーン・メアリー〉の一等航海士をつとめていました。船と海についてこれほど経験豊かな人物を得られたのは、わたしたちにとって大変に幸運なことでした。また、彼がブリストル生まれのブリストル育ちであることも、彼を獲得する役に立ったのかもしれません。それから、高級船員については、すでに定員を満たしています。その多くはイギリス海軍時代に、最近では〈キュナード汽船〉で、ターンブル大佐の下にいた人たちです」

「ほかの乗組員はどうなんです?」アンスコットが訊いた。「結局のところ、〈バッキンガム〉は長期遊覧旅行用の観光船であって、巡洋戦艦ではないのですから」

「いい質問をしてくれました、ミスター・アンスコット。いずれあなたにもおわかりいただけると思いますが、機関室から厨房まで、質のいい船員が揃っています。まだいくつか空きがあることはありますが、各部署ごとに少なくとも十人の応募がきていますから、われわれは究極の選択ができるはずです」

「乗客と船員の比率はどうでしょう?」ドブズが訊いた。

エマは初めて自分の前のファイルを見なくてはならなかった。「乗組員の内訳は、高級船員が二十五名、下級船員が二百五十名、乗客係《スチユワード》とサーヴィス係が三百名、そこに船医と看護師が加わります。〈バッキンガム〉は三つの等級に分かれています、ファースト・クラス、キャビン・クラス、ツーリスト・クラスです。ファースト・クラスの船室は百二名分、料金はニューヨークへの処女航海時のペントハウスが四十五ポンドから六十ポンド。キャビン・クラスの船室は二百四十二名分、料金はそれぞれ三十ポンド前後。ツーリスト・クラスが三百六十人分、料金は十ポンド、一船室《キャビン》に三人です。もっと詳しいことを知る必要があれば、ミスター・ドブズ、あなたの手元のブルーのフォルダーの第二章を見てもらえれば、すべてわかるはずです」

「九月二十一日の命名式の前後、また、翌月のニューヨークへの処女航海のあいだは」フィッシャーが訊いた。「大変な数のメディアが関心を示すはずですが、彼らへの対応と広報はだれが指揮を執るんでしょうか？」

「それについては、すでにJ・ウォルター・トンプソンを指名してあります。彼のプレゼンテーションが断然素晴らしかったのでね」エマは答えた。「彼のチームはすでにBBCと交渉して、試験航海のどこかでフィルム・クルーを乗船させることで話をつけているし、〈サンデイ・タイムズ〉にターンブル大佐のプロフィールを掲載する手配もすませてくれています」

「私の時代にはあり得なかったことだな」少将が鼻で嗤《わら》った。

「それには十分な理由があったからですよ。あの時代、われわれは敵にあなたの船の所在を知られたくなかったんです。しかし、いまは船がどこにいるかを知ってほしいだけでなく、最高に安全に護られていると感じてもほしいんです」

「船室の稼働率が何割であれば採算割れしないんでしょう?」セドリック・ハードキャッスルが訊いた。関心があるのは明らかに広報ではなく、いつものとおり、帳尻だった。

「運転資金を考慮に入れて、六十パーセントです。ですが、ロス・ブキャナンが会長だったときの構想どおりに投資した資本を十年で取り戻そうとすると、そのあいだは八十六パーセントの稼働率が必要になります。というわけですから、ミスター・ハードキャッスル、楽観の余地はありません」


フィッシャーはドン・ペドロが関心を持つだろうと思われる日付や数字を残らず書き留めていたが、なぜ日付や数字がそんなに重要なのかはいまもまったくわからなかったし、ドン・ペドロが言った〝ことが起こったときに〟が何を意味するのかも、見当がつかなかった。


エマはさらに一時間、質問に答えつづけた。フィッシャーは認めたくなかったし、ドン・ペドロの前で口にするつもりもなかったが、彼女が完璧に説明をしおおせているのは疑いようがなかった。

「では、八月二十四日の年次総会でお目にかかりましょう」という言葉でエマが重役会を閉じると、フィッシャーはそそくさと重役会議室をあとにして建物の外へ出た。彼の運転する車が構内から走り去るのを最上階の窓際に立って見送ったエマは、決して警戒を緩めてはならないと改めて自分に言い聞かせなくてはならなかった。

アレックスは〈ロード・ネルソン〉の前で車を停めると、四ペニーを握って電話ボックスへ歩いていった。「あの船は九月二十一日、皇太后によって命名されます。ニューヨークへ向けての処女航海は、依然として十月二十九日に予定されています」

「明朝十時に、私のオフィスへきてください」ドン・ペドロがそれだけ言って電話を切った。

一度でいいから、フィッシャーはこう言ってやりたかった。「悪いな、オールド・ボーイ、それは無理だ。その時間には、はるかに重要な約束があるんだよ」しかし、翌朝十時になる一分前に、自分がイートン・スクウェア四四番地の前に立っていることもわかっていた。

アーケイジャ・マンションズ二四番地
ブリッジ・ストリート
ブリストル
親愛なるミセス・クリフトン
まことに残念ではありますが、〈バリントン海運〉の社外取締役を辞任せざるを得ないことをお伝えしなくてはなりません。当時、わが同僚である重役諸氏が〈バッキンガム〉建造を推進すべしと投票で決したとき、あなたはその考えに断固として異を唱え、実際に反対票を投じられました。いまとなって、後知恵のそしりは免れないとしても、私はあなたの判断が正しかったことがわかります。あのときのあなたが指摘されたとおり、会社の準備金を一つの冒険的事業にあれだけ大きな割合で投資する危険を引き受けることは、結果的にわれわれが生涯後悔することになる判断だったということになりかねません。

何度かの停滞のあと、ロス・ブキャナンは辞任せざるを得ないと考え——私の見方では、それは正しい判断でしたが——、あなたが彼の後を襲いました。それ以降、あなたが雄々しく戦い、社が支払い能力を確かに失うことがないよう維持してこられたことを認めないわけにはいきません。しかし、向こう十年間、客室稼働率が八十六パーセントを保ちつづけない限り元々の投資を回収できる見込みがないと、あなたが先週の重役会で明らかにされたとき、私はこのプロジェクトの命運が尽きたことに、そして残念ながら、〈バリントン海運〉もその道連れとなって命運が尽きることに気がついたのです。

もちろん、私のその認識が間違っていたことが証明されるのを望むものではありません。なぜなら、〈バリントン海運〉のような伝統ある立派な会社が傾き、あろうことか倒産の憂き目にあうのを見るのは、私にとって悲しい限りのことであるからです。しかし、私はその可能性が高いと信じざるを得ません。そうであるならば、私は何をおいても株主に対して責任を取らなくてはならず、そのためには辞任以外の道はないと判断した次第です。

敬具

アレックス・フィッシャー（退役少佐）

「これを八月二十一日、つまり、年次総会のちょうど三日前に、ミセス・クリフトンに送付するんですね？」

「そうです、まさにそれをお願いしているんですよ」ドン・ペドロ・マルティネスが答えた。

「だが、それをやると、株価が急降下しますよ。会社が倒れる恐れさえある」

「あなたは飲み込みが早いですな、少佐」

「しかし、あなたは〈バリントン海運〉に二百万ポンド超を投資しておられる。それだけの大金を失って大丈夫なんですか？」

「あなたがその手紙のことをメディアに公開する前に株を売ってしまえば、私は一ペニーだって失わずにすみますよ」フィッシャーは言葉を失った。「ああ、そういうことですか」ドン・ペドロが言った。「なるほど、個人的にはどうかという目で見れば、これはあなたにとって確かにいいニュースではありませんね。何しろ、唯一の収入の道を断たれるだけでなく、あなたのその年齢《とし》では、次の仕事を見つけるのも簡単ではないでしょうからね」

「簡単ではないどころではありませんよ」フィッシャーは言った。「この手紙を送ったら」そして、ドン・ペドロの前で手紙を振って見せた。「私を重役に迎えようと考える会社は皆無になるでしょうし、それは当然でもある」

「だから」まくし立てたフィッシャーを無視して、ドン・ペドロがつづけた。「それを埋め合わせる唯一公平なやり方は、あなたの忠誠に対して適正な補償をすることなんです。あれだけ金のかかる離婚を経験したあとであれば尚更でしょう。それを念頭に置いて、少佐、わたしはあなたに現金で五千ポンドを渡すつもりでいるんですよ。別れた奥さんにも、税務署にも知られる必要のない形でね」

「それはまたずいぶん気前のいいことですね」

「確かに。ただし、そのためには年次総会の前の金曜日に、その手紙を会長に渡してもらわなくてはなりません。私の聞いた助言によれば、土曜と日曜の新聞がその話を必死で追うはずだからです。それから、金曜日にインタヴューを受ける用意もしておいてください。そこで、〈バリントン海運〉の将来への不安を表明するんです。そうすれば、月曜の朝にミセス・クリフトンが年次総会を開いたとき、新聞記者の口から出るのはたった一つの、同じ質問に限られるはずですからね」

「そうなったら、〈バリントン海運〉の運命も風前の灯火《ともしび》でしょうね」フィッシャーは言った。「しかし、状況を考えると、ドン・ペドロ、私に二千ポンドを前払いし、私が手紙を届けてインタヴューに答えたあとで、残りの三千ポンドを払う用意があったりはしませんか？」

「それはあり得ないでしょう、少佐。いいですか、あなたはいまも私に千ポンドの借りがあるんですよ、あなたの奥さんの一票を買ったはずの千ポンドがね」

「もちろん、ミスター・マルティネス、これが〈バリントン海運〉にどれだけの損害を与えるかはわかっておられますよね？」

「私がここへきているのは、ミスター・レドベリー、あなたの助言を聞くためではなくて、私の指示を実行してもらうため、それだけです。あなたにそれができないというなら、できるだれかを捜すまでですな」

「しかし、私がこの指示を文字通りに実行したら、あなたは大金を失うことになりますよ」

「失うのは私の金だ。それに、いずれにせよ、〈バリントン海運〉の株価はいま、私が最初に買ったときより高値で取引されている。だとすれば、必ずや大半は取り戻せるし、最悪でも数ポンドの損をするだけですむはずだ。それについては自信がある」

「しかし、そうですね、ひと月半か、ふた月でもいいでしょうが、もっと時間をかけて徐々に手放すことを私に認めてもらえれば、あなたの最初の投資額を全額回収するか、もしかすると少額ながら儲けを出せるのではないかという自信が、あなた以上にあるような気がするのですがね」

「私の金だ、私の好きなように遣うさ」

「それでも、私には本行の立場を護り、信用を損なわないようにする義務があります。あなたの現在の貸越しが百七十三万五千ポンドであることを思い出せば尚更です」

「それは株で補えるだろう。いまの株価なら、二百万ポンド以上が戻ってくるはずだ」

「それなら、せめてバリントン家に連絡することを認めていただきたい。彼らに訊いてみた上で――」

「いかなる状況であろうと、あんたがだれであろうと、バリントン家やクリフトン家の人間と連絡をとるなどということはあり得ない！」ペドロ・マルティネスは叫んだ。「八月十七日の月曜、証券取引所が開いた瞬間に、あんたは私の持ち株をすべてマーケットに放出し、その時点でどんな値がつこうと、それを受け入れて売却するんだ。私の指示はこれ以上ないほどはっきりしているぞ」

「その日、あなたはどこにおられますか、ミスター・マルティネス、万一連絡する必要が生じるかもしれませんのでね」

「まさにあらゆる紳士を見つけられそうなところだよ。つまり、スコットランドで雷鳥猟をしているということだ。だから、連絡を取る術はない。そして、それが私がそこを選んだ理由だ。朝刊も配達されないぐらい辺鄙なところなんだよ」

「あなたの指示がそういうことであるなら、ミスター・マルティネス、その趣意を文書にさせてもらいましょう。後々、誤解が生じることがないようにするためです。今日の午後にその文書をメッセンジャーに届けさせますから、サインをお願いします」

「いいだろう、喜んでサインさせてもらおう」

「それから、ミスター・マルティネス、この取引が完了したら、あなたはすぐに口座を本行から他行へ移されるのではありませんか？」

「あんたが依然としていまの職にしがみついていたら、ミスター・レドベリー、そうさせてもらうつもりだよ」

29

スーザンは車を枝道に停めて、待った。連隊の夕食会の受付は午後七時三十分から八時のあいだであり、来賓が元帥だとわかっていたから、アレックスが遅れるはずはないという確信があった。

午後七時十分、かつて彼女がアレックスと結婚生活を営んでいた住まいの前にタクシーが停まった。数分後、元の夫が姿を現わした。ディナー・ジャケットの胸に、三つの従軍記章がこれ見よがしに飾ってあった。スーザンは彼のボウ・タイが歪んでいて、ドレスーシャツのボタンが一つ取れていることに気づき、履いているのがスリッポンで明らかに安物なのを見て、声を上げて笑わずにはいられなかった。アレックスが後部座席に乗り込み、タクシーはウェリントン・ロードの方向へ走り出した。

スーザンは数分待ってから道路の反対側へ渡ると、乗っているジャガー・マークⅡを降りてガレージのドアを開け、ふたたび車に戻ってなかへ入れた。その車はアレックスの誇りと喜びであり、離婚の条件としては返却することになっていたが、毎月の扶養料がきちんと支払われるようになるまではそれを拒否していたのだった。今朝、このお金の出所はどこだろうとひたすら訝りながらも、届いたばかりの小切手を現金化して、彼が連隊の夕食会に行っているあいだに車を返すべきだというアレックスの弁護士の提案を実行することにした。それは双方が同意できる、数少ないことの一つだった。

スーザンはジャガーを降りるとトランクを開け、カッター・ナイフと塗料の入った壺を出した。その壺を地面に置いてから、車の前へ回り、片方のタイヤにナイフを突き立てた。一歩下がって空気の抜ける音が収まるのを待ってから、もう一方のタイヤも同じ目にあわせてやった。後輪にも同様の処置を施したあと、スーザンは塗料の壺を見た。

蓋をこじ開けた壺を抱えて爪先立ち、どろりとした液体をゆっくりと車の屋根に流していった。壺が空になったと確信するや、今度も一歩後退して、その液体が車の左右のウィンドウを、そして、フロントガラスとリア・ウィンドウをゆっくりと垂れていくのを、ぞくぞくしながら眺めて楽しんだ。アレックスが夕食会から帰ってきたときには、間違いなくすっかり乾いているだろうと思われた。レーシング・グリーンにはどの色が一番よく混じり合うかをかなり時間を費やして考え、ついに赤みがかった藤色に落ちついたのだった。その結果は、彼女があり得ると考えていた以上に満足できるものになっていた。

彼女の母親が離婚合意文書の小さな文字を何時間も睨みつけ、車を返すことに同意してはいるけれども、どういう状態で返さなくてはならないという条件は特に記されていないと指摘してくれたのだった。

しばらくして、スーザンはようやくガレージをあとにし、四階へ上がった。彼の書斎の机に車のキイを置いていこうと考えていた。たった一つ心残りなのは、朝になってガレージのドアを開けたときのアレックスの顔を見られないことだった。

かつて使っていたものがまだ使えるかどうか試してみると、ありがたいことに、アレックスは玄関の鍵を換えていなかった。そろそろと書斎に入り、車のキイを机に置いた。引き返そうとしたとき、吸い取り紙の上に手紙が載っているのに気がついた。アレックスの筆跡に間違いなかった。好奇心に負け、身を乗り出すようにして、プライヴェートな秘密の手紙を急いで読んだ。そのあと、彼の椅子に腰を下ろして、もう一度、今度はもっとゆっくり目を通した。すぐには信じられなかった。アレックスが〈バリントン海運〉の重役を自ら辞そうとしているなんて、しかも、道義を理由に。だって、アレックスは道義なんてものは爪の垢ほども持ち合わせていないし、雀の涙ほどの年金を除けば唯一の収入源なのだ。重役を辞めて、どうやって暮らしていけるというのか？　それより重要なのは、重役としての定収なしで、どうやってわたしの毎月の扶養料を工面できるのかということだ。

何か見落としていることがあるのではないかと、スーザンはもう一度手紙を読み返した。日付が八月二十一日になっている理由が、どうにも解《げ》せなかった。道義を理由に辞任するのなら、自分の立場を明らかにするのになぜ二週間もあいだをあけるのか？

スーザンはバーナム-オン-シーへ帰り着いた——そのころ、アレックスはまだ元帥がうんざりするほどしゃべりまくっていた——が、あの日付が何を意味するかを依然として突き止められないでいた。

セバスティアンはゆっくりとボンド・ストリートを下りながら、ショウ・ウィンドウを飾るさまざまな商品に目を奪われ、いつか、あの一つでも買うことができるようになるだろうかと考えていた。

最近、ミスター・ハードキャッスルが報酬を上げてくれ、週に二十ポンドを稼ぐようになって、シティで言うところの〝年間千ポンドの男〟に出世していた。それに、〝取締役〟という新しい肩書も手にしていた。もっとも、会長でない限り、銀行業界では肩書は何の意味も持たなかったが。

遠くに、微風に揺れる看板が見えた——〈アグニュー美術商会　一八一七年創業〉。セバスティアンは個人経営の画廊に足を踏み入れたことがなかったし、一般に公開されているかどうかもよく知らなかった。ロイヤル・アカデミーやテイト美術館、ナショナル・ギャラリーへはジェシカと一緒に行ったことがあり、彼女は展示室から展示室へと兄を引きずり回しながら話しっぱなしに話していた。ときどきそれが癇《かん》に障《さわ》ることもあったが、彼女が隣りにいて、そうやって癇に障らせてくれないのが悲しくてならなかった。ジェシカを懐《なつ》かしく思わないときは、一日たりと、いや、一時間たりとなかった。

画廊のドアを押し開けてなかに入り、一瞬その場に立ち尽くして広々とした室内を見回した。壁は実に素晴らしい油彩画で覆われ、そのなかにはコンスタブル、マニングズといった彼の知っている画家の作品も何点かあって、スタッブズのものも一点、目に留まった。いきなり、どこからともなく彼女が現われた。ジェシカが三つの賞を総なめにしたスレイドの卒業展示会の夜に初めて会ったときより美人になったようにさえ見えた。

歩み寄ってくる彼女を見ているうちに、セバスティアンは喉がからからになった。まるで女神だ、どう声をかければいいのか？　シンプルながら上品な黄色のドレスを着ていて、髪はナチュラル・ブロンドらしかった。その髪にできるのならスウェーデン人女性以外はだれであろうと金を惜しまないはずで、しかも、大勢が実際にやってみているはずだった。今日はその髪を上げてピンで留め、仕事をしている女性らしく改まった形にしていて、この前会ったときのように、剝き出しの肩まで下ろしてはいなかった。絵を見にきたのではなくて、きみに会いにきただけなんだ、とセバスティアンは言いたかった。しかし、気を惹く言葉としては噴飯もので、しかも、事実ですらなかった。

「いらっしゃいませ」彼女が言った。

最初に驚いたのは、彼女がアメリカ人だということだった。当初はミスター・アグニューの娘だろうと思っていたのだが、明らかにそうではなかった。

「実は」セバスティアンは応えた。「ジェシカ・クリフトンという画家の絵がないかと思って寄ってみたんだ」

驚きの表情はすぐに笑みに変わった。「もちろん、ございますよ。ご案内いたします」

〝地の果てまでも〟――さっきの気を惹こうとする台詞よりもっと陳腐だ。口にしなくてよかった。女性は前から見るのと同じくらい後ろ姿が美しくなり得ると考えている男もいるが、セバスティアンはそんなことは思いもしないで、彼女のあとから階段を下りていった。そこも広い部屋で、一階と同じく、人を魅了せずにはおかない名画が展示されていた。ジェシカのおかげで、マネ、ティソ、そして、彼女のお気に入りだったベルト・モリゾの作品を見分けることができた。いまここにジェシカがいたら、その口が閉じられることは一瞬もないはずだった。

セバスティアンがそのときまでそこにあることに気がつかなかったドアの鍵を女神があけ、隣りのもう少し狭い部屋へ案内した。そこにはスライディング・ラックが何列も並んでいて、彼女はその一つを引き出した。ジェシカの油彩画専用の棚であることが側面に記されていた。セバスティアンはスレイドの卒業展示会で賞を総なめにした九点すべてを、そして、十数点の素描や水彩画を見つめた。後者は初めて見るものばかりだったが、前者の油彩画に負けず劣らず魅惑的だった。一瞬激しく気持ちが昂ぶったと思うと膝が震え、棚をつかんで身体を支えなくてはならなかった。

「大丈夫ですか？」彼女が気遣った。仕事上の事務的だった声が、もっと優しい穏やかな口調に変わっていた。

「失礼、何でもない」

「お掛けになったらいかがですか？」彼女が椅子を持ってきてセバスティアンの横に置き、まるで老人を気遣うかのようにして彼の手を取って坐るのを手伝った。このまま手を離さないでいてくれればいいのにとそれだけを思いながらも、一方では、女性自身は至って実務的に接しているだけなのにもかかわらず、男のほうはあっという間になす術もなくその気になってしまうのはこういうことなのだろうかと考えてもいた。「お水をお持ちしますね」彼女は言い、セバスティアンが返事をする間もなく部屋を出ていった。

セバスティアンはジェシカの作品を改めて鑑賞して、どれがいいかを決めようとした。そして、不安になった――どれがいいか決まったとして、果たしてそれを買うだけの金銭的余裕があるだろうか？　そのとき、彼女が水の入ったグラスを持って戻ってきた。スレイドの卒業展示会のときの年配の男性が一緒だった。

「おはようございます、ミスター・アグニュー」セバスティアンは立ち上がって挨拶した。画廊の経営者が意外そうな顔をした。セバスティアンのことを憶えていないのだった。

「スレイドの卒業展示会の会場でお目にかかりました、サー」

アグニューはなおも怪訝な顔をしていたが、ようやく言った。「ああ、そうだった、いま思い出したよ。ジェシカのお兄さんだったね」

セバスティアンは自分がまったく愚かなことをしたような気になり、椅子に腰を落としてふたたび両手で頭を抱えた。彼女がやってきて肩に手を置いてくれた。

「わたしが会ったなかで、だれよりも素敵な人でした」彼女が言った。「本当にお気の毒です」

「ぼくのほうこそ愚かな真似をして申し訳ありません。売りに出されている妹の絵がここにあるかどうか、それを確かめたかっただけなんです」

「この画廊にある作品はすべて売り物だよ」アグニューが雰囲気を軽くしようとして言った。

「いくらなんでしょう」

「全部で？」

「ええ、全部で、です」

「実はまだ値付けをしていないのだよ。ジェシカがこの画廊の常連の画家になってくれるだろうと思っていたものだからね。しかし、悲しいことに……ともあれ、私が彼女の作品に支払ったのは五十八ポンドだ」

「では、いくらで売ってもらえるんでしょう」

「買い手の言い値だよ」アグニューは答えた。

「妹の作品を所有できるのなら、最後の一ペニーまではたくつもりです」

ミスター・アグニューは満更でもなさそうだった。「最後の一ペニーをはたくまでに、どのぐらい払ってもらえるんだろう」

「今日、ここへくると決めていたから、今朝、ぼくの口座の残高を確かめたんです」二人がセバスティアンを見つめた。「四十六ポンド十二シリングと六ペンス、残っていました。でも、ぼくは銀行に勤めていますからね、借り越しができないんです」

「では、四十六ポンド十二シリングと六ペンスで結構だ、ミスター・クリフトン」

セバスティアン以上の驚きを顔に表わした者がいるとすれば、それは目の前にいる画廊の女性アシスタントだった。ミスター・アグニューが自分の買い値以下で作品を売るなど、これまで見たことも聞いたこともなかった。

「だが、条件が一つある」

ひょっとして考え直したのだろうか、とセバスティアンは訝った。「どんな条件でしょう、サー？」

「妹さんの作品を売ろうと決めることがあったら、そのときには真っ先に私に連絡をして、それらをきみのいまの買い値と同額で私に売るということだ」

「わかりました、約束します」セバスティアンは約束し、画廊の経営者と握手をした。

「でも、売ることは絶対にありません」そして、もう一度念を押した。「絶対に、です」

「では、ミス・サリヴァンに四十六ポンド十二シリングと六ペンスの請求書を作らせよう」彼女がかすかにうなずいて部屋を出ていった。「きみにまた涙を流させたいと思っているわけではないんだが、青年、美術という私が職業としている世界でジェシカのような才能には二度、あるいは三度出会うことができれば幸運なのだよ」

「そう言っていただけるのなら嬉しい限りです」セバスティアンが応えたとき、ミス・サリヴァンが明細を記した請求書を持って戻ってきた。

「申し訳ないのだが」ミスター・アグニューが言った。「大規模な展示会のオープニングを来週に控えていて、まだ値付けが終わっていないのでね」

セバスティアンは椅子に坐り直すと小切手帳を取り出し、四十六ポンド十二シリング六ペンスと記入して一枚ちぎり取り、彼女に渡した。

「わたしが四十六ポンド十二シリング六ペンス持っていたら」彼女が言った。「やっぱり、ジェシカの全作品を買ったでしょうね」そして、セバスティアンが俯くのを見て急いで付け加えた。「ごめんなさい、大変失礼しました。それで、作品のことですが、いまお持ち帰りになりますか、それとも、あとで引き取りに見えますか?」

「明日、引き取りにきます。ここが土曜日も開いていれば、ですけど」

「もちろん、開いています」彼女が答えた。「でも、わたしは何日かお休みをいただくことになっているので、ミセス・クラークにあとを託しておきますね」

「いつ仕事に戻るんですか？」

「木曜ですけど」

「それなら、引き取りにくるのは木曜の午前中にします」

彼女が微笑し――種類の違う微笑だった――、セバスティアンを案内して階段を引き返した。そのとき、画廊の奥の隅に鎮座している「考える人」が、初めてセバスティアンの目に入った。「『考える人』だ」彼は言い、彼女がうなずいた。「ロダンの最高傑作だと言う人もいるよね。最初は『詩人』というタイトルだったそうだけど、知ってた？」彼女がまたもや驚きを顔に浮かべた。「ぼくの記憶が正しければ、あれは生前にアレクシス・ルディエールが鋳《い》たものなんだ」

「今度は知識をひけらかしてるわけ？」

「当たりだよ」セバスティアンは認めた。「だけど、この作品を憶えているのは特別な理由があるからなんだ」

「ジェシカってこと？」

「いや、これについてはそうじゃない。鋳造番号を訊いてもいいかな？」

「九番まであるうちの五番だけど」

セバスティアンは冷静を保とうとした。なぜなら、さらにいくつかの疑問の答えを手に入れる必要があるけれども、彼女に不審に思われないようにする必要があったからだ。

「ここへくる前の所有者はだれなのかな」彼は訊いた。

「わからないわ。カタログには、ある紳士の所有になるものだとあったけど」

「それはどういう意味なんだろう」

「その紳士が自分のコレクションを手放すことを世間に知られたくないという意味よ。この画廊にも、そういうお客さまはたくさんいらっしゃるわ。手放す主な理由は三つ――死、離婚、借金。でも、断わっておくけど、あの『考える人』を四十六ポンド十二シリングと六ペンスでミスター・アグニューに売らせようとしても、それは無理よ」

　セバスティアンは笑った。「いくらなら売ってもらえるのかな」そして、銅像の曲がった右腕に触った。

「ミスター・アグニューはコレクションの値付けをまだ完全に終えてはいないけど、欲しいものがあるかどうかを見るためのカタログなら渡せるし、八月十七日の内覧会に招待することもできるわよ」

「ありがとう」セバスティアンはカタログを受け取った。「木曜にきみに会うのを楽しみにしているよ」彼女が微笑した。「もっとも……」セバスティアンはためらったが、彼女は助け船を出してくれなかった。「明日の夜、きみの予定があいていて、ぼくと一緒に夕食を食べられるんなら別だけどね」

「否《いな》やなんかあるはずがないけど」彼女が言った。「レストランはわたしに選ばせてね」

「どうして？」

「だって、あなたの口座にいくら残ってるか、わたしが知っているからよ」

30

「あの男が自分の美術コレクションを売りたがる理由は何なんだろうな?」セドリックが訝った。

「きっと、金が必要なんでしょう」

「そんなことは言われるまでもなくわかっているよ、セブ。わからないのは、なぜ金を必要としているのか、だ」セドリックはカタログをめくりつづけていたが、カミーユ・ピサロの「ポントワーズの近郊、エルミタージュ地区の定期市」が描かれている最後のページにたどり着いたときも、いまだ答えらしいものを見つけられないでいた。

「頼みごとをするときかもしれないな」

「何を頼むんです?」

「何を、ではなくて、だれに、だ」セドリックは答えた。「ミッドランド銀行セント・ジェイムズ支店の支店長をしているミスター・スティーヴン・レドベリーという男だ」

「その人がどうしてそんなに気になるんです?」セバスティアンは訊いた。

「ペドロ・マルティネスが口座を開いている支店の支店長だからだ」

「どうしてそうだとわかったんです?」

「五年ものあいだ重役会でフィッシャー少佐の隣りに坐り、孤独な男が話しかけてくることに辛抱強く耳を傾ける気さえあれば、驚くほどいろいろなことがわかるというものだよ」セドリックがブザーを鳴らして秘書に伝えた。「ミッドランド銀行のスティーヴン・レドベリーと電話をつないでくれ」そして、セバスティアンに向き直った。「ペドロ・マルティネスが顧客になっている支店の支店長だとわかってからというもの、私はちょっとした情報をレドベリーに流しつづけてやっている。その見返りを期待するときがきたかもしれないというわけだ」

セドリックの机で電話が鳴った。「一番でミスター・レドベリーがお待ちです」

「ありがとう」セドリックは言い、電話が外線に切り替わるのを待ってラウドスピーカー・ボタンを押した。「やあ、スティーヴン」

「やあ、セドリック。私が何かきみのお役に立てるような用件かな?」

「私のほうがきみのお役に立てる用件ではないかと思っているのだがね、オールド・チャップ」

「また、有益な情報を提供してくれるとか?」レドベリーが期待の口調で言った。

「〝有益な〟というより〝きみの背後を護る助けになる〟情報に分類すべきだろうな。聞いているところでは、きみのところのあまり健全とは言えない顧客の一人が、所有している美術コレクションをすべて売却しようとしていて、売却先はボンド・ストリートの〈アグニュー美術商会〉だそうだ。そのコレクションは〝ある紳士の所有になるもの〟としかカタログには記載されていないが、それはどの基準から見ても誤表示で、実はその紳士は、売却することを何らかの理由できみに知られたくないから名前を隠しているんだと、私はそう睨んでいるんだがね」

「その紳士がここウェスト・エンド・セントラル地区に口座を持っているときみが考える根拠は何だね？」

「〈バリントン海運〉の重役会で私の隣りに坐っているのが、その紳士の代理人なんだ」

長い沈黙のあとで、レドベリーが言った。「なるほど。それで、その紳士は自分のコレクションの売却を〈アグニュー美術商会〉に任せようとしているんだな？」

「マネからロダンまで揃っている。いまそのカタログを見ているところなんだが、イートン・スクウェアのその紳士の自宅の壁に一点でも残されているとは信じにくいな。このカタログをきみのところへ届けようか？」

「いや、それには及ばないよ、セドリック。アグニューの画廊まではほんの二百ヤードほど道を上ればいいんだから、自分でもらいにいくさ。知らせてくれて感謝する。また一つ借りができたが、その借りを返すために何であれ私にできることであれば……」

「そうだな、いませっかくそう言ってくれているのだから、スティーヴン、この電話がつながっているうちにささやかなお願いをしてもいいだろうか」

「何なりと言ってくれ」

「きみのところの〝紳士〟が〈バリントン海運〉の株を手放すことにしたら関心を持つかもしれない人物が私の顧客のなかにいるんだがね」

ふたたび長い沈黙がつづいたあとでレドベリーが訊いた。「その顧客がバリントン家やクリフトン家のだれかだったりはしないのかな？」

「いや、そうではない。私は〈バリントン海運〉の重役ではあるが、彼らのだれかの代理をしているわけではない。いいかね、彼らの取引銀行はブリストルのバークレイズ銀行だし、私の顧客はイングランド北部の出身者に限られるんだ」

またも長い沈黙があった。「八月十七日の月曜日、午前九時だが、きみはどこにいる？」

「自分の机に向かっているよ」セドリックは答えた。

「よかった。その日の九時一分に電話をさせてもらうかもしれない。そのときに、これまでの借りのいくつかを返すことができればと思っているよ」

「ありがとう、スティーヴン。ところで、もっと大事なことがあるんだが――きみのゴルフのハンディキャップはいくつだったかな？」

「十一のままだが、来シーズンが始まるころには十二になっているような気がしているよ。

どうやったって若くはなれないからな」

「それはみんなそうさ」セドリックは言った。「週末はいいゴルフを楽しんでくれ。電話がくるのを楽しみにしているよ――」そして、カレンダーを確認した。「十日後に」それから電話の横のボタンを押し、机越しに最年少取締役を見た。「いまの話からわかったことを話してみたまえ、セブ」

「ペドロ・マルティネスが八月十七日の午前九時に、所有している〈バリントン海運〉の株をすべて手放す可能性があるということです」

「きみのお母さんが〈バリントン海運〉の年次総会を開く、まさに一週間前だ」

「なんてことだ」セバスティアンが思わず呻いた。

「きみがペドロ・マルティネスの企みを突き止めてくれてよかった。だが、忘れるなよ、セブ、どんな会話でも、そのときには大した意味はないと思われるようなことが、実は自分が探している情報の一片を与えてくれる場合がしばしばあるんだ。ミスター・レドベリーは親切にも、そういう貴重な破片《かけら》を二つも与えてくれた」

「一つ目は何です?」

セドリックはメモ・パッドを見て、書き留めた文字を読んだ。「〝いや、それには及ばないよ、セドリック。アグニューの画廊まではほんの二百ヤードほど道を上ればいいんだから、自分でもらいにいくさ〟。この言葉から何がわかると思う?」

「ペドロ・マルティネスがコレクションを売りに出すことをミスター・レドベリーは知らなかった、ということです」

「そのとおりだ。だが、もっと重要なのは、それが売りに出されるという事実を、何らかの理由でミスター・レドベリーが懸念していると教えてくれていることなんだ。そうでなければ、部下のだれかにカタログをもらいにいかせたはずだ。それなのに、そうではなくて、わざわざ〝自分でもらいにいく〟ことにしたんだからな」

「二つ目は何ですか?」

「本行がクリフトン家、あるいは、バリントン家と取引があるかどうかを彼が訊いたことだ」

「なぜそのことに重要な意味があるんです?」

「なぜなら、私が〝イエス〟と答えたら、会話はそこで終わったはずだからだよ。レドベリーは、十七日にあの株を売りに出せ、しかし、売却先はバリントン家であってもクリフトン家であってもならない、という指示を受けているに違いない」

「そのどこがそんなに重要なんですか?」

「ペドロ・マルティネスが自分の企みをバリントン家やクリフトン家に知られたくないと考えているのは明らかだ。それに、〈バリントン海運〉の株価が上がりつづけているいま、年次総会までに自分の投資額を取り戻そうとしているのも間違いない。そうすれば、株価を暴落させ、しかし、自分の金はあまり失わずにすむ自信を持っているようだな。確かに、あの男がタイミングさえ間違わなければ、株主全員が持ち株を手放そうとするだろうし、そうなったら、〈バリントン海運〉が倒産に直面しているかどうかを知りたがる新聞記者に年次総会が乗っ取られるのは必定だ。そして、翌日の新聞の一面を飾るのは、皇太后が〈バッキンガム〉の命名を行なうというニュースではなくなるということだ」

「そうさせないための術はないんでしょうか」セバスティアンは訊いた。

「なくはない。だが、そのためには、ペドロ・マルティネスよりもこっちのタイミングがよくなくてはならない」

「でも、つじつまが合わなくありませんか？　ペドロ・マルティネスが株を売って投資額の大半を取り戻そうとしているのなら、どうして美術品のコレクションを売却する必要があるんでしょう」

「それは私にもわからない。わかれば、ほかのすべてのピースが収まるところへ収まって、ジグゾー・パズルが完成するような気はしているがね。そして、これも可能性の域を出ないけれども、きみが明日の夜、夕食をともにする娘さんに的を射た質問をすれば、新たなピースを一つ二つ、パズルに嵌《は》めこむことができるかもしれないな。だが、私がさっき言ったことを忘れるなよ――無防備な発言が、直接の質問に対する答えと同じぐらい貴重である場合は珍しくないからな。ところで、その娘さんの名前を教えてもらえるかな」

「知らないんです」セバスティアンは答えた。

スーザンは満員の会場の五列目に坐り、エマが大手海運会社の会長としての生活について、レッド・メイズ校同窓会の年次総会の出席者に向かって話す言葉に聴き入っていた。エマはいまも見た目のいい女性だったが、スーザンの見るところでは目尻に小皺ができはじめていて、クラスメイトの羨望の的だった豊かな黒髪を保って、間違いなくあるに違いない娘を失った悲しみと仕事の心労を隠すためには、多少の手助けが必要だと思われた。スーザンは同窓会に必ず出席していて、今回は特に楽しみにしていた。彼女にとってエマ・バリントンは特別に尊敬している女性であり、あのころの彼女を思い出すことができるからである。首席を通し、オックスフォード大学への入学を認められ、上場企業初の女性会長になった彼女を。

しかし、一つだけ、エマの話のなかでわからないことがあった。アレックスの辞表は〈バリントン海運〉が連鎖的に判断を誤って倒産の危機に直面していると示唆していたが、一方で、エマは〈バッキンガム〉の第一期の予約は驚くほど順調であると宣言して、〈バリントン海運〉の将来は明るいという印象を与えていた。アレックスが正しい可能性も、エマが正しい可能性もあったが、スーザンとしてはどちらを信じたいか、議論の余地はなかった。

講演のあとの親睦会では、エマは古い友だちや新たなファンに囲まれつづけて、スーザンが近づくことはまるで不可能だったから、かつてのクラスメイトと話すだけで我慢することにした。アレックスのことが話題になったら、それについての質問はすべて答えを回避しようとした。一時間たったころ、そろそろ引き上げることにした。夕食を作るのに間に合うようバーナム－オン－シーへ戻ると母親に約束していた。講堂を出ようとしたとき、背後で自分を呼ぶ声が聞こえた。「ちょっと待ってよ、スーザン」振り返って驚いたことに、エマ・クリフトンが追いかけてきていた。

「今夜のスピーチができたのは、あなたのおかげよ。本当に勇気がいったでしょうね。だって、あの日の午後、自宅に戻ったアレックスが何を言ったか、想像できないはずがないもの」

「結局、それを知ることはなかったわ」スーザンは応えた。「だって、もう別れると決めていたんだもの。そして、あなたの〈バリントン海運〉が順調に進みはじめているとわかったいまは、あなたに一票を投じたことをもっと嬉しく思っているわ」

「まだ半年の試験期間があるから油断はできないけどね」エマが認めた。「でも、その半年を大過なく乗り切れたら、わたしももっともっと自信を持てるはずよ」

「絶対にそうなるわよ」スーザンは言った。「ただ、〈バリントン海運〉の歴史のなかでもこんなに重要な時期に、アレックスが辞任を考えているのが申し訳ないけど」

車に乗り込もうとしていたエマがとたんに足を止めて振り返り、スーザンを見つめた。

「アレックスは辞任を考えているの？」

「てっきり知っているものと思っていたんだけど」

「いいえ、知らないわ」エマが答えた。「彼はいつ、その話をしたの？」

「アレックスは何も言っていないわ。彼の机の上に置いてあった辞表をたまたま読んだのよ。びっくりしたわ。だって、重役でいられるのをとても嬉しがっていたのを知っているんですもの。でも、辞表の日付が八月二十一日になっていたところからすると、辞任するとはっきり決めているわけではないのかもしれないけど」

「わたし、彼と話すわ」

「いいえ、だめよ。お願いだから、それはやめてちょうだい」スーザンは懇願した。「わたしが辞表を読んだことを、アレックスは知らないのよ」

「それなら彼と話すのはやめるわ。でも、そこには辞任の理由が書いてあったはずだけど、どんな理由だったか憶えてる？」

「正確には思い出せないけど、株主に対する最初の義務を果たさなくてはならないとかで、その義務とは、道義の問題として、〈バリントン海運〉が倒産の危機に瀕している事実を彼らに知らしめることだというようなことだったわ。でも、さっきのあなたのスピーチと矛盾しているわね」

「彼と今度会うのはいつ？」

「会わないと思うけど」

「それなら、この話はあなたとわたしのあいだだけのことにしてもらえるかしら」

「是非、そうしてちょうだい。辞表の話をあなたにしたことを、アレックスに知られたくないもの」

「それはわたしも同じよ」エマは言った。


「十七日の月曜の午前九時ですが、その時間はどこにいる？」

「毎朝九時にいるところにいて、ラインから一時間に二千個送り出されてくるフィッシュ・ペーストの壺に目を光らせているよ。しかし、その日のその時間はどこにいればいいんだ？」

「電話の近くにいてもらいたいんだ。というのは、ある海運会社に価値ある投資をお薦めする電話をさせてもらうことになると思うのでね」

「では、あなたのささやかな計画が軌道に乗りつつあるわけだ」

「いや、そう言い切れるところまではいっていない」セドリックは答えた。「もう少し微調整が必要で、それがすんでも、タイミングを見極めなくてはならないのでね」

「計画が首尾よく実行されたら、レディ・ヴァージニアが腹を立てるんじゃないのか？」

「怒髪天を突くという形容がぴったりというぐらいに怒り狂うだろうな」

ビンガムが笑った。「では、月曜の朝の九時一分前には電話の前に立っていることにしよう」そして、カレンダーを確認した。「八月十七日だな」

「わたし持ちだからと気を遣って、一番安い料理を頼んだんじゃないでしょうね」

「まさか、そんなことはしないよ」セバスティアンは否定した。「トマト・スープとレタス・リーフは変わることのないぼくの大好物だ」

「それなら、あなたの二番目の好物を当ててみましょうか」サマンサが言って、ウェイターを見た。「彼にもわたしにも骨付きプロシュートのサン・ダニエルのメロン添えを、そのあとで、ステーキをお願いするわ」

「焼き方はいかがなさいますか、マダム?」

「ミディアム・レアにしてちょうだい」

「あなたはいかがなさいますか、サー?」

「いかがしたほうがよろしいでしょうか、マダム?」セバスティアンはサマンサを笑顔で見てウェイターを真似た。

「彼のもミディアム・レアでお願いするわ」

「では――」

「どうして――」

「だめよ、あなたが先よ」彼女が言った。

「では、どうしてアメリカの女性がロンドンへ？」

「父が国務省に勤めていて、最近こっちへ赴任したの。それで、ロンドンで一年を過ごすのも面白いんじゃないかと考えたのよ」

「お母さんは何をしていらっしゃるのかな、サマンサ？」

「サムでいいわ、母以外はみんな、わたしをそう呼んでるの。父は男の子が欲しかったんですって」

「だとしたら、見事に失敗したわけだ」

「ふざけないで」

「で、お母さんは？」セバスティアンは繰り返した。

「母は時代遅れもいいところよ、父の世話しか頭にないの」

「ぼくはそういう女性を捜しているんだけどな」

「幸運を祈るわ」

「でも、なぜ画廊なんだ？」

「わたし、ジョージタウン大学で美術史を専攻していたんだけど、一年休学することにしたのよ」

「そのあとはどうするつもりなんだ？」

「九月から大学院の博士課程に進むわ」

「テーマは？」

「『ルーベンス：芸術家か外交官か』よ」

「両方じゃなかったのか？」

「その答えを知りたかったら、二年ほど待ってもらうしかないわね」

「どの大学で？」セバスティアンは訊いた。あと何週間かでアメリカへ帰ることになっていなければいいいんだが。

「ロンドン大学か、プリンストン大学かね。両方から進学を認められているんだけど、どっちにするか決めかねているの。あなたは？」

「どっちからも進学を認められていないよ」

「違うわよ、馬鹿ね。何をしているのかって訊いているんじゃないの」

「一年休学したあとで銀行に入ったんだ」と答えたとき、ウェイターが戻ってきて、ハムとメロンの皿をそれぞれ二人の前に置いた。

「大学には行ってないの？」

「それについて話せば長くなる」セバスティアンは言った。「次の機会に譲るべきかもしれないな」そして、彼女がナイフとフォークを手にするのを待った。

「そう言うからには、次の機会があるという自信があるんだ」

「だって、そうだろう。木曜にはジェスの絵を引き取りに画廊に行かなくちゃならないし、次の月曜には正体不明の紳士のコレクションのオープニングに招待してもらってるんだから。それとも、その紳士の正体はもうわかってるのかな？」

「いいえ、わからないわ。知っているのはミスター・アグニューだけなの。わたしが知っているのは、その紳士がオープニングにこないってことだけよ」

「きっと、だれにも正体を知られたくないんだな」

「それに、どこにいるかもわからないの」サムが言った。「オープニングの首尾を知らせようにも、連絡すら取れないのよ。スコットランドへ猟に行くから、何日か留守にするんですって」

「ますますもって妙だな」食べ終えた皿が片づけられると、セバスティアンは言った。

「ところで、あなたのお父さまは何をしていらっしゃるの？」

「嘘をついてるよ《ヒーズ・ア・ストーリイテラー》」

「たいていの男の人はそうじゃないの？」

「そうだけど、父はそれで金を稼いでるんだ」

「だったら、よほど成功してるのね」

「〈ニューヨーク・タイムズ〉のベストセラー・リストの最上位にいるよ」セバスティア

ンは誇らかに答えた。

「ハリー・クリフトンってことじゃないの！」

「父の小説を読んだことがある？」

「いいえ、申し訳ないけど、ないわ。でも、母は愛読してるわよ。実は、わたしがクリスマスにプレゼントしたの、『ウィリアム・ウォーウィックと諸刃の剣』をね」そのときステーキが運ばれてきて、サマンサが思い出したように言った。「しまった、ワインを頼むのを忘れてた」

「水でいいよ」セバスティアンは遠慮した。

サマンサはそれを無視して、ウェイターに言った。「〈フルーリー〉のハーフ・ボトルをお願い」

「ずいぶん親分風を吹かせるじゃないか」

「男の人が同じことをしたら、決断力があって、堂々としていて、リーダーシップの資質を明らかにしていると思われるのに、どうして女性だけ、しかも必ず、そういう言われ方をするのかしらね？」

「きみは女権拡張論者《フェミニスト》なのか！」

「どうしてそうじゃいけないの？」サマンサが言い返した。「あなたたち男が千年ものあいだ、嫌というほどしてきたことを考えてごらんなさいよ」

「『じゃじゃ馬馴らし』を読んだことはある？」セバスティアンはにやりと笑って訊いた。

「四百年前の男性が書いたのよね。女性が主役を張ることすら許されなかった時代にね。もしケイトがいまの時代に生きていたら、たぶん首相になっていたんじゃないかしら」

セバスティアンは思わず笑いを爆発させた。「きみはぼくの母に会うべきだよ、サマンサ。彼女はどこからどこまできみと同じく、親分風を吹かす、いや、失礼、決断力がある人なんだ」

「言ったでしょう、わたしをサマンサと呼ぶのは母と、わたしに腹を立てているときの父だけなの」

「早くもきみのお母さんを好きになってしまったよ」

「あなたのお母さんは？」

「尊敬し、愛している」

「違うわよ、馬鹿ね。何をしていらっしゃるかを訊いてるの」

「海運会社で働いているよ」

「面白そうね。どんな仕事をしておられるのかしら」

「会長室で働いているよ」セバスティアンはワインのテイスティングをしているサマンサに言った。

「まさに彼のお望みの味だわ」彼女がウェイターに言い、二つのグラスに注がせてから、自分のを掲げて訊いた。「イギリスでは何て言うのかしら」

「〝乾杯〟だけど」セバスティアンは訊いた。「アメリカではどう言うんだ？」

「〝きみの瞳に乾杯〟」

「ハンフリー・ボガートを気取ってるつもりなら、気の毒だけど、無残と言うしかないな」

「ところで、ジェシカのことを教えてよ。あれだけの才能があることは昔からはっきりしていたの？」

「いや、実はそうではないんだ。というのは、最初は比較する相手がいなかったんだよ。スレイドへ入学して、初めてわかったというところかな」

「そのときでさえ、比較する相手なんかいなかったと思うけどね」サムが言った。

「きみは昔から美術に関心があったのか？」

「最初は画家になりたかったんだけど、神さまがそう思わなかったみたいなの。あなたは昔から銀行家になりたかったの？」

「いや、きみのお父さんのように外交官になるつもりでいたんだけど、色々あって成就しなかった」

ウェイターが戻ってきて、空いた皿を片づけながら訊いた。「デザートはよろしゅうございますか、マダム？」

「いや、結構だ」セバスティアンは断わった。「彼女にその余裕がないんでね」

「ですが、私どもとしましては、是非とも——」

「彼女としては、是非とも勘定をしたがっているんじゃないのかな」

「承知しました、サー」

「親分風を吹かせているのはだれよ？」サマンサが抗議した。

「最初のデートの会話というのはぎくしゃくするものなんだな、そう思わないか？」

「これって最初のデートなの？」サマンサが訊いた。

「そうであってほしいね」セバスティアンは彼女の手に触ったものかどうか思案しながら応えた。

サマンサがいかにも心を許したかのような笑顔になるのを見て、セバスティアンは敢えて訊いた。「立ち入ったことを訊いてもいいかな」

「ええ、かまわないわよ、セブ」

「ボーイフレンドはいるの？」

「もちろんよ」かなり真面目な口振りだった。

セバスティアンは落胆を隠せなかった。「彼のことを教えてもらえないかな」そのとき、ウェイターが勘定書を持って戻ってきた。

「彼は何点かの絵を引き取りに木曜に画廊にくることになっていて、わたしは彼を次の月曜の〝ミスター正体不明〟の展示会のオープニングに招待してるわ。でも」サマンサが勘定書を検めながらつづけた。「それまでに、わたしをディナーに連れていってくれるぐらいのお金が彼の口座に貯まるといいと思ってるけどね」

セバスティアンが真っ赤になるのを尻目に、彼女はウェイターに二ポンド渡して言った。

「お釣りは結構よ」

「これがぼくの初めてのデートだよ」セバスティアンは認めた。

サマンサが微笑し、テーブルに身を乗り出すようにしてセバスティアンの手を取った。

「わたしもよ」

セバスティアン・クリフトン

一九六四年

31

日曜　夜

セドリックがテーブルを見渡し、全員が着席するのを待って口を開いた。

「こんな時間に急に呼び出して申し訳ないが、ペドロ・マルティネスのせいでこうするしかなかったのです」いきなり、全員の顔が引き締まった。「実は」セドリックはつづけた。「ペドロ・マルティネスが一週間後の月曜、証券取引所が開いた瞬間に〈バリントン海運〉の株をすべて放出しようと計画していると信ずるに十分な理由があるのですよ。株価が上昇しているあいだに、これまでの投資を可能な限り回収し、同時に、〈バリントン海運〉を屈服させようと目論んでいるのです。あの男はそれを〈バリントン海運〉の年次総会のきっかり一週間前、まさにわれわれが世間の信頼を最も必要としているときにやるつもりで、それが現実になったら、〈バリントン海運〉はものの数日のうちに倒産の恐れを免れなくなります」

「それは合法なんですか？」ハリーが訊いた。

セドリックが自分の右側に坐っている息子を見た。「法律に触れる場合があるとすれば」アーノルドが答えた。「売ったときより安値で買い戻したときだけです。そして、今回、その意図は明らかにないように思われます」

「しかし、株価がそこまで暴落する可能性が本当にあるのかな？　考えてみれば、マーケットに株を放出するのはたった一人なんですよ？」

「ある企業の重役が何の警告も説明もなしに百万を超す自社株をマーケットに放出したら、シティは最悪を想定し、雪崩を打ってその株を手放すでしょう。そうなったら、株価は数時間、いや、数分で半分になるかもしれません」セドリックは自分の言葉の言外の意味を全員が理解するのを待って、付け加えた。「しかし、われわれはまだ負けたわけではありません。というのは、私に一つ、考えがあるんです」

「その考えというのを教えていただけますか」エマが冷静を保とうとしながら頼んだ。

「あの男の目論見が何であるかが正確にわかっているわけですから、あの男と同じことをすればいいんです。ただし、そのためには迅速に動く必要があり、しかも、いまここにいる全員が私の計画を受け入れて、それにともなう危険を引き受けなくては、成功の見込みはありません」

「あなたの計画を教えていただく前に申し上げておかなくてはならないんですけど」エマは言った。「その週にペドロ・マルティネスが企んでいるのは、それだけではありません」セドリックが坐り直した。「アレックス・フィッシャーが金曜、つまり、年次総会のわずか三日前に、社外取締役を辞任することになっているんです」

「それはそんなにまずいことなのか？」ジャイルズが訊いた。「結局のところ、あの男はおまえや会社を本当に支援してはいなかったんだろう」

「こんな状況でなかったら、ジャイルズ、わたしもあなたと同じように考えたでしょうね。でも、実際に辞表を受け取ってはいないけど、わかってるの――辞表の日付が年次総会の前の金曜になっているのよ。そして、自分は〈バリントン海運〉が倒産の危険に直面していると信じていて、株主の利益を守ることが自分の唯一の責任であると考えるが故に、辞任以外の選択肢は残されていないと主張しているの」

「願ったりじゃないか」ジャイルズが言った。「いずれにしても、倒産の危機なんてまったく事実ではないんだから、簡単に論破できるはずだ」

「あなたらしい楽観論ね、ジャイルズ」エマは言った。「でも、ブリュッセルでの心臓発作は間違いだったとあなたは千回も否定しているけど、庶民院の同僚の大半はいまだに事実だと信じているんじゃないかしら？」ジャイルズは応えなかった。

「辞表を受け取っていないのなら、どうしてフィッシャーが辞任するとわかったんです？」セドリックが訊いた。

「その質問には答えられないんです。でも、絶対に間違いない筋からの情報であることは保証します」

「では、ペドロ・マルティネスは一週間後の月曜に〈バリントン海運〉の株を売却してわれわれを攻撃し」セドリックが言った。「さらに、次の金曜にフィッシャー辞任という二の矢を放とうとしているわけだ」

「そうなったら」エマは言った。「皇太后による命名式を延期し、処女航海の日取りも公表を取りやめる以外、わたしに残された選択肢はないことになりますね」

「ゲーム・セット、ペドロ・マルティネスの勝ちだ」セバスティアンが言った。

「どうすればいいか、何か助言をいただけませんか、セドリック」エマは息子を無視して頼んだ。

「急所に蹴りを入れてやるんだ《キック・ヒム・イン・ザ・ボールズ》」ジャイルズが言った。「できれば不意をついて」

「私もそれ以上ぴったりの言い方を思いつかないだろうな」セドリックが言った。「白状すると、まさにそれが私の計画なのですよ。いいですか、ペドロ・マルティネスは保有している〈バリントン海運〉の株を八日後にすべてマーケットに放出し、その四日後にフィッシャー辞任という追い打ちをかけるつもりでいて、それが〈バリントン海運〉倒産とエマの会長辞任のダブル－パンチになってくれることを期待していると考えましょう。それを迎え撃つためには、われわれのほうが先制パンチを繰り出す必要があります。しかも、あいつがほとんど予想もしていない隙を突いて不意を打たなくてはなりません。そのために、私は自分の持っている三十八万株すべてを、この金曜日に、売り値の如何《いかん》にかかわらず売却するつもりです」

「しかし、それがどんな助けになるんです?」ジャイルズが訝った。

「それによって、次の月曜までに株価を急落させられるのではないかと期待しているんですよ。そうなったら、その月曜の朝の九時にペドロ・マルティネスの保有している〈バリントン海運〉の株がマーケットに放出されたとき、あの男は一財産を失うはめになりかねなくなるわけです。私が急所に蹴りを入れてやるのはそのときです。なぜなら、私はすでに買い手を位置につかせて、あの男の百万株を新たな安値で買わせるよう準備を整えているからです。というわけで、その百万株がマーケットにいられるのは、せいぜい数分のはずです」

「その買い手というのが、私たちが正体を知らない、私たちと同じくらいペドロ・マルティネスを嫌悪している人物なんですか?」ハリーが訊いた。

アーノルド・ハードキャッスルが父親の腕を押さえてささやいた。「いまの質問に答えてはだめですよ、お父さん」

「それが成功したとしても」エマは言った。「株価が急落した理由を、その一週間後の年次総会でメディアと株主に説明をしなくてはならないことに変わりはないでしょうね」

「ペドロ・マルティネスが放出した株がすべて安く買われた瞬間に私がマーケットへ戻っ

て猛然と買いはじめ、株価がいまの水準まで上げ戻したら、その必要はないでしょう」

「でも、それは法に触れるとおっしゃったはずですけど」

「私が〝私〟と言ったとき、その〝私〟が意味するのは――」

「それ以上は一言もだめです、お父さん」アーノルドが断固として制した。

「でも、あなたがやろうとしていることを、もしペドロ・マルティネスが知ったら……」

エマは言いかけた。

「あの男が知ることはありません」セドリックが答えた。「なぜなら、われわれ全員があの男のスケジュール通りに動くことになるからです。それについて、これからセバスティアンが説明します」

セバスティアンは立ち上がると、ウェスト・エンドで最も手厳しい初日の観客と向かい合った。「ペドロ・マルティネスはその週末にスコットランドへ雷鳥猟にいって、火曜の朝までロンドンへ戻ってきません」

「どうしてそう言い切れるんだ？」彼の父親が訊いた。

「月曜の夜に、あの男のコレクションを売るための展示会のオープニングがミスター・アグニューの画廊で催されるんですが、ペドロ・マルティネス本人は出席できないと連絡があったからです。それまでにロンドンへ戻るのは無理だとね」

「それは妙でしょう」エマは訝った。「だって、持っている〈バリントン海運〉の株を全部放出して、自分の美術コレクションを売りに出す日なのよ。こっちにとどまっていたいと思うのが普通でしょう」

「その説明は簡単につきます」セドリックが言った。「〈バリントン海運〉が苦境に立たされているように見えた場合、あの男はできるだけ遠くに離れていたいはずですからね。できれば、だれも連絡を取れないところにね。そうやって、しつこいメディアと苛立つ株主の相手を、あなた一人に押しつけようという魂胆ですよ」

「あの男がスコットランドのどこにいるかはわかっているんですか?」ジャイルズが訊いた。

「現時点ではわかっていません」セドリックが答えた。「ゆうべ、ロス・ブキャナンに電話をして訊いたんですが、自分も猟銃の扱いでは人後に落ちない彼が教えてくれたところでは、ペドロ・マルティネスが〝栄光の十二日〟を祝うにふさわしいと考えるであろうホテルや狩小屋は、スコットランドとイングランドの境の北には六軒しかありません。ロスはこれから二日ほどかけてその六軒を全部訪ね、ペドロ・マルティネスがどこに予約を入れているかを突き止めてくれるそうです」

「われわれが手助けできることはありませんか」ハリーが訊いた。

「普段どおりにしていてもらえば結構です。特にエマにはそうしてもらわなくてはなりません。年次総会と〈バッキンガム〉就航の準備に余念がないように見せていてもらう必要があります。この作戦のほかの部分の微調整はセブと私に任せてください」

「しかし、株の問題はあなたのおかげで何とかなったとしても」ジャイルズが言った。「フィッシャー辞任の問題の解決にはなりませんよね」

「フィッシャーの処置についても、すでにある計画が動き出しています」

全員が期待して待った。

「それも教えないことになっているんですよね？」とうとうエマが言った。

「そういうことです」セドリックは認めた。「私の弁護士が」そして、息子の腕に触った。「教えてはいけないと言っているのでね」

32

火曜　午後

セドリックは机の電話を取った。スコットランド人に特有の聞き取りにくい訛りがかすかに残っていて、声の主の正体はすぐにわかった。

「ペドロ・マルティネスは八月十四日の金曜から十七日の月曜まで、〈グレンレーヴン〉というロッジにに予約を入れている」

「ずいぶん遠くのようだな」

「人里をはるかに離れた辺鄙極まりないところだよ」

「ほかにもわかったことがあったら教えてくれ」

「ペドロ・マルティネスは二人の息子と一緒に年に二回、三月と八月に〈グレンレーヴン〉を訪れるんだ。部屋は変わることなく三階の同じ三部屋を予約し、食事は食堂ではなく、ペドロ・マルティネスの部屋で、三人揃ってとることになっている」

「到着前後の予定は突き止めてもらえただろうか」

「もちろん。三人は今週の木曜、寝台列車でエディンバラまで行き、翌朝の五時三十分ごろにロッジの迎えの車で、朝食に間に合うよう〈グレンレーヴン〉へ直行することになっている。マルティネスのお気に入りは、キッパー、ブラウン・トースト、そして、イングリッシュ・マーマレードだ」

「見事と言うしかないな。ずいぶん時間がかかったんじゃないのか?」

「ハイランドを三百マイル以上、車で走り回り、ホテルとロッジを何軒か調べて回ったよ。〈グレンレーヴン〉のバーで何杯か飲んで、あいつの好みのカクテルまで突き止めた」

「では、金曜の朝にあいつらが迎えの車に乗り込んだ瞬間から、次の火曜の夜にロンドンへ戻ってくるまで、よほど運が悪くない限り、私は自由に動き回れるわけだ」

「想定外のことが起きなければ、だけどな」

「それは常にあり得ることで、今回だけが例外と信じる理由はないさ」

「確かに」ブキャナンが認めた。「だから、私は金曜の朝にウェイヴァリー駅にいようと思っているんだ。そして、あの三人が〈グレンレーヴン〉へ発ったのを見届けたら、すぐにきみに電話で知らせるよ。そうすれば、きみがやらなくてはならないのは、証券取引所が九時に開くのを待って取引を始めることだけになるだろう」

「〈グレンレーヴン〉へ戻るのか?」

「そうとも。あのロッジを一部屋、もう予約してあるんだ。もっとも、ジーンと私がチェックインするのは、金曜の午後になってからだがね。だって、ハイランズの静かな週末を堪能したいからな。というわけで、緊急事態が発生したときだけ電話をするよ。そうでなければ、今度きみが私の声を聞くのは火曜の午前中、しかも、私があの三人がロンドンへ戻る列車に乗ったのを確認した場合に限られる」

「そのころには、ペドロ・マルティネスが何をしようとしても手後れだ」

「まあ、何事もなくそうなってくれることを祈ろうじゃないか」

水曜　午前

「ちょっとでいいから、手違いが生じる可能性を考えてみようじゃないですか」ディエゴが父親を見て言った。

「何が気になるんだ?」ドン・ペドロ・マルティネスは訊いた。

「向こう側が何らかの理由でおれたちの計画を知り、おれたちがスコットランドへ行くのを待って、あんたがいない隙を突こうと目論んでいるんじゃないかということです」

「しかし、今回のことについては、すべて、最初から家族のなかだけで進められているんだぞ」ルイスは懐疑的だった。

「レドベリーは家族じゃないし、おれたちが月曜の朝に〈バリントン海運〉の株を売ることを知っている。フィッシャーは家族じゃないし、辞表を提出した瞬間に、何の義務も感じなくなるはずですよ」

「その懸念が過剰反応でないという自信があるのか？」ドン・ペドロはふたたび訊いた。

「その可能性は否定しませんが、それでも、おれはとりあえずこっちに残り、一日遅らせて、〈グレンレーヴン〉で合流するほうがいいと思うんです。そうすれば、金曜の夕方にマーケットが閉じたときの〈バリントン海運〉の株価を知ることができますからね。そのときにわれわれが最初に買ったときの株価より依然として高かったら、月曜の朝にわれわれの百万株をマーケットに出すときも多少は気を楽にしていられるでしょう」

「一日分、猟の楽しみを損することになるぞ」

「二百万ポンドを損するよりましですよ」

「おまえがそこまで言うなら、そうしようか。土曜の朝、真っ先に車を手配してウェイヴァリー駅へおまえを迎えに行かせよう」

「念には念を入れて」ディエゴが提案した。「だれもおれたちを裏切れないようにしたらどうです？」

「何が言いたいんだ？」

「銀行に電話をして、あんたの考えが変わったとレドベリーに伝えるんですよ。もう一度考え直した結果、月曜に株を売るのはやめたとね」

「しかし、おれの計画に成功の見込みがあれば、選択の余地はないんだぞ」

「いや、株は売るんですよ。金曜の夜にスコットランドへ発つ直前に、別のブローカーに指示しておくんです。ただし、株が高値を維持している場合に限って、ですがね。そうすれば、われわれが損をすることはありません」

木曜　午前

トムがボンド・ストリートのアグニューの画廊の前にダイムラーを停めた。セバスティアンがジェシカの絵を引き取れるよう一時間の休憩を認め、さらに、早くオフィスへ戻れるよう会長専用車を使うことまでセドリックは許してくれたのだった。セバスティアンは走るようにして画廊へ入った。

「おはようございます、サー」

「『おはようございます、サー』だって？　きみは土曜の夜にぼくと夕食をとったレディじゃないのか？」

「そうだけど、この画廊の規則なの」サムがささやいた。「ミスター・アグニューは従業員がお客さまとなれなれしくするのをよしとしないのよ」

「おはよう、ミス・サリヴァン。絵を引き取りにきた」セバスティアンは客らしい口調になるようつとめた。

「承知しました、サー。ご案内いたします」

セバスティアンはサマンサのあとについて、一言もしゃべらないで階段を下りた。彼女が保管室のドアを開けると、きちんと包装された包みが数点、壁に立てかけてあった。サムが二点、セバスティアンが三点抱えてふたたび階段を上がり、画廊の外へ運んで、ダイムラーのトランクに入れた。画廊に戻ると、ミスター・アグニューがオフィスから出てきた。

「おはよう、ミスター・クリフトン」

「おはようございます、サー。絵を引き取りにきたところです」

アグニューがうなずき、セバスティアンはサマンサを追ってもう一度階段を下りた。追いついたときには彼女はすでに二点の包みを抱えていて、残っているのは二点だったが、セバスティアンは一点しか手に取らなかった。彼女とここへ戻ってくる口実がほしかったのだ。一階へ上がったとき、ミスター・アグニューの姿はなかった。

「あなた、どうして一点しか持ってこなかったの？」サムが咎めた。「ずいぶん力がないのね」

「そうじゃなくて、一点残してきたんだ」セバスティアンはにやりと笑って応えた。

「それなら、わたしが取りにいくわ」

「ぼくも一緒に行って、手伝うよ」

「ご親切にありがとうございます、サー」

「どういたしまして、ミス・サリヴァン」

保管室へ戻ると、セバスティアンはドアを閉めて言った。「今夜、時間はある？ 夕食をどう？」

「いいけど、ここへ迎えにきてもらわないと。実は、月曜の展示会の作品展示がまだ完了していないの。だから、八時前にここを出るのは無理だと思うのよ」

「八時に、ここの前で待っているよ」セバスティアンは彼女の腰に腕を回して身を乗り出した……。

「ミス・サリヴァン？」

「はい、サー」サムは応え、素速くドアを開けて階段を駆け上がった。

セバスティアンも何でもないように装おうとしながらあとにつづいたが、そのとき、最後の一点を忘れていることに気づいて階段を駆け下りた。包みを抱えて急いで一階へ戻ってみると、ミスター・アグニューがサムと話しているところだった。彼女はセバスティアンのほうを見ようとせず、セバスティアンはゆっくりとその脇を通り過ぎた。

「お客さまの相手が終わったら、リストをもう一度確認したほうがいいかもしれないな」

「はい、サー」

トムが最後の一点をトランクに収めているとき、サマンサが舗道に出てきてセバスティアンに歩み寄った。

「すごいわね、あなた、どんな大物なの？」彼女がからかった。「運転手付きの車で運ぶなんて、店員の女の子に晩ご飯を奢る余裕のない若者にしては悪くないいんじゃないかしら？」

トムがにやりと笑い、敬礼の真似をしてから運転席に戻った。

「残念ながら、運転手も車も、ぼくのものじゃないんだ」セバスティアンは言った。「車はぼくの上司のもので、美しいお嬢さんと密会の約束をしていると漏らしたら、貸してもいいと言ってもらっただけなんだよ」

「大した密会じゃないけどね」彼女が言った。

「今夜はもう少し頑張ってみるよ」

「それを楽しみにしております」

「もっと早くできればよかったんだけど、今週は……」セバスティアンはそれ以上の説明を自制し、車のトランクを閉めた。「手伝ってくれてありがとう、ミス・サリヴァン」

「どういたしまして、サー。またお目にかかれることをとても楽しみにしております」

木曜　午後

「セドリック、ミッドランド銀行のスティーヴン・レドベリーだ」

「おはよう、スティーヴン」

「たったいま、件の紳士が電話をしてきた。気が変わって、結局、〈バリントン海運〉の株を売らないことにしたんだそうだ」

「理由は教えてくれたのか？」セドリックは訊いた。

「あの会社には長期的に見て将来性があるから、株を持ちつづけているほうがいいと、ここへきて信じるようになったからなんだそうだ」

「ありがとう、スティーヴン。何か変化があったら知らせてもらいたい」

「もちろんだよ。なにしろ、まだ借りを返し終えていないんだからな」

「いや、もう十分返してもらったよ」セドリックは説明なしで言って電話を切ると、知る必要のあるすべてを教えてくれる単語を三つ、書き留めた。

木曜　夕方

七時を過ぎてすぐ、セバスティアンはキングズ・クロス駅に着いた。階段を上がって第一層まで上がり、大きな四面時計の陰に立つと、五番ホームで百三十人の夜の乗客をエディンバラへ運ぼうと待ちかまえている寝台列車〈ナイト・スコッツマン〉の姿をまったくさえぎられることなく見ることができた。

自分の持ち株をマーケットに放出する危険を冒す前に、あの三人が一人残らずその列車に乗り込んだことを確認する必要があるのだとセドリックに言われているのだった。セバスティアンが監視の目を光らせていると、列車が動き出す数分前になって、中東の独裁者もかくやと思わせるような尊大な自信を露わにしたペドロ・マルティネスが息子のルイスをともなってプラットフォームに姿を現わした。二人はホームの端まで歩いて一等車両へ入っていった。しかし、なぜかディエゴは一緒でなかった。

数分後、車掌が警笛を二度吹き鳴らして緑の旗を麗々しく振り回すと、〈ナイト・スコッツマン〉は一人足りないマルティネス一家を乗せて北への旅に出発した。列車の煙突から吐き出される白煙が見えなくなるや、セバスティアンは一番近くの電話ボックスへ走り、ミスター・ハードキャッスルの直通電話をダイヤルした。

「ディエゴが列車に乗っていません」

「あいつが二つ目の過ちを犯したということだ」セドリックが言った。「すぐにオフィスへ戻ってきてくれ。別の問題が発生した」

美しいお嬢さんとデートの約束をしているのだとセバスティアンはセドリックに言いたかったが、私的なことを口にしていいときではなさそうだった。画廊の番号をダイヤルして四ペニーを投入し、Aボタンを押した。待っていると、紛いようのないミスター・アグニューの声が電話の向こうから返ってきた。

「ミス・サリヴァンをお願いしたいんですが」

「ミス・サリヴァンはもはやここで働いていないのですが」

木曜　夜

トムが銀行へ連れて帰ってくれる車のなかで、セバスティアンの頭には一つの疑問しかなかった。「ミス・サリヴァンはもはやここで働いていないのですが」というミスター・アグニューの言葉は何を意味しているのか？　あんなに楽しがっていた仕事を彼女のほうからやめたとすれば、その理由は何なのか？　まさか、馘《くび》になったなんてことはないだろうな？　病気かもしれないが、今朝はそうではなかった。依然として答えを見つけられないでいるうちに、トムがファージングズ銀行の正面入口の前に車を停めた。なお悪いのは、彼女と連絡を取る術がないことだった。

エレヴェーターで最上階へ上がり、会長室へ直行した。ノックをして入室すると、セドリックはだれかと話している最中だった。

「失礼しました、出直しましょうか——」

「いや、それには及ばない。こっちへきてくれ、セブ」セドリックが促した。「息子は憶えているな」彼がそう付け加えると、アーノルド・ハードキャッスルがセバスティアンに歩み寄った。

握手をしながら、アーノルドがささやいた。「訊かれたことだけに答えるんだ。自分のほうからは何も言うな」セバスティアンはセドリックとアーノルドのほかに部屋にいる、二人の男へ目をやった。どちらも見憶えがなかった。二人とも、握手の手を差し出そうともしなかった。

「アーノルドにはきみの代理人としてきてもらった」セドリックが言った。「きっと簡単な説明でわかってもらえるはずだと、すでに警部補には言ってあるのだがね」

セドリックが何の話をしているのか、セバスティアンはさっぱりわからなかった。

見知らぬ二人の年上のほうが一歩前に出た。「サヴィル・ロウ署のロッシンデイル警部補です。いくつかお訊きしたいことがあるのですよ、ミスター・クリフトン」

セバスティアンは父親の小説を読んでいたから、些細な犯罪に警部補が乗り出してくることはないと知っていた。うなずいたものの、アーノルドの指示に従って一言も発しなかった。

「今日、もっと早い時間に、ボンド・ストリートの〈アグニュー美術商会〉を訪ねましたね？」

「はい」

「その目的は何だったんでしょう？」

「先週、ぼくが買った絵を引き取りにいったんです」

「そのとき、ミス・サリヴァンに手助けしてもらいましたか？」

「はい」

「いま、その絵はどこにありますか?」

「ミスター・ハードキャッスルの車のトランクのなかです。今夜、ぼくのアパートへ持って帰るつもりでした」

「そうでしたか。それで、その車はいま、どこにあるんでしょう?」

「銀行の前に停めてあります」

警部補がセドリック・ハードキャッスルを見た。「車のキイをお借りできますか、サー?」

セドリックは息子を見ると、彼がうなずくのを待って答えた。「私の運転手が持っています。私を自宅へ送るために外で待っているはずです」

「よろしければ、ミスター・クリフトンの主張している場所に絵があるかどうかを確かめたいのですが」

「それについては異議はない」アーノルドが言った。

「ウェバー巡査部長、きみはここに残って」ロッシンデイル警部補が指示した。「ミスター・クリフトンにこの部屋にとどまってもらうように」若い警官がうなずいた。

「一体どういうことなんですか?」警部補が部屋を出ると、セバスティアンは訊いた。

「きみは実によくやっている」アーノルドが言い、若い警官をまっすぐに見て付け加えた。

「だが、状況を考えると、これ以上は何も言わないほうが賢明かもしれないな」

「そうかもしれないが」セドリックが警官とセバスティアンのあいだに立って言った。「私はこの大犯罪者に訊きたいんだ。あの列車に乗ったのは、本当に二人だけだったんだな？」

「はい、ペドロ・マルティネスとルイス・マルティネスだけで、ディエゴ・マルティネスの姿は影も形もありませんでした」

「あいつら、まんまとこっちの術中にはまってくれそうだな」セドリックが言ったとき、ロッシンデイル警部補が包みを三つ抱えて戻ってきた。そのすぐ後ろに巡査部長と巡査がつづいていて、残りの六点を二人がかりで運び込んだ。そして、九点すべてを壁に立てかけた。

「この九点が、あなたがミス・サリヴァンの助けを借りて画廊から引き取ったものですね？」警部補が訊いた。

「そうです」セバスティアンは即答した。

「包装を開いてもいいですか？」

「ええ、どうぞ」

三人の警官が絵を覆っている茶色の紙を外しはじめたそのとき、セバスティアンはとたんに息を呑んで絵の一つを指さした。「それは妹の描いたものじゃない」

「しかし、実に素晴らしい」アーノルドが言った。

「素晴らしいかどうかは私にはわかりませんが」ロッシンデイル警部補が言い、絵の裏のラベルを見て付け加えた。「ジェシカ・クリフトンではなくて、ラファエロという人物の手になるものであり、少なくとも十万ポンドの価値があるとミスター・アグニューが判断していることは確認できます」セバスティアンは困惑を顔に浮かべたが何も言わなかった。「そして」警部補がセバスティアンを正面から見てつづけた。「あなたがミス・サリヴァンと共謀し、妹さんの絵の収集を口実に使ってこの貴重な美術作品を盗もうとしたと信じる理由もあるのですよ」

「しかし、それはまったく合理的でないだろう」セバスティアンが答える間もなく、アーノルドが言った。

「どういうことでしょうか、サー？」

「考えてみてもらいたいんだが、警部補、仮にあなたの言うとおり、私のクライアントがミス・サリヴァンと共謀してラファエロの作品をアグニューの画廊から盗んだとして、それを雇い主の車のトランクに置きっぱなしにして、たかだか数時間後に見つかるような愚を犯すかな？　あるいは、会長の運転手も関わっていると考えているのか？　あるいは、会長自身まで手を染めているのではないかと疑っているとか？」

「ミスター・クリフトンは」警部補が手帳を見ながら言った。「今夜、自分のアパートへ持って帰るつもりだったと認めておられます」

「まあ、フラムの独り者の男のアパートにラファエロの作品が飾ってあったら、少し場違いに見えるかもしれないということはあるかもしれないがね」

「これは笑ってすませられる問題ではないんですよ、サー。盗難届を出されたミスター・アグニューは、ウェスト・エンドで非常に尊敬されている美術商で――」

「これはまだ盗難ではないだろう、警部補。盗難と断定するには、それが持ち去られたときに奪うという意図があったことを、あなたが証明しなくてはならない。しかるに、あなたはまだ私のクライアントの言い分すら聞こうとしていない。にもかかわらず、どうしてそういう結論を導き出せるのか、私にはわからないな」

そのとき、絵の数を数えていた警官がセバスティアンを見た。

「ぼくは有罪です」セバスティアンは言った。「でも、罪名は窃盗ではありません。のぼせ上がって目が眩んだ罪です」

「どういうことか、説明してもらえますか」警部補が笑みを浮かべた。

「スレイドの卒業展示会に展示されていた妹の、すなわちジェシカ・クリフトンの作品は九点でした。しかし、いまここにあるのは八点です。ここにないその一点がまだ画廊にあるのなら、申し訳ないこと《メイア・クルパ》にぼくが取り違えたわけで、単なる過ちだったと謝るしかないわけです」

「十万ポンドの過ちですよ」警部補が言った。

「よろしいかな、警部補」アーノルドが言った。「そんなことは一概には決めつけられないと笑われるのではないかと心配しながら、それでも言わせてもらうのだが、大犯罪者が自分が犯人だと名乗っているも同然の証拠を犯行現場に残すなど、普通はないのではないのかな」

「この場合がそうであるかどうか、われわれはまだ知らないんです、ミスター・ハードキャッスル」

「では、みんなで画廊へ行き、いまここにあるはずなのにないジェシカ・クリフトンの作品、すなわち、私のクライアントの所有物が、まだそこにあるかどうかを確かめたらどうだろう」

「私がミスター・クリフトンの無実を信じるには、それ以上の証拠が必要なんですがね」警部補が言い、セバスティアンの腕をしっかりと捕まえて部屋を出た。その手が離されたのは、セバスティアンをパトカーの後部座席の無愛想な巡査の隣りに坐らせたときだった。

セバスティアンの頭にはサマンサがどうしているだろうということしかなく、画廊へ向かう車中で、彼女がそこにいるかどうかをロッシンデイル警部補に訊いた。

「ミス・サリヴァンはいま、サヴィル・ロウ署で事情聴取を受けています」

「しかし、彼女は無実です」セバスティアンは言った。「責められるとしたら、それはぼくです」

「いいですか、もう一度申し上げるが、十万ポンドの価値のある絵があの画廊から消えていて、彼女はそこでアシスタントをしていた。そして、その絵が車のトランクから出てきて、それをそこに入れたのはあなたなんです」

セバスティアンはアーノルドの助言を思い出し、それ以降は口を開かなかった。二十分後、パトカーはアグニューの画廊の前に停まり、間もなく、セドリックとアーノルドを後部座席に乗せた会長専用車もつづいてやってきた。

ロッシンデイル警部補がラファエロを後生大事に抱えてパトカーを降り、もう一人の警官がドアベルを鳴らした。ミスター・アグニューがすぐに姿を現わし、正面入口を開けて、まるで行方不明になっていたわが子と再会したかのように愛おしげに名画を見つめた。

セバスティアンが事情を説明すると、アグニューは言った。「そうなのか、そうでないのかを証明するのは難しくないはずだ」それ以上は何も言わずに、全員を連れて地下室への階段を下り、保管室の鍵を開けた。そこでは、数点の作品が包装されて運び出されるのを待っていた。

セバスティアンが息を詰めて見守るなか、ミスター・アグニューは包装されている作品のラベルを一つずつ慎重に確認していって、ついにジェシカ・クリフトンと記されたものに行き当たった。

「包装を解いてもらってもかまいませんか」ロッシンデイル警部補が頼んだ。

「もちろんです」ミスター・アグニューが応じて丁寧に包装紙を開いた。現われたのはセバスティアンを描いた作品だった。

アーノルドが笑いをこらえられずに言った。「タイトルは『大犯罪者の肖像』だろう、そうに決まってる」

ロッシンデイル警部補まで歪んだ笑みを浮かべたが、アーノルドにこう釘を刺すのを忘れなかった。「ミスター・アグニューが盗難届を出しておられることをお忘れなく」

「もちろん、その届けは取り下げますよ。盗む意図はなかったことが、いま、明らかになりましたからね」アグニューが言い、セバスティアンを見た。「実際、きみとサムに謝らなくてはならない」

「それは彼女が仕事に戻れるということですか？」

「いや、それはできない」アグニューがきっぱり否定した。「彼女が犯罪行為に加担していないことは受け入れるが、それでも、不注意だったことは看過できない。頭が悪ければそれも仕方がないかもしれないが、彼女がそうでないことは、ミスター・クリフトン、お互いにわかっているはずだ」

「ですが、絵を間違えたのはぼくです」

「そうだとしても、その絵を店の外に持ち出すのを許したのは彼女だ」

セバスティアンは眉をひそめた。「ミスター・ロッシンデイル、ぼくを警察署へ連れていってもらえませんか？　今夜、サマンサをディナーに招待しているんです」

「だめだという理由は見つかりませんね」

「助けていただいてありがとうございました、アーノルド」セバスティアンは勅撰弁護士と握手をし、次いで、セドリックを見た。「こんなご面倒をおかけしてすみませんでした、サー」

「明日の朝、七時に間違いなくオフィスへ出てきてくれればそれでいい。そのためには、明日がわれわれ全員にとってとても重要な一日であることを忘れないでくれよ。それから、セブ、ラファエロを盗むにしてももう少しそれにふさわしい週を選べなかったのかと、私としては言わざるを得ないな」

　全員が笑ったが、ミスター・アグニューはにこりともしないでラファエロを抱えていた。そして、それを保管室に戻すと入口を二重に施錠し、先頭に立って階段を上がった。「ありがとうございました、警部補」彼は引き上げようとするロッシンデイルに言った。

「どういたしまして、サー。最良の結末を迎えることができて、私も喜んでいます」

　セバスティアンがパトカーの後部座席に坐ると、警部補が言った。「きみがあの絵を盗んだと私があそこまで確信した理由を教えようか、若者。きみのガールフレンドが自分がやったと認めたからだよ。そういう場合は、たいがいだれかをかばっているんだ」

「そんな目にあわせたんだから、もうガールフレンドじゃなくなっているかもしれません」

「可及的速やかに彼女を放免しよう」ロッシンデイルが言った。「決まりきった書類手続きをするだけだ」彼がそう付け加えてため息をついたとき、パトカーがサヴィル・ロウ署に着いた。セバスティアンは警官たちのあとからなかに入った。

「ミスター・クリフトンを房へお連れしろ、私は書類を作ってしまうから」

若い巡査部長がセバスティアンを案内して階段を下り、房の鍵を開けて脇へどいた。セバスティアンがなかへ入ると、サマンサが薄いマットレスの端で、立てた両膝の上に顎を乗せてうずくまっていた。

「セブ！　あいつら、あなたまで逮捕したの？」

「そうじゃないよ」セバスティアンは初めて彼女を抱き寄せた。「ぼくたちが『ボニーとクライド』のロンドン版だと考えているんなら、こんなふうに同じ房にいさせてはくれないんじゃないかな。ミスター・アグニューは保管室でジェシカの絵を見つけたとたんに、ぼくが絵を間違えたことを受け入れて、訴えをすべて取り下げてくれたよ。でも、残念ながら、きみは仕事を失った。そして、それはぼくのせいだ」

「わたしがミスター・アグニューを責めることはできないわ」サマンサが言った。「あなたと戯《たわむ》れていないで、仕事に集中しているべきだったんだもの。だけど、もしかしたらわたしをディナーに連れていきたくなくて、あなたが極端な手段に出たんじゃないかって、疑いはじめてもいたのよ」セバスティアンは彼女を離すと、目を覗《のぞ》き込んでそうっとキスをした。

「女の子は恋に落ちた男との最初のキスを忘れないっていうじゃない。認めざるを得ないけど、わたしもこのキスを忘れるのは絶対に無理でしょうね」彼女が言ったとき、房のドアが大きく開いた。

「釈放です、お嬢さん」若い巡査部長が告げた。「誤解をお詫びします」

「あなたが悪いんじゃないわ」サマンサは言った。巡査部長が二人をともなって階段を上がり、警察署の正面入口のドアを開けた。

セバスティアンは通りへ出ると、サマンサと腕を絡ませた。そのとき、ダークブルーのキャディラックが警察署の前で停まった。

「何てこと」サマンサが言った。「忘れてたわ。警察が一本だけ電話するのを許してくれたので大使館へかけたのよ。両親はオペラ観劇に行ってたんだけど、休憩時間に連絡して戻ってこさせるからって言われてたの。何てこと」彼女は繰り返した。サリヴァン夫妻が車から姿を現わした。

「それで、一体どういうことなんだ、サマンサ?」娘の頬にキスしたあとで、ミスター・サリヴァンが訊いた。「お母さんも私も、それはそれは心配したぞ」

「ごめんなさい」サムが言った。「とんでもない誤解が生じたのよ」

「そういうことなら安心したわ」母親が言い、娘の手を握っている若者を見て訊いた。

「この方はどなた?」

「ああ、セバスティアン・クリフトンよ。わたしと結婚する人なの」

33

金曜　午前

「きみの言ったとおりだったよ。ディエゴは今夜、夜行列車でキングズ・クロス駅を発ち、明朝、〈グレンレーヴン〉で父親やルイスに合流する」

「そこまで確言できる根拠は何だろう」

「妻がフロントに訊いたところ、明朝、彼を車で迎えにいって、朝食に間に合うよう、まっすぐロッジへ連れて帰ることになっているという答えが返ってきたんだ。明日の朝、私がエディンバラまで車を飛ばして、この目で確認してもかまわないぞ」

「いや、それには及ばない。今夜、セブをキングズ・クロス駅へ行かせて、ディエゴがその列車に乗ったかどうかを確かめさせよう。彼がラファエロを盗んだかどで逮捕されていなければ、だがね」

「どういうことだ？」ブキャナンが訝った。

「それについては、今度会ったときに教えるよ。なぜなら、いまはあいつらのプランBの正体を突き止めるのが先だからな」

「ともあれ、ディエゴがロンドンにいるあいだは、きみも〈バリントン海運〉の持ち株を売る危険は冒せないな。なぜなら、株価がいきなり大幅に下がったら、ペドロ・マルティネスはきみの目論見に気づいて、自分の株をマーケットに放出するのを思いとどまるだろうからね」

「そうなったら、私の負けだ。ペドロ・マルティネスの株を正規価格で買う意味はないからな。あいつを大満足させるだけだ」

「まだ負けたと決まったわけではないさ。二つほど、きみに考えてもらいたい計画があるんだ――大変な危険を一つ、いまも引き受ける気があれば、だがね」

「聞かせてもらおう」セドリックはペンを取り、ノートを開いた。

「月曜の午前八時、マーケットが開く一時間前にシティの主要な仲買人全員に連絡して、きみが〈バリントン海運〉の株の買い手であると知らせるんだ。九時にペドロ・マルティネスの約百万株がマーケットに現われたら、彼らは真っ先にきみに電話をするはずだ。なぜなら、その規模の売りの手数料が莫大だからな」

「しかし、株価が高いままだったら、それで儲けを手にするのはペドロ・マルティネスだけだろう」

「考えは二つあると言ったはずだ」ロスが制した。

「申し訳ない」

「証券取引所が金曜の午後四時に閉じたとしても、それだけではきみが取引をつづけられない理由にはならない。ニューヨークはそれからも五時間開いているし、ロサンジェルスは八時間開いている。きみがそのときまですべての株を放出していなければ、シドニーが日曜の午前零時まで開いている。そして、そのあともまだ残っている株があれば、香港が喜んで処理を手伝ってくれるさ。というわけで、ロンドンの証券取引所が月曜の午前九時に開いたときには、私は賭けてもいいぐらいの自信があるんだが、〈バリントン海運〉の株は、今日の取引が終わった時点の価格の半分ほどで取引されているはずだ」

「素晴らしい」セドリックは感嘆した。「ただし、ニューヨークにも、ロサンジェルスにも、シドニーにも、香港にも、私は知り合いの仲買人がいないという点を除いて、だがね」

「一人いればいいんだ」ブキャナンが言った。「そして、それは〈コーエン、コーエン・アンド・ヤブロン〉のエイブ・コーエンだ。シナトラ同様、彼も夜しか仕事をしない男でね。三十八万株の〈バリントン海運〉の株を持っていて、それをロンドン時間の月曜の朝に手放したいと彼に教えるだけでいいんだ。信じてもらいたいんだが、彼はその週末は寝ないで手数料を稼ぎつづけるだろう。もしペドロ・マルティネスがきみの目論見を見破って百万株超を月曜の朝にマーケットに出さなかった場合は、きみは多少の損をし、あの男がふたたびの勝利を手にすることになるだろうがね」

「あいつが月曜にマーケットに株を放出することはわかっているんだ」セドリックは言った。「株を売るのを思いとどまったのは〈バリントン海運〉の〝長期的な将来性〟をここへきて信じるようになったからだと、あの男はスティーヴン・レドベリーに言っているが、それが事実でないことは、私にははっきりわかっている」

「それは、だれであれまっとうなスコットランド男なら引き受けない危険だぞ」

「しかし、慎重で、冴えなくて、退屈なヨークシャー人が引き受けると決めた危険でもある」

金曜 夜

ディエゴを見分けられるかどうか、セバスティアンは自信がなかった。考えてみれば、七年前にブエノスアイレスで遭遇したきりなのだ。ただ、ブルーノより少なくとも二インチは背が高く、もっとあとになって見たルイスより確かに痩せていることは記憶にあった。それに、見かけも気取っていた。サヴィル・ロウのダブルのスーツに、派手で幅の広いシルクのネクタイを締め、整髪剤でぴったりと髪を撫でつけていた。

列車の発車予定の一時間前にキングズ・クロス駅へ着き、ふたたび大きな四面時計の陰で位置についた。

〈ナイト・スコッツマン〉はすでにプラットフォームにいて、今夜の客が乗ってくるのを待っていた。すでにやってきている乗客がいないわけではなかったが、数は少なく、遅れる心配をするよりは時間をもてあますほうがましだと考えるタイプの人々のようだった。ディエゴはそういうタイプではないだろうとセバスティアンは睨んでいた。時間をもてあますのを嫌って、ぎりぎりにやってくるに違いない。

ディエゴの登場を待っているあいだに、思いはサムへ、人生で最も幸福だった一週間へと移ろっていった。あんな幸運があり得るものだろうか？　彼女のことを思うたびに、われ知らず笑みがこぼれた。あの夜、ディナーの約束は守られたが、支払いをしたのはまたもやセバスティアンではなかった。メイフェアの〈スコッツ〉という気取ったレストランで、メニューに値段が記されていなかった。しかし、サリヴァン夫妻は娘が結婚すると宣言した男を、それが親をからかっただけだとしても、知らずにいるわけにはいかないということだった。

最初のうち、セバスティアンは心配でたまらなかった。何しろ、一週間足らずのあいだに、娘が逮捕され、仕事を失う原因を作ってしまったのだ。しかし、プディングが運ばれるころには――そして、そのときにはセバスティアンも実際に口にしたのだが――、いまは〝誤解〟と呼ばれているそのすべてが、大変な悲劇から馬鹿げた笑い話に変わってしまっていた。

セバスティアンがリラックスしはじめて間もなく、ミセス・サリヴァンが是非ともブリストルを訪れてみたい、そうすれば、ウィリアム・ウォーウィック巡査部長が仕事をしている町を知ることができるからと言った。ウォーウィックが活躍する場所を案内するとセバスティアンは約束し、その夜がお開きになるころには、自分よりもミセス・サリヴァンのほうが父の仕事をはるかによく知っていることを疑わなくなっていた。サムの両親と別れたあと、サムと一緒にピムリコの彼女のアパートへと、夜が終わってほしくない恋人たちのご多分に漏れず、ゆっくりと歩いていった。

いま、セバスティアンの頭上で時計が時間を知らせはじめた。

「三番ホームの列車は二十二時三十五分発のエディンバラ行きです、途中の駅には停まりません」聞き取りにくい声が、あたかもBBCのアナウンサーの試験でも受けているかのような口調で告げた。「一等車は列車の前方、三等車は後方、食堂車は中央にございます」ディエゴが何等車に乗るかはわかりきっていた。

セバスティアンはサムを頭から追い出して――簡単ではなかった――集中しようとした。五分、十分、十五分が過ぎ、いまや途切れることのない流れとなって乗客が列車に乗り込んでいたが、ディエゴの姿は依然としてなかった。ディエゴが夜行列車に乗ったことを確認する電話をセドリックが机にかじりついてじりじりする思いで待っていることは、セバスティアンにもわかっていた。それまでは、エイブ・コーエンにゴー・サインを出せないのだ。

ディエゴが現われなかったら、シャーロック・ホームズの言葉を借りるなら〝このゲームは割に合わない〟と、セドリックはすでに判断していた。ディエゴがロンドンにとどまっているあいだは〈バリントン海運〉の株のすべてをマーケットに出す危険は冒せない。なぜなら、もしそれをしたら、勝つのはペドロ・マルティネスということになるからだ。

二十分、プラットフォームはぎりぎりになってやってきた乗客や、彼らの荷物を運ぶポーターでごった返していたが、セニョール・ディエゴ・マルティネスの姿は依然としてなかった。車掌が片手に緑の旗を、もう一方の手に警笛を持って最後尾の車両から出てくるのを見て、セバスティアンは諦めそうになった。四面時計の六十秒ごとに進んでいく巨大な黒い分針を見上げると、十時二十二分を指していた。会長がここまでしてきたことは、すべて無に帰してしまうのだろうか？　五つのプロジェクトを始めて、そのうちの一つでも成功したら、それはゴルフで言えばパーなのだと、彼はかつて言ったことがあった。今回は五つのうちの四つに分類されることになるのだろうか？　思いはロス・ブキャナンへ移った。彼は現われもしない人間を〈グレンレーヴン〉で待つことになるのか？　そして、母のことを思った。彼女は彼らのだれよりも多くを失うことになる。

そのとき、プラットフォームに現われた一人の男が目に留まった。スーツケースを持っていたが、それがディエゴかどうかはわからなかった。流行の茶色の中折れ帽をかぶり、黒いロング・コートのヴェルヴェットの襟を立てているせいで、顔が隠れていたのだ。その男は三等車の前を躊躇なく通り過ぎ、前方車両のほうへ歩いていた。セバスティアンに多少の希望が芽生えた。

その男と、一等車の扉を音を立てて力任せに閉めながらプラットフォームを移動しているポーターの距離が縮まり、ついにポーターが男に気づいて立ち止まると、扉を開けたままにして待った。セバスティアンは時計の陰を出て、自分の標的をもっとよく見ようとした。列車に飛び乗ろうとする直前、スーツケースの男が振り返り、四面時計を見上げて、束の間そこにたたずんだ。セバスティアンが凍りついていると、男は列車に乗り込み、ポーターが音高く扉を閉めた。

ディエゴは最後に列車に乗った客の一人だった。セバスティアンが身じろぎもせずに見送っていると、〈ナイト・スコッツマン〉は駅を出て徐々に速度を上げ、エディンバラへの長い旅を開始した。

セバスティアンは一瞬、不安に駆られて身震いした。だが、もちろんあれだけ離れていてはディエゴに見分けられたはずもない。それに、いずれにしても捜していたのは自分のほうであって、その逆ではない。セバスティアンは硬貨を握り締め、コンコースの奥にある電話ボックスへゆっくりと歩いていった。そして、会長の机の電話に直接つながる番号をダイヤルした。呼出し音が一度鳴っただけで、耳に馴染んだしわがれ声が返ってきた。

「乗り遅れるのではないかというぐらいぎりぎりまで姿を見せませんでしたが、いまはエディンバラへ向かう列車のなかにいます」溜まりに溜まっていた緊張がほどけるため息が、受話器の向こうで聞こえた。

「週末を楽しんでくれ、マイ・ボーイ」セドリックが言った。「きみには十分にその資格がある。だが、月曜の朝八時までには絶対にオフィスにきてくれよ、特別な仕事をしてもらわなくてはならないからな。それから、この週末はどこであれ、画廊という名のついたところに近づくんじゃないぞ」

セバスティアンは苦笑して受話器を戻し、ふたたびサムへと思いを戻した。

セドリックはセバスティアンとの電話を終えるや、すぐさま、ロス・ブキャナンが教えてくれた番号をダイヤルした。ロンドンが閉じたときの株価はどうなっている？」「コーエンです」

「売りで決まりだ。ロンドンが閉じたときの株価はどうなっている？」

「二ポンド八シリングです」コーエンが答えた。「一シリング上がってますね」

「よし。そういうことなら、三十八万株すべてをマーケットに放出し、可能な限りの高値で売り切ってもらいたい。月曜の朝、ロンドン証券取引所が開くまでにすべてを処分する必要があることを忘れないでくれよ」

「わかりました、ミスター・ハードキャッスル。週末のあいだに何度、報告をすればいいですか？」

「土曜の午前八時と、月曜の同時刻に頼む」

「私が正統派ユダヤ教の信徒でなくて幸運ですよ」コーエンが言った。

34

初めてづくしの夜だった。

セバスティアンはサマンサをソーホーの中華料理店へともない、自分で支払いをした。そのディナーのあと、二人でレスター・スクウェアへ歩いていき、行列してチケットを買って映画を観た。サマンサはセバスティアンの選んだ作品をとても気に入り、〈オデオン〉を出るや、イギリスへくるまでイアン・フレミングも、ショーン・コネリーも、ジェイムズ・ボンドも知らなかったと白状した。

「きみはこれまで、一体どこにいたんだ？」セバスティアンはからかった。

「アメリカよ、キャサリン・ヘップバーンやジェイムズ・スチュアート、それに、スティーヴ・マックィーンという、ハリウッドをうっとりさせている若い俳優と一緒にね」

「聞いたことのない名前だな」セバスティアンはサマンサの手を取った。「ぼくたちに共通点はあるんだろうか」

「ジェシカよ」サマンサが小声で答えた。

セバスティアンは微笑し、二人は手をつないでおしゃべりをしながらピムリコの彼女のアパートへと歩いた。

「〈ザ・ビートルズ〉のことは知ってる？」

「もちろんよ。ジョン、ポール、ジョージ、そして、リンゴ」

「〈ザ・グーン〉は？」（イギリスのBBCラジオのコメディ・ヴァラエティ・ショウ「おかしな連中」の出演者のグループ名）

「知らない」

「それなら、ブルーボトルやモリアーティなんて知るわけもないか」

「モリアーティって、シャーロック・ホームズの宿敵じゃないの？」

「違うね。ブルーボトルの引き立て役さ」

「でも、あなただってリトル・リチャードを知らないんじゃないの？」

「そのリチャードは知らないけど、クリフ・リチャードなら知ってる」

ときどき足を止めてキスをしながらようやくアパートの前にたどり着くと、サムは鍵を出してもう一度優しくキスをした。おやすみのキスだった。

コーヒーでもどうかと誘ってくれるのではないかとセバスティアンは期待していたのだが、彼女はこう言っただけだった――「また明日」。生まれて初めて、セブは急がなかった。

ディエゴが〈グレンレーヴン〉に着いたとき、父親とルイスは雷鳥猟に出かけていた。彼は気づかなかったが、スコットランド伝統のキルトを穿いた年輩の紳士がハイ‐バックの革張りの椅子に坐り、まるで調度の一部と化したかのようになって〈スコッツマン〉を読んでいた。

一時間後、荷物をほどき、風呂を使い、着替えて階下《した》に下りてきたディエゴは、スポーツ用の緩いニッカーズに茶色の革のブーツ、前後に庇のある鳥打ち帽《ディアストーカー》といういでたちで、イギリス人よりもイギリス人らしく見せようとしているのが明らかだった。彼を丘陵地帯まで送っていき、その日の猟に間に合うよう父親たちに合流させるために、ランド・ローヴァーが外で待機していた。彼がロッジを出るとき、ロス・ブキャナンはハイ‐バックの椅子に坐ったままでいた。ディエゴにもう少しの観察眼があれば、その年輩の紳士がいまも同じ新聞の同じページを読んでいることに気づいたはずだった。

「証券取引所が閉じた時点での〈バリントン海運〉の株の価格は？」息子がランド・ローヴァーを下りて合流したとき、ドン・ペドロは真っ先にそれを訊いた。

「二ポンド八シリングでした」

「一シリング上がってるな。だったら、昨日、おまえはおれたちと一緒にきていてもよかったわけだ」

「株価は金曜は上がらないのが普通なんですがね」ディエゴはそれだけ言って、すでに装填されている猟銃を受け取った。

エマは土曜の午前中の大半を費やし、九日後の年次総会でいまも行ないたいと考えているスピーチのための第一稿を書いた。だが、何カ所かは空白のまま残さなくてはならず、それを埋めるにはこれからの一週間の成り行きを待つほかなかったし、一カ所、あるいは二カ所は、年次総会の開会が宣言される数時間前にならないと決着しないだろうと思われた。

セドリックのしてくれていることすべてに感謝していたが、ロンドンとスコットランドで幕が開こうとしているドラマにもっと積極的に関われないことは面白くなかった。

その朝、ハリーは外出を予定していた。ほかの男たちは冬はサッカー、夏はクリケットを観戦することで土曜を過ごすのを習慣のようにしていたが、彼は敷地内を長々と歩きながら構想を練ると決めていた。そうすることで、月曜の朝にまたペンを取り、ウィリアム・ウォーウィックに事件解決の術を与えられるのだ、と。その日の夜、ハリーとエマはマナー・ハウスで夕食をとり、「フィンレー博士の事件簿」を観てからベッドに入った。エマはついに眠りに落ちたときも、まだスピーチの予行演習をしていた。

ジャイルズは毎週土曜の午前中に行なっている有権者との面談をいつもどおりにこなし、十八人の選挙区民から要望やら意見やらを聞いた。そこには、議会がゴミ収集を決められないことから、アレック・ダグラス－ホームのような旧弊なイートン校出身の上流人士に労働者の問題を理解しはじめるなど可能性としてもあるだろうかという疑問までが含まれていた。

最後の選挙区民との面談を終えると、今週行くことになっている〈ノヴァ・スコシア〉というパブへ、代理人のグリフ・ハスキンズに連れられて足を運んだ。エールを一パイント飲み、コーニッシュ・パイを食べ、自分がいることを有権者に知らしめるためである。そこにはさまざまに異なる多くの問題について、自分たちの見方を地元選出の国会議員に訴えなくては本分を尽くしたことにならないと感じている有権者が少なくとも二十人はいて、彼らが満足するまで話を聞いたあとで、ようやく店を出てアシュトン・ゲイトへ行き、そこで行なわれているブリストル・シティ対ブリストル・ローヴァーズのシーズン前の親善試合――双方無得点の引き分けに終わり、親善試合とはほど遠い雰囲気だったが――を観戦することができた。

六千人を超すサポーターがその試合を観戦していて、主審が試合終了の笛を吹いたときにグラウンドをあとにするその人々は、サー・ジャイルズがどちらを応援しているかを疑いの余地なく知ることになった。なぜなら、赤と白のストライプのウールのマフラーをあからさまに見せつけていたからである。だが、それは彼の選挙区の有権者の九割がブリストル・シティを応援していることを、グリフが怠りなく思い出させているおかげだった。

グラウンドを出ようとする二人に必ずしも好意的なものばかりではない意見がさらに浴びせられるなか、ジャイルズが言った。「またあとで」

　ジャイルズはバリントン・ホールへ戻り、いまや妊娠まっただなかのグウィネッズと夕食をとった。お互い、政治の話はしなかった。ジャイルズはこのまま彼女と一緒にいたかったが、九時を過ぎてすぐに、車道《ドライヴ》をエンジン音が近づいてきた。グウィネッズにキスをして玄関へ行くと、グリフが階段に立っていた。

　彼の車で港湾労働者のクラブへ連れていかれ、そこでスヌーカー――ワン－オール――を二ゲームとダーツを一ゲームやり、全敗を喫した。彼らに何杯か奢ってやったが、次の総選挙の日取りが発表されていなければ買収の罪に問われる心配はなかった。

　その夜、ようやく議員をバリントン・ホールへ送り届けたグリフは、翌朝は三カ所の教会の礼拝に行き、午前中の面談にも、サッカーの親善試合にも、港湾労働者のクラブにも顔を出さなかった者たちのなかに坐っていなくてはならないと改めて念を押した。夜半間近にベッドに入ると、グウィネッズは熟睡していた。

　グレイスの土曜日は学部学生のレポートを読むことに費やされたが、その学生のなかには、試験官と対峙するまで一年もないという事実にようやく気づいた者が何人かいた。最も優秀な学生の一人でありながら、現状では辛うじて落第を免れるだろうと思われるエミリー・ガリアーは、いまやパニックに陥っていた。三年分の単位を三学期で取ろうとしているのである。グレイスは同情しなかった。次のレポートはもう一人の賢い学生であるエリザベス・ラトレッジのもので、彼女はケンブリッジ大学の初日から勤勉でありつづけていた。彼女もパニックに陥っていたが、それはみんなに期待されているにもかかわらず、優等試験の第一級を獲得できないのではないかという不安が原因だった。グレイスは彼女には大いに同情した。自分も彼女と同じ危惧を抱いて最終学年を過ごしたのだった。

グレイスは一時を過ぎて間もなく最後のレポートの採点を終え、ベッドに入って熟睡した。

セドリックが机に着いて一時間が過ぎたとき、ようやく電話が鳴った。受話器を上げて電話の主がエイブ・コーエンだとわかっても、驚きはしなかった。そのとき、シティのすべての時計が八時を知らせはじめた。

「ニューヨークとロサンジェルスで何とか十八万六千株を処分し、株価は二ポンド八シリングから一ポンド十八シリングまで下がっています」

「出足としては悪くないな、ミスター・コーエン」

「二カ所終わって、あと二カ所ですよ、ミスター・ハードキャッスル。月曜の朝の八時ごろにまた電話をして、オーストラリア人が何株買ったかをお知らせしましょう」

セドリックは夜半を過ぎた直後にオフィスを出たが、自宅に着いても、ベリルにおやすみの声もかけなかった。もう眠っているはずだからだ。彼女はとうの昔に、夫の唯一の愛人がミス・ファージングズ銀行であることを受け入れていた。セドリックはこれからの三十六時間のことを考えて輾転反側《てんてんはんそく》し、これまでの四十年、自分が一切危険を引き受けなかった理由に気がついた。

昼食のあと、ロスとジーンのブキャナン夫妻はいつまでもハイランズを歩きまわった。五時ごろに宿へ戻ると、ロスはふたたび〝歩哨勤務〟についた。前回と異なっているのは古い〈カントリー・ライフ〉を読んでいるところだけで、マルティネスが二人の息子とともに戻ってくるのを確認するまで、持ち場を離れることがなかった。父親と息子の片割れはずいぶんと満足げだったが、ディエゴは浮かない顔をしていた。三人揃って父親のスイートへ上がっていき、その夜はだれも姿を見せなかった。

ロスとジーンは食堂《ダイニングルーム》で夕食をすませ、九時四十分ごろに二階へ上がってベッドに入ると、二人ともいつものように三十分だけ、妻はジョーゼット・ヘイアーを、夫はアリステア・マクリーンを読んだ。そのあと、ロスは明かりを消し、これもいつものとおりにおやすみの声をジーンにかけてから、深い眠りに落ちた。結局のところ、マルティネス親子が月曜になる前にロンドンへ発たないことを確認すればいいだけで、ほかにすることもなかった。

その夜、マルティネス親子は父親のスイートでディナーの席に着いたが、ディエゴだけは口数が少なかった。

「おれより獲物が少なかったんでふてくされてるってか?」父親がからかった。

「何かがおかしい気がしてならないんだが」息子が応えた。「何がおかしいかがわからないんですよ」

「まあ、朝までにそれがわかることを期待しようじゃないか。そうすれば、三人とも心置きなく猟を楽しめるからな」

九時三十分を過ぎてすぐにディナーが片づけられると、ディエゴは二人をそこに残して自室へ引き上げた。そして、ベッドにひっくり返り、キングズ・クロス駅へ着いてからのことを、モノクロ映画を一齣《ひとこま》一齣巻き戻すようにして再現しようとした。しかし、疲れに負けてぐっすりと眠り込んでしまった。

翌朝、はっとして目を覚ましたとき、頭に一つの場面が浮かび上がった。

35

日曜　夕方

日曜の午後、ジーンとの散歩の帰り道、ロスは熱い風呂と、お茶と、バター・クッキーを楽しみにしていた。〝歩哨任務《ドライヴ》〟に就くのはそのあとでいい。

〈グレンレーヴン〉へと車道を上がっていると、ロッジの運転手がスーツケースを車のトランクに入れているのが見えたが、それは驚くに当たらなかった。週末の猟を終えてチェックアウトする客が何人かはいるはずだった。ロスが気になっているのは特別な一人の客であり、その客は火曜までここにとどまるのだから気にする必要はなかった。

夫婦が二階の自室へと階段を上がっているとき、ディエゴ・マルティネスがあたかも会合に遅れるとでもいわんばかりの様子で、一段飛ばしで階段を駆け下りていった。

「ああ、玄関ホールに新聞を忘れてきた」ロスは妻に言った。「ちょっと取ってくるから、先に部屋に戻っていてくれ」

ロスは踵を返して階段を下り、フロントの女の子と話しているディエゴを横目でうかがいながら、ゆっくりとティー・ルームのほうへ歩きつづけた。そのとき、ディエゴがロッジを飛び出し、待っている車の後部座席に乗り込んだ。ロスはあわてて向きを変え、正面玄関へ急いだ。車が車道《ドライヴ》を下って消えていくのを辛うじて見ることができた。ロッジに引き返してフロントへ直行すると、さっきの娘が笑顔で迎えた。

「ミスター・ブキャナン、どうかなさいましたか?」

世間話をしている場合ではなかった。「たったいま、ミスター・ディエゴ・マルティネスが出ていったようだが、実は今夜の夕食に彼を招待しようと考えていたんだ。戻ってくるのかな?」

「いえ、サー。ミスター・マルティネスは今夜の夜行列車でロンドンへお戻りになるそうで、ブルースがエディンバラまでお送りしているところです。ですが、ミスター・ペドロ・マルティネスとミスター・ルイス・マルティネスは火曜まで滞在なさいますので、ディナーにお誘いになるのであれば……」

「大至急、電話を使いたいんだが」

「申し訳ありません、ただいま断線していて、ミスター・ディエゴ・マルティネスにもご説明申し上げたのですが、復旧は明日になるかと――」

ロスは普段は礼儀正しい男だったが、いまばかりはいきなりフロント係に背を向けるとものも言わずにロッジを飛び出して自分の車に飛び乗り、想定外のドライヴに出発した。

尾行を気取られたくなかったから、ディエゴに追いつくつもりはなかった。

ロスは必死に頭を働かせ、まずは実際的な問題を考えた。どこかで停まって、この事態をセドリックに知らせるべきか？　いや、それはしないほうがいい。なぜなら、そのロンドン行きとみられる夜行列車に乗り遅れないことを最優先しなくてはならないからだ。ウェイヴァリー駅に着いて時間があれば、そのときにセドリックに電話をして、ディエゴが予定より一日早くロンドンへ戻ると警告すればいい。

次に考えたのは、英国鉄道《ブリティッシュ・レイルウェイズ》の重役という立場を利用し、ディエゴにチケットを売らないよう手を回すことだった。しかし、それをやったとしても何の役にも立たないだろうと思われた。なぜなら、そうなったらディエゴはエディンバラのホテルにチェックインし、そこからマーケットが開く前に自分の仲買人に電話をして、〈バリントン海運〉の株が週末に急落したことを知るだろう。その場合、父親の株をマーケットに放出する計画をすべて中止するための時間的余裕を十分以上に与えることになる。だめだ、やはりディエゴを夜行列車に乗せておくほうがいい。やつがロンドンへ着くまでに、こっちの方策を考えるのだ。もっとも、どんな方策があるかはまだ皆目見当がついていないが。

エディンバラへの幹線道路に出るや、ロスは時速六十マイルを維持しつづけた。ブリティッシュ・レイルウェイズは重役のために必ずコンパートメントを一つあけていたから、夜行列車の寝台を確保するのに問題はないはずであり、祈るべきことがあるとすれば、今夜、同僚重役のだれかがロンドンへの旅を予定していないことだけだった。

ファース・オヴ・フォース・ロード・ブリッジは一週間後でないと開通しないとわかり、遠回りを余儀なくされて、ロスは呪詛の言葉を吐き捨てた。間もなく市内へ入るというところまできても、夜行列車に乗ってからディエゴをどうするかという問題の答えは、一歩も近づいてきてくれていなかった。助手席にハリー・クリフトンがいてくれれば、とロスは叶わぬことを思った。そうすれば、いまごろは十指に余るシナリオを考えついてくれているだろうに。だが、これが小説なら、彼は簡単にディエゴを殺してしまうに違いなかった。

エンジンの振動を感じて、不本意にも考えがさえぎられた。燃料計に目を走らせると、赤いランプが瞬いていた。ロスはふたたび呪詛の言葉を吐き捨て、ハンドルを殴りつけて、ガソリンスタンドを探しはじめた。一マイルほど走ったところで、振動が間欠的な喘ぎに変わって速度が落ちていき、惰性で何とか路肩へ寄せると、そこで停まってしまった。時計を見ると、夜行列車がロンドンへ出発するまで四十分だった。車を飛び降りて走り出したものの、すぐに息が切れて立ち止まらざるを得なくなった。そばの標識に、〝市中心部《シティ・センター》まで三マイル〟と記されていた。三マイルを自分の脚で四十分以内で走り切る時代は、ロスの場合、とうの昔に過ぎ去っていた。

路肩に立ち、親指を立ててヒッチハイクを試みた。しかし、くすんだ緑のツイードのジャケット、ブキャナン一族のキルト、そして、緑のロング・ストッキングという服装はヒッチハイカーのように見えるはずもなく、彼自身もセント・アンドリューズ大学の学生のときにしたことがあるだけで、当時も得意としていたわけではなかった。

戦術を変え、タクシーを探すことにした。しかし、日曜の夕方で、しかも町の周縁部とあっては、それも報われない試みだった。そのとき、救世主が現われた。前面に〝シティ・センター〟と行先を大書した赤いバスが近づいてきた。ロスは自分の前をのろのろと通り過ぎるバスを追って、以前なら見向きもしなかったはずのバス停へ、運転手が同情して待っていてくれることを祈りながら走った。その祈りは聞き届けられ、ロスはバスに乗り込むと最前列の席にへたり込んだ。

「どちらまで?」車掌が訊いた。

「ウェイヴァリー駅」ロスは喘ぎながら答えた。

「六ペンスです」

ロスは財布を出し、十シリング札を渡した。

「お釣りがありません」

ロスは入れっぱなしで忘れている小銭がないかとポケットを探ったが、〈グレンレーヴン〉の寝室に全部置いてきていた。もっとも、置いてきたのは小銭だけではなかったが。

「釣りはいらない、取っておいてくれ」ロスは言った。

びっくりした車掌は紙幣をポケットにしまうと、客が考え直すのを待たずにその場を離れた。何しろ、普通は八月にクリスマスはこないのだ。

そのバス停からわずか数百ヤード走ったところにガソリンスタンドがあった――〈マクファーソンズ　二十四時間営業〉。ロスはまたもや呪詛の言葉を吐き捨てた。さらにもう一度呪詛の言葉を吐き捨てたのは、バスというのはいちいちバス停で止まるものであって、自分が行きたいところへ直行しないことを思い出させられたときだった。バス停で止まるたびに、そして、赤信号で止まるたびに時計を見たが、時計の針は進み具合を遅くしてくれず、バスは進み具合を速くしてくれなかった。ウェイヴァリー駅がようやく見えてきたとき、ロスに残された時間は八分だった。セドリックに電話をする余裕はない。バスを降りるロスに、車掌が直立不動で、あたかも将軍を見送るかのように敬礼した。

ロスは足早に駅へ入ると、これまで何度も利用している夜行列車を目指した。事実、あまりに頻繁に使っているので、ディナーを楽しみ、食後の酒をゆったりとたしなんで、一定の間隔を置いてごとんと揺れる三百三十マイルを、一度も目を覚ますことなく眠ったまま旅できるようになっていた。だが、今夜は眠れそうになかった。

改札口へ着くと、またもや、今度はもっときちんとした敬礼を受けた。ウェイヴァリー駅の改札係は、三十歩向こうからでも、会社の重役一人一人を見分けられることを誇りにしていた。

「こんばんは、ミスター・ブキャナン」改札係が言った。「今夜、私どもの列車を利用なさるとは知りませんでした」そのはずではなかったんだと教えてやりたかったが、その代わりに敬礼に応えるだけにとどめ、プラットフォームの端まで行って列車に乗り込んだ。出発まで一分しかなかった。

重役用コンパートメントへと通路を歩いていると、主任乗客係が向こうからやってきた。

「やあ、アンガス」

「こんばんは、ミスター・ブキャナン。一等車のお客さまのリストにはお名前がありませんでしたが」

「そうだろうさ」ロスは応えた。「乗ると決まったのはぎりぎりになってからなんだ」

「申し訳ありませんが、重役用コンパートメントは――」ロスはがっかりした。「まだ準備ができていないのです。食堂車で一杯やっていていただけたら、すぐに用意を調えますが」

「ありがとう、アンガス。では、そうしよう」

食堂車に入って最初に目に留まったのは、カウンターに坐っている若い美人だった。どこかで見たことがあるような気がした。ロスはウィスキー・ソーダを注文し、彼女の隣りのストゥールに腰掛けた。ジーンのことを思い出し、置き去りにしたことに後ろめたさを感じた。だが、自分がいまどこにいるかを彼女に教える術は、明日の朝までなかった。そのとき、もう一つ置き去りにしたものがあることに気がついた。車だ。そしてさらに悪いことに、その場所がわからなかった。

「こんばんは、ミスター・ブキャナン」若い美人が言い、ブキャナンは驚いた。顔を見直したが、やはり、だれだかわからなかった。「わたし、キティです」彼女が手袋をした手を差し出した。「この列車でよくお見受けするんですけど、ブリティッシュ・レイルウェイズの重役でいらっしゃいますよね」

ロスは笑顔を作ってグラスを口に運んだ。「そんなに頻繁にロンドンを往き来なさっているとは、どういう仕事をしておられるのかな?」

「自営業です」キティが答えた。

「どういう自営業なんだろう?」と訊いたとき、主任乗客係がロスの横へやってきた。

「コンパートメントのお支度が調いました、サー。よろしければご案内します」

ロスはグラスを干した。「お目にかかれて光栄でしたよ、キティ」

「わたしもです、ミスター・ブキャナン」

「何とも魅力的な若いお嬢さんだな、アンガス」ロスは先に立ってコンパートメントへ案内する乗客係に言った。「この列車で頻繁に旅をする理由を教えてくれようとしていたところだったんだ」

「私はよく知りませんが、サー」

「いや、もちろん知っているはずだ、アンガス。〈ナイト・スコッツマン〉に関して、きみが知らないことは何一つないだろうからな」

「では、私どもの常連のお客さまの何人かにかなり人気がある、と申しておきましょうか」

「それはつまり……」

「そういうことです、サー。彼女は週に二度か三度、この列車で往き来するんです。とても用心深く――」

「アンガス！　われわれが走らせているのは〈ナイト・スコッツマン〉であって、〈ナイト・クラブ〉ではないんだぞ」

「私どもはみな、生計を立てなくてはなりません、サー。それに、キティがいまの状態をつづけられれば、全員が恩恵を被るんです」

ロスが笑いを爆発させた。「ほかの重役はキティのことを知っているのか？」

「一人か二人、ご存じの方がいらっしゃいます。キティが特別待遇を与えていますよ」

「口を慎め、アンガス」

「失礼しました、サー」

「さて、本来の仕事に戻ってもらおうか。実は、一等車の乗客全員の名前を知りたいんだ。ディナーをお付き合い願いたいだれかが乗っているかもしれないからな」

「承知しました、サー」アンガスがクリップボードから乗客リストを外して差し出した。「ディナーのテーブルはいつものところを確保してございます」

ロスはリストに載っている乗客の名前を指で辿っていき、ミスター・D・マルティネスが四番コンパートメントにいることを突き止めると、リストをアンガスに返しながら言った。「だれにも気づかれないようにキティと話したいんだが」

「ご安心を、口の堅さが私の代名詞ですから」アンガスが笑みを圧し殺しながら答えた。

「きみが考えているようなことではないよ」

「もちろんです、サー」

「それから、食堂車の私のテーブルを、四番コンパートメントにいるミスター・マルティネスに振り当ててもらいたいんだ」

「承知しました」と答えたものの、アンガスはいまや完全に戸惑っていた。

「きみが私の秘密を守ってくれれば、私もきみのささやかな秘密を守ってやってもいいんだがな」

「もちろんですとも、サー。そのためには、あなたの秘密を教えていただかなくてはなりませんが」

「この列車がロンドンへ着くころには、わかっているさ」

「では、キティを呼んで参ります、サー」

キティがくるのを待ちながら、ロスは考えを整理し、まとめようとした。いま頭にあるのはせいぜいが時間を稼ぐための手段でしかなかったが、それがうまくいけば、もっと効果的な方法を考えつく時間を与えてくれるかもしれなかった。コンパートメントのドアが開いて、キティが素速く入ってきた。

「またお目にかかれて何よりです、ミスター・ブキャナン」彼女はロスの向かいに腰を下ろすと、ストッキングを穿いた足の奥が見えるようにして脚を組んだ。「お役に立てるといいんですけど」

「そうであってくれるといいんだがね」ロスは応えた。「それで、料金はいくらなんだろう」

「あなたが何をお求めになるかによりけりですね」自分が何を求めているかを、ロスは正確に伝えた。

「それなら、全部込みで五ポンドです」

ロスは財布から五ポンド札を抜き、彼女に渡した。

「最善を尽くします」キティが約束し、スカートを持ち上げてストッキングの上端に紙幣を挟むと、入ってきたときと同じようにこっそり姿を消した。

ロスはドアのそばの赤いボタンを押した。ややあって、主任乗客係がふたたび姿を現わした。

「私のテーブルをミスター・マルティネスのために予約してくれたか?」

「はい。そして、あなたのためには食堂車の反対側のテーブルを用意させていただきました」

「ありがとう、アンガス。では、キティをミスター・マルティネスの向かいに坐らせ、彼女の飲み食いはすべて私につけてくれ」

「承知しました、サー。ですが、ミスター・マルティネスの飲食代はいかがしましょうか」

「食事代は本人に払ってもらえ。だが、ワインや酒は最高級のものを提供して差し上げるんだ。ただし、無料サーヴィスだとはっきり断わっておいてくれ」

「その分の料金も、あなたにつけてよろしいんでしょうか、サー?」

「そういうことだ。だが、彼に知られないようにしてくれよ。今夜はミスター・マルティネスに熟睡してもらいたいのでね」

「わかりはじめてきたような気がします、サー」

主任乗客係が去ったあと、ロスはキティがうまくやってくれるだろうかと考えた。マルティネスを酔っぱらわせて翌朝九時までコンパートメントから出ないようにしてくれたら、彼女は任務を見事に果たしたことになる。その暁には、喜んで五ポンドのボーナスを出そう。彼女のアイディアで特に気に入ったのは、ディエゴの手足をベッドの四隅に縛りつけて、コンパートメントのドアに〝ドゥ・ノット・ディスターブ〟の札を掛けておくというところだった。九時三十分までは車内にとどまることができ、乗客の大半が朝寝坊を決め込んで、鱈の燻製《アーブロース・スモーキーズ》の朝食を楽しんでから下車するはずだから、不審に思われる心配もなかった。

ロスは八時を過ぎるとすぐにコンパートメントを出て食堂車へ入り、ディエゴ・マルティネスの向かいに坐っているキティの脇を通り過ぎた。ちょうど、主任ソムリエがワイン・リストの説明をしているところだった。

車両の反対側にアンガスが用意してくれたテーブルは、マルティネスに背を向ける形になっていた。後ろを振り返りたいという衝動に一度ならず襲われたが、ロトの妻（ソドム滅亡で一族退去のとき、後ろを振り返ったロトの妻は塩の柱となった）ならぬロスは、何とかその誘惑に抵抗しおおせた。コーヒーを飲み終えると、いつもはたしなむブランディを断わり、勘定書にサインをしてコンパートメントへと歩き出した。いつも使っているテーブルを一瞥して安堵したことに、そこにはもはや客の姿がなかった。ロスはこれ見よがしに満足を露わにして自分の車両へ戻った。

勝ち誇った気分は、コンパートメントのドアを開け、そこにキティが坐っているのを見た瞬間に消し飛んでしまった。

「ここで何をしているんだ？　てっきり――」

「どんなに気を惹こうとしても、どうにもならなかったんです、ミスター・ブキャナン」

彼女が弁明した。「挑発してみたり、媚びてみたり、とにかく打てる手はすべて打ったつもりですけど、だめでした。宗教上の理由とかで、そもそもお酒を飲まないんですよ。それに、メイン・コースのはるか前に、彼を振り向かせられるのは女じゃないとはっきりわかったんです。すみません、ミスター・ブキャナン。でも、ディナーをごちそうさまでした」

「ご苦労だった、キティ。いずれにしても、感謝するよ」ロスは彼女の向かいに深く腰を下ろした。

キティがスカートを持ち上げ、ストッキングに挟んでいた五ポンド札を抜き取ってロスに返した。

「それには及ばない」ロスはきっぱりと言った。「それはきみの稼ぎだ」

「わたしでよければいつでも……」彼女がロスのキルトの下に手を入れ、腿にゆっくりと指を這わせはじめた。

「いや、いいんだ、キティ」ロスは天を仰いで神を畏れる振りをしながら、ふたたび拒絶した。第二案が閃いたのはそのときだった。彼はまた五ポンド札をキティに渡した。

「あなたは普段わたしが相手をしているおかしな趣味の人たちとは違うんですね、ミスター・ブキャナン」

「いや、実は白状しなくてはならないんだが、これからきみに頼もうとしているのは、とてもおかしなことなんだ」

　彼女はロスがしてほしいと頼むサーヴィスに慎重に耳を傾けた。「何時ごろにそれをやればいいんですか？」

「三時、そうだな、三時半ごろにやってくれ」

「場所は？」

「洗面所だろうな」

「回数は？」

「一回で十分だと思う」

「わたしがトラブルに巻き込まれたりはしませんよね、ミスター・ブキャナン？　というのは、この列車はわたしの安定した稼ぎの場で、一等車の紳士の大半が鷹揚な人たちなんです」

「私を信じてくれて大丈夫だ、キティ。これは今回限りのことで、きみが関与したことを知る必要はだれにもない」

「あなたは紳士なんですね、ミスター・ブキャナン」キティはロスの頬にキスをし、そっとコンパートメントを抜け出した。

　あと一分か二分でも彼女がここにいたらどういう事態になっていたか、ロスは自信がなかった。彼は主任乗客係を呼ぶボタンを押し、アンガスが現われるのを待った。

「ご満足いただけたでしょうか、サー」

「それについては、まだ何とも言えないな」

「何かご用がおありかと思いますが」

「実はそうなんだよ、アンガス。ブリティッシュ・レイルウェイズの運行規則書を見せてもらいたい」

「探してみます、サー」アンガスが訝しげな顔で応えた。

二十分後に戻ってきたアンガスは、滅多に開かれた様子のない、赤い表紙の分厚い規則書を携えていた。今夜の就寝時の読み物の代わりになるものだった。まず目次を検め、最も注意深く読んでいく必要のある三項目を特定した。あたかもセント・アンドリューズ大学の学生時代に戻って試験勉強をしているかのようだった。三時ごろにはその三項目を読み終え、関連する部分に印をつけていた。それからの三十分はもっぱらそれを記憶する努力に費やされた。

三時三十分に規則書を閉じると、坐り直して待った。キティが裏切るのではないかという不安はこれっぽっちもなかった。三時三十五分、三時四十分。いきなり大きな衝撃が襲ってきて、危うく座席から放り出されそうになった。つづいて車輪が軋む甲高い金属音が響き、列車はあっという間に減速して、ついには停まってしまった。廊下に出たロスの目に、アンガスが走ってくるところが見えた。

「何かあったのか、アンガス？」

「どこかの馬鹿野郎《ファッカー》が――すみません、下品な言葉を使ってしまいました、サー――緊急停止索を引いたんです」

「このあとも状況報告を途切れさせないでくれ」

「承知しました、サー」

ロスは数分おきに時計を見た。時間が早く進んでほしかった。いまや大勢の乗客が通路に出てきて真相を知りたがっていたが、主任乗客係が戻ってきたのは十四分が経ってからだった。

「だれかが洗面所の緊急停止索を過って引いたために停車したということで間違いないようです、ミスター・ブキャナン。ですが、二十分以内に再発車すれば、何ら問題はありません」

「なぜ二十分なんだ？」ロスは何食わぬ顔で訊いた。

「それ以上長くここに留まっていると、〈ニューキャッスル・フライヤー〉に抜かれてしまい、そうなると、どうにもならなくなるからです」

「なぜどうにもならなくなるんだ？」

「あの列車の後ろにつきつづけることになって、遅れを取り戻せなくなるからです。ここからロンドンまでは八つの駅があるんですが、〈ニューキャッスル・フライヤー〉はそのすべての駅に停まるのです。二年前に、幼児がやはり緊急停止索を引いてこの列車を停めたことがあるんですが、そのときには、キングズ・クロス駅到着が一時間遅れました」

「たった一時間か？」

「そうです。ロンドンへ着いたのは八時四十分を過ぎた直後でした。今回もそれでいいというわけにはいかないのではないでしょうか。というわけですから、あなたの許可をいただければ、すぐにも列車を動かそうと考えています」

「ちょっと待ってくれ、アンガス。停止索を引いた人物は特定できたのか？」

「いいえ、サー。間違って停止索を引いてしまったと気づいたとたんに、逃げ出したに違いありません」

「そうだとしても、アンガス、申し訳ないが指摘せざるを得ないな。規則書の第四三項bによれば、停止索を引いた人物を特定し、その理由を突き止めない限り、列車を動かすことはできないことになっているんだ」

「ですが、それをやったらいつまでかかるかわかりませんし、サー、だれがやったかを特定したからといって、何がわかるというものでもないように思いますが」

「相応の理由なくして緊急停止索を引いた場合、それを実行した人物は五ポンドの罰金を支払った上で当局へ出頭することになっている」ロスは規則書を復唱しつづけた。

「そういう規則があるのですか、サー」

「それにしても、サー、失礼ながら、あなたの慧眼《けいがん》には畏れ入るばかりです。何しろ、緊急停止索が引かれる、わずか数時間前に規則書をご覧になるのですから」

「まあ、運がよかったということではないかな？　それでも、重役会は規則に従うことを期待すると私は確信している。それによってどんな不都合が生じる恐れがあるとしても、だ」

「あなたがそうおっしゃるのなら、サー」

「私はそうおっしゃるつもりだ」

ロスは神経質に窓の外に目をやりつづけ、二十分後に〈ニューキャッスル・フライヤー〉が長い汽笛を二度鳴らして追い越していって、初めて口元をゆるめた。それでも、キングズ・クロス駅到着がアンガスの予想が当たって八時四十分前後であれば、ディエゴが駅の電話ボックスへ走り、仲買人に電話をして、九時にマーケットが開いた瞬間に父親の持っている〈バリントン海運〉の株をすべて売りに出すという申し入れをキャンセルする時間が十分以上にあることもわかっていた。

「困ったことになりました、サー」アンガスが言った。「機関士に出発の指示を出してもよろしいでしょうか。というのは、九時前にロンドンに着かなかったらブリティッシュ・レイルウェイズを訴えると言っておられるお客さまがいらっしゃるのです」

そのお客さまがだれなのかは訊くまでもなかった。「いいだろう、アンガス」ロスは渋々認め、コンパートメントのドアを閉めた。少なくともあと二十分は列車を動かしたくなかったのだが、その方策が見つからなかった。

〈ナイト・スコッツマン〉はダーラム、ダーリントン、ヨーク、そして、ドンカスターで停まって乗客の乗り降りを待つ〈ニューキャッスル・フライヤー〉の後ろで、何度か予定外の停車を余儀なくされた。

ドアにノックがあり、アンガスが入ってきた。

「最新の状況はどうなっている、アンガス？」

「定刻にロンドンへ着かなければ云々《うんぬん》と騒ぎ立てておられる例のお客さまが、〈フライヤー〉がピーターバラで停まったときに、この列車から降りられないかと言っていらっしゃるのですが」

「それはできないぞ、アンガス」ロスは答えた。「この列車はピーターバラに停車することになっていないし、いずれにしても、〈フライヤー〉が動き出すのを駅のしばらく手前で待たなくてはならない。そこで降ろしたら、そのお客さまに命の危険がある」

「規則書の第四九項ｃですね？」

「したがって、そのお客さまが列車を降りようとしたら、きみは何としてもそれを止める義務がある。規則書の第四九項ｆだ。結局のところ」ロスは付け加えた。「われわれとしても、その気の毒なお客さまに死んでもらいたくはないだろう」

「そうでしょうか、サー？」

「それで、ピーターバラのあと、停まるのは何回だ？」

「ピーターバラからはノン・ストップです、サー」

「キングズ・クロス駅の到着推定時刻は何時だ？」

「八時四十分前後、遅くとも八時四十五分です」

ロスは深いため息をつき、だれにともなくつぶやいた。「近けれどなお遠し、か」

「失礼ながらお尋ねしたいのですが、サー」アンガスが言った。「この列車がロンドンに着くのが何時ならよろしいのでしょう」

ロスは笑みを抑え込んだ。「九時を何分か過ぎていれば完璧だ」

「ご希望に沿えるかどうか、やってみましょう」主任乗客係はそう言って車両をあとにした。

それ以降、列車は速度を維持して着実に進んでいたが、何の警告もないまま減速したと思うと、いきなり動かなくなった。キングズ・クロス駅までわずか数百ヤードのところだった。「こちらは乗客係でございます」車内放送が告げた。「キングズ・クロス駅への到着が遅れていることをまずお詫び申し上げます。同時に、この遅延が私どもにもどうにもできない状況によるものであることをご理解いただきたくお願い申し上げます。キングズ・

クロス駅到着は数分後になると考えております」

キングズ・クロス駅までアンガスがどうやって三十分を付け加えることができたのか、ロスは訝るしかなかった。通路に出ると、アンガスは怒れる乗客の一団を宥《なだ》めようとしているところだった。

「一体どういう手を使ったんだ、アンガス？」ロスはささやいた。

「私どもが入線するホームに別の列車が止まっているようで、ダーラム行きのその列車の出発時刻が九時五分となっております。申し訳ありませんが、この列車のホーム到着は九時十五分ごろになろうかと思われます。ご不便をおかけすることをお詫びいたします」アンガスが大声で説明した。

「どれだけ感謝しても足りないな、アンガス」

「どういたしまして、サー。ああ、しまった！」アンガスが窓際へ走った。「あのお客さまです」

ロスが窓の向こうを見ると、ディエゴ・マルティネスが線路の上を駅へ向かってまっしぐらに走っていた。ロスは時計を見た――午前八時五三分。

月曜　朝

その日の朝、セドリックは七時になる直前にオフィスへ入り、すぐに部屋のなかをうろつきはじめた。電話を待っているのだった。八時、初めて電話が鳴った。エイブ・コーエンだった。

「シドニーで何とか大半を処理しましたよ、ミスター・ハードキャッスル」コーエンが報告した。「残りはわずかでしたが、それも香港で片づけました。正直に言いますが、どうしてこんなに値が下がったのか、その理由を知り得る者は一人もいないでしょう」

「終値は?」セドリックは訊いた。

「一ポンド八シリングです」

「文句なしだよ、エイブ。ロスの言ったとおり、きみはまったく、だれよりも凄腕だな」

「ありがとうございます、サー。あなたがあれだけの大金をすべて失ったについては、何か目的があることを祈るのみです」セドリックが返事をする前に、コーエンが付け加えた。

「これでしばらく仕事は終わりです。眠らないとね」

セドリックは時計を見た。マーケットが開いて仕事を始めるまであと四十五分。そのときドアにノックがあり、セバスティアンがコーヒーとビスケットを載せた盆を持って入ってきて、会長の机の向かいに腰を下ろした。

「どうだった?」セドリックは訊いた。

「十四人の主要な仲買人に電話をして、〈バリントン海運〉の株がマーケットに出たら、われわれが買い手であることを知らせておきました」

「よし」セドリックはもう一度時計を見た。「ロスから電話がないところをみると、いまもわれわれに見込みがあるに違いない」そして、コーヒーを飲みながらたびたび時計に目を走らせた。

スクウェア・マイルじゅうの百もの時計が九時を告げはじめると、セドリックはシティの象徴歌《アンセム》とも言うべきその音を確認した。セバスティアンは坐ったまま、早く鳴ってくれないかとじりじりして電話を睨みつけていた。九時三分、だれかがセバスティアンの願いに応えた。セドリックは受話器を取ろうとしてつかみそこね、危うく取り落としそうになった。

「〈カペル・アンド・カンパニー〉からです、サー」秘書が伝えた。「おつなぎしますか?」

「いますぐつないでくれ」

「おはようございます、ミスター・ハードキャッスル。〈カペルズ〉のデイヴィッド・アレグザンダーです。私どもがあなたの普段の仲買人でないことは承知しているのですが、あなたが〈バリントン海運〉の株を買おうとしておられると人伝てに聞いたものですから、お知らせしておこうと考えたというわけです。実は、私どもはあるクライアントから大規模な売り注文を受けていて、今朝、マーケットが開いた時点での価格で売るよう指示されているんですよ。いまも関心がおありかと思いましてね」

「なくもないですな」セドリックは興奮が声に出ていないことを願いながら応えた。

「しかし、その株を売るについては条件がついているんです」アレグザンダーが言った。

「条件とは？」セドリックは訊いた。が、その条件がどういうものであるかはすでによくわかっていた。

「バリントン家とクリフトン家の代理人には、それがだれであろうと売ってはならないということです」

「私のクライアントはリンカーンシャーの出身で、保証しますが、過去においても現在においても、その二つの家と繋《つな》がりがあったことはありません」

「では、喜んで取引をさせていただきましょう、サー」

セドリックは最初の取引を成立させようとしている新人行員のような気分だった。「それで、現物価格はいくらですか、ミスター・アレグザンダー」彼は訊いた。額を伝い落ちる汗を、電話の向こうの相手に見られずにすむのがありがたかった。

「一ポンド九シリングです。マーケットが開いてから一シリング上がりました」

「あなたが売ろうとしておられるのは何株ですか」

「百二十万株です」

「全株引き受けましょう」

「私の聞き間違いではありませんよね、サー？」

「聞き間違いではないと思いますよ」

「では、〈バリントン海運〉の株を百二十万株、一ポンド九シリングで買うということですね？　それでよろしいですか？」

「もちろん」ファージングズ銀行の会長は尊大な口調になるよう努力しながら答えた。

「では、取引成立です、サー。当該の〈バリントン海運〉の株は、いま、ファージングズ銀行の所有となりました。今日の午前中のうちに書類を送りますので、サインをお願いします」電話が切れた。

セドリックは飛び上がり、宙にパンチを繰り出した。まるでハダーズフィールド・タウンがＦＡカップに優勝したかのようだった。セバスティアンがその仲間入りをしようとしたとき、また電話が鳴った。

受話器を取って一瞬耳を澄ませたあと、すぐにセドリックに代わった。

「〈カペル・アンド・カンパニー〉のデイヴィッド・アレグザンダーからです。緊急の用件だそうです」

ディエゴ・マルティネス

一九六四年

36

月曜　午前八時五十三分

ディエゴ・マルティネスは時計を見た。これ以上待つわけにはいかなかった。混雑する通路を見渡して乗客係の姿がないことを確かめると、窓を開けて外へ手を伸ばし、ハンドルをつかんでドアを開けた。そして、列車から線路へ飛び降りた。

だれかが叫んだ。「だめだ、やめろ！」

もうやってしまったことだと指摘して時間を無駄にするようなことは、ディエゴはしなかった。

煌々と明かりの灯っている駅のほうへ走りはじめた。前方、たぶん二百ヤードほど先に、プラットフォームがぼんやり浮かび上がっていた。客車の窓の向こうで無数の顔が驚きの表情を浮かべて見つめていたが、ディエゴはそのほうを見る余裕もなく、一気にその横を駆け抜けた。

「きっと生き死にに関わる問題を抱えているに違いない」だれかが言った。

　ディエゴは走りつづけてプラットフォームの端にたどり着くと、足を止めることなく財布を取り出し、まだはるか向こうにある改札を通り抜けるためにチケットを準備した。改札係がディエゴを見て言った。「〈ナイト・スコッツマン〉の到着は、早くとも十五分後だと聞いていますが？」

「一番近い電話ボックスはどこだ？」ディエゴは叫んだ。

「そこです」改札係が一列に並んでいる赤いボックスを指さした。「見落とすことはありませんよ」

　ディエゴはコンコースの雑踏を突っ切りながら、硬貨を探してズボンのポケットをまさぐった。六つ並んでいる電話ボックスの前で足を止めると、三つは使用中だった。空いているボックスのドアを開けて、握り締めている小銭を確認した――三ペニー。一ペニー足りない。

「号外だよ」

　慌ててあたりを見回し、新聞の売り子を見つけると、長い列を無視して一気に一番前まで走って半クラウン硬貨を差し出した。「一ペニー必要なんだ」

「いいですよ、旦那」きっとトイレへ行きたくて焦っているのだろうと売り子は推測し、すぐに一ペニー硬貨を渡した。

　ディエゴは電話ボックスへ駆け戻った。「お釣りを忘れてますよ、サー。それに新聞はどうするんです?」と背後で叫ぶ声も聞こえなかった。ボックスのドアを開けると、〝故障〟と札が貼ってあった。すぐさま隣りのボックスのドアに飛びつき、いままさにそのドアを開けようとしている女性を驚かせながら受話器を取ると、黒い箱に四ペニーを入れてシティ四一六番をダイヤルした。ややあって、呼出し音が聞こえた。

「早く出ろ、早く出ろ、早く出ろ!」ディエゴは怒鳴った。ようやく回線の向こうから声が返ってきた。

「〈カペル・アンド・カンパニー〉でございます。ご用件を承ります」

ディエゴはAボタンを押した。硬貨が箱に落ちる音が聞こえた。「ミスター・アレグザンダーにつないでくれ」

「どのアレグザンダーでしょう? Aでしょうか、Dでしょうか、それとも、Wでしょうか?」

「ちょっと待ってくれ」ディエゴは受話器を電話機の上に置くと、財布からアレグザンダーの名刺を取り出し、急いで受話器を握り直した。「もしもし」

「はい」

「デイヴィッド・アレグザンダーだ」

「そのアレグザンダーはただいま電話に出られません。彼以外の仲買人におつなぎしましょうか」

「だめだ、いますぐデイヴィッド・アレグザンダーにつなぐんだ」

「ですが、ほかのお客さまと電話中でして」

「それなら、そっちの電話を切れ。こっちは緊急の用件なんだ」

「電話を勝手に切ることは許されていないのです、サー」

「おまえは切ることができるし、切るに決まってるんだ、馬鹿野郎。さもないと、明日の朝から仕事がなくなるんだからな」

「お名前を頂戴できますか？」震える声が訊いた。

「いいからつなげ！」ディエゴは怒鳴った。回線が切り替わる音が聞こえた。

「もしもし、聞こえますか、ミスター・ハードキャッスル？」

「違う、私は彼ではない。ディエゴ・マルティネスだ、ミスター・アレグザンダー」

「ああ、おはようございます、ミスター・マルティネス。最高のタイミングですよ」

「父の〈バリントン海運〉の株だが、まだ売っていないよな？」

「いいえ、実はこの電話をいただく直前に売りました。喜んでいただけると思いますが、百二十万株を全部、独りで引き受けた方がいらっしゃるんですよ。それだけの株数ですからね、普通なら捌き切るのに二週間、もしかしたら三週間はかかるはずなんです。しかも、マーケットが開いた時点より一シリング高く売れました」

「いくらで売った？」

「一株当たり一ポンド九シリングです。いま、私の目の前にその売り注文書類があります」

「だが、金曜の午後にマーケットが閉じたときは、二ポンド八シリングだったはずだぞ」

「おっしゃるとおりですが、週末、この株に関して大規模な動きがあったようですね。それはあなたもご存じだと思っていましたし、こんなに急いで全株を売ったのも、そのことが理由の一つなんです」

「株価が急落したことを、どうして父に知らせようとしなかった?」ディエゴはまたもや怒鳴った。

「週末は連絡がつかないところにいて、明日の午前中まではロンドンへ戻らないと、お父さまからはっきり教えられていましたから」

「しかし、株価があれだけ急落したら、父と相談するまでは動かないのが常識だろう」

「いま、私の前にはお父さまの指示を文字にしたものがあるんですが、ミスター・マルティネス、〝所有する〈バリントン海運〉の株を全株、今朝、証券取引所が開いた瞬間に売りに出すこと〟と、これ以上ないほど明確に書かれているんですよ」

「そういうことなら、これからおれが言うことを注意深く聞くんだ、アレグザンダー。おれはたったいま、その取引をキャンセルし、父の株を全株取り戻すことを命じる」

「お気の毒ですが、サー、それはできません。いったん取引が成立したら、それをひっくり返す術はないんです」

「書類は完成しているのか？」

「いえ、それはまだですが、今夜、マーケットが閉じるまでには完成しているはずです」

「それなら、完成させるな。買ったやつには、手違いがあったと言えばいい」

「シティでは、それは通用しないんですよ、ミスター・マルティネス。取引が合意に至った時点で引き返し不能なんです。さもなければ、マーケットが年がら年じゅう大混乱に陥りますからね」

「教えておいてやるが、アレグザンダー、おまえはあの売りをキャンセルする。そうしなければ、おまえの会社を〝不注意による過失〟で訴えるぞ」

「では、私もお教えしておきますが、ミスター・マルティネス、もしあなたの指示に従ったら、私は証券取引委員会の前に引き出されて取引資格を剝奪《はくだつ》されるでしょう」

　ディエゴは戦術を変えた。「その株を買ったのは、バリントン家かクリフトン家のだれかなのか？」

「いえ、そうではありません、サー。私どもはお父さまの指示を忠実に実行しました」

「では、だれが買ったんだ？」

「ヨークシャーの定評のある銀行の会長が、その銀行の顧客の一人の代わりに引き受けられました」

もう一つのアプローチを試みるときだとディエゴは判断した。これまでに一度も失敗したことのない方法だった。「その注文を忘れてくれれば、ミスター・アレグザンダー、きみに十万ポンドを進呈しようじゃないか」

「それを受けたら、ミスター・マルティネス、私は資格を剝奪されるだけでなく、刑務所へ行くことになります」

「しかし、現金ならどうだ、だれにも知られることはあるまい」

「私が知ることになります」アレグザンダーが言った。「そして、次の共同経営者会議でこの会話を父と弟に報告することになります。ここではっきり申し上げなくてはなりませんが、ミスター・マルティネス、わが社は今後、あなたとも、あなたの一族のどなたとも、仕事をご一緒させていただくことはありません。では、失礼します、サー」

電話が切れた。

「いいニュースと悪いニュース、どっちを先にしようか？」

「私は楽観主義だから、いいほうを先に聞かせてもらおう」

「われわれはやりおおせたよ。あなたはいまや、〈バリントン海運〉の株を百二十万株所有する、誇り高い株主だ」

「では、悪いニュースとは？」

「百七十四万ポンドの小切手を頂戴しなくてはならないということだ。しかし、あなたが購入して以降、株価が四シリング上がっている。というわけで、すでにかなりの利益を手にしておられるわけだ。これについては、喜んでもらえると思っているのだがね」

「ありがとう、セドリック。それから、あなたとの合意のとおり、あなたが週末に被った損失については私が埋め合わせる。そうでなくてはフェアではないからね。それで、これからはどういうことになるんだろう」

「本行の取締役のセバスティアン・クリフトンを、明日、グリムズビーへ行かせる。そのときに書類一式を持たせるから、それにサインをもらいたい。これだけ大きな金額が関係しているのだから、郵便などという不確かなものを当てにしたくないのでね」

「彼がジェシカの兄であるなら、会うのが待ちきれないぐらい楽しみだよ」

「まさしくジェシカの兄だよ。彼は明日の正午ごろにそっちへ着き、証券すべてにあなたの署名をもらって、それを持ってロンドンへ戻ることになっている」

「では、彼に伝えてくれ。あなたと同様に食通の経験をさせてやるからとね。世界一うまいフィッシュ・アンド・チップスを、前の日の〈グリムズビー・イヴニング・テレグラフ〉に包んで食べさせてやろうじゃないか。テーブルクロスの上に皿が並ぶような洒落たレストランなんてつまらないからな」

「私が満足したとすれば、彼も満足するに決まっているよ」セドリックは応じた。「今度の月曜の年次総会で会うのを楽しみにしているよ」

「しかし、まだいくつか問題が残っています」セバスティアンが受話器を置いたセドリックに注意した。

「たとえばどんな？」

「確かに〈バリントン海運〉の株は反発して値を上げつづけていますが、フィッシャーの辞表が金曜にメディアに公開されるのを忘れてはだめですよ。会社が倒産に直面していると重役がほのめかしたら、ふたたび株価が坂を転げ落ちる恐れがありますからね」

「明日、きみにグリムズビーへ行ってもらうのは、それが理由の一つでもあるんだ」セドリックは言った。「フィッシャーは明日の十二時に私に会いにやってくることになっている。そのころには、きみは茹でて潰したグリーンピースを隣りに置いて、この国で一番うまいフィッシュ・アンド・チップスに舌鼓を打っているはずだ」

「それで、その理由の一つとは何なんですか？」セバスティアンが訊いた。

「私がフィッシャーに会っているとき、きみにいてほしくないからだよ。きみがいたら、私の真の忠誠がどこにあるかを、あの男に思い出させることにしかならないからな」

「あいつは手強いし、したたかですよ《ヒー・ウォント・ビー・プッシュオーヴァー》」セブが警告した。「ジャイルズ伯父が一度ならず証明しているとおりです」

「あいつを押し倒すつもりはないよ《アイ・ドーント・インテンド・トゥ・プッシュ・ヒム・オーウァー》」セドリックは言った。「その逆だ。あいつを支えてやろうと考えているんだ。それで、ほかにはどんな問題があるんだ?」

「実際には、三つです。ペドロ・マルティネス、ディエゴ・マルティネス、そして、二人ほど大きな問題ではありませんが、ルイス・マルティネスがいます」

「信頼できる筋から私が得ている情報では、その三人はもう終わっているぞ。ペドロ・マルティネスは破産の瀬戸際に立たされていて、ディエゴは贈賄未遂容疑でいつ逮捕されても不思議ではないし、ルイスに至っては父親の手助けなしでは何もできない。そうだな、あの三人の紳士がアルゼンチンへの片道切符を使う日はそう遠くないと私は踏んでいるんだがね」

「その前に、少しでも可能性があるなら最後の力を振り絞って恨みを晴らそうとするのではないかと、ぼくはいまでもそんな気がしているんですが」

「彼がバリントン家やクリフトン家に近づくことは、しばらくはないと思うがね」

「ぼくが考えているのは家族のことじゃないんです」

「私のことなら心配してもらわなくて大丈夫だ」セドリックは言った。「自分の面倒ぐらい自分でみられる」

「あなたのことも心配なんですが――」

「ほかにだれかいるのか?」

「サマンサ・サリヴァンです」

「さすがのあの男でも、そこまでの危険は冒さないだろう」

「ペドロ・マルティネスはあなたのようには考えないんです……」

月曜　夕方

ドン・ペドロ・マルティネスは怒りのあまり、すぐには言葉を発せられなかった。「あいつらはどうやってまんまとやりおおせたんだ？」

「金曜にマーケットが閉じて、おれがスコットランドへ発ったとたん」ディエゴが説明した。「だれかがニューヨークとロサンジェルスで〈バリントン海運〉の株を大量に売りはじめ、今朝、シドニーでマーケットが開いたときにさらに売って、最終的には香港で売り切ったんです。われわれがぐっすり寝ているあいだにね」

「言葉のあらゆる意味において」ドン・ペドロが言いかけ、長い間を置いた。その隙に口を開こうと考える者はいなかった。「それで、おれはいくら失ったんだ？」ドン・ペドロはようやく言葉をつないだ。

「百万ポンド以上です」

「売り手の正体は突き止めたのか？」ドン・ペドロが吐き捨てるようにして訊いた。「今朝、その株を半値で買ったのと同じやつだと、おれはほぼ百パーセントの確信を持っているんだがな」

「ハードキャッスルという男にたぶん間違いないはずです。おれがデイヴィッド・アレグザンダーに電話をしたとき、あいつが別の電話で話していた相手ですよ」

「セドリック・ハードキャッスルか」ドン・ペドロは言った。「ヨークシャーの銀行家で、〈バリントン海運〉の重役で、常に会長を支持しているやつだが、今度の件では、それを後悔することになるだろうな」

「ここはアルゼンチンじゃないんですよ。あんたはほとんどすべてを失って、われわれも知っているとおり、当局はあんたを国外追放にする口実を探しているんです。復讐の剣を鞘に収める潮時じゃないんですか？」

掌《てのひら》が迫ってくるのが見えたが、ディエゴは怯《ひる》まなかった。

「何をしろ、何をするなどと、父親のおれに指図をするな。それはおれが判断する。そのときまではつづけるんだ。わかったか？」ディエゴがうなずいた。「ほかには？」

「絶対の確信があるわけではないんですが、列車に乗るときにセバスティアン・クリフトンを見たような気がするんです。もっとも、かなり離れていたんですが」

「どうして確かめなかったんだ？」

「列車が出る直前で、それに――」

「あいつら、おまえが〈ナイト・スコッツマン〉に乗らなかったら自分たちの計画を進めることができないことがわかっていたんだ。なかなか抜け目のない連中だな」ドン・ペドロは言った。「だとすれば、だれかを〈グレンレーヴン〉へ行かせて、おれたちの動きを逐一監視させてもいたに違いない。そうでなければ、おまえがロンドンへ引き返したことがわかるはずがないからな」

「ホテルを出た時点で尾行されていないのは間違いありません。何度も確認しましたから」

「しかし、おまえがあの列車に乗っているのを知っている者がいたに違いない。まさにあの晩、おまえが〈ナイト・スコッツマン〉に乗り、その列車が何年かぶりに一時間半も遅れたというのは、偶然にしてはできすぎている。あの列車に乗っているあいだに、何か普段と違うことはなかったか？」

「キティという売春婦が誘ってきて、そのあと、緊急停止索が引かれて――」

「それも偶然にしてはできすぎてるだろう」

「さらにそのあと、彼女が主任乗客係に何事かささやき、乗客係が笑みを浮かべて歩き去っていくのを見ました」

「売春婦と乗客係だけで〈ナイト・スコッツマン〉を一時間半も遅らせることはできないはずだ。やはり、本当に権限を持っただれかがあの列車に乗っていて、陰で糸を引いたとしか考えられない」ふたたび、長い間があった。「あいつらはわれわれの目論見に一度は気づいたかもしれないが、二度と気づかせてやるつもりはないからな。そして、そのためには、われわれもあいつらと同じぐらいしっかり準備を整える必要がある」

この一方的な会話のなかで、ディエゴは一度も意見を口にしなかった。

「現金はいくら残っているんだ?」

「この前確かめたときは、三十万ポンドほどでしたね」カールが答えた。

「それから、ゆうべ、ボンド・ストリートで売りに出した美術コレクションがある。アグニューが保証してくれたが、百万ポンドは下らないそうだ。だとすれば、あいつらと一戦交えるだけの資金は十分以上にあることになる。絶対に忘れるなよ、小競り合いなんかいくら負けたって問題じゃない、最後の戦いに勝てばいいんだ」

ワーテルローでその台詞を吐いたのが勝ったほうの将軍だったか、負けたほうの将軍だったかを思い出させるときではないと考えて、ディエゴは何も言わなかった。

ドン・ペドロが目をつぶり、椅子に深く背中を預けて口を閉ざした。今度も、その思考を途中でさえぎろうとする者はいなかった。ドン・ペドロがいきなり目を開けて起き上がった。

「いいか、これから言うことをしっかり聞くんだぞ」そして、次男を見た。「ルイス、おまえはセバスティアン・クリフトンについての情報を集めて、おれに逐一報告するんだ」

「いいですか」ディエゴは父に意見しようとした。「おれたちはすでに警告されてるんですよ、あいつらに近づくのはやばい――」

「うるさい。おれのチームに加わりたくないんなら、いますぐ出ていってくれてもいいんだぞ」ディエゴは動かなかったが、横面《よこつら》を張られた以上の侮辱を感じていた。ドン・ペドロがルイスに目を戻した。「やつがどこに住み、どこで仕事をし、どんな友人がいるかを洗い出せ。できるか？」

「はい」ルイスが答えた。

もし弟に尻尾《しっぽ》があったら、嬉しげにそれを振っているに違いない、とディエゴは疑わなかった。

「ディエゴ」ドン・ペドロが今度は長男を見て言った。「おまえはブリストルへ行ってフィッシャーに会え。あらかじめ知らせるなよ、不意を打つほうがいいからな。やつが金曜の午前中に辞表をミセス・クリフトンに提出し、そのあとメディアに公表することが、いまやさらに重要性を増した。国内のすべての新聞の経済担当編集長に辞表のコピーを届けて、フィッシャーには申し込みのあったインタヴューを全部受けさせるようにしろ。そのための資金を千ポンド持っていけ。フィッシャーを本気にさせるには現金を見せるのが一番だからな」

「敵も同じことを考えているかもしれませんよ」ディエゴは助言した。

「それなら、二千ポンドだ。それから、カール」ドン・ペドロが最も信頼している味方を見た。「おまえには一番いい仕事が取ってある。エディンバラ行きのあの夜行列車に乗って、例の娼婦を見つけろ。見つけたら、絶対に忘れられない一夜を過ごさせてやれ。どういう手段を使ってもいいが、とにかく、あの列車を一時間半遅らせた犯人を突き止めるんだ。明日の夕方、もう一度集まるからな。おれはそれまでにアグニューを訪ねて、美術コレクションの売れ具合を確かめよう」そして、しばらく沈黙したあとで付け加えた。「おれがいま考えていることのためには、かなりの額の現金が必要になりそうなんだ」

37

火曜　朝

「プレゼントがあるんだ」

「当ててみましょうか」

「だめだ、楽しみに待っててくれ」

「なるほど、それはつまり、まだどうなるかわからないプレゼントってわけね」

「白状すると、実はそうなんだ。まだ手に入れていないんだけど、でも……」

「でも、わたしと寝たいまとなっては、楽しみにさせっぱなしにしておこうってわけ？」

「飲み込みが早いな。だけど、一応弁明させてもらうなら、今日、手に入れられればいいと思ってはいるんだよ――」

「手に入れるお店はどこなの？〈ティファニー〉？」

「いや、そうじゃなくて――」

「〈アスプレイ〉？」

「いや」

「〈カルティエ〉？」

「選択肢の二番手だな」

「一番手はどこなのよ？」

「〈ビンガムズ〉だ」

「ボンド・ストリートの？」

「いや、グリムズビーの〈ビンガムズ〉だ」

「その〈ビンガムズ〉って、何で有名なの？　ダイヤモンド？　毛皮？　香水？」サマンサが期待の口調で訊いた。

「フィッシュ・ペーストだ」

「それを一瓶？　それとも、二瓶？」

「とりあえず一瓶だな。まだ、この関係がどう発展するかを見定めなくちゃならないからね」

「失職中の店員が望み得るとしたら、まあそんなところなんでしょうね」サマンサがベッドを出ながら言った。「それに、愛人になることを夢見ていたはずの女としてはね」

「それはぼくがあの銀行の会長になるときだろう」セバスティアンは言いながら、彼女のあとを追ってバスルームへ向かった。

「そんなに長くは待つ気にならないかもよ」サマンサがシャワーの下に立ってカーテンを閉めようとしたとき、セバスティアンもそこに入った。

「二人一緒は狭すぎるわよ」彼女が言った。

「シャワーを浴びながらセックスしたことはある?」

「楽しみに待っててちょうだい」


「少佐、忙しいだろうによくきてくれた」

「とんでもない、ハードキャッスル。ロンドンに用があるので、ちょうどよかったよ」

「コーヒーでもどうかな、オールド・フェロウ」

「ありがとう、ブラックでお願いするよ。砂糖はいらない」フィッシャーが会長の机の向かいに腰を下ろした。

セドリックは電話のボタンを押した。「ミス・クラフ、ブラック・コーヒーを二つ頼む、砂糖はいらない。それから、ビスケットもお願いしようか。それにしても、興奮しないではいられないな、そう思わないか、フィッシャー」

「何をそんなに興奮するようなことがあるんだ?」

「もちろん、来月の皇太后による〈バッキンガム〉の命名式と、〈バリントン海運〉にまったく新しい時代をもたらすであろう処女航海だよ」

「私もそうであることを願っているよ」フィッシャーが答えた。「しかし、まだいくつか超えるべきハードルが残っているから、百パーセントの確信は持てないな」

「きみと話したかったのは、まさにそれが理由なんだ、オールド・フェロウ」

ドアが低くノックされ、ミス・クラフがコーヒーのカップを二つ、盆に載せて運んできた。彼女は一つをフィッシャーの前に、もう一つを会長の前に、分厚いビスケットを盛った皿を二人のあいだに置いた。

「率直に言うが、ミスター・マルティネスが〈バリントン海運〉の株をすべて売ると決めたことはとても残念だったよ。あの決定の裏に何があったのか、きみなら多少は知っているんじゃないかと思っているんだがね」

フィッシャーが取り落とさんばかりの勢いでカップを受け皿に戻し、茶色の液体を飛び散らせた。「知らなかった」彼はつぶやくようにして答えた。

「それはとても残念だよ、アレックス。ああいう引き返し不可能な判断をするんだから、その前にきみに相談があったはずだと、確信に近いものを持っていたんだがな」

「株が売却されたのは、いつのことだったんだ？」

「昨日の朝、証券取引所が開いて間もなくだ。だから、きみに連絡したんだ」フィッシャーが、向かってくる車のヘッドライトに捕らえられた狐のような驚きの表情を浮かべた。

「いいかね、きみに相談したいことがあるんだよ」フィッシャーは言葉を失ったままだった。セドリックはそれに乗じて、相手の苦しみを少し引き延ばしてやった。「私は十月で六十五になる。銀行の会長を辞めるつもりはないが、外部で関わっていることをいくつか整理しようと考えていて、そこには〈バリントン海運〉の重役という役割も含まれている」フィッシャーはコーヒーのことも忘れて、セドリックの一言一言にしっかりと耳を澄ませた。「というわけで、私はあの会社の重役を辞任し、もっと若い人物に道を譲ることにした」

「それは残念だな」フィッシャーが言った。「あなたはわれわれの話し合いに知恵と真剣さをもたらしてくれると、私はいつも思っていたんだ」

「そう言ってもらうのはありがたいし、実はきみに会いたかったのは、それが理由なんだ」セドリックに言われて、フィッシャーは笑みを浮かべながらも、それはどういうことだろうかと訝った……。「この五年間、私は注意深く、アレックス、きみを観察してきた。そして、最も印象に残ったのが、きみが忠誠心を持ってわれらが会長を支持しつづけていることだ。とりわけ記憶にあるのが、きみが彼女に対抗し、辞任する会長の勝敗を決める一票で、辛うじて彼女が勝利したときのことだ」

「あの会社にとって最良であることを邪魔したいという個人的な感情を持つことは、だれであっても許されないことだ」

「それ以上にふさわしい言葉は、私には思いつくことができないだろう。だから、きみを説得して、私の代わりにあの会社の重役になってもらえないかと考えたんだ。きみはもはや、ミスター・マルティネスの代理人ではなくなるわけだしな」

「とても寛容な申し出だと思うよ、セドリック」

「いや、実は至って自己本位な考えなんだ。なぜなら、きみがそれをできると考えてくれれば、〈バリントン海運〉とファージングズ銀行の両方にとって、安定した持続を保証する助けになるからだよ」

「そうだな、それは私にもわかる」

「きみはいま、重役報酬として年に千ポンドを受け取っているが、それに加えて、ファージングズ銀行も、本行の代理人をつとめてもらう報酬として年間千ポンドを用意する。考えてみれば、重役会が終わるたびに完全な報告をきみから受ける必要が私にはあるし、そのためには、きみはロンドンへ出てきて一泊しなくてはならない。というわけで、その費用も、もちろん本行で持たせてもらう」

「それはこれ以上ないほどの寛容な提示だが、セドリック、それでも、少し考える時間が必要だ」フィッシャーが言った。身悶《みもだ》えせんばかりに迷い、悩んでいることが、セドリックには手に取るようにわかった。

「もちろん、そうだろう」セドリックは認めた。何を考える必要があるかは、わかりすぎるぐらいよくわかっていた。

「受けるかどうか、いつまでに返事をすればいい？」

「週末までにお願いしたい。今度の月曜の年次総会までに、この問題を決着させたいんだ。そもそもは息子のアーノルドに私の代わりを頼むつもりでいたんだが、そのあとで、きみという適任者がいることに気づいたというわけだ」

「金曜までには返事をする」

「そうしてもらえるとありがたいな、アレックス。この申し出を確認する文書をすぐに作って、今夜のうちに投函《とうかん》しよう」

「ありがとう、セドリック。間違いなく、しっかりと考えさせてもらうよ」

「素晴らしい。もう、これ以上はきみを引き留めるべきではないだろうな。なぜなら、私の記憶が正しければ、きみはウェストミンスターで人に会う用があると言っていたはずだから」

「実はそうなんだ」フィッシャーがゆっくりと立ち上がり、握手をしたセドリックに出口まで送られて部屋をあとにした。

セドリックは机に戻って腰を下ろすと、少佐宛の確認文書の作成を開始した。マルティネスも似たようなことを少佐に対して目論んでいるに違いないが、自分の申し出のほうがより魅力的であるという確信はいまのところまだなかった。

赤いロールス－ロイスがアグニューの画廊の前で停まり、ペドロ・マルティネスが歩道に降り立って、窓の向こうを覗き込んだ。そして、ティソの美しい愛人、ミセス・キャスリーン・ニュートンの等身大の肖像画に小さな赤丸がついているのを見て、にやりと笑みを浮かべた。

その笑みは画廊に入るともっと大きくなりさえしたが、それは数多くの優れた絵と彫刻が並んでいる壮観な眺めのせいではなく、それらの横についている、無数の小さな赤丸のせいだった。

「いらっしゃいませ」中年の女性が迎えた。

この前ここにきたときに応対してくれた若い娘はどうしたのかと訝りながら、ペドロ・マルティネスは言った。

「ミスター・アグニューに会いたい」

「あいにく、いまは手が離せないのではないかと思います。ご用件なら、わたしが承りますが」

「私のためなら、手を離せるさ」ペドロ・マルティネスは言い、あたかも会衆を祝福するかのように両腕を上げて付け加えた。「何といっても、これは私の展示即売会なんだからな」

中年の女性はすぐに引き下がり、何も言わずにアグニューのオフィスのドアをノックしてから、その奥へ消えた。ややあって、画廊の経営者が姿を現わした。

「いらっしゃいませ、ミスター・マルティネス」アグニューの口調はいささかよそよそしかったが、それがイギリス流の慎みなのだろう、とペドロ・マルティネスは気にも留めなかった。

「売れ行きが順調なのは見ればわかるが、現時点での売り上げはどのくらいなんだろう」

「お話は私のオフィスでどうでしょう、ここよりは多少なりとプライヴァシーを保てますが」

ペドロ・マルティネスはアグニューに先導されて赤丸の数を数えながら画廊の奥へ歩いたが、オフィスへ入ってドアが閉まったとたんに同じ質問を繰り返した。

「現時点での売り上げはどのくらいなんだ？」

「初日の夜に十七万ポンドちょっとを売り上げました。それから、今朝になって、ある紳士が電話で二点を予約されました。ボナールとユトリロです。この二点で優に二十万ポンドは超えるでしょう。それから、ナショナル・ギャラリーから、ラファエロについて問い合わせがきています」

「いいじゃないか。というのは、いますぐ十万ポンド必要なのでね」

「お気の毒ですが、それは不可能です、ミスター・マルティネス」

「なぜだ？　私の金だぞ」

「数日前からあなたに連絡を取ろうと試みていたのですが、スコットランドへ猟にいらっしゃっていましたのでね」

「私の金を、どうして私が手にできないんだ？」ペドロ・マルティネスが強い口調で訊いた。いまや威嚇の響きがあった。

「この前の金曜、ミッドランド銀行セント・ジェイムズ支店からミスター・レドベリーという方がお見えになりました。弁護士を同行されていて、この展示即売会の売上金を全額あの銀行へ直接支払うよう、その弁護士から指示があったのです」

「そんなことをする権限は、その男にはないはずだ。あのコレクションは私の所有物だ」

「お二人から法律書類を見せてもらったのですが、そこにはコレクションが一点残らず個別にリスト・アップされ、それらはすべて合意された融資への担保であると記載されていて、あなたはそれに同意の署名をしておられました」

「しかし、昨日、その融資は返済したぞ」

「その弁護士が昨日の夕方、展示即売会のオープニングの前にもう一度、ミッドランド銀行を除くどこであれ、だれであれ、売上金を移すことを禁じる裁判所命令を携えてお見えになりました。ご指摘申し上げなくてはならないと考えるのですが、ミスター・マルティネス、私どもはこういう仕事の仕方を好むものではないのですよ」

「金の移動の禁止を解除する文書をすぐに手に入れよう。私が戻ってきたときに十万ポンドの私宛の小切手を用意しておいてくれ」

「お待ち申し上げております、ミスター・マルティネス」

ペドロ・マルティネスは握手もせず、ものも言わずに画廊を出ると、そのままセント・ジェイムズ街のほうへ急いだ。その数ヤード後ろに、彼のロールス－ロイスが従っていた。

銀行に着くと大股になかへ入り、まっすぐに支店長室へ向かった。どこのだれかとか、だれに会いにきたのかとか、一切尋ねる暇《いとま》を与えなかった。通路の突き当たりでノックもせずに支店長室へ押し入ったとき、レドベリーは机に着いて秘書に口述をしているところだった。

「いらっしゃい、ミスター・マルティネス」あたかも待ち受けていたかのような口振りだった。

「出ていけ」ペドロ・マルティネスは秘書を指さして言った。秘書はレドベリーのほうを見ようともせずに退出した。

「いったい何をやらかしているつもりなんだ、レドベリー？　たったいまアグニューの画廊へ行ってきたところだ。あいつは私の個人コレクションの売り上げを渡すのを一切拒否して、あんたの指示だと教えてくれたんだがな」

「お気の毒ですが、あれはもうあなたのコレクションではないのですよ」レドベリーが言った。「しかも、当分のあいだ、その状態がつづきます。明らかに忘れておられるようだが、あなたは当座貸越し約定を延長したとき、あのコレクションを本行に譲渡しておられるのです」そして、小さな緑のキャビネットの最上段の鍵をあけて一冊のファイルを取り出した。

「しかし、〈バリントン海運〉の株を売った私の金はどうなんだ？　総額で百万ポンドを超えているんだぞ」

「それでも、貸越しが解消されていないのですよ――」レドベリーがファイルを何ページかめくった。「昨夜の終業時点で、七十七万二千四百五十ポンドが貸越しになっていますね。あなたがふたたびこのような不面目を味わわなくてすむよう、もう一度確認して差し上げますが、あなたは最近、ご自身の所有物を担保にすることにも同意し、サインしておられて、そこにはアルゼンチンの自宅とイートン・スクウェア四四番地も含まれています。それから、これも助言申し上げなくてはなりませんが、美術コレクションの売り上げで現在の貸越しを解消できなかった場合、本行としてはどちらの不動産を最初に処分なさるかをお尋ねしなくてはならなくなるでしょうね」

「そんなことができるものか」

「できるんですよ、ミスター・マルティネス。そして、必要とあらば、私はやるつもりです。それとももう一つ、今度私に面会を希望なさるときは」レドベリーが出口へ向かいながらつづけた。「あらかじめ秘書を通して約束を取り付けていただけるとありがたいのですがね。いま一度申し上げておきますが、ここは銀行であって、カジノではありませんので」彼はドアを開けた。「では、失礼します、サー」

ペドロ・マルティネスは入ってきたときの勢いを失って支店長室を出ると、店舗内を突っ切って通りへ出た。正面入口の前で待っているロールス－ロイスを見つけたとき、いまも自分の持ち物のままだろうかとまで考えた。

「自宅だ」彼は命じた。

ロールス－ロイスはセント・ジェイムズ街を上り切ったところで左折し、ピカディリーを下ってグリーン・パーク駅の前を通り過ぎた。そこでは、途切れることのない流れとなって人が吐き出されていた。そのなかの一人の若い男が通りを渡って左へ曲がり、アルベマール・ストリートのほうへ向かった。

アグニューの画廊に入ったとき――一週間足らずで三度目の訪問だった――、セバスティアンはジェシカの絵を引き取っただけですぐに出てくるつもりでいた。警察にともなわれてやってきたあのときに引き取ることもできたのだが、サムが留置されていると聞いて頭が混乱し、そこまで考えが回らなかったのだ。

今度も頭は混乱に近い状態にあったが、それは苦境にある乙女を救い出さなくてはという焦りではなく、そこに展示されている作品の質によるものだった。数時間ではあったが自分のものだったラファエロの「ボゴタの聖母」に見惚れて足を止め、十万ポンドの小切手を不渡りになる心配なしに切るのはどんな気分だろうと想像しようとした。

ロダンの「考える人」に十五万ポンドの値がついているのを見たときは愉快だった。ペドロ・マルティネスがそれを〈サザビーズ〉で、当時のロダンの最高額十二万ポンドで買ったときのことは、忘れようにも忘れられないぐらいよく憶えていた。しかし、あのときのペドロ・マルティネスは、あの像のなかに偽五ポンド紙幣で八百万ポンドが入っているという幻想を抱いていた。そして、それがセバスティアンの厄介ごとの始まりだった。

「お帰り、ミスター・クリフトン」

「すみません、また失敗してしまいました。妹の絵を引き取るのを忘れていました」

「そのようだね、いまアシスタントに取りにいかせているよ」

「ありがとうございます、サー」セバスティアンが言ったとき、サムの代わりがかさばった包みを抱えて戻ってきて、それをミスター・アグニューに渡した。彼は時間をかけてラベルを検め、それからセバスティアンに差し出した。

「今度はレンブラントでないことを祈りましょう」セバスティアンは言った。にやりと笑みが漏れるのを抑えられなかった。ミスター・アグニューもアシスタントも笑みを返すことはなく、経営者はこう告げただけだった。「それでは、約束を忘れないよう頼むよ」

「売りはしませんが、贈り物にしたらまずいでしょうか。約束を破ったことになりますか？」

「だれに贈ろうと考えているのかな」

「サムです。ぼくなりのお詫びの印として」

「それなら異議はない」アグニューが言った。「きみ同様、ミス・サリヴァンが売るとは絶対に考えられないからね」

「ありがとうございます、サー」セバスティアンは応え、ラファエロを見て付け加えた。「いつの日か、あの作品の所有者になるつもりです」

「期待しているよ」アグニューが言った。「なぜなら、それがわれわれの商売だからね」

画廊を出ると、とても素晴らしい夕刻だった。セバスティアンはピムリコまで歩くことにした。そうすれば、サムに〝楽しみに待っててくれ〟と言ったプレゼントを渡すことができる。セント・ジェイムズ・パークをゆっくりと通り抜けながら、今日の午前中にグリムズビーを訪ねたことに思いを馳せた。ミスター・ビンガムはいい人だった。彼の工場も気に入った。従業員もよかった。セドリックが言うところの、本当の人たちが本当の仕事をしていた。

ミスター・ビンガムはわずか五分で株の移動証書すべてにサインを終え、それからの三十分は、昨日の〈グリムズビー・イヴニング・テレグラフ〉に包んだ、宇宙一うまいフィッシュ・アンド・チップスに舌鼓を打った。ロンドンへ帰る直前、ミスター・ビンガムはフィッシュ・ペーストを一瓶くれて、今夜はメイプルソープ・ホールに泊まったらどうかと言ってくれた。

「ありがとうございます、サー。申し訳ないのですが、ミスター・ハードキャッスルがぼくを待っていて、今夜の終業までに、彼の机にあなたの証書を持っていかなくてはならないんです」

「そういうことなら仕方がないな。だが、私が〈バリントン海運〉の重役になったいまとなっては、お互い、もっと頻繁に会えるのではないかな」

「重役になられるんですか、サー?」

「それについては、話せば長くなる。きみのことがもっとよくわかったら経緯を教えよう」

その瞬間、セバスティアンは気がついた。取引が終わるまで口にしてもいけない謎の人物とは、ミスター・ビンガムのことだったのだ。

早くサムにプレゼントを手渡したくてたまらなかった。アパートの前に着くと、今朝、彼女が渡してくれた鍵で正面入口を開けた。

通りの向かいの陰に隠れていた男が、その住所を書き留めた。クリフトンが自分の鍵を使ってなかに入ったということは、あいつはあそこに住んでいるに違いない。ディナーのときに、だれが〈バリントン海運〉の株を買ったかを、その取引を実際に行なったヨークシャーの銀行の名前を、そして、セバスティアン・クリフトンがどこに住んでいるかを、父に教えてやろう。あいつが昼に何を食ったかだってわかっているんだ。彼はタクシーを停めると、イートン・スクウェアへ向かわせた。

「止めてくれ！」ルイスはプラカードに気づいて叫ぶと、タクシーを飛び降りて新聞の売り子へと走り、〈ロンドン・イヴニング・ニューズ〉をひっつかんだ。〝〈ナイト・スコッツマン〉から飛び降りた女性、意識不明の重体〟の見出しを見て笑みを浮かべ、タクシーに戻った。明らかに、父の指示を実行したほかの人間がいたということだった。

38

水曜　夕方

内閣官房長官はありとあらゆる組み合わせをすべて考え、あの四人全員を手際よく一撃で処分する完璧な方法に、ようやくたどり着いたと感じていた。

サー・アラン・レドメインは、法による支配を信じていた。つまるところ、それがすべての民主主義の基礎をなしているのだ。訊かれたときは、必ずチャーチルと同じ答えを返した──「民主主義は統治の形として便利は悪いが、結局のところ、それが最良の選択肢としてとどまるものだ」。が、自らに自由裁量が許されるのであれば、善意の独裁を選択したに違いない。問題は──独裁者の生得なのだが──彼らが善意ではあり得ないというところだった。それは彼らが行なうべきさまざまな職務にまったくふさわしくないものであり、サー・アランの考えでは、イギリスという国で善意の独裁者に一番近いものと言えば内閣官房長官だった。

ここがアルゼンチンであれば、サー・アランは躊躇なくスコット－ホプキンズ大佐に命じて、間違いなくペドロ・マルティネス、ディエゴ・マルティネス、ルイス・マルティネス、そして、カール・ルンズドルフを殺させただろう。そのあとで彼らのファイルを閉じてしまえば、それで一件落着となったはずだ。しかし、前任の内閣官房長官の大半がそうであったように、サー・アランも妥協を余儀なくされた。つまり、一人を拉致、二人を強制送還、残る一人を破産させ、生まれた国に帰る以外の選択肢を失わせて、戻ってこようとは二度と考えさせないようにすることで満足しなくてはならなかったのだ。

通常であれば、サー・アランも、法が動き出してしかるべき道を進みはじめるのを待っただろう。だが残念なことに、女王陛下と同格ともいうべき人物のせいで、不本意ながらもことを急がなくてはならなくなっていた。

その日の朝、王室行事日程に目を通して、エリザベス皇太后が〈バリントン海運〉会長であるミセス・ハリー・クリフトンの招待を快く受け入れ、九月二十一日月曜の〈バッキンガム〉命名式を執り行なわれるとわかったとき、サー・アランは自分の計画を実行する猶予は数週間しか残されていないことを知った。その特別な日に、ペドロ・マルティネスの頭に命名式以外の何かがあることは、疑いの余地がなかったからである。

それからの数日が忙しくなることを覚悟しながらまず最初に目指したのは、カール・ルンズドルフを不安要素から確実に排除することだった。あの男が〈ナイト・スコッツマン〉車内で犯した直近の犯罪は許されるものではなく、サー・アランの最低の基準に照らしてさえ、卑劣極まりないと断定せざるを得なかった。ディエゴとルイスのマルティネス兄弟については、すでに二人を逮捕するに足る以上の証拠が揃っていたから、順番を待たせておけばよかった。その二人については、保釈されて裁判を待つことになったとたん、何日もしないうちにイギリス国外へ逃げ出すだろうという確信があった。二人が空港に現われても拘束しないよう、警察にも指示しておくつもりでいた。長期服役を自ら望むのでない限り、彼らがイギリスへ戻ってくることはあり得ないからである。

その二人に関しては、急ぐ必要はなかった。しかし、出生証明書に記載されているフル・ネームによればカール・オットー・ルンズドルフなる男については、そうはいかなかった。

〈ナイト・スコッツマン〉の主任乗客係が証言している人相風体から、ルンズドルフがあの日の真夜中に有名な売春婦の——サー・アランはファイルをめくった——ミス・キティ・パーソンズを列車から投げ落とした犯人であることは明らかであるにもかかわらず、気の毒なその女性が意識不明であるあいだは、かつてのナチ親衛隊将校に対して〝合理的な疑い以上〟の判決を勝ち取れる見込みがなかった。が、そうだとしても、裁きへ向けての動きをすぐに始める必要があった。

サー・アランはカクテル・パーティにさして興味はなかったから、女王の園遊会からウインブルドンのロイヤル・ボックスまで一日に十通を超える招待状の九割は右上の隅に

〝欠席〟と書かれて、その口実は秘書に任されることになっていた。しかし、外務省から届いたイスラエルの新任大使を歓迎するドリンク・パーティの招待状には、〝時間があれば出席〟と右上の隅に記された。

新任の大使とは過去に何度か外交団の一員として顔を合わせていたから、いまさら特に会いたいわけではなかったが、そのパーティには折り入って話をしたい人物が一人、出席しているはずだった。

サー・アランはダウニング街の執務室を六時を過ぎてすぐにあとにし、ゆっくり歩いて外務省へ向かった。新任の大使に祝いの挨拶をし、寄ってくる数人の出席者と短く言葉を交わしたあと、グラスを片手に素速く動き回って目当ての人物を探した。

サイモン・ウィーゼンタールを見つけて歩み寄ったとき、彼はサー・イズラエル・ブロディと話しているところだった。サー・アランは辛抱強く待ち、その首席ラビが話の相手を大使の妻に切り替えると、おしゃべりに花を咲かせている人々に背中を向けて、だれにも邪魔されたくないのだということを明らかにした。

「ドクター・ウィーゼンタール、大量虐殺《ホロコースト》に関与したナチスを追及するあなたの運動に、私は大変に敬服しています」ウィーゼンタールがわずかに頭を下げた。「ところで」内閣官房長官は声を落とした。「カール・オットー・ルンズドルフという名前に心当たりはありませんか？」

「ルンズドルフ中尉はヒムラーの側近の一人でした」ウィーゼンタールが答えた。「ヒムラー直属のナチ親衛隊尋問官をつとめていたのです。彼に関するファイルは数え切れないほどありますが、サー・アラン、残念ながら、連合国軍がベルリンへ進攻する数日前にドイツから逃げられてしまったのですよ。最後に聞いたところでは、アルゼンチンで生きているとのことでした」

「ところが、もう少し近くにいるとしたらどうでしょう」サー・アランはささやいた。ウィーゼンタールがわずかに身体を寄せ、俯くようにして耳を傾けた。

「感謝します、サー・アラン」内閣官房長官が関連情報を与え終えると、ウィーゼンタールは言った。「すぐに仕事にかかりましょう」

「お手伝いできることがあれば、もちろん非公式にですけれども、何であれ連絡をいただければと思います。私がどこにいるかはご存じですね？」サー・アランが言ったとき、〈イスラエルの友〉の会長がやってきた。

サー・アランは空になったグラスを通りかかったウェイターの盆に戻し、串に刺したソーセージを断わって、新任大使に挨拶をしてから一〇番地へ引き返した。計画の概要を文字にしたものをもう一度おさらいし、どんなに細かい部分にも間違いがないことを確かめて、問題はタイミングであることを改めて確認した。ルンズドルフが消えた翌日に、二人をともに逮捕したいとあれば尚更だった。

夜半を過ぎた直後に最後の確認を終え、自分は結局のところ、いまでも善意の独裁者のほうが好ましいと考えているようだと自らを判定した。

アレックス・フィッシャー少佐は、二通の手紙を並べて机に置いた。〈バリントン海運〉宛の辞表と、今朝着いたばかりの、重役の席にとどまりつづけるチャンスを与えようと申し出るセドリック・ハードキャッスルからの手紙だった。ハードキャッスルの言葉のとおり、長期的な展望を見込めるし、代理人としての役割を果たす相手がペドロ・マルティネスからハードキャッスルへ代わることにも、もはや問題はないはずだった。

フィッシャーは二つの選択肢のどちらを取るか、双方の長所と短所を較べて考えながら悩みに悩んだ。セドリックの気前のいい申し出を受け入れて重役にとどまれば、年俸二千ポンドと経費が懐に入るし、それ以外の利益を追求する機会にも事欠かないだろう。

しかし、重役を辞任すれば、ドン・ペドロは五千ドルを現金で渡すと約束してくれている。諸々を考量すればセドリックの申し出のほうが選択肢としては魅力的だが、ドン・ペドロとの合意を土壇場になって実行しなければ間違いなく復讐されるだろう。それはついこのあいだ、ミス・キティ・パーソンズが身をもって証明している。

ドアがノックされ、フィッシャーを驚かせた。だれも訪ねてくることになっていなかった、もっと驚いたのは、ドアを開けて、ディエゴ・マルティネスがそこに立っていたときだった。

「おはよう」フィッシャーはあたかも予想していたかのように言ってから、「どうぞ」と付け加えた。それ以外、言葉を思いつかなかった。書斎へ通して二通の手紙を見られたくなかったから、キッチンへ案内した。「なぜブリストルへ？」そう訊きながら、ディエゴが酒を飲まないことを思い出し、やかんに水を汲んで火にかけた。

「親父からこれを渡すよう言われてきたんだ」ディエゴが分厚い封筒をキッチン・テーブルに置いた。「数える必要はない。あんたが前払いを要求していた二千ポンドだよ。残りは月曜、あんたが辞表を提出したら渡す」

フィッシャーは決めた。恐怖が欲に勝った。封筒を取り上げて内ポケットにしまったが、礼は言わなかった。

「これも念のために確認するよう親父から言われてきたんだが、金曜の午前中に辞表を提出したら、メディアへの対応ができるようにしておいてほしいとのことだ」

「もちろんだ」フィッシャーは応えた。「ミセス・クリフトンに辞表を渡したら」――いまも、彼女を会長とは呼べなかった――「ミスター・マルティネスと合意したとおり、すぐにマスコミ各社に電報を打ち、自宅へ戻って机の前に坐って、電話に出られるようにするつもりだよ」

「いいだろう」ディエゴが言ったとき、やかんが湯気を噴き出した。「では、月曜の午後にイートン・スクウェアで会おう。年次総会に対するメディアの扱いがあの会社にとって不都合なものであれば、それはすなわち、おれたちには好都合ということであり」そして、にやりと笑って見せた。「あんたは残りの三千ポンドを手にすることができるってわけだ」

「コーヒーでも一杯飲んでいかないか」

「いや、結構。金は渡したし、親父からのメッセージも伝えた。親父はあんたが心変わりしていないことを確認したかっただけなんだ」

「私が心変わりしたかもしれないとミスター・マルティネスが思った理由は何なんだろう」

「おれには想像もつかないな」ディエゴが答え、〈デイリー・テレグラフ〉の一面に載っているミス・キティ・パーソンズの写真を見下ろして付け加えた。「だけど、忘れないほうがいい。何であれ妙なことになったら、今度ブリストル行きの列車に乗るのはおれじゃないからな」

ディエゴが帰ると、フィッシャーは書斎へ戻ってセドリック・ハードキャッスルの手紙を破り、細かくちぎってごみ箱に棄てた。返事をする必要はない。土曜日の国内紙でおれの辞表を読めば、それがハードキャッスルへの答えになる。

〈カーワディーンズ〉で昼食をとる贅沢を自分に許し、午後の残りを費やして、地元の何軒かの店にしていた、なかには長いあいだそのままになっていたものもある、少額のつけを精算した。自宅へ帰って封筒のなかを検めると、手の切れるような五ポンド札で千二百六十五ポンド残っていた。メディアが自分の話に十分な関心を示してくれれば、月曜にはさらに三千ポンドが手に入る。ベッドに入ってからも、新聞記者が舌なめずりをするのではないかと思われる言葉を繰り返し復唱した――「私は〈バッキンガム〉が処女航海にも出ないうちに沈んでしまうのではないかと恐れています。女性を会長にしたことは無謀な賭けであり、この会社がそれを埋め合わせられるとは、私には信じられないのです。もちろん、私は持ち株のすべてを売却しました。後に大損をするより、いま、小さな損を我慢するほうがましだからです」

翌朝、フィッシャーは眠れぬ夜を過ごしたあとで〈バリントン海運〉の会長室に電話をし、金曜の午前十時に面会の約束を取り付けた。その日は一日、自分は正しい判断をしたのだろうかと迷いながら過ごすことになったが、いまさら考え直したらドン・ペドロの金を騙し取ったことになり、今度自宅のドアをノックするのはカールで、ブリストルへ持ってくるのが残りの三千ドルではないこともわかっていた。

にもかかわらず、自分は人生で最大の過ちを犯したのではないかという思いが取りつきはじめていた。物事を全体的かつ徹底的に考えるべきだったのだ。どんな新聞であれ辞表が公表されたら、重役になってくれないかという申し出などどこからもこなくなるに決まっている。

考え直すには遅すぎるだろうか。すべてをハードキャッスルに打ち明け、千ポンドを前払いしてもらえれば、マルティネスに全額返すことができるのではないか。朝になったら、真っ先に彼に電話をしよう。フィッシャーはやかんを火にかけ、ラジオをつけた。漠然と聞いていたのだが、キティ・パーソンズの名前が出てきた瞬間に耳を澄まして集中し、ヴォリュームを上げてアナウンサーの声を聞いた。「ミス・パーソンズは今夜、意識が戻らないままに死亡したと、ブリティッシュ・レイルウェイズのスポークスマンが確認しました」

39

木曜　午前中

雨が降っていなければ作戦を進められないことは四人全員が認識していたし、対象を尾行する必要がないこともわかっていた。なぜなら、木曜は対象が〈ハロッズ〉へ買い出しにいく日と決まっていて、その手順も絶対に変わることがないからだった。

木曜が雨降りなら、対象はレインコートと雨傘を一階のクロークルームに預けるはずだった。そのあと、売り場を二カ所、回るのだ。まず煙草売り場へ行き、ドン・ペドロのお気に入りの葉巻の〈モンテクリスト〉を一箱買い、それから食品売り場へ移動して、週末に食べる分を調達する。調べは徹底的に行なわれたが、それでも、すべてを寸秒違わず実行する必要があった。ただし、有利な点もなくはなかった。ドイツ人は時間厳守を旨とするところである。

ルンズドルフは午前十時を過ぎたとたんに、イートン・スクウェア四四番地から出てきた。黒の長いレインコートを着て、雨傘を持っていた。空を見上げて傘を開くと、確固たる足取りでナイツブリッジの方向へ歩き出した。今日はウィンドウ－ショッピングの日ではなかったし、事実、ルンズドルフは必要なものをすべて購入したら、すぐにタクシーでイートン・スクウェアへ帰るつもりでいた。その場合の準備も、四人はおさおさ怠っていなかった。

〈ハロッズ〉に入るや、ルンズドルフはクロークルームに直行し、傘とレインコートをカウンターの女性に預けて、数字を記した小さな札を引き替えに受け取った。そのあと、香水売り場と宝石売り場の前を素通りして、煙草売り場のカウンターで足を止めた。尾行者はいなかった。いつもの葉巻を一箱買うと、食料品売り場へ移動し、いくつかの買い物袋を四十分かけて一杯にした。十一時をわずかに回ったところでクロークルームへ戻り、ウィンドウ越しに外をうかがった。イギリス人が〝レイニング・キャッツ・アンド・ドッグズ〟と呼ぶ土砂降りだった。ドアマンはタクシーを止められるだろうかと心配しながら、買った物をすべて置いて、真鍮の小さな札をカウンターの女性に渡した。彼女は奥の部屋へ入っていき、ややあってから、女物のピンクの傘を持って戻ってきた。

「それは私のではない」ルンズドルフが言った。

「大変申し訳ございません、サー」女性がうろたえた様子で謝り、すぐさま奥の部屋へ引き返した。ようやく姿を現わしたときに持っていたのは狐の襟巻きだった。

「それが私のものに見えるか？」ルンズドルフがきつい口調で言った。

彼女はふたたび奥の部屋へ取って返し、今度はもっと長くかかって再登場したときは、暴風雨用で、鮮やかな黄色の、丈長の防水コートを持っていた。

「おまえは生まれつきの馬鹿か？」ルンズドルフが声を荒らげた。女性は真っ赤になり、まるで痺《しび》れてしまったかのようにその場に立ち尽くした。年上の女性が代わりに応対した。「申し訳ございません、サー。よろしければ、奥の部屋へおいでいただいて、あなたさまの傘とコートを見つけていただけないでしょうか」彼女は客と従業員を隔てているカウンターの天板を上げた。ルンズドルフは彼女の意図に気づくべきだった。

ルンズドルフは彼女のあとについて奥の部屋へ入り、壁沿いのコート架けの真ん中あたりに掛かっている自分のレインコートを、ほとんどすぐに見つけた。傘を取ろうと屈んだ瞬間、後頭部に衝撃を感じた。膝から床に崩れ落ちると、コート架けの後ろから三人の男が飛び出した。クラン伍長がルンズドルフの両腕をつかんで素速く後ろ手に縛り上げ、そのあいだに、ロバーツ軍曹が猿轡《さるぐつわ》を噛ませて、ハートリー大尉が両足首をまとめて拘束した。

直後、スコット－ホプキンズ大佐が緑のリネンの上衣を着て、柳の枝で編んだ大きな洗濯籠を押して現われた。彼がその蓋を開け、残る三人がルンズドルフをなかへ押し込んだ。二つ折りにしたにもかかわらず、ほとんど隙間がなかった。ハートリー大尉がレインコートと雨傘をそこに放り込み、クラン伍長がしっかりと蓋をして、革帯をバックルでしっかりと固定した。

「ありがとう、レイチェル」大佐が言うと、洗濯籠をそこから押し出せるよう、クロークルームの若いほうの女性がカウンターの天板を上げた。

まずクラン伍長がブロンプトン・ロードへ出て、そのすぐあとにロバーツ軍曹がつづいた。大佐は足を止めることなく洗濯籠を押し、入口の前で後部ドアを開けて待っている〈ハロッズ〉のヴァンへ向かっていった。ハートリーとロバーツが予想以上に重い洗濯籠を持ち上げ、ヴァンのなかへ滑り込ませた。ヴァンの運転席にクラン、助手席に大佐が坐り、ハートリーとロバーツは後ろに乗って、それぞれにドアを閉めた。

「行こう」大佐が命じた。

クランがゆっくりとヴァンを中央車線に入れ、のろのろとしか動かない朝の車の流れに合流させて、ブロンプトン・ロードをA４へと走らせた。どこへ行くのかは正確にわかっていたが、それは大佐が常に口やかましく言っていることを実行して前日に試験走行をしておいたおかげだった。

四十分後、クランはヘッドライトを二度瞬かせてから、金網に囲まれている人気のない飛行場へと近づいていった。危うく減速しなくてはならないかと思った瞬間にゲートが勢いよく開き、そのまま滑走路へ入っていくことができた。そこでは目に馴染んだ青と白のマークを描いた輸送機が搬入口を開いて待っていた。

クランがエンジンを切りもしないうちに、ハートリーとロバーツがヴァンの後部ドアを開けてアスファルトの上に飛び降りた。洗濯籠をヴァンから引きずり出し、搬入口から機内へ引っ張り上げて、輸送機の腹のなかに落とすようにして置いた。そのあと、静かに輸送機を降りると、ふたたびヴァンに飛び乗って素速くドアを閉めた。

大佐は作業のすべてを注意深く見守り、洗濯籠の中身や輸送機の目的地を用心深い税関職員に説明する必要をなくしてくれた内閣官房長官に内心で感謝した。彼がヴァンの助手席に戻ってドアを閉めるや、結局エンジンをかけたままにしていたクランがすぐさまアクセルを踏んだ。

開け放してあったゲートにヴァンがたどり着いたまさにそのとき、輸送機の搬入口が閉まりはじめ、幹線道路へ出るころには滑走路へとタキシングを開始した。ヴァンは東へ向かっていて、輸送機は南へ向かうことになっていたから、離陸する瞬間は見えなかった。

四十分後、〈ハロッズ〉のヴァンは店の入口の元あった場所に戻った。作戦開始から完了までわずか一時間半とちょっとだった。自分のヴァンが戻ってくるのを正規の運転手が舗道で待っていた。遅れた分の配送時間は午後に埋め合わせればよく、上司に知られることもないはずだった。

クランが運転席を下りてキイを渡した。「ありがとうよ、ジョゼフ」そして、かつての陸軍特殊空挺部隊《SAS》の仲間と握手をした。

ハートリー、クラン、ロバーツの三人は、それぞれ別のルートでチェルシー兵舎へ戻っていったが、スコット＝ホプキンズ大佐は〈ハロッズ〉へ引き返してクロークルームへ直行した。二人の女性はいまもカウンターにいた。

「ありがとう、レイチェル」大佐は〈ハロッズ〉の制服を脱ぐと、きちんと畳んでカウンターに置いた。

「どういたしまして、大佐」年上の女性が応えた。

「あの紳士が買ったものはどうした？　教えてもらえるかな？」

「全部、レベッカが忘れ物係へ届けました。お客さまがいつ戻って見えるかわからない場合の、それがわたしどもの規則なんです。でも、これはあなたのために取っておきました」彼女がカウンターの下から箱を取り出した。

「きみは本当に気が回るな、レイチェル」大佐は〈モンテクリスト〉の箱を受け取りながら言った。


着陸した輸送機の搬入口が開くのを、受取り委員会の面々はじりじりしながら待った。四人の若い兵士がきびきびと輸送機に入り、洗濯籠をぞんざいに搬入口から引きずり下ろして、受取り委員会の委員長の前に置いた。一人の将校が前に進み出てバックルを外し、革帯をゆるめて蓋を開けた。両手と両足を縛られ、打ち傷ができてぼろぼろになっている男が見えた。

「猿轡を外して、縛《いまし》めを解いてやれ」このときを二十年近く待っていた人物が命じた。そして、男が何とか気力を振り絞り、洗濯籠からアスファルトの上に出てくるのを待って、ふたたび口を開いた。「会うのは初めてだな、ルンズドルフ中尉」サイモン・ウィーゼンタールは言った。「だが、この国できみを歓迎する最初の人間にしてもらおうか。イスラエルへようこそ」

握手はなかった。

40

金曜　午前中

ペドロ・マルティネスはいまもくらくらしていた。あまりに短時間に、あまりに多くのことが起こっていた。

明け方の五時、玄関のドアが激しく執拗にノックされた。ペドロ・マルティネスはその音で起こされ、なぜカールが応対しないのだろうと不思議に思った。きっと、帰りが遅くなり、また鍵を忘れたことに気づいたディエゴかルイスだろうと考えた。ベッドを出てドレッシング・ガウンを羽織り、階下《した》へ下りた。ディエゴだかルイスだか知らないが、朝のこんな時間に人を起こすとはどういう了見だと、どやしつけてやるつもりだった。

玄関を開けた瞬間、六人ほどの警察官が雪崩れ込んできて階段を駆け上がり、ベッドで熟睡していたディエゴとルイスを逮捕した。二人は服を着替えることを許されたあと、すぐに手錠を掛けられ、囚人護送車へ押し込まれた。カールはどうした、とペドロ・マルティネスは訝った。なぜ助けにこない？　あいつも逮捕されてしまったのか？

階段を駆け上がって、カールの部屋のドアを一気に押し開けた。眠った形跡のないベッドがあるばかりだった。ゆっくりと書斎へ戻り、弁護士の自宅へ電話をした。悪態をつきつづけ、拳で繰り返し机を殴りつけながら、だれかが電話に出るのを待った。

ようやく眠たそうな声が応え、たったいま起こったことを不得要領に説明する依頼人の話に注意深く耳を傾けた。ミスター・エヴァラードはいまやはっきり目を覚まして、片足を床に降ろした。「ご子息が連行された場所がわかったら、すぐにあなたに電話をかけ直します」彼は言った。「それから、容疑も突き止めます。私が電話をかけ直すまでは、このことはだれにも一言も話さないでください」

マルティネスはそれでも拳で机を殴りつづけ、声を限りに汚ない言葉を吐き散らしたが、だれも聞いていなかった。

最初に電話をしてきたのは、〈イヴニング・スタンダード〉だった。

「ノー・コメントだ！」ペドロ・マルティネスは怒鳴り、受話器を叩きつけた。弁護士の助言に従って、〈デイリー・メール〉、〈ミラー〉、〈エクスプレス〉、〈タイムズ〉にも、同じくぶっきらぼうな言葉を返した。エヴァラードからの折り返しの電話をじりじりしながら待っているのでなければ、受話器も上げなかっただろう。八時を過ぎてすぐ、ようやく弁護士が電話をしてきてディエゴとルイスの拘留先を明らかにし、さらに数分を費やして容疑が深刻なものであることを強調した。「ご子息二人の保釈を申請するつもりですが」

弁護士は言った。「楽観はまったくできません」

「カールはどうなんだ？」ほとんど詰め寄るような口調だった。「あいつはいまどこにいて、容疑は何なんだ？」

「彼については、警察は何も知らないそうです」

「探せ」マルティネスは要求した。「居所を知っているやつが必ずいるはずだ」

九時、アレックス・フィッシャーはピンストライプのダブルのスーツを着ると、レジメンタル・タイを締めて新品の黒い靴を履いた。階下の書斎へ下り、もう一度辞表に目を通してから封をして宛先を記した――〝ミセス・ハリー・クリフトン〈バリントン海運〉ブリストル〟。

そして、ドン・ペドロとの合意を満たし、残りの三千ポンドを確実に受け取るためには、この二日で何をする必要があるかを考えた。まず、十時に〈バリントン海運〉の会長室へ行き、ミセス・クリフトンに辞表を手渡すこと。次に地元の二つの新聞〈ブリストル・イヴニング・ポスト〉と〈ブリストル・イヴニング・ワールド〉を訪ね、編集長に辞表のコピーを渡すこと。これで、またもや自分の手紙が新聞の一面を飾ることになる。

そのあと郵便局へ行き、全国の新聞の編集長に宛てて電報を打つ。電文は簡単だ――〝アレックス・フィッシャー少佐は〈バリントン海運〉重役を辞し、会長の辞任を求める。

理由は、〈バリントン海運〉が倒産の危機に直面していると考えるからである〟。そして自宅へ戻り、電話のそばで待機する。ありそうな質問の答えはすでにすべて準備してある。

フィッシャーは午前九時三十分を過ぎて自宅アパートを出ると、車で〈バリントン海運〉へ向かった。朝のラッシュ－アワーのせいで、ゆっくりとしか進めなかった。ミセス・クリフトンに辞表を手渡すのが待ち遠しいというわけではなかったが、離婚書類を届けなくてはならないメッセンジャーのように淡々と手渡して、すぐに踵を返すつもりでいた。

約束の時間に何分か遅れ、彼女を待たせることになるのはもうわかっていた。会社の門をくぐったとき、ここへこられなくなるとどんなに寂しくなるかということに不意に気がついた。ＢＢＣの国内向け放送《ホーム・サーヴィス》をつけてニュースを聞こうとした。警察は二十七名のモッズとロッカーを治安妨害容疑で逮捕。ネルソン・マンデラ、終身刑を受けて南アフリカの刑務所に服役。イートン・スクウェア四四番地で二人が逮捕……フィッシャーが駐車区画に着いてラジオを消したときだった――イートン・スクウェア四四番地……？　急いでスイッチを入れ直したが、ニュースはブライトン・ビーチでのモッズとロッカーのあいだで起こった追撃戦の詳細に移っていた。なぜ政府は国内のニュース専門のチャンネルを廃止したんだ、とフィッシャーは腹が立った。「アフリカ民族会議の指導者ネルソン・マンデラは、南アフリカ政府に対する破壊陰謀行為の罪で終身刑を宣告され、その刑に服しはじめました」

「その馬鹿野郎のことをおれたちが聞くのもこれが最後だろうな」フィッシャーは確信を持って独りごちた。

「首都警察は今早朝、イートン・スクウェアの一軒に踏み込み、アルゼンチン国籍の二人を逮捕しました。二人は今日じゅうに、チェルシー治安判事裁判所に出頭することになっています……」


ペドロ・マルティネスは九時三十分を過ぎてすぐに、イートン・スクウェア四四番地を出た。とたんにフラッシュの嵐に襲われてなかば目が見えなくなりながらもタクシーを見つけ、まだしも匿名性が保たれる車内に逃れた。

十五分後、タクシーがチェルシー治安判事裁判所に着くや、今度はもっと多くのカメラが待ち受けていた。ペドロ・マルティネスは群がる記者を掻き分け、浴びせられる質問にも一切答えずに第四法廷へ向かった。

法廷に入るや、ミスター・エヴァラードが急いでやってきて始まろうとしている手続きを説明し、そのあとで二人の容疑をもう一度詳しく明らかにしてから、ディエゴとルイスのどちらかでも保釈が認められるという確信はまったく持てないと認めた。

「カールについては何かわかったのか？」

「それが何もわからないんです」弁護士がささやいた。「昨日の午前中、〈ハロッズ〉に入ったあと、彼を見た者も、声を聞いた者も、一人もいません」

ペドロ・マルティネスが眉をひそめて最前列に腰を下ろすと、ミスター・エヴァラードは弁護人席へ戻った。弁護人席の反対側には、黒いショート・ガウンを着た、いかにも頼りなげな若者が坐っていた。あれが検察側のエースなら、とマルティネスは多少自信が芽生えた。

疲れと不安を抱えて、ペドロ・マルティネスは廷内を見回した。人気《ひとけ》はなかったが、それでも六人ほどの新聞記者が一方に陣取ってノートを広げ、ペンを構えていた。傷ついた狐をいたぶるのを待つ猟犬のようだった。ペドロ・マルティネスの背後、法廷の後方に、四人の男が坐っていた。四人とも、顔は見たことがあった。あいつら、とペドロ・マルティネスは思った。カールの正確な居場所を知っているんじゃないのか。

目を後方から前方へ移すと、下級廷吏が忙《せわ》しく動き回り、手続きを開始できる人物が入廷する前にすべての準備を遺漏なく整えようとしていた。時計が十時を告げると、黒いロング・ガウンを着た長身痩躯の男が法廷に入ってきた。弁護士と検察官がすぐさま起立し、恭《うやうや》しく頭《こうべ》を垂れた。下級判事が答礼し、一段高くなっている裁判官席の中央に腰を下ろした。

着席した判事が時間をかけて廷内を見渡した。今朝の手続きに関心を持つメディアの数が普段より多いことに驚いたとしても、それを面《おもて》に現わすことは微塵もなかった。判事は法廷事務官にうなずくと、椅子に深く坐り直して待った。ややあって、最初の被告が現われて被告席に着いた。ペドロ・マルティネスはルイスを凝視した。保釈が認められたらどうしてやる必要があるか、腹はすでに決まっていた。

「容疑を読み上げるように」判事が法廷事務官を見下ろして命じた。

事務官は裁判官に頭を下げてから被告に向き直り、大音声で容疑を読み上げた。「ルイス・マルティネスの容疑は以下のとおりである。一九六四年六月六日夜、ロンドンSW3、グレーブ・プレイス一二番地、四号室の個人の住居に侵入し、ミス・ジェシカ・クリフトンなる女性の所有になる財産を何点か破壊した。被告は有罪と無罪、どちらを申し立てるか？」

「無罪」被告が聞き取りにくい声でつぶやくように答えた。

判事はその言葉をメモ・パッドに書き留めた。そのとき、被告弁護人が立ち上がった。

「ミスター・エヴァラード、どうぞ」判事は発言を認めた。

「判事、被告は人格も評判も何ら汚れたところがなく、初犯であり、前科もありません。したがって、当然のこととして保釈を要求するものであります」

「ミスター・ダフィールド」判事は弁護人席の反対側の検察官席を見て、そこに坐っている若者に訊いた。「いまの被告弁護人の要求に異議はありますか？」

「ありません、判事」検察官がほとんど立ち上がろうともせずに答えた。

「では、保釈金千ポンドで保釈を認めます、ミスター・エヴァラード」判事はふたたびその結論をメモ・パッドに書き留めた。「被告人は十月二十二日午前十時に本法廷へ再出頭すること。よろしいですね、ミスター・エヴァラード？」

「承知しました、判事」弁護士が応え、わずかに頭を下げた。

ルイスは被告席を出たが、どうしていいか明らかにわからない様子だった。エヴァラードが父親のほうへ顎をしゃくると、ようやく最前列の父親の隣りに腰を下ろした。どちらも口を開かなかった。間もなく、ディエゴが現われて被告席に着き、容疑が読み上げられるのを待った。

「ディエゴ・マルティネスの容疑は以下のとおりである。シティのある株仲買人の買収を企て、その過程で法的正義を実現する道を踏み外した。被告は有罪と無罪、どちらを申し立てるか？」

「無罪」ディエゴはきっぱり答えた。

ミスター・エヴァラードがすぐさま立ち上がった。「判事、この被告も初犯であり、前科もありません。したがって、この件においても、躊躇なく保釈を求めるものであります」

判事が訊きもしないうちに、ミスター・ダフィールドが検察官席から立ち上がって答えた。「この件に関しても異議はありません」

エヴァラードは訝った。なぜ検察は争おうとしないのか？　何から何まで簡単にいきすぎるではないか——それとも、おれは何かを見落としているのだろうか。

「では、保釈金二千ポンドで保釈を認めます」判事が宣言した。「本件は高等法院へ移されます。裁判の日取りは高等法院の日程を考慮した上で、改めて決まることになります」

「承知しました、判事」エヴァラードは応えた。ディエゴが被告席を出て父親と弟のところへ行った。三人は言葉を交わすでもなく、そそくさと法廷をあとにした。

ペドロ・マルティネスと二人の息子はカメラの群れを押し分け、新聞記者どもの執拗な質問にも一切答えずに通りへ出た。ディエゴがタクシーを止め、三人は黙ったまま後部座席に乗り込んだ。以降、父親がイートン・スクウェア四四番地の玄関を開けて親子で書斎にこもるまで、だれも一言も発しなかった。

それから二時間、親子はどんな選択肢が残されているかを話し合った。行動方針が決まり、それをすぐに実行に移すことで合意に達したのは、正午を過ぎてすぐだった。

アレックス・フィッシャーは弾かれたように車を降りると、駆け出さんばかりに急いでバリントン・ハウスへ向かった。エレヴェーターで最上階へ上がり、会長室へ急行した。秘書は明らかに彼を待ちかねていたらしく、そのままミセス・クリフトンのところへ案内してくれた。

「大変申し訳ありません、遅れてしまいました、会長」フィッシャーはわずかに息を切らしながら詫びた。

「おはようございます、少佐」エマが応じたが、立ち上がろうとはしなかった。「昨日、あなたから電話があってから、わたしが秘書から聞いているのは、わたしと会って重要な個人的問題を話し合いたいということだけなんですよ。当然のことながら、その問題とはどういうものだろうと考えていたのですけどね」

「会長がご心配になるようなことではありません」フィッシャーは言った。「過去において、私たちのあいだには多くの相違がありましたが、それにもかかわらず、これまでの困難な時期を乗り切るについて、重役会はあなた以上に優れた会長を戴くことはできなかったであろうし、あなたの下で〈バリントン海運〉に奉仕できたことを私が誇りに思っているとお伝えしたかっただけなのです」

エマはすぐに返事をしなかった。フィッシャーの心変わりの理由を量りかねていた。

「確かに、過去において、わたしたちのあいだには相違がありました」彼女はようやく言ったが、まだ椅子は勧めなかった。「というわけですから、残念ながら、将来において重役会は何らかの理由であなたなしでやっていかなくてはならなくなるかもしれませんね」

「そういうことにはならないかもしれませんよ」フィッシャーは穏やかな笑みを浮かべて

言った。「どうやら、まだあの知らせを聞いていらっしゃらないようですね」

「どんな知らせかしら？」

「セドリック・ハードキャッスルが、自分の代理として〈バリントン海運〉の重役になってくれないかと言ってくれているんです。ですから、実際には何も変わっていないんですよ」

「では、知らせを聞いていないのは、どうやらあなたのほうのようね」エマが机の上の手紙を手に取った。「セドリックは最近、保有していた〈バリントン海運〉の株をすべて売却し、わが社の社外取締役を辞しました。だから、彼はもはや重役たるべき資格を持たないんです」

フィッシャーは狼狽して口走った。「しかし、彼は直接、私に言ったんですよ――」

「残念だけど、わたしはすでに彼の辞任を受け入れました。これから彼に手紙を書いて、彼がどれほど忠誠と惜しみない奉仕をわが社に与えてくれたかを感謝し、彼に代わる人物を重役会が探すのがいかに困難であるかを伝えるつもりです。そして、追伸で、〈バッキンガム〉の命名式への出席とニューヨークへの処女航海にわたしたちと同行してくれることをお願いするつもりです」

「しかし――」フィッシャーはふたたび試みた。

「翻《ひるがえ》って、あなたの場合ですが、フィッシャー少佐」エマがそれをさえぎってつづけた。

「ミスター・ペドロ・マルティネスも、保有する〈バリントン海運〉の株をすべて売却されましたから、あなたも社外取締役を辞任する以外の選択肢がなくなりました。セドリックの場合と違って、わたしはあなたの辞任をこの上ない喜びとともに受け入れます。あなたが長年にわたってわが社に対して為してきたことは、悪意に満ちていて、大きなお世話で、有害でしかありませんでした。付け加えるとすれば、わたしは命名式の席にあなたにいてほしいとは思わないし、処女航海にあなたを招待することも間違いなくあり得ないということです。率直に言いますが、〈バリントン海運〉は、あなたがいないほうがはるかにうまくいくでしょう」

「しかし、私は――」

「今日の午後五時までにわたしの机にあなたの辞表が届かなければ、あなたがもはや〈バリントン海運〉の重役でない本当の理由を声明を出して洗いざらい公表する以外に、わたしに残された選択肢はなくなるでしょう」

ペドロ・マルティネスは部屋を横切ってもはや絵で隠されていない金庫の前に立つと、六桁の暗号を打ち込んでダイヤルを回し、頑丈な扉を引き開けた。そして、一度も使われていないパスポートを二通と真新しい五ポンド紙幣の束を取り出し、二人の息子に平等に分け与えた。五時を過ぎてすぐ、ディエゴとルイスは別々に自宅を出てそれぞれ異なる方向へ向かった。今度会うとすれば、鉄格子の向こうかブエノスアイレスか、そのどちらかだとお互いにわかっていた。

父親は独りで書斎に坐り、自分にどんな選択肢が残されているかを思案した。六時、早い夕方のニュースをつけた。新聞記者にもみくちゃにされながら這々《ほうほう》の体で裁判所を逃げ出す自分と二人の息子の屈辱的な姿を自虐的な気分で見るつもりでいた。ところが、最初のニュースはディエゴとルイスを扱ったチェルシーからのものではなく、ナチ親衛隊中尉のカール・ルンズドルフを扱ったテル・アヴィヴからのものだった。紛れもないカールが囚人服を着せられ、首から番号札を吊るされて、テレビ・カメラの砲列の前を行進させられていた。ペドロ・マルティネスはテレビ画面に向かって怒鳴った。「おれはまだ負けちゃいないからな、この馬鹿野郎ども！」続けざまに発せられる彼の罵声は、激しく玄関をノックする音にさえぎられた。時計を見ると、息子二人が出ていってからまだ一時間足らずだった。どちらかがもう逮捕されたのか？　そうだとすれば、どっちの可能性が高いかははっきりしている。ペドロ・マルティネスは書斎を出ると玄関ホールを横切り、おそるおそるドアを開けた。

「私の助言に従えばよかったのに、ミスター・マルティネス」スコット－ホプキンズ大佐が言った。「あなたはそうしなかった。そして、いま、ルンズドルフ中尉は戦争犯罪人として裁判を受けるはめになった。というわけだから、テル・アヴィヴへは行かないほうがいいでしょうね。そんなことをしたら、自分を興味深い被告側証人にするだけだ。ご子息の二人はブエノスアイレスへ戻られるようだが、彼らのために忠告すれば、二度とこの国に足を踏み入れないほうが身のためですよ。なぜなら、そんなことをするほど愚かなら、われわれが目をつぶって見逃すことは二度とないとあなたが確信することになりますからね。それから、あなた自身について言えば、ミスター・マルティネス、率直に言って、長居が過ぎて歓迎されなくなっているんですよ。だから、そろそろお国へ帰ったほうがいいんじゃないですか。そうだな、期限は二十八日以内ということでどうだろう？　二度も助言が入れられないとなれば、私としても……まあ、二度と会わないですむことを祈りましょう」大佐はそれだけ言うと、くるりと踵を返して薄暮のなかへ消えていった。

ペドロ・マルティネスは力任せにドアを閉めると書斎へ戻り、一時間以上も机に向かって坐っていた。そのあと、受話器を上げて、書き留めてはいけないし、一度しかかけてはいけないと釘を刺されている番号をダイヤルした。

三度目の呼出し音で受話器が上げられたとき、まったく声が返ってこなくてもペドロ・マルティネスは驚かず、こう言っただけだった。「運転手が必要だ」

ハリーとエマ

一九六四年

41

「わたしはゆうべ、一八四九年に新たな形態の会社を立ち上げたジョシュア・バリントンの、最初の年次総会でのスピーチを読んでみました。ヴィクトリア女王が玉座にいらして、大英帝国に陽が没することのなかった時代です。彼はブリストルのテンペランス・ホールに集った三十七人に、〈バリントン海運〉の初年度の総売上高は四百二十ポンド十シリングと六ペンスであり、三十三ポンド四シリングと二ペンスの利益が出たことを告げて、来年はもっとよくなると株主に約束しています。

「今日、わたしはコルストン・ホールで千人を超す株主のみなさんを前に、百二十五回目の年次総会のスピーチをしています。今年の〈バリントン海運〉の総売上高は二千百四十二万二千七百六十ポンド、利益は六十九万千四百七十二ポンドでした。玉座にいらっしゃるのはエリザベス二世で、イギリスはもはや世界の半分も支配していないかもしれませんが、〈バリントン海運〉はいまも世界の海を走っています。でも、わたしもサー・ジョシュアと同じく、来年はもっとよくするつもりです。

「〈バリントン海運〉はいまも、人と貨物を世界じゅうのあらゆるところへ運ぶことで生計を立て、西と東を結んでの取引をつづけています。その間《かん》には二度の世界大戦にさらされ、いまは新世界秩序のなかで、わたしどものいる場所を見つけようとしています。もちろん、わたしたちはこの国が植民地帝国であった時代を誇りを持って振り返るべきではありますが、同時に、進んで困難と戦い、好機を捕らえることを厭《いと》うものではありません」

ハリーは最前列に陣取り、ジャイルズが妹の言葉を忙しく書き留めるのを面白く眺めながら、その言葉が庶民院で繰り返されるのはいつごろになるだろうかと思案した。

「そうした好機の一つを捕らえたのは、六年前、わたしの前任者のロス・ブキャナンの時代でした。あのとき、彼は重役会の支持を得て、〈バリントン海運〉は新たな豪華客船〈バッキンガム〉を建造し、〈パレス・ライン〉と名づけた船団の最初の一隻として就航させるべきだと決断したのです。その過程でいくつかの障碍を克服しなくてはならなかったにもかかわらず、わたしどもはいま、この素晴らしい客船の命名式までわずか数週間を残すだけのところへたどり着いています」

エマは背後の大きなスクリーンに向き直った。数秒後、そこに〈バッキンガム〉が映し出され、最初は息を呑む音に、次いで、いつまでもつづく拍手喝采に迎えられた。エマは初めて緊張がほどけ、ようやく拍手が収まりはじめると、スピーチの原稿にちらりと目を走らせた。

「ここで、嬉しいお知らせがあります。エリザベス皇太后が九月二十一日にエイヴォンマスへ足をお運びになり、〈バッキンガム〉の命名式にご臨席くださることになりました。みなさんの席の下にパンフレットがあると思いますが、そこに、この瞠目すべき客船の詳細がすべて記されています。そこから何点かをここで抜き出して説明し、みなさんの参考にしていただければと考えます。

「重役会は〈バッキンガム〉の建造を〈ハーランド・アンド・ウォルフ〉に依頼し、高名な造船家であるルパート・キャメロンの監督の下、船舶工学を社業とする〈サー・ジョン・バイルズ・アンド・カンパニー〉と提携、デンマークの〈ブルマイスター・アンド・ワイン〉と協力してことに当たりました。その結果、世界初のディーゼル・エンジンを搭載した客船が誕生したのです。

「〈バッキンガム〉は双発船で、全長は六百フィート、全幅は七十八フィート、最高速度は三十二ノットに達します。ファースト・クラスの定員は百二名、キャビン・クラスは二百四十二名、ツーリスト・クラスは三百六十名です。さらに、かなりの規模の貨物室を持ち、お客さまの乗り物と、目的地によっては商業貨物を積み込むことが可能になります。乗組員は五百七十七名、そこに船猫《せんびょう》のペルセウスが加わり、ニコラス・ターンブル退役海軍大佐が船長をつとめます。

「ここで、お客さまに楽しんでいただけて、ライヴァル各社が羨むに違いない、〈バッキンガム〉ならではの新機軸を紹介します。〈バッキンガム〉は、ほかの客船がすべて持っている、好天用オープン・デッキを持ちません。われわれにとって、それは過去のものなのです。なぜなら、〈バッキンガム〉は選択可能な二つのレストランと、スウィミング・プール付きのサン・デッキを備えた、最初の客船になるからです」大型スクリーンにスライドが映し出され、さらなる拍手喝采に迎えられた。

「ここで認めざるを得ないのですが」エマはつづけた。「これだけの質を誇る客船の建造に多額の資金は必要でなかったと強弁することはできません。事実、最終的には千八百万ポンド強が必要になるはずであり、昨年度にわたしが報告申し上げたとおり、わが社の蓄えを大きく取り崩すことになっています。ですが、〈バッキンガム〉の耐航許可が得られてから一年以内に、姉妹船〈バルモラル〉建造を進めるかどうかを決めるというオプション契約を、先見性のあるブキャナンが、ありがたいことに、やはり〈ハーランド・アンド・ウォルフ〉と結んでくれています。予算は千七百万ポンドです。

「〈バッキンガム〉は二週間前にわが社に引き渡されていますから、わたしどもがそのオプションを行使するかどうかを判断するためには五十週が残されていることになります。それまでに、豪華客船を建造するのはこの一回で終わりにするかどうか、すなわち、〈パレス・ライン〉を最初の一隻だけにとどめるかどうかを決めなくてはなりません。率直に申し上げるなら、その決定は〈バリントン海運〉の重役会でも、株主でさえもありません。

商業的冒険事業のすべてがそうであるように、これもまた、利用者の評判が決めることなのです。利用者の評判だけが、〈パレス・ライン〉の将来を決するのです。

「では、次のお知らせに移ります。本日正午をもって、旅行代理店の〈トーマス・クック・アンド・サン〉が〈バッキンガム〉の第二回目の予約受付を開始します」エマはそこでいったん間を置いて株主を見渡した。「ですが、今回の予約は一般社会に対するものではありません。この三年というもの、株主のみなさまはそれ以前は当然のことであった配当を受け取っていらっしゃいません。ですから、わたしはこの機会を利用し、〈バリントン海運〉から離れることなく支持しつづけてくださったみなさんにお礼をすることにしました。それは、〈バリントン海運〉の株を一年以上保有してくださっている株主の方々には、どなたにも処女航海の予約の権利を優先的に差し上げる、というものです。みなさまの大半はすでにその権利を有しておられますが、さらに、将来〈バリントン海運〉を利用される場合には、費用の一割を割り引かせていただきます」

拍手はいつまでも鳴り止まず、エマはそのおかげでもう一度スピーチ用のメモに目を走らせることができた。

「すでに〈トーマス・クック・アンド・サン〉は、処女航海の予約が順調ですでに客室の多くが埋まっているからといって有頂天になりすぎるなと、早くもわたしに注意を促しています。今回は出港のはるか以前に全客室が予約で埋まってしまうだろうが、それは初演の夜のオールド・ヴィク・シアターの客席が常に完売になるのと同じであって、わたしどもも劇場と同じく、頼りにすべきは長年にわたって繰り返し足を運んでくださる常連のお客さまなのだというのです。事実は至って簡単です。客室稼働率が六十パーセントを割る余裕はわたしどもにはなく、たとえ六十パーセントを維持できたとしても、赤字にならないのが精一杯です。客室稼働率が七十パーセントなら、ささやかな利益が保証されますが、ロス・ブキャナンの計画どおりに投資した資本を十年以内に取り戻すためには八十六パーセントの稼働率を保ちつづけなくてはなりません。十年も経てば、競合他社の船もすべてサン・デッキを持っているでしょうから、わたしどもはさらに斬新な新機軸を考え、いま以上に洗練されて要求が厳しくなっている利用者を引きつける努力を求められるはずです。

「ですから、これからの一年が〈バリントン海運〉の将来を決するのです。わたしどもが歴史を作るか、あるいは歴史になってしまうかの分岐点と言ってもいいでしょう。みなさんの重役たちが、わたしどもに信頼を置いてくださっている株主のために倦まずたゆまず努力をすることを、そして、豪華な船旅の世界の指標となるサーヴィスを提供することを、わたしはここにお約束します。では、冒頭に戻って、このスピーチを終わりたいと考えます。祖父と同じく、わたしも来年のほうが、来年より再来年のほうが、さらにそのあとの一年のほうが、よくなるようにするつもりです」

エマが着席すると、聴衆があたかも初演の夜であるかのように一斉に立ち上がった。エマは目をつぶり、祖父の言葉に思いを馳せた。〝会長が務まるぐらいに優秀であれば、女であることは何の関係もない〟。サマーズ海軍少将が彼女のほうへ身を乗り出してささやいた。「おめでとう。だが、質問を受けつけなくていいのかな？」

エマはぎょっとして立ち上がった。「申し訳ありません、質疑応答をすっかり失念していました。もちろん、喜んでお答えします」

とたんに、二列目のきちんとした服装の男性が立ち上がった。「さきほど、このところで株価が最高値を記録したことに言及がありましたが、この二週間であれだけ下げて、これだけ上げた理由を説明していただけませんか。私のような素人《しろうと》には、不安とまでは言わないにしても、よくわからないのですよ」

「わたしにも完全な説明は無理ですが」エマは認めた。「これだけは申し上げられます。つまり、ある株主——いまはそうではありませんが——が、〈バリントン海運〉の重役会に代理人を送り込んでいるにもかかわらず、無礼にもあらかじめわたしに通告することなく〈バリントン海運〉の株の二十二・五パーセントをマーケットに放出したのです。〈バリントン海運〉にとって幸いだったことに、関係した仲買人が抜け目がなくて、放出されたその株を、〈バリントン海運〉の以前の重役であり、自身は銀行家のミスター・ハードキャッスルに買い取りを勧めてくれました。ミスター・ハードキャッスルはその株を全部、しばらく前から〈バリントン海運〉の株主になりたいと考えていたイングランド北部の主要な実業家に売る橋渡しをしてくれました。それによって株がマーケットにあったのは数分にとどまり、そのおかげで暴落を免れ、実際に数日のうちにはマーケットに出される前の株価まで戻ったということです」

四列目の真ん中で、年次総会ではなくてアスコット競馬場のほうが似合いそうな縁の広い黄色の帽子をかぶった女性が立ち上がったが、エマはそれを無視して数列後ろの男性を指名した。

「〈バッキンガム〉は大西洋横断航路だけを往き来するのですか？　それとも、将来的には別の目的地へ向かわせることも考えておられるのでしょうか？」

「いい質問をいただきました」実際にはそうではなかった場合のために、特にジャイルズから教わった言い回しだった。「アメリカの東海岸を往復するだけでは、〈バッキンガム〉が利益を出すことは不可能です。わたしどものライヴァル、特にアメリカの会社が百年近くものあいだその航路を支配しているとあれば尚更です。したがって、わたしどもは単にA地点からB地点へ移動することだけを目的とするのではない、新たな世代のお客さまを発掘しなくてはなりません。〈バッキンガム〉は海に浮かぶ豪華ホテルであり、お客さまは毎晩そこで眠り、昼は終生目にすることはないと思っていた国々を訪れるのです。それを念頭に置くなら、〈バッキンガム〉はカリブ海、バハマ諸島を定期的に航行し、夏は地中海を回遊してイタリアの沿岸を巡ることになります。これから二十年のあいだにそれ以外にも新たに開かれる場所が出てこないとだれに言えるでしょう」

さっきの女性がふたたび立ち上がったが、エマは今度も彼女を避けてもっと前のほうの男性を指名した。

「船ではなくて飛行機を選ぶ人が増えていることは懸念材料ではありませんか？　たとえばＢＯＡＣはニューヨークまで八時間足らずで行けると言っていますが、〈バッキンガム〉は少なくとも四日はかかるでしょう」

「まさしくおっしゃるとおりです、サー」エマは応えた。「ですから、わたしどもはお客さまに別の見方をしていただくための宣伝を集中的に打っています。つまり、飛行機では期待できると思えない経験が〈バッキンガム〉ならできるということです。芝居や映画を観たり、買い物をしたり、最高の料理を提供するレストランでの食事が飛行機でできますか？　サン・デッキやプールは言うまでもありません。実際のところ、急いでいるのであれば〈バッキンガム〉を予約はなさらないでしょう。何故なら、あの船は何度でも戻ってきたくなるであろう、海に浮かぶ宮殿なのですから。それからもう一つお約束できることがあります。帰ってきたとき、時差ぼけに苦しまなくてすむということです」

四列目の女性がまたもや立ち上がり、今度は手まで振って叫んだ。「わたしを避けようとしていらっしゃるのかしら、会長？」

聞き憶えのある声に、ジャイルズはそのほうを振り返って最悪の恐れを確認した。

「そんなことはありません、マダム。ですが、あなたは株主でも新聞記者でもないので、待っていただくしかなかったのです。どうぞ、質問をお願いします」

「〈バリントン海運〉の株主の一人が週末に大規模に株を売却して会社を倒産させようとしたというのは事実かしら？」

「違います、レディ・ヴァージニア、そういう事実はありません。あなたはたぶん、ミスター・ペドロ・マルティネスが二十二・五パーセントの保有株を重役会に通告することなくマーケットに放出されたとお考えなのでしょうけど、幸いなことに――いまふうの言い方をするなら――わたしどもには彼がくるのが見えていたのです」

会場に笑いが上がったが、ヴァージニアは引き下がらなかった。「重役の一人がそれに関わっていたとすれば、彼は重役を辞任すべきではないのかしら？」

「フィッシャー少佐のことをおっしゃっているのなら、すでにこの前の金曜日、わたしのオフィスで面会したときに辞任を勧告しました。あなたのことですから、もちろんすでにご存じなのではありませんか、レディ・ヴァージニア」

「何を言おうとしているの？」

「あなたの代理人として〈バリントン海運〉の重役会に連なっているとき、あなたはフィッシャー少佐に自分が保有しているわが社の株をすべて週末のあいだに売らせてかなりの利益を確定させたあとで、三週間の取引期限のあいだにそれを買い戻させましたよね。そして、株価が回復して高値を更新したとき、もう一度同じことをし、さらに大きな利益を得たはずです。そこに〈バリントン海運〉を倒そうとする意図があったとしても、レディ・ヴァージニア、あなたもミスター・マルティネス同様、失敗したんです。痛ましいことですね。なぜなら、あなたはこの会社に成功してほしいと願ってくださっている、きちんとした普通の人々に打ち負かされたからですよ」

会場に圧倒的な拍手が巻き起こり、レディ・ヴァージニアは隙間なく坐っている人々の足をだれかれかまわず踏みつけながら自分の列を通り抜けて通路に出るや、壇上を振り返って叫んだ。「弁護士に会ってもらいますからね」

「望むところです」エマは応えた。「なぜなら、そうなったら、あなたの株を売買したときにだれの代理人として〈バリントン海運〉の重役に連なっていたかを、フィッシャー少佐は陪審に明らかにするでしょうからね」

このノックアウト・パンチは、その日最大の拍手喝采を受けた。エマには最前列を一瞥してセドリック・ハードキャッスルにウィンクする余裕さえあった。

それからさらに一時間、株主、シティのアナリスト、新聞記者からの無数の質問に、エマはハリーでさえ滅多に見たことのない自信と権威に満ちた態度で答えつづけた。最後の質問を処理し終えると、彼女は年次総会を締めくくるべく言った。「二カ月後のニューヨークへの処女航海に、みなさまの多くが参加してくださるようお願いします。生涯忘れ得ない経験になることをお約束できるはずです」

「それはおれたちが保証してやってもいいんじゃないかな」会場の後ろにいた男性が教養のあるアイルランド人特有の軽快な訛りでつぶやくと、スタンディング・オヴェーションを帯びているエマを尻目にこっそりと出ていった。

42

「おはようございます、〈トーマス・クック・アンド・サン〉でございます。ご用件を承ります」

「マッキンタイヤ卿だが、個人的なことで力になってもらえるのではないかと思って電話をしているんだがね」

「最善を尽くします、サー」

「私はバリントン家とクリフトン家と友だちなんだが、〈バッキンガム〉のニューヨークへの処女航海には仕事の都合で参加できないとハリー・クリフトンに断わってしまったんだ。ところが、その仕事がキャンセルになってしまってね、それで、彼らに黙って乗船したら面白いのではないかと考えたというわけなんだよ。びっくりさせてやるのも一興だろうとね、わかってもらえるかな」

「もちろんです」

「というわけだから、あの一家の近くの部屋をまだ予約できるかどうか、確かめてもらえないだろうか」

「確認しますので、このまま少々お待ちいただけますか？」電話の向こうの男はアイリッシュ・ウィスキーの〈ジェムソン〉を一口飲んで待った。「ファースト・クラスに二部屋、まだ空きがございました。アッパー・デッキの三号室と五号室です」

「あの一家とできるだけ近いほうがいいんだがね」

「そうですね、サー・ジャイルズ・バリントンのお部屋が二号室ですが」

「エマは？」

「エマとは？」

「悪かった、ミセス・クリフトンだ」

「ミセス・クリフトンは一号室です」

「では、三号室を予約してくれ。力になってくれてありがとう、感謝するよ」

「どういたしまして、サー。よい旅をお祈りしております。チケットはどちらへお送りすればよろしいでしょう」

「いや、そこまでしてもらわなくても大丈夫だ。私の運転手に引き取りに行かせるから」

　ペドロ・マルティネスは書斎の金庫を開けて残金を取り出すと、五ポンド紙幣をきちんと一万ポンドずつに束ね、机の上一杯に隙間なく並べていった。二万三千六百四十五ポンドを金庫へ戻して鍵をかけると、机の上の二十五万ポンドを改めて確認してから渡されていたリュックサックに入れた。そのあと机に着き、朝刊を手に取って待った。

あれから十日が過ぎたあとに運転手が電話を返してきて、作戦は裁可されたと告げたのだった。ただし、五十万ポンドを払えば、という条件がついていた。本当にその額なのかと訊き直すと、その作戦には相当の危険が伴うのだという指摘が返ってきた。捕まれば死ぬまでクラムリン・ロードで過ごすことになるか、あるいは、もっとひどいことになるのだから、と。

ペドロ・マルティネスは減額交渉をしなかった。そもそも二度目の支払いをするつもりがなかった。ブエノスアイレスにアイルランド共和国軍のシンパが多くいるとは思えなかった。

「おはようございます、〈トーマス・クック・アンド・サン〉でございます」

「〈バッキンガム〉がニューヨークへ処女航海するときのファースト・クラスを予約したいのだけど」

「承知いたしました、マダム。担当へおつなぎします」

「ファースト・クラス予約担当でございます。ご用命を承ります」

「レディ・ヴァージニア・フェンウィックですけれど、処女航海の客室の予約をお願いしたいの」

「もう一度、お名前をいただけますか？」

「レディ・ヴァージニア・フェンウィックよ」彼女は外国人に教えるかのように、ゆっくりと自分の名前を繰り返した。

長い沈黙があり、空きがあるかどうかを予約係が調べているのだろうとヴァージニアは考えた。

「申し訳ございません、レディ・ヴァージニア。お気の毒ですが、ファースト・クラスは完売しております。キャビン・クラスでよろしければ、お手当てさせていただきますが？」

「論外ね。わたしを知らないの？」

もちろん正確に存じ上げていますとも、と予約係は答えたかった。なぜなら、何カ月もその名前が掲示板にピンで留めてあり、このレディから予約の電話があったらどう対応しなくてはならないかを明確に指示されていたからだ。が、彼は台本にきちんと従い、こう言うにとどめた。「申し訳ございません、マイ・レディ、私にはどうして差し上げることもできないのです」

「だけど、わたしは〈バリントン海運〉の会長と個人的にお友だちなのよ」ヴァージニアが言い張った。「それなら、もちろん事情は別よね」

「確かに」予約係は答えた。「そういうことであればファースト・クラスはいまも一室空いております。ですが、そこをお使いいただくには会長からの直接の指示がなくてはなりません。そういう次第ですので、お手数ですがミセス・クリフトンにその旨お電話をお願いできるでしょうか。そうしていただければ、あなたのお名前でその客室を確保しておき、会長から指示があった瞬間に予約に切り替えさせていただきます」

だが、その指示は返ってこなかった。

ドン・ペドロ・マルティネスは車のクラクションを聞くと新聞を畳んで机に置き、リュックサックを持って自宅を出た。

運転手が帽子の庇に手を当てて「おはようございます、サー」と挨拶し、リュックサックをメルセデスのトランクに入れた。

ドン・ペドロは後部座席に腰を下ろし、ドアを閉めて待った。ハンドルを握った運転手は行先を訊かなかった。すでにどこをどう走るかを知っていたのだ。メルセデスはイートン・スクウェアを左折すると、ハイド・パーク・コーナーのほうへ向かった。

「リュックサックには合意した金が入っているよな」ハイド・パークの角の病院の前を走りながら、運転手が言った。

「現金で二十五万ポンドある」ドン・ペドロは答えた。

「残りの半分は、われわれが実行すべきことを実行してから二十四時間以内に払ってもらうことになっているからな」

「確かにそういうことで合意している」ドン・ペドロは応えたが、オフィスの金庫に二万三千六百四十五ポンドしかないことを忘れていなかった。それが有り金のすべてで、もはや自宅さえ自分のものではなかった。

「残りの二十五万ポンドを払わなかったらどうなるかは、もちろんわかっているな？」

「わかっているとも、うんざりするほど聞かされているよ」ドン・ペドロが答えたとき、メルセデスはパーク・レーンを上りはじめた。制限速度の四十マイルを超えることはなかった。

「支払いが行なわれなかった場合、普通ならあんたの息子のどちらかを殺すことになるんだが、彼らはいまや何事もなくブエノスアイレスに帰ってしまっているし、ヘル・ルンズドルフももういない。つまり、残っているのはあんただけだ」運転手がマーブル・アーチを曲がりながら言った。

ドン・ペドロは黙っていたが、車がパーク・レーンの反対側を下りはじめ、そのあと続けざまに赤信号で止まったときに、ようやく口を開いた。「おれと合意したことをおまえさんたちがやらなかった場合はどうなんだ」

「そのときは、おまえさんが残りの二十五万ポンドを払う必要はなくなる。そうじゃなかったか？」運転手が答え、車はドチェスター・ホテルの前で止まった。

緑のロング・コートを着たドアマンが駆け寄って後部ドアを開け、ドン・ペドロはメルセデスを降りた。

「タクシーを頼む」ドン・ペドロはドアマンに言った。メルセデスはパーク・レーンの朝の車の流れへ戻っていった。

「承知しました、サー」ドアマンが手を上げ、甲高く警笛を吹き鳴らした。

ドン・ペドロがタクシーの後部座席に乗り込み、イートン・スクウェア四四番地と行く先を告げたとき、ドアマンは怪訝に思った。専属の運転手がいるのに、どうしてこの紳士はタクシーを使う必要があるんだろう?

「〈トーマス・クック・アンド・サン〉でございます。ご用命を承ります」

「〈バッキンガム〉がニューヨークへ処女航海するときの客室を四つ、予約したい」

「ファースト・クラスでしょうか、それとも、キャビン・クラスでしょうか」

「キャビン・クラスだ」

「予約担当へおつなぎします」

「おはようございます、〈バッキンガム〉のキャビン・クラス予約担当でございます」

「十月二十九日のニューヨークへの航海のとき、シングルの客室を四つ、予約したい」

「お乗りになるお客さまのお名前を頂戴できますか?」スコット－ホプキンズ大佐は自分

と仲間、合わせて四人の名前を教えた。「料金はお一人当たり三十二ポンドでございます。請求書はどちらさま宛にお送りすればよろしいでしょう」

陸軍特殊空挺部隊司令部、チェルシー兵舎、キングズ・ロード、ロンドン、と大佐は答えたかった。実際、支払うのはそこだった。しかし、その代わりに自宅の住所を告げた。

43

「本日の会議を始めるにあたり、まずは今回から重役会の一員になられた、ミスター・ボブ・ビンガムを紹介します」エマは切り出した。「ボブは〈ビンガムズ・フィッシュ・ペースト〉の社長であり、最近になって、二十二・五パーセントの〈バリントン海運〉の株を保有されました。したがって、この会社の将来を確信しておられることは間違いのない事実であり、だれであれそれを疑う必要はありません。また、今回、わたしたちは二人の重役の辞任を認めるに至りました。一人はミスター・セドリック・ハードキャッスルです。彼の鋭く賢明な助言をこれから受けられなくなると思うと残念でなりません。もう一人はフィッシャー少佐ですが、彼の場合はそれほど残念に思う機会はないでしょう」

サマーズ海軍少将がにやりと笑みを浮かべた。

「〈バッキンガム〉が公式に〈バッキンガム〉と名付けられるまで十日を残すだけになりました。ですから、命名式の準備についての情報をみなさんに更新すべきかもしれません」エマは自分の前の赤いフォルダーを開いて慎重に予定を確認した。「皇太后殿下は九月二十一日午前九時三十五分に王室専用列車でテンプル・ミーズ駅にお着きになります。州副長官兼ブリストル副市長とブリストル市長にプラットフォームで迎えていただきます。皇太后殿下はそこから車でブリストル・グラマー・スクールへ向かわれます。出迎えた校長にともなわれて学校に新しくできた科学研究室のオープニングを十時十分に行なわれ、選ばれた教職員や生徒とお会いになってから、十一時に学校をお出になられます。ふたたび車でエイヴォンマスへ向かわれ、十一時十七分に造船所にお着きになります」エマは顔を上げた。「自分がどこへ何時何分に到着するかがこんなに正確にあらかじめわかっていたら、わたしの日々ははるかに簡単でしょうね。わたしがお出迎えするのは、皇太后殿下がエイヴォンマスにお着きになったときです」そうつづけて、ふたたびフォルダーを見た。「会社を代表して歓迎申し上げ、そのあとで重役のみなさんを紹介します。十一時二十九分、わたしは北ドックへ皇太后殿下をご案内し、そこで、〈バッキンガム〉の設計者、造機技師、そして、〈ハーランド・アンド・ウォルフ〉の社長とお引き合わせします。

「十一時五十七分、わたしは来賓を公式に歓迎します。そのスピーチを三分で終わらせ、十二時になった瞬間に、皇太后殿下が伝統に則《のっと》ってシャンパンのマグナム・ボトルを〈バッキンガム〉の船体にぶつけて〈バッキンガム〉と命名なさいます」

「ボトルが割れなかったら？」クライヴ・アンスコットが笑いながら訊いた。

ほかに笑う者はいなかった。

「その場合については、このファイルに言及がありません」エマは言った。「十二時三十分、皇太后殿下はロイヤル・ウェスト・オヴ・イングランド・アカデミーへ出発なさいます。そこでスタッフと昼食をともにされ、三時にその新しい画廊のオープニングを行なわれます。四時に州副長官が同行する車でテンプル・ミーズ駅へ向かわれ、皇太后が席にお着きになられて十分後に王室専用列車がパディントン駅へ出発します」

エマはファイルを閉じると、ため息をつきながらおざなりの拍手を受けた。「子供のころ」彼女は付け加えた。「わたしはいつも王女になりたいと思っていたけど、こういうことを知ったいまは、考えが変わったと白状しないわけにはいかないわね」今度の拍手は本物だった。

「われわれがいつ、どこにいればいいかは、どういうふうにわかることになっているんでしょう」アンディ・ドブズが訊いた。

「重役一人一人に公式スケジュールのコピーをお渡しします。いるべきときにいるべきところにいなかった人については天が助けてくださるでしょう。そろそろ、同じくらい重要な問題に移りましょう。〈バッキンガム〉の処女航海に関することです。みなさんもご承知のとおり、その航海は十月二十九日に始まります。ここで嬉しいお知らせがあるのですが、客室はすべて予約で埋まり、さらに嬉しいことに帰りの予約も完売しました」

「完売とは興味深い言い方ですね」ボブ・ビンガムが言った。「何人が料金を支払った乗船者で、何人が賓客なんでしょう?」

「賓客?」サマーズ海軍少将が訝しげに繰り返した。

「料金を払っていない乗船者のことです」

「そうですね、何人かはそういう資格のある方がいらっしゃいますが――」

「ただで旅をする資格ですか。私が助言するとしたら、それが当たり前だとその人たちに思わせないようにすることですね」

「ここにいる重役と、重役たちの家族もその範疇に含まれるんでしょうか、ミスター・ビンガム?」エマは訊いた。

「処女航海は例外と認めるとしても、それ以後はもちろん含まれます。規律の問題ですよ。海に浮かぶ宮殿は大変に魅力的ですからね。客室も無料《ただ》、言わんや料理や酒も無料《ただ》とくれば尚更でしょう」

「まさか、ミスター・ビンガム、自分の会社のフィッシュ・ペーストを金を出して買っているとは言わないでしょうな」

「いつも金を出して買っていますよ、少将。そうすれば、従業員が自分の家族や友人のためにサンプルをただで持ち帰ってもいいと考えるような事態にはなりませんからね」

「では、わたしも」エマは言った。「今度の処女航海以後は必ずお金を払って船室を予約し、この会社の会長でいるあいだは絶対に無料《ただ》の旅はしないことにします」

一人か二人、椅子のなかで居心地が悪そうに身じろぎする者がいた。

「だからと言って」デイヴィッド・ディクソンが言った。「バリントン家とクリフトン家のみなさんが、この歴史的な航海に立ち会うのを遠慮なさるようなことはないでしょうね」

「わたしの家族の大半は処女航海に加わります」エマは答えた。「ただし、妹のグレイスは命名式にだけ出席することになります。というのは、新学期の第一週なので、式がすんだらすぐにケンブリッジへ戻らなくてはならないのです」

「サー・ジャイルズは？」アンスコットが訊いた。

「兄については、首相が総選挙をすると決心されるかどうか、それ次第です。ですが、息子のセバスティアンは間違いなく、ガールフレンドのサマンサと一緒に参加します。もっとも、キャビン・クラスですけどね。それから、ミスター・ビンガム、訊かれる前にお答えしますが、二人の料金はわたしがすでに支払っています」

「二週間前に私の工場へきた若者がそのセバスティアンなら、私は彼に注目しつづけますよ、会長。なぜなら、彼こそあなたのあとを襲う人物だという気がしているのでね」

「でも、あの子はまだ二十四です」エマは言った。

「その心配なら、彼に関してはありません。私がいまの会社の社長になったのは二十七のときです」

「では、わたしにはまだ三年の猶予があるわけですね」

「あなたか、セドリックか」ボブが言った。「彼がお二人のどちらのあとを襲おうとするかによりますがね」

「ミスター・ビンガムが冗談を言っているようには私には思えませんな、会長」サマーズ海軍少将が言った。「その若者に早く会ってみたいものだ」

「過去の重役で、今度のニューヨークへの処女航海に招待されているのはどういう方々でしょう?」アンディ・ドブズが質問した。「ロス・ブキャナンは間違いないと思いますが」

「もちろんです」エマは答えた。「認めなくてはなりませんが、ブキャナン夫妻には会社の賓客として参加してくれるようお願いしています。それについては、ミスター・ビンガムも賛成してくださると思います」

「ロス・ブキャナンのためでなかったら、また、彼が〈ナイト・スコッツマン〉で何をしたかをセドリック・ハードキャッスルから聞かなかったら、私はこの重役会にいなかったでしょう。ロス・ブキャナンは処女航海に招待される以上の価値あることをしたのですから」

「まったく同感です」ジム・ノウルズが言った。「しかし、そうだとすると、フィッシャーとハードキャッスルをどうするかという問題が生じることになりますが?」

「フィッシャー少佐を招待することは、わたしは考えていません」エマはふたたび答えた。

「セドリック・ハードキャッスルはすでに、年次総会でレディ・ヴァージニア・フェンウィックが遠回しにであれ自分に攻撃を仕掛けたことを考えれば命名式に出席しないほうが賢明だろうとわたしに伝えてきています」

「自分が脅されていると文書にして正式に訴えるほどあの女は愚かなのか？」ドブズが訝った。

「そうなんです」エマは言った。「言葉による侮辱と名誉毀損を主張しています」

「言葉による侮辱はわからないでもないが」ドブズが言った。「どうして名誉毀損を主張できるんだ？」

「やりとりの一言一言はすべて年次総会の議事録に残されると、わたしが言ったからです」

「では、あなたを高等法院へ引っ張り出すほど彼女が愚かであることを祈ろう」

「彼女は愚かではありませんよ」ビンガムが言った。「まあ、十分に傲慢ではあるけれども、フィッシャーがいまも彼女について証言ができるあいだは、そこまでの危険は冒さないんじゃないのかな」

「当面の仕事に戻ったらどうだろう」サマーズが提案した。「その問題が法廷に届くころには私は死んでいるかもしれないのでね」

エマは思わず笑ってしまった。「何か特に提起したい問題がおありですか、少将？」

「ニューヨークまでの航海は、予定ではどのぐらいかかるんだろうか」

「四日とちょっとです。競合各社と較べてかなり短縮されています」

「しかし、〈バッキンガム〉はディーゼル・エンジンを二つ積んだ世界初の船だろう。そうであるならば、大西洋横断最速記録《ブルー・リバンド》を打ち立てる可能性だって、きっとあるのではないかな」

「気象条件が完璧であれば——そして、この時期は好天に恵まれるのが普通です——、ごくわずかですが可能性はなくはありません。しかし、大西洋横断最速記録《ブルー・リバンド》という言葉を聞いて人々が最初に思うのは、〈タイタニック〉のことなんです。ですから、水平線上に〈自由の女神〉が視界に入るまでは、その可能性をほのめかすだけでもだめなんです」

「会長、命名式の人出はどのぐらいと予想されているんでしょう」

「警察署長によれば、三千人もしくは四千人になる可能性があるそうです」

「警備はだれが担当するのですか?」

「警察が人出をコントロールし、公共の秩序を維持するとのことです」

「そして、騒動が起こったときの費用は主催者持ちというわけだ」

「サッカーの試合と同じだな」ノウルズが言った。

「そういうことにならないよう祈りましょう」エマは言った。「ほかに質問がなければ、次回の重役会はニューヨークからの帰途、〈バッキンガム〉のウォルター・バリントン・

スイートで行ないます。その前に、二十一日の午前十時きっかりに、みなさんとここで会うのを楽しみにしています」

「しかし、それはかの貴婦人の到着予定より一時間以上早いでしょう」ボブ・ビンガムが言った。

「いずれおわかりになるでしょうが、ミスター・ビンガム、西部地方は早起きなんですよ。早起きは三文の得と言うでしょう」

44

「皇太后殿下、〈バリントン海運〉会長のミセス・クリフトンでございます」州副長官がエマを紹介した。

エマは膝を曲げ、身体を屈めてお辞儀をしたまま、皇太后の言葉を待った。話しかけられるまで話しかけてはいけないし、質問は絶対に御法度《ごはっと》だと、儀礼指示書がはっきりと戒めていた。

「きっとサー・ウォルターも、今日という日をとても喜んでおいででしょう、ミセス・クリフトン」

エマは依然として口を閉ざしたままだった。というのは、祖父は一度だけ皇太后に会ったことがあって、そのときのことをたびたび口にもし、会長室には写真まで飾って、みんなにそれを思い出させようとしていた。エマもそれを知っていたが、皇太后が祖父のことを憶えているとは思ってもいなかったからである。

「サマーズ海軍少将でございます」エマは州副長官から役目を引き継いだ。「二十年以上、バリントン海運の重役をつとめております」

「この前会ったのは、少将、あなたの巡洋艦の〈シェヴロン〉を案内してくれたときでしたね」

「畏れ入りますが、〈シェヴロン〉は私の巡洋艦ではなく、国王の巡洋艦でございます。私は臨時にお預かり申していただけでございます」

「立派な手柄をお立てになったのよね」皇太后が応えた。エマは重役の紹介をつづけたが、最近そこに加わったばかりの人物にはどんな言葉をかけられるのだろうかと、それを思案することしかできなかった。

「ミスター・ビンガム、あなたは宮殿に出入り禁止になったんでしたね」ボブ・ビンガムがあんぐりと口を開けたが、言葉は出てこなかった。「公正を期すなら、あなた個人ではなくて、あなたのフィッシュ・ペーストですけどね」

「ですが、それはなぜでしょう、マム?」ボブが儀礼指示書を無視して質問した。

「孫のアンドリュー王子が、あなたのフィッシュ・ペーストのラベルの少年の真似をして、その瓶に指を突っ込むのをやめないからですよ」

ボブが二の句を継げないでいるうちに、皇太后は造船家のところへ移動していった。

「この前会ったのは……」

エマは時計を見た。皇太后は〈ハーランド・アンド・ウォルフ〉の社長と話していた。

「あなたの次のプロジェクトは何かしら、ミスター・ベイリー？」

「申し訳ありません、現時点ではまだ何も明らかにできないのですけれども、マム、船の両側に〝HMV《ハー・マジェスティーズ・ヴェッセル》〟の文字が入り、とても長い時間を海の上で過ごすであろうことは申し上げられます」

　皇太后が微笑し、州長官に案内されて、演台のすぐ後ろの坐り心地のいい椅子のほうへ向かった。

　エマは皇太后が腰を下ろすのを待って、スピーチをするために演台へ歩み寄った。話すことは頭に叩き込んであったのでメモに頼る必要はなかった。演台の両端を握り、ジャイルズの助言に従って深呼吸をしてから、そこにいる群衆を見下ろした。警察の予想の四千人をはるかに上回る人々が、期待に固唾《かたず》を呑み、静まり返って待ち受けていた。

「皇太后殿下、殿下が〈バリントン海運〉の造船所を訪れられるのはこれが三回目になります。最初は王妃として、一九三九年、わたしの祖父が会長をつとめ、この会社の百周年を祝うときにご臨席を願っています。二度目は一九四二年、戦争中のことですが、空襲の被害をご自身の目で確かめるべく足を運んでいただいています。そして、本日、客船の命名式と進水式を執り行なうべく、十六年お過ごしになった故郷へ、ありがたくもお帰りいただきました。ところで、殿下、殿下は夜を過ごす部屋を必要となさることはありませんよね」エマの言葉は温かな笑いで迎えられた。「わたくしどもは二百九十二の部屋を持っていますが、どうしても申し上げておかなくてはならないと思うのは、わたくしどもの処女航海に同行していただく機会を失してしまったということです。なぜなら、部屋がすべて、予約で埋まってしまったからです」

群衆が笑い、拍手をしてくれて、エマは緊張が解け、さらなる自信を感じた。

「そして、付け加えさせていただかなくてはなりませんが、今日、殿下にご臨席いただいたことによって、これが発作的興奮のとき《ヒステリカル・オケージョン》となり――」

その瞬間、はっと気づいて息がつまり、当惑のあまり言葉が出なくなった。エマは穴があったらいますぐにでも入りたかったが、それは皇太后が噴き出し、群衆が歓呼の声を上げて帽子を宙に放り投げてくれるまでだった。頰が燃えるように熱くなっているのがわかった。しばらくして、ようやく気持ちが落ちつき、ふたたび言葉を発することができるようになった。「失礼しました、歴史的なとき《ヒストリカル・オケージョン》となり、殿下に〈バッキンガム〉の命名をお願いすることは、わたくしのまたとない名誉であります」

エマは一歩下がり、皇太后が位置に着くのを待った。最も恐れている瞬間だった。予想外のことが起こり、船が衆人環視のなかで面目を失っただけでなく、乗組員や客になるはずの人々までが呪われた船だと信じてしまって同行を拒否するという最悪の事態になったときのことを、以前、ロスから聞いたことがあった。

群衆がふたたび静まり返り、神経質に待った。この場にいる造船所従業員全員が同じ恐怖を胸の内によぎらせながら皇太后を見上げていた。より迷信深い何人かが――そのなかにはエマも含まれていた――指を重ねて幸運を祈っていると、造船所の時計が十二時を告げる最初の鐘を鳴らし、州副長官がシャンパンのマグナム・ボトルを皇太后に渡した。

「この船を〈バッキンガム〉と命名します」皇太后が宣言した。「ともに航海する者たちに喜びと幸せをもたらし、自らも順風に恵まれた、長い海上人生を送ることができますように」

皇太后がシャンパンのマグナム・ボトルを振りかざし、一瞬の間を置いてそれを放り投げた。エマは目をつぶりたくなったが、ボトルは弧を描いて船のほうへ降下していき、船体に命中して粉々に砕け散った。シャンパンの泡が船体を流れ下り、群衆は今日最大の拍手喝采を送った。

「最高の命名式だったな。あれ以上の成功を得る術は、ぼくには思いつけないよ」皇太后を乗せた車が造船所を出て消えていくのを見送りながら、ジャイルズが言った。

「〝ヒステリカル・オケージョン〟とわたしが口走らなかったら、あれ以上の成功を得られたはずよ」エマは応えた。

「それは違うんじゃないか」ハリーが異議を唱えた。「皇太后はきみのささやかな過ちを明らかに面白がっていたし、あそこにいた従業員たちも孫に話して聞かせるだろう。それに、きみといえども一度ぐらいは失敗することがあると証明されたわけだ」

「ありがとう、優しいのね」エマは応えた。「でも、処女航海までにやらなくてはならないことがまだたくさん残ってるわ。二度とああいう過ちは許されないのよ」そのとき、妹がやってきた。

「この式に出席できて、ほんとによかったわ」グレイスが言った。「だけど、次の船を進水させるのは学期中じゃないときにしてもらえないかしら。それから、偉大な姉へもう一つ助言するとしたら、処女航海はいつもの仕事の一つとしてじゃなくて、お祝い、お休みとして扱うべきね」そして、義兄と姉の両頰にキスをしてから付け加えた。「ところで、〝ヒステリカル・オケージョン〟、最高だったわよ」

「グレイスの言うとおりだな」最寄りのバス停へ向かう妹をもう一人の妹と見送りながら、ジャイルズが言った。「おまえもすべての瞬間を楽しむべきだよ。だって、ぼくがそのつもりでいるんだから」

「あなたはそうはいかないかもよ」

「どうして？」

「そのころには大臣になっているかもしれないじゃない」

「その前に、ぼく自身が議席を失わないようにしなくちゃならないし、そもそも党が選挙に勝たなくちゃな」

「それで、選挙はいつになりそうなの？」

「あくまでも推測だけど、党大会が終わってそう遠くない十月のどこかかな。そうだとすれば、これからの数週間、おまえはぼくと頻繁にブリストルで会うことになるぞ」

「グウィネッズとも会えるといいんだけどね」

「それは大丈夫だ。もっとも、ぼくは選挙運動中に赤ん坊が生まれてくれるのを願っているけどな。グリフが言うには、そうなったら千票は増えるらしいんだ」

「あなたって食えない人ね、ジャイルズ・バリントン」

「違う、議席を守るために僅差の接戦を強いられている政治家だ。その戦いに勝ったら、ぼくが内閣を作れるんじゃないかと思ってる」

「願いを叶えるためには、用心するに越したことはないわよ」

45

ジャイルズにとって嬉しい驚きだったのだが、総選挙の戦いかたは大きく様変わりし、文明的になっていた。とりわけてのその理由は、対抗馬であるジェレミー・フォーダイス、保守党中央本部出身の聡明な若者が、自分が議席を勝ち取れると本気で信じているようにはまったく見えず、アレックス・フィッシャーが候補だったときのような陰険なやり方に絶対に手を染めなかったことにあった。

長く自由党の候補でありつづけるレジナルド・エルズワージーの目的は得票数を増やすことだけだった。レディ・ヴァージニアでさえ、ジャイルズのベルトの上であれ下であれ、一発のパンチを見舞うことすらできなかった。おそらく、エマが〈バリントン海運〉の年次総会で炸裂させた、ノックアウト・パンチからの立ち直りが遅れているからだろうと思われた。

というわけだったから、市書記が「私はブリストル港湾地区選挙管理官として、三名の候補おのおのの総得票数を以下のとおりに発表するものです――

サー・ジャイルズ・バリントン　二万千百十四票
ミスター・レジナルド・エルズワージー　四千百九票
ミスター・ジェレミー・フォーダイス　一万七千三百四十六票

「したがって、サー・ジャイルズ・バリントンが次期ブリストル港湾地区選出庶民院議員に選出されたことを、ここに宣言するものであります」と報告したときも、意外に思う者はいなかった。

この選挙区の投票は競り合う状況ではなかったが、この国をだれが統《す》べるべきかという判断については、ＢＢＣの主任調査員であるロビン・デイの言葉を借りるなら、〝最後の最後まで競り合う〟ことになりそうだった。事実、その答えを得るには選挙の翌日の午後三時三十四分にマルジェリーの選挙区の最終結果が判明するのを待たなくてはならなかった。そのとき、国はすでにクレメント・アトリー以来十三年ぶりの労働党政権誕生の準備を始めていた。

翌日、ジャイルズはロンドンへ向かった。その前にグウィネッズと生まれて五週間のウォルター・バリントンをともなって選挙区を回り、自分のために働いてくれた選挙運動員に謝意を表わすのを忘れなかった。過去最多の票を得られたのは、彼らのおかげだった。

「月曜の幸運を祈りますよ」という言葉が、選挙区を回るジャイルズに向かって決まり文句のように繰り返された。新首相が閣議テーブルを囲む面々をだれにするかを決める日であることを知らない者はいなかった。

ジャイルズは週末を、電話で同僚の意見を聞き、主導的政治記者のコラムを読んで過ごした。だが、だれが勝利を得るかを知っているのはたった一人で、あとは憶測に過ぎなかった。

月曜の朝、ジャイルズがテレビを観ていると、ハロルド・ウィルソンが車で宮殿へ赴くところが映し出された。組閣は可能かと女王から下問を賜るのだ。四十分後に宮殿から出てきたときの彼は首相であり、首相としてダウニング街へ向かった。そこで、二十二人の同僚を閣僚として招集するのである。

ジャイルズは朝食のテーブルについて新聞を読む振りをし、電話を見ないようにしていた。が、実は電話が鳴るのを心待ちにしていた。実際、何度かかかってきたが、どれも家族や友人からの、票を増やしての勝利を祝福したり、閣僚になる幸運を祈るものばかりだった。早く切ってくれ、とジャイルズは言いたかった。いつもいつも話し中だったら、首相がかけてきたってつながらないだろう。そして、ついに待ちに待った電話がかかってきた。

「こちらは一〇番地の交換台です、サー・ジャイルズ。今日の午後三時三十分に一〇番地へおいで願えないかとの首相のメッセージをお伝えします」

いますぐだってかまわない、とジャイルズは言いたかった。「もちろんです、うかがいます」彼は答えて、受話器を戻した。午後三時三十分に会うということは、序列としてはどのあたりなんだろう？

十時は大蔵大臣、外務大臣、内務大臣で、そのポストはすでに、ジム・キャラハン、パトリック・ゴードン・ウォーカー、そして、フランク・ソスキスによって埋められたとわかった。正午は教育大臣と雇用大臣で、それぞれマイケル・スチュアートとバーバラ・キャッスルだった。三時三十分は当落線上だが、おれは閣内に入れるのか、それとも、大臣見習いとして仕えることを期待されているのか？

昼食をとるつもりでいたのだが、頻繁にかかってくる電話に邪魔されつづけた。自分がどんな職務を与えられたかを教える同僚からのもの、まだ首相から電話がないと不安がる同僚からのもの、首相が何時に会ってくれるかを知りたがる同僚からのもの。午後三時三十分の意味を知る者はだれもいないようだった。

太陽が輝いて労働党の勝利を祝ってくれていたから、一〇番地まで歩くことにした。午後三時を過ぎてすぐにスミス・スクウェアのアパートを出ると、ゆっくりとエンバンクメントへ渡り、貴族院と庶民院の前を通ってホワイトホールへ向かった。道路を横切っているとビッグ・ベンが三時十五分を告げた。そのまま歩きつづけて外務連邦省の前を通り過ぎ、ダウニング街に入った。あまり歓迎したくないメディアの一団に迎えられ、行く手をさえぎるように取り囲まれた。

「どのような役職につくことになると思いますか?」そのなかの一人が叫んだ。

それを知りたいのはおれのほうだ、とジャイルズは言いたかった。間断なく浴びせられるフラッシュでほとんど目が見えなくなりはじめていた。

「閣僚を期待されていますか、サー・ジャイルズ?」別の一人が訊いた。

当たり前じゃないか、馬鹿野郎。しかし、唇は動かさなかった。

「これほど僅差の与党の政府がどれだけ持ち堪えられると思いますか?」

そんなに長くはないだろう。だが、認めたくはなかった。

ダウニング街へと上っていくあいだも次々と質問が投げかけられたが、どの新聞記者も入っていくときの入閣候補者から答えを得られるとは思っておらず、出てきたときに手を横に振ってくれるか、笑顔を見せてくれるぐらいが関の山だとわかっているはずだった。

玄関まで三歩のところまできたときドアが開き、ジャイルズは生まれて初めてダウニング街一〇番地に足を踏み入れた。

「おはようございます、サー・ジャイルズ」内閣官房長官があたかも初対面のようにして挨拶した。「首相はいま、あなたの同僚議員の一人と話しておられます。それが終わるまで控えの間でお待ちいただけますか?」

どのポストをジャイルズが打診されるのかを、サー・アランはすでに知っているに違いなかったが、この測り知れない高級官僚は眉一つ動かさずにその場を離れていった。

ジャイルズは狭い控えの間に腰を下ろした。ウェリントンとネルソンがウィリアム・ピット・ザ・ヤンガーに会うために、互いをだれか知らないままここで待っていたという逸話のある部屋だった。ジャイルズはズボンの横で掌《てのひら》を擦《こす》った。もっとも、首相と握手をすることがないのはわかっていた。議会の同僚同士は握手をしないという伝統があった。彼の心臓より大きな音を立てているのは、マントルピースの上の時計だけだった。ようやくドアが開いて、サー・アランがふたたび姿を現わした。が、こう言っただけだった。「ただいま、首相がお目にかかります」

ジャイルズは立ち上がった。いわゆる〝絞首台への長い道〟の始まりだった。

閣議室へ入ると、ハロルド・ウィルソンが二十二の椅子に囲まれた長円形のテーブルの半ばあたりに坐っていた。彼はジャイルズを見た瞬間にロバート・ピールの肖像画の下から立ち上がって言った。「ブリストル港湾地区は大勝利だったじゃないか、ジャイルズ、よくやった」

「ありがとうございます、首相」ジャイルズは伝統を思い出して応えた。もはや彼をファースト・ネームでは呼ばないのだ。

「まあ、坐ってくれ」ウィルソンがパイプを詰めながら勧めた。

隣りに腰を下ろそうとしたとき、首相がさえぎった。「いや、そこではない。そこはジョージの席だ。いつかはきみの席になるかもしれないが、今日ではない。そっちに坐ってくれないか――」そして、テーブルの遠い側の、背が緑の革でできている椅子を指さした。「何といっても、毎週木曜の閣議でヨーロッパ問題担当国務大臣が坐る席だからな」

46

「うまくいかない可能性のあることがどれだけあるか、ちょっと考えてごらんなさいよ」エマが寝室を行きつ戻りつしながら言った。

「うまくいく可能性のあることがどれだけあるか、そっちを見ればいいじゃないか」ハリーは応えた。「それに、グレイスの助言を入れて、リラックスしようとしたらどうだ。処女航海を丸ごと休暇と考えるようにしたら」

「あの子が処女航海に参加しないのが本当に残念だわ」

「八週間の学期中なんだぞ、二週間の休暇が取れるわけがないだろう」

「ジャイルズはどうにかできるみたいよ」

「たった一週間じゃないか」ハリーは言った。「それに、あいつはなかなか抜け目のないことを企んでいるんだ。ニューヨークにいるあいだに国連を訪ね、それからワシントンへ行って、自分のカウンターパートと会うつもりだよ」

「グウィネッズと赤ちゃんをこっちに置きっぱなしにしてね」

「状況を考えれば、賢明な判断だ。夜昼おかまいなしに泣き叫ぶ若きウォルターが一緒じゃ、二人とも大した休暇にならないだろう」

「あなた、もう荷造りはしたの？　準備はすんでるの？」エマは訊いた。

「はい、完了しております、会長。とうの昔にすませてあります」

エマは思わず笑って夫を両腕で包んだ。「ときどき、あなたにお礼を言うのを忘れるわね」

「ぼくのことで感傷的にならないでくれよ。きみにはまだ仕事が残ってる。だとしたら、そろそろ出かけるほうがいいんじゃないか？」

それが船長が抜錨《ばつびょう》を命じて船がニューヨークへと動き出す何時間も前に乗船し所在なくうろつくことを意味するとしても、エマはそうしたくてたまらない様子だった。このまま家にいたら事態が悪化することだってあり得る可能性をハリーは受け入れた。

「ほら、見て」埠頭へ向かう車中でエマが誇らかに指さす先に、〈バッキンガム〉が堂々と聳えていた。

「そうだな、実にヒステリカルな眺めだ」

「もう、勘弁してよ」エマが悲鳴を上げた。「わたし、あの不名誉を雪《すす》ぐために生きつづけなくちゃならないの？」

「そんなことにならないよう願ってるよ」ハリーは言った。

「きっと、とても興奮するでしょうね」Ａ４を下り、標識に従って港へ向かいながら、サムがセバスティアンに言った。「わたし、遠洋定期船って見たことがないの」

「しかも、ただの遠洋定期船じゃないからね」セバスティアンは応えた。「サン・デッキがあって、映画館、レストランが二つ、それに、スウィミング・プールまで備わってるんだ。海に浮かぶ町と言ってもいいかもな」

「四方を水に囲まれてるのにプールって、おかしいような気がするけど」

「水また水、至るところ水だ」

「それ、あなたの名もない詩人の一人の作品？」サムがからかった。

「アメリカに偉大な詩人なんているのかい？」

「あなたが何かを学ぶことのできる詩を書いた人がいるわ――〝偉大な男たちが到達し、そこにとどまりつづけている高みは、急に飛び上がっても手は届かない。彼らは仲間が眠っている夜のあいだに、骨を折って上っていったのだ〟」

「それを書いたのはだれなんだい」セバスティアンは訊いた。

「この時点で、何人が乗船しているのかな」ブリストルを出て港へ向かう車のなかで、マッキンタイヤ卿になりきった男が訊いた。

「ポーターが三人、ウェイターが二人、〈グリル・ルーム〉に一人、キャビン・クラスに一人、そして、メッセンジャー・ボーイが一人」運転手が答えた。

「尋問されたり締め上げられたりしても、絶対に口を割らないと信じていい者たちなのか？」

「ポーターのうちの二人と、ウェイターの一人は、おれが自分で選抜した。メッセンジャー・ボーイは船にいるのは数分だけで、花を届けたら、その足でベルファストへ戻ることになっている」運転手が言った。

「われわれがチェックインしたら、ブレンダン、九時に私の船室へきてもらいたい。そのころにはファースト・クラスの客の大半がディナーの最中だから、装置を仕掛ける時間は十分以上にあるはずだ」マッキンタイヤ卿が言った。

「仕掛けるのはどうってことはありません」ブレンダンが応えた。「おれが心配してるのは、あの大きなトランクをだれにも怪しまれずに船に持ち込めるかどうかです」

「例の二人のポーターはこの車のナンバーを知っている」運転手が言った。「だから、あいつらのほうから、おれたちを捜すはずだ」

「私の訛りは大丈夫かな」マッキンタイヤ卿が訊いた。

「おれは騙されたが、おれはイギリス紳士じゃないからな。それに、あの船に乗っているやつのなかに、本物のマッキンタイヤを知ってる人間がいないことも祈らなくちゃならない」運転手が言った。

「その可能性はないはずだ。もう八十を超えていて、女房が死んでから十年、表に出てきていない」マッキンタイヤ卿が応えた。

「バリントンの遠い親戚じゃなかったんですか？」ブレンダンが訊いた。

「だから、彼を選んだんだ。陸軍特殊空挺部隊《SAS》のだれかがあの船に乗っているとしたら、そいつは乗客を紳士録で確かめるだろう。そうしたら、私があの一族の血筋に連なっていると考えてくれるはずだからな」マッキンタイヤ卿が言った。

「だけど、本当にあの一族と出くわしたらどうするんです？」

「私はあいつらのだれとも出くわさない《アイム・ノット・ゴーイング・トゥ・バンプ・イントゥー・エニイ・オヴ・ゼム》。皆殺しにしてやるだけだ《アイム・ゴーイング・トゥ・バンプ・ゼム・オール・オフ》」運転手が含み笑いを漏らした。

「それで、教えてほしいんだが、おれはボタンを押したあと、どうやってもう一つの私の船室へ行けばいいんだ？」マッキンタイヤ卿が訊いた。

「九時に鍵《かぎ》を渡す。第六層《デッキ・シックス》の公衆便所の位置を憶えてるか？　最後に船室を出たらすぐに着替えてもらわないとまずいからな」運転手が指示した。

「ファースト・クラスのラウンジの奥だろう。ところで、オールド・チャップ、あそこは便所じゃなくて洗面所だ」マッキンタイヤ卿が言った。「正体がばれるとしたら、そういう簡単なミスが原因になりかねないんだ。忘れるな、あの船は典型的なイギリスの上流社会だ。ファースト・クラスの客はキャビン・クラスの客と交わらないし、キャビン・クラスの客はツーリスト・クラスの客と交わらない。だから、われわれが互いに連絡を取り合うのはそう簡単ではないはずだ」

「だけど、あの船は全客室に電話が備わっている最初の遠洋定期船だと、どこかに書いてありましたよ」ブレンダンが言った。「だから、もし緊急事態が発生したら七一二をダイヤルすればいいんです。おれが出なかったら、〈グリル・ルーム〉のジミーというおれたちの仲間のウェイターに、やつが出なかったら……」


スコット－ホプキンズ大佐は〈バッキンガム〉のほうを見ていなかった。仲間と一緒に混雑する埠頭を透かし見て、アイルランド人らしき姿がないかどうか目を凝らしていた。いまのところ、見憶えのある顔はなかった。ハートリー大尉とロバーツ軍曹は陸軍特殊空挺部隊員として北アイルランドに従軍したことがあったが、やはり収穫はないままだった。その男を見つけたのはクラン伍長だった。

「四時の方向、群衆の後ろのほうに単独で立っています。見ているのは船ではなく乗客たちです」

「一体何をしているんだ？」

「われわれと同じで、だれかを捜しているのかもしれません。だけど、だれを捜しているんでしょうね？」

「わからん」スコット－ホプキンズ大佐は答えた。「だが、クラン、その男から目を離すんじゃないぞ。だれかに話しかけたり、乗船しようとしたら、すぐに知らせてくれ」

「了解しました、サー」クラン伍長は答え、目標のほうへと人混みを縫って歩き出した。

「六時の方向」ハートリー大尉が報告した。

　スコット－ホプキンズ大佐はその方向へ視線を変えた。「なるほどな。何事もなく、というわけにはやはりいかないか……」


「私が車を降りたら、ブレンダン、おまえはすぐさま、人目につかないように消えるんだ。人混みのなかにおまえを捜している連中がいると考えたほうがいいからな」マッキンタイヤ卿は言った。「それから、九時に必ず私の船室へくるんだぞ」

「コーマックとデクランを見つけた」運転手が知らせ、ヘッドライトを一度だけ点滅させた。とたんに、コーマックとデクランが、手助けを必要としている乗客には目もくれず、急ぎ足で近づいてきた。

「車を降りるなよ」マッキンタイヤ卿が運転手に指示した。二人のポーターが重いトランクを車から出し、生まれたばかりの赤ん坊でも扱うようにしてそっと台車に乗せた。車のトランクを閉めたポーターに、マッキンタイヤ卿は言った。「ロンドンへ戻ったら、ケヴイン、イートン・スクウェア四四番地から目を離すな。ペドロ・マルティネスがあのロールス－ロイスまで売り払ったいま、料金を踏み倒して逃げ出すような気がしてならないんだ」彼はブレンダンを見て付け加えた。「九時に会おう」そして、車を降りると人混みに紛れ込んだ。

「百合はいつ届ければいいんです？」マッキンタイヤ卿の隣りに現われた若者がささやいた。

「船が錨を上げる三十分ほど前に頼む。そのあとは、二度とわれわれに見られないようにするんだ、ベルファスト以外ではな」

ペドロ・マルティネスが人の群れの後ろのほうに立って目を凝らしていると、見憶えのある車がやってきて、船からいくらか距離を置いて停まった。

どこからともなく二人組のポーターが現われ、車から大きなトランクを降ろして台車に載せると、船のほうへゆっくりと押していった。その間《かん》、運転手はハンドルの前に坐ったままだったが、あの男なら驚くには当たらなかった。その代わりに、年かさの男と三十代とおぼしき男が車の後部座席から降りてきて、ペドロ・マルティネスには見憶えのない年かさの男のほうがポーターと言葉を交わしながら、トランクを台車に積み替える作業を監督した。三十代の男を探して周辺を見渡したが、すでに混雑のなかへ姿を消してしまっていた。

ややあって、車がUターンして走り去った。専属運転手というのは後ろに乗っている者のためにドアを開け、荷物を降ろすのを手伝い、そのあと、さらなる指示を待つのが普通だ。だが、この運転手は違っていた。長居をしてだれかに気づかれる危険を冒したくなかったのだ。これだけの数の警察官がいるとあれば尚更だったのだろう。

アイルランド共和国軍がどんなことを計画しているのかはわからないが、とペドロ・マルティネスは確信めいたものを感じた。〈バッキンガム〉が出港する前ではなく、航海の最中にしでかそうとしているに違いない。その車が見えなくなるや、ペドロ・マルティネスはタクシー待ちの長い列に加わった。もはや自分の車はなかったし、専属運転手もいなかった。あのロールス－ロイスを売ったときの値段には、いまも腹を立てていた。現金払いにこだわらざるを得ないおれの足元を見やがって。

ようやく列の一番前に出ると、テンプル・ミーズ駅へ行ってくれと運転手に告げた。列車でパディントンへ戻りながら、すでに考えてある翌日の計画を、頭のなかで何度も反芻《はんすう》した。二度目の支払い分の二十五万ポンドを払うつもりはなかった。実際に金がないことが、その気持ちに拍車をかけた。金庫にはまだ二万三千ポンドと少しあるし、愛車を売った四千ポンドもある。この取引でアイルランド共和国軍のあいつらがやることになっている役割を完了する前にロンドンを逃げ出せれば、やつらだってブエノスアイレスまで追いかけてはこないだろう。

「あいつだったか?」スコット－ホプキンズ大佐は訊いた。

「かもしれませんが、確信はありません」ハートリー大尉が答えた。「制帽をかぶってサングラスをした専属運転手は大勢いましたし、はっきり見極められる距離に近づいたときには、すでにゲートのほうへ引き返しはじめていたんです」

「そいつが乗せてきたのはだれだ? 見たか?」

「見てください、サー、何百人もの乗客が船に乗ろうとしているんですよ。そのなかから一人を特定するのは難しいでしょう」ハートリー大尉が答えたとき、スコット－ホプキンズ大佐の脇を掠《かす》めて通り過ぎた男がいた。

「失礼」マッキンタイヤ卿は帽子を取り、笑みを浮かべて大佐に詫びると、タラップを上って乗船した。


「すごい部屋ね」バスタオルを巻き付けてシャワーを出てきたサムが感嘆の声を上げた。

「女の子に何が必要か、全部考えて揃えてあるじゃないの」

「母が船室を一つ残らず自分の目で調べて回るのを、船のみんなが知っているからだよ」

「一つ残らず?」サムが信じられないという口調で訊き返した。

「嘘じゃない。ただ、残念なことに、彼女は男の子に何が必要かを全部は考えていなかったらしい」

「ほかに必要なものなんて何があるの？」

「とりあえず、ダブル・ベッドだ。まだ別々のベッドで寝なくちゃならないような関係じゃや、ぼくたちはもうないだろう」

「くっつければいいだけのことじゃないの、セブ、そのぐらいの力もないの？」

「残念ながら、そんな簡単なことじゃないんだ。床にボルトで留めてあるんだから」

「だったら、マットレスを外して床に下ろし」サムがとてもゆっくりと言った。「二つくっつけて寝ればいいじゃない」

「もうやってみたよ。でも、一枚だってぎりぎりだった。まして、二枚並べるなんて論外だね」

「ファースト・クラスのチケットを買えるだけの稼ぎがあなたにあったら、こんな問題は起こらなかったでしょうね」サムは大袈裟にため息をついてみせた。

「そのぐらい稼げるようになったときには、たぶん別々のベッドで寝てるんじゃないのかな」

「そんなの嫌よ」身体に巻き付いていたバスタオルが床に落ちた。

「失礼します、マイ・ロード、この甲板の上級乗客係を担当いたします、ブレイスウェイトと申します。この船をご利用いただき、ありがとうございます。昼でも夜でも、何であれご用がございましたら、一〇〇番に電話をいただければ、すぐにスタッフが参上いたしますので」

「ありがとう、ブレイスウェイト」

「ディナーに行っていらっしゃるあいだに、お荷物をほどいて整理しておきましょうか」

「ありがとう、だが、それには及ばない。スコットランドからの長旅で疲れているのでね、少し休みたいんだ。ディナーは失礼させてもらおうと思う」

「承知いたしました、マイ・ロード」

「実は頼みがある」マッキンタイヤ卿は財布から五ポンド札を取り出した。「明朝七時まで、だれにも邪魔されないようにしてもらえないだろうか。そして、七時になったら、お茶とトーストとマーマレードを持ってきてくれないか」

「黒パンがよろしゅうございますか、それとも、白パンがお好みでしょうか?」

「黒パンのほうがいいな」

「では、〈ドゥ・ノット・ディスターブ〉の札をドアにお掛けしておきます。ごゆっくりお休みください。失礼します、マイ・ロード」

四人はそれぞれの船室にチェックインしたあと、すぐに船の礼拝堂に集合した。

「これから数日は眠れないと覚悟しておいてくれ」スコット－ホプキンズ大佐は言った。

「あの車を見つけた以上、アイルランド共和国軍の一派がこの船に乗り込んでいると考えざるを得ない」

「あいつらが〈バッキンガム〉に関心を持つ理由は何でしょう？　自分たちの地元の北アイルランドで、すでに十分な面倒ごとを抱えてるんですよ？」クラン伍長が訝った。

「〈バッキンガム〉を沈めるというような大きなことをやったら、みんなにそっちを向かせ、自分たちの面倒ごとから目を逸らせられるじゃないか」

「まさか、いくらあいつらでもそんなことは――」ハートリー大尉が言いかけた。

「最悪の筋書を想定し、敵がそれをやろうとしていると考えるのが、常に最良の策だ」

「そんな作戦を実行するだけの金をどこで手に入れるんです？」

「おまえが見つけた、埠頭の後ろのほうに立っていたあの男からだ」

「ですが、あいつは乗船せず、列車に乗ってまっすぐロンドンへ帰ってしまいましたが」

ロバーツ軍曹が言った。

「おまえがあいつだったら、やつらが何を企んでいるかがわかっていながらわざわざ船に乗るか？」

「あいつに関心があるのがバリントン家とクリフトン家だけなら、少なくとも対象は絞り込まれますね。何しろ、全員がファースト・クラスの同じ層《デッキ》にいるんですから」

「いや、そうでもありませんよ」ロバーツ軍曹が言った。「セバスティアン・クリフトンとガールフレンドが、キャビン・クラスの七二八号室にいますからね。彼らも狙われている可能性があります」

「私はそうは考えていない」スコット－ホプキンズ大佐が言った。「アイルランド共和国軍がアメリカ外交官の娘を殺したりしたら、どこからであれアメリカからきている資金援助が一晩のうちに完全に途絶えてしまうことは疑いの余地がないだろう。やはり、われわれは第一層《デッキ・ワン》のファースト・クラスにいる、バリントン家とクリフトン家の人々に集中すべきだと考える。なぜなら、ミセス・クリフトンと彼女の一族の一人か二人をどうにかして殺すことができれば、〈バッキンガム〉の処女航海が、同時に、最後の航海にもなるからだ。だとすれば」大佐はつづけた。「われわれはこの航海のあいだ、それぞれが四時間ずつのパトロールを行なう。ハートリー、おまえは午前二時までファースト・クラスを担当してくれ。そのあとは私が引き継いで、六時前におまえを起こす。クランとロバーツは、同じやり方でキャビン・クラスを見張るんだ。なぜかというと、敵が見つかるとすればそこだろうという気がしているからだ」

「その敵ですが、人数はどれくらいでしょう？」クラン伍長が訊いた。

「少なくとも三人から四人は、乗客を装ったり乗組員を装ったりして船内にいるはずだ。

だから、北アイルランドの通りで以前に見たことのある顔に気づいたら偶然ではないと思え。そして、すぐに私に報告しろ。それで思い出したが、デッキ・ワンのファースト・クラスに残っていた最後の二部屋を予約した客の名前はわかったか？」

「はい、サー」ハートリー大尉が答えた。「五号室はアスプレイ夫妻です」

「私が妻に入ることを禁じている店だ、ほかの男と一緒でなければ、だけどな」

「それから、三号室はマッキンタイヤ卿です。紳士録で調べたところ、八十四歳、ハーヴェイ卿の妹を妻としていました。現会長の大叔父に違いありません」

「〈ドゥ・ノット・ディスターブ〉の札をドアに掛けさせた理由は？」大佐が訊いた。

「スコットランドからの長旅で疲れたからだと乗客係には言ったそうです」

「もう疲れたのか？」大佐が言った。「八十四歳の年寄りをアイルランド共和国軍が何に使うかは見当がつかないが、それでも、その男から目を離すな」

ドアが開き、四人が振り返ると、礼拝堂付き司祭が入ってきた。司祭は四人を見て穏やかな笑みを浮かべた。四人とも、祈禱書を持ってひざまずいていた。

「何かお手伝いできることはありませんか？」司祭が通路を四人のほうへ歩きながら訊いた。

「ありがとうございます。大丈夫です、司祭《パードレ》さま。もう終わりました」

47

「今夜はディナー・ジャケット着用が義務なのかな?」荷ほどきをすませて、ハリーが訊いた。

「いいえ、最初の夜と最後の夜は略式と、服装規定で昔からそうなっているわ」

「で、どうすればいいんだ? 略式と言っても、年代によって違うだろう」

「あなたの場合は、スーツにネクタイよ」

「だれか、ぼくたちのテーブルに同席するのかな」ハリーが一着しか持っていないスーツをワードローブから出しながら訊いた。

「ジャイルズ、セブ、そして、サム。だから、家族だけよ」

「それはつまり、サムはもう家族とみなされてるってことかな」

「セブはそう考えているみたいね」

「だとしたら、あいつは運のいい男の子だな。もっとも、白状すると、ぼくはボブ・ビンガムをもっとよく知りたいんだ。この航海のどこかで、ビンガム夫妻と同じテーブルになれるといいんだけどな。奥さんの名前は何というんだ?」

「プリシラよ。でも、言っておくけど、あの二人は正反対と言っていいくらい違ってるわよ」

「どういう意味だ?」

「何も言わないでおくから、自分で会って、その目で確かめてから判断したらどうかしら」

「意味深長だな。でも、〝何も言わないでおくから〟というのが手掛かりに違いない。いずれにしても、ボブには主役ではないにせよ、次作に登場してもらうと決めているんだ」

「善玉として?　それとも、悪玉かしら?」

「それはまだ決めてない」

「テーマは?」エマがワードローブを開きながら質問した。

「ウィリアム・ウォーウィックが休暇を取り、奥さんと豪華客船で海外旅行に行くんだ」

「だれがだれを殺すの?」

「海運会社の会長を妻に持ち、その妻の尻に敷かれた哀れな夫が、彼女を殺して船の料理人と逃げる」

「でも、船が港に着くはるか前にウィリアム・ウォーウィックが犯人を特定し、犯人である夫は終生を刑務所で過ごすことになるのよね」

「ところが、そうはならないんだ」ハリーは二本あるネクタイのどっちをディナーのときに締めようかと迷いながら答えた。「ウォーウィックは公海上での逮捕権限を持っていない。だから、夫は逃げおおせる」

「だけど、それがイギリスの船だったら、その夫はイギリス司法の管轄下にあるはずだわ」

「ああ、それについては一ひねりしてあるんだ。船というのは税金に関して都合のいい国の国旗を掲げて航海するだろう。この場合はリベリアだ。だから、彼は現地の警察署長を買収し、事件をなかったことにさせるだけでいい」

「素晴らしい」エマは言った。「わたし、どうしてそれを思いつかなかったのかしら？　そうすれば、わたしの抱えている問題は全部解決するはずなのに？」

「ぼくがきみを殺したら、きみの抱えている問題が全部解決するってことか？」

「違うわよ、馬鹿ね。税金を払わずにすめば、ということよ。あなたを重役にしようかしら」

「そんなことをしたら、ぼくは本当にきみを殺すからな」言いながら、ハリーは妻を抱き寄せた。

「都合のいい国の国旗を掲げた船、ね」エマが繰り返した。「重役会はその考えにどんな反応を示すかしら」そして、ドレスを二着出し、吊すようにしてハリーに見せた。

「どっちがいいかしら？　赤、それとも、黒？」

「今夜は砕けた服装だと言わなかったか？」

「会長にとっては、砕けた夜じゃないの」エマが言ったとき、ドアがノックされた。

「もちろん、そうだろうさ」ハリーはエマに応え、ドアを開けにいった。上級乗客係がそこに立っていた。

「失礼いたします、サー。エリザベス皇太后殿下から、〈バリントン海運〉会長さまにお花が届いております」ブレイスウェイトが告げた。日常茶飯のことだとでもいうような口調だった。

「きっと、百合だろう」ハリーは推測した。

「どうしてわかったの？」エマがハリーに訊いていると、乗客係の後ろにいたがっちりした体格の若者が、百合を活《い》けた大きな花瓶を抱えて入ってきた。

「いまの皇太后が王妃になるはるか前、ヨーク公が彼女に贈った花だからだよ」

「部屋の真ん中にテーブルがあるでしょう、そこに置いてちょうだい」エマは乗客係に指示し、花とともに届いたカードを見た。礼を言おうとしたときには、若者はすでに立ち去っていた。

「何と書いてあるんだい」ハリーが訊いた。

「〝ブリストルの忘れがたい日をありがとう、わたくしの第二の家の処女航海がうまくいくことを祈ります〟」

「いかにも年季の入った玄人《くろうと》だな」

「とても心遣いのできる方なのよ」エマは言った。「このお花はニューヨークまでもつのが関の山でしょうけど、ブレイスウェイト、花瓶は取っておきたいの。記念の品としてね」

「あなたがニューヨークに上陸していらっしゃるあいだ、百合を活け換えることもできますが、会長」

「あなたもとても心遣いのできる人なのね、ありがとう、ブレイスウェイト」

「おまえを重役会の次の議長にしたいって、エマが言ってるぞ」ジャイルズがバー・ストゥールに腰を下ろしながら言った。

「お母さんの頭にあるのは、どっちの重役会のことなんでしょうね」セバスティアンは訊いた。

「そりゃ、〈バリントン海運〉だろう」

「それはないいんじゃないかな。お母さんはまだ燃料切れじゃありませんからね。でも、もし頼まれたら、考えてもいいかもしれないな」

「そういうところが、おまえの思慮深さなんだろうな」ジャイルズが言い、バーテンダーが彼の前にウィスキー・ソーダを置いた。

「いや、そうじゃないんです。ぼくが関心を持っているのはファージングズ銀行なんですよ」

「二十四という年齢は、銀行の会長として少し若すぎるかもしれないと思わないか？」

「そのとおりだと思います。だから、七十前の引退は考えないでくれとミスター・ハードキャッスルを説得しようとしているんですよ」

「しかし、そのときだって、おまえはまだ二十九じゃないか」

「最初に国会に足を踏み入れたときの伯父さんより四歳上です」

「それはそうだが、私は四十四まで大臣になっていないぞ」

「それは一《いっ》にかかって、参加した政党を間違えたからです」

ジャイルズが笑った。「もしかして、おまえもいつの日か議会に現われるのかもしれないな」

「その暁には、ジャイルズ伯父さん、ぼくを見たかったら議場の反対側へ目を向けてもらわなくてはならないでしょうね。だって、ぼくは労働党に対抗する政党に所属しているんですから。いずれにしても、あの特別に滑りやすい棒を上るのはもっと金持ちになってからですよ」

「で、この美しい生き物はだれなんだ？」やってきた美女を見て、ジャイルズがストゥー

ルを降りながら訊いた

「ぼくのガールフレンドのサムです」セバスティアンは紹介した。自慢げになるのを隠せなかった。

「あなただったら、もっとましな相手がいくらでもいるだろうに」ジャイルズが笑みを浮かべて彼女に言った。

「それはわかってるんですけど」サムが応じた。「哀れな移民の娘に選り好みは許されないんです」

「あなたはアメリカの人なのか」ジャイルズが言った。

「はい。父のことはご存じだと思いますけど、パトリック・サリヴァンです」

「もちろん、パットならよく知っている。私がとても重要視している人物だ。ロンドンはすでに輝きはじめているキャリアのせいぜいが踏み台というところだろうと、私は昔から考えているよ」

「それはわたしがセバスティアンに感じていることとまったく同じです」サムが言い、セブの手を取った。ジャイルズが笑っていると、エマとハリーが〈グリル・ルーム〉に姿を現わした。

「どんな面白い話をしているの?」エマが訊いた。

「サムがおまえの息子に分際をわからせたところなんだよ。〝こいつと結婚してやってもいいと思うのは、あの悪さを思いついたからだ〟とね」ジャイルズが言い、サムにお辞儀をした。

「まあ、わたしはセバスティアンがサー・トービー・ベルチのような男性だとは思っていません」サムが言い返した。「考えてみれば、彼がセバスティアンのようではあるんですけどね」

「〝私もだ〟」エマが言った。

「違うな」ハリーが訂正した「〝私もだ。こんな面白い悪さをもう一度でも考えてくれたら、お金なんか持っていなくてもいい〟だ」

「何の話だか、さっぱりわからないよ」セバスティアンが訝った。

「だから、サム、もっとましな相手がいくらでもいるだろうと言ったじゃないか。まあいいさ。きっと、あとであなたからセブに教えてやってくれるだろう。ところで、エマ」ジャイルズが妹に向き直った。「男をノックアウトせずにはおかないドレスじゃないか。おまえは赤がよく似合うな」

「ありがとう、ジャイルズ。明日はブルーを着るつもりだから、別の褒め言葉を考えておいたほうがいいわよ」

「飲み物をお持ちしましょうか、会長」ジン・トニックを飲みたくてたまらないハリーがからかった。

「結構よ、ダーリン。それより、お腹《なか》がぺこぺこなの。だから、早くテーブルに着きましようよ」

ジャイルズがハリーに片目をつぶって見せた。「だから、避けるべき女について十二のときにおまえに忠告しただろう。それなのに、忠告を無視するほうを選んだんだからな」

みんなで部屋の中央のテーブルに向かう途中、エマが足を止め、ロスとジーンのブキャナン夫妻と言葉を交わした。「奥さまは取り戻せたようですけど、車はどうですか？」

「数日後に私がエディンバラへ戻ったら」ロスが立ち上がって答えた。「警察の駐車違反車保管所に留め置かれていましたよ。取り戻すには一財産必要だった」

「これほどじゃありませんけどね」ジーンが真珠のネックレスに触った。

「赦しを乞う《ゲット・ミー・オフ・ザ・フック》ためのプレゼントってわけです」ロスが説明した。

「そして同時に、わが社を自由の身に《オフ・ザ・フック》してくださいました」エマは言った。「それについて、わたしたちは常に感謝を忘れません」

「礼を言うなら、その相手は私じゃありません」ロスが言った。「セドリックです」

「この航海にいらっしゃってもらえなかったのが残念です」エマは応えた。

「男の子と女の子、どっちを望んでいらっしゃったんですか？」ヘッド・ウェイターに椅子を引いてもらいながらサムは訊いた。

「グウィネッズに選択権はなかったよ」ジャイルズが応えた。「男の子じゃなくちゃだめだと言ってあったからね」

「なぜですか？」

「純粋に現実的な理由さ。女の子では一族の肩書を引き継げないからね。イギリスでは、何であれすべてが男系に引き継がれなくてはならないんだ」

「ずいぶん古めかしいんですね」サムは言った。「イギリス人はとても文明的な人種だと思っていたんですけど」

「話が長子相続制となると、とたんにそうでなくなるんだ」ジャイルズが答えた。エマがテーブルに到着すると、男三人は立ち上がった。

「でも、ミセス・クリフトンは〈バリントン海運〉の会長じゃないですか」

「そして、玉座におられるのは女王だ。だが、心配は無用だよ、サム。最終的に、われわれはそういう旧弊な制度を打破するんだから」

「ぼくの党が政権に復帰すれば、そうはならないでしょうね」セバスティアンが言った。

「そのときは、ふたたび恐竜が徘徊《はいかい》することになる」ジャイルズがセバスティアンを見て言った。

「だれが言ったんですか？」サムは訊いた。

「私を打ち負かした男だ」

ブレンダンはノックをせずに黙ってドアノブを回すと、だれにも見られていないことをもう一度確認してからなかへ滑り込んだ。夜のこの時間にキャビン・クラス担当の若造がファースト・クラスの年配の貴族の船室で何をしているのかと不審がられ、弁明をせまられるような事態は避けたかった。もっとも、そんな心配はそもそもないはずだったが。

「邪魔が入る心配はなさそうですか?」なかに入ってドアを閉めるや、ブレンダンは訊いた。

「明日の朝の七時までは邪魔をする者はいないし、それ以降は、われわれを邪魔する要素は残っていないはずだ」

「よし」ブレンダンは両膝をつくと、大きなトランクを解錠し、蓋を開けて、完成に一カ月以上かかった複雑な機械の部品を検めた。それから三十分を費やし、導線が緩んでいないこと、すべてのダイヤルが正しくセットされていること、そして、スイッチを入れて時計が動き出すことを確認した。ようやく立ち上がったのは、すべてが完璧かつ正常であることに満足してからだった。

「準備完了だ」彼は言った。「いつ作動させたいんです?」

「午前三時だ。これを全部片づけるのに三十分」マッキンタイヤ卿が二重顎に触りながら付け加えた。「それから、私がもう一つの客室へ移動する時間が必要だ」

ブレンダンがトランクのタイマーを三時にセットした。「あとは、あんたがここを出る前にスイッチを入れ、秒針が動いていることをもう一度確認するだけでオーケーです。それから三十分後に爆発します」

「手違いが生じる可能性はないのか？」

「百合があの女の船室にある限り、その可能性はありません。このデッキと一つ下のデッキにいて、生存の見込みのある者は皆無です。あの花の下の土には六本のダイナマイトが仕込んであるんです。必要量をはるかに上回っているけど、そのほうが金を回収するためには確実ですからね」

「私の鍵は持っているな？」

「ええ」ブレンダンが答えた。「七〇六号室です。枕の下に新しいパスポートとチケットが隠してあります」

「気にかけるべきことはもうないのか？」

「ありません。ここを出る前に、秒針が動いていることだけ確認してください」

マッキンタイヤ卿は笑みを浮かべた。「では、ベルファストで会おう。万一同じ救命ボートに乗り合わせても、私のことは無視しろ」

ブレンダンがうなずき、出口へ歩いていってそうっとドアを開けると通路をうかがった。乗客がディナーから船室へ戻ってくる気配はなかった。足早に通路の突き当たりまで行くと〈緊急時以外立入り禁止〉と記してあるドアを押し開け、そこをくぐるや静かに閉めて、鉄の階段を軋ませながら下りていった。いま、人気《ひとけ》はまったくなかった。だが、五時間ほどあとには、船が氷山にぶつかったのではないかとパニックに陥った人々で混雑するはずだった。

第七層《デッキ・セヴン》まで降りると、非常扉を押し開け、ふたたび通路を確認した。依然として人の姿はなかった。狭い通路を自分の船室へ向かった。ディナーから戻る数人の客と出くわしたが、ブレンダンにちょっとでも関心を示した者はいなかった。長年のあいだに、自分を目立たなくする術は芸術の域に達していた。自分の船室にたどり着き、鍵を開けてなかに入ると、すぐさまベッドに倒れ込んだ。任務完了だった。時計は午後九時五十分を指していた。これから、長い待ちの時間が始まるのだ。

「九時を過ぎた直後に、こっそりマッキンタイヤ卿の船室に入った者がいます」ハートリー大尉が報告した。「しかし、まだ出てきたところを見ていません」

「乗客係じゃないのか?」

「それはないと思います、大佐。ドアに〈ドゥ・ノット・ディスターブ〉の札が掛かっていますし、いずれにしても、その男はノックをしていません。実際、あたかも自分の船室のようにして入っていきました」

「それなら、その船室から目を離すな。出てくるやつがいたら、そいつを見失うな。私はキャビン・クラスを監視しているクランの様子を見にいって、聞くべきことがあれば聞いてくる。何もなかったら何時間か目をつぶらせてもらって、二時におまえと交替する。何だろうと不審なことがあったら躊躇なく私を起こせ」

「ニューヨークへ着いたら何をしようか。きみにはもう計画があるのかな？」セバスティアンは訊いた。

「ビッグ・アップルには三十六時間しかいられないのよ」サムが答えた。「だから、一瞬たりと無駄にできないわ。午前中にメトロポリタン美術館を訪ね、そのあとセントラル・パークを急いで散歩して、それから〈サルディズ〉でお昼。午後は〈フリック〉へ行って、夜はキャロル・チャニングの『ハロー・ドーリー』よ。父がチケットを二枚買ってくれたの」

「つまり、買い物はなしってこと？」

「五番街を歩くのは許してあげるけど、ウィンドウ－ショッピング限定ですからね。〈ティファニー〉の箱だけだって買えないくせに、そのなかに入れるものなんか買ってもらえるはずがないものね。でも、ニューヨークへきた記念がほしいんだったら、三四丁目西の〈メイシーズ〉へ寄ってもいいわよ。あそこなら、一ドル以下で買えるものがよりどりみどりだから」

「それなら、ぼくでも何とかなりそうだな。ところで、〈フリック〉って何だい」

「あなたの妹さんのお気に入りの美術館よ」

「でも、ジェシカはニューヨークへ行ったことなんかないぞ」

「だからって、すべての部屋のすべての作品を彼女が知り得ないことにはならないでしょう。あそこには彼女の生涯のお気に入りがあるの」

「フェルメールだ。『中断された音楽の稽古』だろう」

「悪くないわね」サムが応えた。

「明かりを消す前にもう一つ教えてくれないか。きみが見ているセバスティアンは何者なんだ?」

「ヴァイオラじゃないわね」（シェイクスピア『十二夜』の女性主人公で双子の一方。男装して公爵に仕えるうちに彼に恋をしてしまい、一方で、公爵の求婚相手から求婚される）

「サムって実に大した女性だって、そう思わない?」〈グリル・ルーム〉を出て、プレミア・デッキにある自分たちの船室へ帰ろうと大階段を上がりながら、エマはハリーに言った。

「だとしたら、セブはジェシカに感謝しなくちゃな」ハリーがエマの手を取った。

「あの子が一緒にこられたらどんなによかったかしらね。いまごろは、船橋《ブリッジ》にいる船長から午後のお茶を運んでくれるブレイスウェイトまで、みんなを虜にしているでしょうにね。もしかしたら、ペルセウスだってそうなってるかもしれないわ」

二人で押し黙って通路を歩きながら、ハリーは気持ちが重たくなった。本当の父親がだれかをジェシカに話さずじまいだったことで自分を責めない日は、これまで一日もなかった。

「三号室の紳士だけど、あなた、この船に乗ってから顔を見た？」エマが夫の思いをさえぎった。

「マッキンタイヤ卿か？　いや、ないな。乗客リストで名前は見たけど」

「わたしの大叔母さまのイゾベルと結婚した、あのマッキンタイヤ卿と同一人物って可能性があるかしら」

「なくはないかもしれないな。ぼくたちがスコットランドにあるきみのおじいさんの城に滞在していたとき、一度会っただろう。実に紳士らしい紳士だった。もう八十は優に超えてるはずだけどな」

「どうしてこの処女航海に加わることにしたのかしら？　それに、どうしてそのことをわたしたちに知らせないでいるのかしら？」

「たぶん、きみを煩わせたくなかったんじゃないのかな。明日の夜、彼をディナーに招待したらどうだい。何といったって、あの世代の最後の係累《けいるい》なんだから」

「名案よ、マイ・ダーリン」エマが応えた。「明日の朝一番に、彼の船室のドアの下にメッセージを挿し込んでおくわ」ハリーは船室の鍵を開け、妻を先に入れるべく脇へ寄った。「へとへとよ」エマが訴え、腰を屈めて百合の香りを嗅いだ。「皇太后は毎日こんな日々なんでしょう、どうやって凌《しの》いでいらっしゃるのか、わたしには見当もつかないわね」

「それが彼女の仕事で、彼女はそれが得意なんだろう。だけど、ほんの何日かでも〈バリントン海運〉の会長をつとめようとしたら、彼女といえども、へとへとになること請け合いだね」

「それでも、彼女の仕事より、いまのわたしの仕事のほうがましね」エマがドレスを脱いでワードローブに戻し、バスルームへ消えた。

ハリーは〝ＨＲＨ〟と頭文字が記された皇太后からのカードをもう一度読んだ。実に心のこもったメッセージだった。エマは花瓶をブリストルへ持って帰って会長室に置き、月曜の朝ごとに百合を活け換えるとすでに決めていた。ハリーは微笑した。当然だ。

エマがバスルームから出てくると、今度はハリーがそこへ入ってドアを閉めた。エマはドレッシング・ガウンを脱いでベッドに入ったが、あまりに疲れていて、ハリーが推薦してくれた新人作家の手になる『寒い国から帰ってきたスパイ』を何ページかでも読む気にすらなれなかった。彼女はベッドサイドの明かりを消し、夫に聞こえないことはわかっていたが、それでも言った。「おやすみなさい、マイ・ダーリン」

ハリーがバスルームを出てきたときには、エマはぐっすり寝入っていた。彼はまるで子供にしてやるようにして上掛けを掛け直し、額にキスをしてささやいた。「おやすみ、マイ・ダーリン」そして、自分のベッドに入った。妻の寝息が耳に心地よかった。それが鼾になる予兆だとは夢にも思わなかった。

妻をとても誇りに思いながら、ハリーは横になっていた。進水式は完璧だった。寝返りを打ち、しばらくまどろんだような気がしたが、瞼は鉛のように重くなっているにもかかわらず、また、疲労困憊《こんぱい》しているにもかかわらず、眠ることができなかった。何かが気になった。

48

ペドロ・マルティネスは二時を過ぎてすぐに起き出した。が、その理由は眠れないからではなかった。

着替えをすませるや、オーヴァーナイト・バッグに必要最小限のものを詰め、階下《した》の書斎へ下りた。金庫を開けて残りの有り金二万三千六百四十五ポンドを取り出し、バッグに入れた。いまやこの家も、この家にあるものも、調度や備品も含めて、すべて銀行の所有物になっていた。貸越し分の残高を払わせるつもりなら、銀行はレドベリーをブエノスアイレスまで寄越せばいい。喜んでお迎えして、簡単な返事を差し上げたうえでお引き取り願うまでだ。

ラジオをつけて早朝のニュースを聞いた。冒頭の見出しに、〝バッキンガム〟という言葉は出てこなかった。あの連中が気づいたときにはおれはもうはるか手の届かないところへ逃げおおせているはずだと自信が深まった。窓の外へ目をやると、雨が容赦なく舗道を打っていた。残念だが、タクシーを捕まえるのに少し時間がかかりそうだった。

明かりを消し、玄関を出て、イートン・スクウェア四四番地のドアを閉めた。これが最後になるはずだった。通りの左右をうかがってほっとしたことに、一台のタクシーが〈空車〉に表示を切り替えてこっちへ走り出したところだった。マルティネスは手を上げて雨のなかへ飛び出し、タクシーの後部座席に飛び乗った。ドアを閉めたとき、かちんという音が聞こえた。

「ロンドン空港へ頼む」ペドロ・マルティネスは座席に沈み込んだ。

「行先が違うと思うがね」専属運転手の声だった。

ハリーの船室からわずか二部屋離れただけのところでもう一人の男がしっかり起きていて、眠るどころか最後の仕上げにかかろうとしていた。

午前二時五十九分にベッドを出たときには完全に元気を回復していて、完全に注意力を取り戻した状態で船室の中央に置いてある大きなトランクのところへ行って蓋を開けた。一瞬ためらったあと、指示されたとおりにスイッチを入れ、引き返し不可能な状態で事態が動き出したことを確認した。大きな黒い秒針が二十九分五十九秒、二十九分五十八秒と動いていくのを見ながら、自分の時計の横のボタンを押し、トランクの蓋を下ろした。そして、ベッドの上に置いてあった、必要なものがすべて入っている小さなキャリア・バッグを手に取ると、明かりを消し、船室のドアを静かに開けて、ぼんやりと明かりの灯っている通路をうかがった。目が慣れるのを少しのあいだ待ち、あたりにだれもいないと確信してから通路に出て、ふたたび静かにドアを閉めた。

ロイヤル・ブルーの分厚い絨毯にそうっと一歩踏み出し、音を立てないようにしながら通路を歩き出した。どんなにかすかな物音も聞き逃さないよう耳を澄ましたが、低くてリズミカルなエンジン音しか聞こえなかった。穏やかな海面を順調に進んでいるということだった。大階段のてっぺんにきたところで足を止めた。階段の上の明かりはこれまでより少し明るかったが、依然として人の姿は見えなかった。ファースト・クラスのラウンジは一層下のデッキにあり、その奥に〈紳士用〉と控えめに表示されていることはわかっていた。

大階段を下りる途中もだれにも出会わなかったが、ラウンジに入ったとたん、大男が坐り心地のよさそうな椅子に沈んで両足を投げ出しているのが目に飛び込んできた。処女航海の初夜のファースト・クラスの特権を最大限に活用し、たらふく無料酒《ただ》を聞こし召しているかのようだった。

満足そうな鼾をかき、しかし身じろぎもしないで眠っているように見えるその乗客の前をそうっと通り過ぎて、奥の部屋の表示のほうへ向かいつづけた。洗面所――イギリス紳士のように考えはじめるようになってさえいた――へ入ると、自動的に灯りがついた。彼は驚き、一瞬ためらったあとで、これもまたこの船の誇るもう一つの新機軸に過ぎないことを思い出した。金のかかったパンフレットにそう書いてあったではないか。大理石の洗面台にキャリア・バッグを置き、ジッパーを開けて、さまざまなローション、小瓶、装身具を取り出した。別人から自分に戻るための道具だった。オイルの瓶、喉でも掻き切れそうな剃刀、鋏、〈ポンズ〉のフェイス・クリームは、ここまでの彼の初演の夜の演技に幕を下ろす役に立ってくれることになっていた。

時計を見た。次の幕が上がるまで、まだ二十七分と三秒ある。そのころには、自分はパニックに陥った乗客の一人に過ぎなくなっているはずだ。オイルの瓶の蓋を開け、顔と首、そして額に塗った。数分後、メイクアップ・アーティストに警告されたとおり、顔のあたりが焼けるように熱くなってきた。白髪混じりの禿頭の鬘《かつら》を丁寧に外して洗面台に置き、少しのあいだ、鏡に映る自分を見た。豊かに波打つ赤毛と再会できて嬉しかった。次に、治ったばかりの傷から絆創膏を剥がすようにして、ワインのように赤い頬を剥がした。最後に鋏の助けを借りて、メイクアップ・アーティストがその出来を自慢した二重顎を切り裂いた。

流しに湯を張り、丹念に顔を擦って、あちこちにしつこく貼りついている瘢痕組織や糊、化粧の残りを洗い落とした。顔が乾くと、ところどころが少しつっぱっているような気がしたから、〈ポンズ〉のコールド・クリームを塗った。それで変身は完了だった。

リーアム・ドハティは鏡に映る自分を見た。二十分足らずのうちに五十年若返っていた。

すべての女性の夢だ。赤毛を櫛でリーゼント風に整えてから、マッキンタイヤ卿の名残りをバッグにしまい、貴族の衣装を脱ぎはじめた。

まず、〈ヴァン・ヒューゼン〉の固くて白いカラーを留めている鋲《びょう》を外した。そのカラーのせいで、首の周りに赤い条《すじ》ができていた。そのあと、イートン校の卒業生であることを示すネクタイを取ってバッグに入れた。さらに、白いシルクのシャツをグレイの木綿のシャツに着替え、いまやフォールズ・ロードの若者のほとんどが愛用している細いストリング・タイに替えた。黄色のサスペンダーを外し、ゆったりとしたグレイのズボンが自分の腹を膨らませるために使っていたクッションと一緒に床に落ちるに任せた。腰を屈めてマッキンタイヤ卿の黒革のブローグの紐をほどいて脱ぎ、バッグに入れた。そして、最新流行の脚に貼りついた《ドレイン・パイプス》ズボンを取り出した。それを穿くと、思わず笑みがこぼれた。サスペンダーがなくなり、別の仕事でロンドンへ行ったときにカーナビー・ストリートで手に入れた、細い革ベルトで支えているだけだった。仕上げに、ファースト・クラスの絨毯を踏むことなどあり得ないはずの茶色のスエードのローファーを履いた。鏡を見ると、紛れもない自分に戻っていた。

時計を見た。十一分と四十一秒が残されていた。そのあいだに新しい船室へ無事に逃げ込んで隠れてしまわなくてはならない。無駄にする時間はない。爆弾が爆発したときにまだファースト・クラスにいたら、容疑者は一人しかいないことになる。

ローションや小瓶をバッグに戻し、ジッパーを閉めて急いで出口へ向かうと、用心深くドアを開けてラウンジのほうをうかがった。どの方向にも人の姿は見えなかった。あの酔っぱらいも消えていた。深く人の形が残り、さっきまでだれかがそこに坐っていたことを示唆している、いまはだれもいない椅子の前を足早に通り過ぎた。

ラウンジを突っ切って大階段へと急いだ。キャビン・クラス以下の乗客がファースト・クラスのラウンジにいるはずはないのだ。第三層《デッキ・スリー》の踊り場――そこが境界だった――にたどり着いて、ようやく足を止めた。高級船員の区域とそうでない乗組員の区域を隔てる赤い鎖をまたぎ越えて、初めて緊張がほどけた。安全とはまだ言い切れなかったが、戦闘地域を出たことは確かだった。コード入りの緑の敷物を踏んだ瞬間、もっと狭い階段を小走りに下りていった。あと四層、そこへたどり着けば新しい船室が待っている。

七〇六号室を探して七二六号室と七二四号室の前を通り過ぎたとき、早朝の酔っぱらいが鍵を挿し込もうとしてうまくいかずにいるのが見えた。本当にあいつの部屋なのか？　いざとなったときにその酔っぱらいが、あれはドハティだったか、ほかのだれかだったかを特定できるとは思えなかったが、それでも顔を背けて通り過ぎた。

七〇六号室に着くと、鍵を開けてなかに入った。時計を見た。七分と四十三秒が残っていた。それを過ぎると、どんなに深く眠っていようと一人残らず目を覚ますことになる。寝台へ行って枕を持ち上げた。そこにマッキンタイヤ卿からワトフォードのネイピア・ドライヴ四七番地のデイヴ・ロスコーへ変身させてくれる、未使用のパスポートとチケットがあった。職業は塗装工兼壁紙貼り職人になっていた。

寝台にひっくり返り、また時計に目を走らせた。六分十九秒、十八秒、十七秒……待つ時間にしては長すぎる。三人の仲間もまんじりともしないで待っていたが、だれも口を開かなかった。今度お互いが話をするのは、全員がフォールズ・ロードの〈ヴォランティア〉に集まりって何パイントかのギネスを楽しむときだった。今夜のことは、人前では口にしないことになっていた。なぜなら、西ベルファストの根城を留守にしていたことに気づかれ、何カ月、あるいは何年も疑われる恐れが出てくるからだ。通路の向こうのほうで大きな音がした。あの酔っぱらい、ついに諦めたか、とドハティは考えた。

六分二十一秒……。

待たなくてはならないときの不安はいつも同じだった。自分に直結する手掛かりを残していないだろうか？　作戦が失敗に終わり、国に帰ったときに笑いものにされる原因になるようなミスをしでかしていないだろうか？　救命ボートに乗り込むまでは、緊張が緩むことはあり得ない。別の港に向かう別の船に救助されれば、そのほうがもっといいのだが。

五分十四秒……。

自分の同胞、同じ大義を信じる兵士たちだって、自分に勝るとも劣らないぐらいの不安に苛《さいな》まれるはずだ。待つのはいつでも作戦の最悪の部分で、自分ではどうすることもできないし、できることももはや何もないのだ。

四分十一秒……。

一対〇で勝っていて、しかし相手のほうが強く、ロス・タイムに得点する力があるとわかっているサッカーの試合のほうがまだましだ。地区司令官の指示がよみがえった——警報が鳴ったら、真っ先に甲板に出て、真っ先に救命ボートに乗れ。なぜなら、明日のこの時間には、敵は三十五歳以下のアイルランド訛りのある男を捜しはじめているはずだからだ。だから、おまえたち、絶対に口を開くなよ。

三分四十秒……三十九秒……。

リーアム・ドハティは船室のドアを睨みつけ、起こり得る最悪の事態を想像した。爆弾が爆発せず、ドアが蹴破られて十人かそれ以上の警官が雪崩れ込んできたあげく、何度殴ったかなんかお構いなしにむやみやたらに警棒を振り回したら……。しかし、聞こえるのはリズミカルなエンジン音だけで、〈バッキンガム〉は穏やかに大西洋を横断しつづけていた。絶対に到達するはずのない町、ニューヨークへ向けて。

二分三十四秒……三十三秒……。

ドハティは想像しはじめた——フォールズ・ロードへ戻ったらどんな扱いが待っているんだろう。半ズボンのがきどもは、通りで出会うたびに畏怖の目でおれを見上げるはずだ。大きくなったらおれのようになるのだけが夢だと感じるに違いない。皇太后が命名をすませたわずか数週間後に、その船を爆破した英雄なんだ。無辜《むこ》の命が失われるのはやむを得ないし、一つの大義を信じている者にとって、そもそも無辜の命など存在しない。実際、アッパー・デッキの船室にいる連中なんて顔も見ていない。そいつらのことは明日の新聞を読めばわかるだろうし、おれが完璧に仕事をこなしていたら、おれの名前がそこに出ていることもないはずだ。

一分二十二秒……二十一秒……。

手違いが生じる可能性があるだろうか？　ダンギャノンの家の二階の寝室で作った装置が、最後の最後におれを失望させることはないか？　失敗を示す静寂に苦しもうとしているのではないだろうか？

六十秒……。

ドハティはささやくような声でカウントダウンを始めた。

「五十九、五十八、五十七、五十六……」

ラウンジの椅子に崩れ落ちていたあの男は、実はあそこでずっとおれを待っていたのではないか？　いま、警察がこの船室へ向かっているところではないか？

「四十九、四十八、四十七、四十六……」

百合が取り替えられ、花瓶ごと捨て去られてはいないだろうか？　ミセス・クリフトンが花粉アレルギーだったりしないか？

「三十九、三十八、三十七、三十六……」

敵がマッキンタイヤ卿の船室の鍵を開けてなかに入り、開けっ放しになっているトランクを見つけているのではないか？

「二十九、二十八、二十七、二十六……」

ファースト・クラスの洗面所から忍び出た男の捜索が、船内ですでに始まっているのではないか？

「十九、十八、十七、十六……」

敵は……ドハティは寝台の縁を握り締めて目を閉じた。カウントダウンの声が大きくなった。

「九、八、七、六、五、四、三、二、一……」

ドハティは数えるのをやめて目を開けた。何も起こらなかった。失敗へ常につづくと決まっている、不気味な静寂があるばかりだった。うなだれ、信じてもいない神に祈った。その瞬間、轟音とともに激しい衝撃が襲ってきて、ドハティは嵐のなかの木の葉のように船室の壁まで吹っ飛ばされた。何とか立ち上がったとき、悲鳴が聞こえて、彼は笑みを浮かべた。果たしてアッパー・デッキの乗客が何人生き残れるか、それは神のみぞ知るところだった。

特別収録短編

専門家証人

THE EXPERT WITNESS

by JEFFREY ARCHER

「ナイスショット」トビーは相手のボールが凄《すさ》まじい勢いで宙を飛んでいくのを見て声を上げ、額に手をかざして眩《まぶ》しさをさえぎりながら、フェアウェイのど真ん中で弾んだボールを目で追って付け加えた。「凄《すご》いな、二百三十ヤードは間違いない。もしかすると二百五十まで行っているかもしれないぞ」

「どうも」ハリーが応えた。

「朝飯のおかげか？　いったい何を食ったんだ？」ボールがようやく止まると、トビーは訊《き》いた。

「女房との喧嘩《けんか》だよ」ハリーが即答した。「今朝、買い物に付き合えと言われたのさ」

「こんなにゴルフがうまくなるんなら、結婚を考えてもいいかもしれんな」トビーはショットの構えに入り、直後に悪態をついた。打ちそこなったボールはわずか百ヤードしか飛ばず、しかも深いラフに捕まってしまった。

後半の九ホールに入ってもトビーのゴルフは改善されず、昼食のためにクラブハウスへ向かいながらこう言った。「このリヴェンジは来週の法廷まで待つしかなさそうだな」

「それはないと思うぞ」ハリーが笑った。

「どうして？」クラブハウスへ入ったところでトビーは訊いた。

「きみの側の専門家証人として出廷することになっているからだよ」ハリーが答え、二人は昼食のテーブルに着いた。

「面白いよな」トビーは言った。「きみとは敵味方に分かれることしかあり得ないはずだったんだが」

サー・トビー・グレイ勅撰《ちよくせん》弁護士とハリー・バムフォード教授が法廷で味方同士であることは稀《まれ》だった。

「本法廷に関係する者は全員前に進み出て出席を告げるように」リーズ刑事裁判所が開廷しようとしていた。裁判長はフェントン判事だった。

サー・トビーは年配の判事を観察した。良識のある公正な人物のようだ、もっとも、事件要点及び法律上の論点の説示が長くなる懸念はあるかもしれないが。フェントン判事が裁判長席からサー・トビーにうなずいた。

サー・トビーが被告弁護人席から立ち上がって陳述を開始した。「裁判長並びに陪審員のみなさん、この肩にかかっている大きな責任を、私は十分にわかっているつもりです。

殺人の容疑で起訴された被告の弁護は、ただでさえ容易ではありません。まして被害者が二十年以上も何事もなく被告と連れ添った――これは実際に検察も認めている事実です――妻であるとなれば、困難さはさらに増すことになります。

「そして、私の任務をさらに難しくしているのが」サー・トビーはつづけた。「昨日、わが博識なる友人ミスター・ロジャーズによって行われた検察側冒頭陳述です。そこでは状況証拠のすべてが実に巧みに使われ、一見して被告が有罪であるように見せることに成功しています。しかしながら」そして、黒いシルクのガウンの襟をつかんで陪審人に向き直った。「私は非の打ち所のない名声に包まれている証人を呼ぶつもりです。この証人が被告を無罪にする以外に選択の余地がないとみなさんに信じさせるであろうことに、疑いの余地はないものと考えます。ハロルド・バムフォード教授を証人として申請します」

ブルーのダブルのスーツに白のシャツ、ヨークシャー州クリケット・クラブのネクタイというきちんとした服装の人物が入廷して証人席に入った。そして新約聖書に手を置いて宣誓したが、その言葉は自信に満ちていて、それはこの人物が殺人事件の裁判で証言するのが初めてでないことを陪審員に信じさせるに十分だった。

サー・トビーはガウンを整えながら、証人席にいるゴルフ友だちを見つめた。

そして、あたかも初対面であるかのような口調で呼びかけた。「バムフォード教授、あなたの専門知識を証明するために、お手数ですが、いくつか予備的な質問をさせていただく必要があります。なぜなら、あなたがこの裁判の結論を左右する専門知識を有しておられるのを陪審員のみなさんに明示することが何よりも重要だからです」

ハリーがにこりともせずにうなずいた。

「バムフォード教授、あなたはリーズ・グラマースクールで教育を受け」サー・トビーは陪審員を一瞥《いちべつ》した。全員がヨークシャー人だった。「オックスフォード大学モードリン・カレッジで法律を専攻するための一般公募奨学金を与えられましたね」

「ええ」ハリーがふたたびうなずいてそう応えると、トビーは手元のメモに目を落とした。だが、過去に何度かハリーを相手に同じことをしてきていたので、実際にはその必要はなかった。

「しかし、あなたはその奨学金を辞退し」サー・トビーはつづけた。「ここリーズで大学生としての日々を過ごすほうを選んだ。間違いありませんね？」

「間違いありません」ハリーが応え、今度は裁判長も一緒にうなずいた。ヨークシャーのこととなると、忠誠心の熱さと誇りの高さにおいてヨークシャー人の右に出る者はいないだろうな、とサー・トビーは満足した。

「ちなみに、リーズ大学を第一級優等学位をもって卒業したことも間違いありませんか？」

「間違いありません」

「そのあと、ハーヴァード大学で修士号を取得し、さらに博士号を取得しましたか？」

ハリーは小さくうなずいて事実であることを認めた。「さっさとすませてくれよ」と言いたかったが、長年のスパーリング・パートナーがこれからの数分を絶対に無駄にせず、その価値をとことん利用することはわかっていた。

「博士論文のテーマは〝殺人と拳銃の関連〟でしたか？」

「はい」

高名な勅撰弁護士はつづけた。「その論文が審査委員会から非常に高く評価され、ハーヴァード大学出版局から刊行されて、いまも法医学を専攻する学生の必読書となっているというのは事実でしょうか」

「そう言ってもらえるのはありがたい限りです」ハリーはそう応えて、トビーに次の台詞《せりふ》のきっかけを与えてやった。

「そう言ったのは私ではなく」サー・トビーが背筋を伸ばして陪審員を見つめた。「ほかならぬアメリカ合衆国最高裁判所判事ダニエル・ウェブスターです。ですが、それは置いておくとして質問をつづけましょう。ハーヴァード大学を終えてイギリスへ戻ったあなたは、オックスフォード大学から法医学の主任教授としてふたたびの誘いを受けたけれども、またもやそれを断わり、まずは常勤講師として母校のリーズ大学へ戻って教授への道を歩むことを選ばれた。これで間違いありませんか、バムフォード教授？」

「間違いありません、サー・トビー」ハリーは応えた。

「そして、ここまで十一年ものあいだ、リーズ大学教授でありつづけておられる。愛するリーズを離れて自分のところへこないかと、世界のいくつもの大学から好条件で招かれているにもかかわらずです」

ここで、過去にこのやりとりをすべて聞かされているフェントン判事が被告弁護人を見下ろして言った。「どうでしょう、サー・トビー、あなたの証人が専門分野における抜んでた権威であることはもう十分に証明されたのではありませんか。そろそろ前段を切り上げて、前に進んではどうでしょう」

「承知しました、裁判長。あなたの親切な助言に否やのあろうはずがありませんし、優れた教授の肩にこれ以上称賛を積み上げる必要もないでしょう」サー・トビーは裁判長に明らかにしたくてたまらないけれども黙っていたのだが、彼にさえぎられるしばらく前に、言うべきことは実際にすべて言い終わっていた。

「では、裁判長の許可が得られ、本証人が証人たる資格を十分に備えていると裁判長もお考えのようでもありますから、証人の証言を得ながら、被告側の申し立てに移りたいと考えます」サー・トビーは教授に向き直り、意味ありげな目配せを交わした。

「昨日」サー・トビーはつづけた。「わが博識なる友人ミスター・ロジャーズは実に説得力のある検察側主張を詳細に展開し、それがただ一つの証拠に基づくものであることに疑いの余地を残しませんでした。その証拠とは、すなわち、〝発射されなかったのに煙の立ち昇る銃〟であります」それはこれまでにハリーが何度も聞かされてきて、これからも何度も聞かされるであろう、この古い友人が得意とする表現だった。

「私が言及している銃とは、被告の不運な妻ミセス・ヴァレリー・ロジャーズの遺体の近くで発見された、被告の指紋に覆われた銃のことであります。それについての検察側の主張は、妻を殺したあと被告がパニックに陥り、銃を部屋の真ん中に残したまま家を飛び出したというものであります」サー・トビーはとたんに陪審員に向き直った。「このたった一つの、しかも薄弱極まりない証拠——薄弱であることはいずれ証明します——をもって一人の人間に有罪を宣告し、死ぬまで鉄格子の向こうに閉じ込めるよう、陪審員のみなさんは求められているのです」そして、自分の言葉の意味の重さを陪審員に納得させるべく間を置いた。

「お待たせしました、バムフォード教授、ここであなたに立ち戻り、裁判長の言葉をお借りするなら専門分野における抜きんでた権威であるあなたにいくつか質問をさせていただきます」ようやく前段が終わり、いまや自分が期待を裏切らないことを期待されていることにハリーは気がついた。

「まずお尋ねしたいのですが、教授、被害者を射殺した犯人が犯行現場に凶器を残していった例はあるでしょうか？」

「いいえ、サー・トビー、そういう例は非常に稀ですね」ハリーは答えた。「拳銃が凶器である場合、犯人は証拠を消してしまおうとしますから、凶器が現場に残されることは十中八九ありません」

「わかりました」サー・トビーが言った。「では、その非常に稀な例の場合、凶器のあちこちに指紋が残っていることは珍しくないのでしょうか？」

「そういう例は聞いたことがありません」ハリーは答えた。「犯人がまったくの馬鹿か、犯行の最中に捕まった場合は別でしょうが」

「被告には多くの面があるかもしれませんが」サー・トビーが言った。「馬鹿でないことは明らかです。あなたと同じくリーズ・グラマースクールで教育を受けていて、犯行の最中に捕まってもいません。逮捕されたときは町の反対側にある友人の家にいたのです」そのときの被告が愛人と一緒にベッドにいた――検察側が冒頭陳述で何度か指摘している事実だった――こと、彼のアリバイを証明できるのは彼女だけであることには、サー・トビーは触れなかった。

「では、教授、銃そのもの、スミス・アンド・ウェッソンK４２１７Bに移りたいと考えます」

「正しくはK４１２７Bです」ハリーは旧友の間違いを訂正した。

「あなたの並外れた知識には敬意を表する以外ありません」サー・トビーは自分の些細《ささい》な間違いが陪審員に与えた効果に満足しながら言った。「では、拳銃に戻りましょう。内務省の研究所は凶器から被害者の指紋を検出しましたか?」

「検出しました」

「この事実から、専門家として何らかの結論が導き出されるでしょうか?」

「そうですね、ミセス・ロジャーズの指紋の大半は引鉄《ひきがね》と銃把に集中していました。そこから考えられるのは、この銃を最後に握ったのは彼女だろうということです。事実、物理学的証拠は引鉄を引いたのが彼女であることを示唆しています」

「なるほど」サー・トビーが言った。「しかし、犯行後に犯人がミセス・ロジャーズに握らせた可能性はないでしょうか、警察をミスリードするために?」

「引鉄からミスター・ロジャーズの指紋も検出されなかったら、私もその説に与《くみ》したでしょう」

「何をおっしゃろうとしているのか、教授、私にはよくわからないのですが」しかし、サー・トビーは完全にわかっていた。

「私が関わったほとんどすべての例でそうなのですが、犯行後に犯人がまずやっているのは、凶器を被害者の手に握らせるのではなく、自分の指紋を拭き取ることです」

「そういうことでしたか。ですが、間違っていたら訂正していただきたいのですが」サー・トビーは言った。「拳銃は被害者が握っていたのではなく、遺体から九フィート離れたところに転がっていました。検察側の主張では、それは被告が夫婦で暮らしていた自宅からパニックに陥って逃げ出したときにそこに落としたことになっています。それでお尋ねしたいのですが、バムフォード教授、自殺しようとするだれかがこめかみに銃口を当てて引鉄を引いた場合、拳銃は最終的にどうなるのでしょう?」

「遺体から六フィートないし十フィートの範囲のどこにあってもおかしくありません」ハリーは答えた。「勉強不足の映画やテレビ・ドラマでしばしば目にするのは、自殺した人間の手に拳銃が握られたままになっている場面です。しかし、これはよくある間違いで、自殺の場合にどんなことが起こるかというと、拳銃は銃弾が発射された反動で自殺者の手から離れ、死体から数フィートのところまで飛んでいってしまうのです。銃が関係する自殺を調べるようになって三十年になりますが、拳銃が本人の手に握られたままになっていた例は一つとしてありません」

「では、専門家としてのあなたの見立てでは、教授、ミセス・ロジャーズの指紋と凶器のあった場所から考えて自殺であろうということになるわけですね?」

「そのとおりです、サー・トビー」

「最後にお訊きしますが、教授」被告側弁護人はガウンの襟を引っ張って言った。「過去に本件と同種の裁判で被告側証人として証言されたとき、陪審が無罪の評決を下した確率はどのぐらいだったでしょう?」

「数学は得意科目ではありませんでしたが、サー・トビー、二十四件中二十一件は無罪でした」

サー・トビーはゆっくりと陪審員に向き直った。「バムフォード教授が専門家証人として証言した裁判の二十四件中二十一件が無罪になったということは、その確率は約八十五パーセントになると考えられます。以上で、裁判長、私の証人尋問を終わります」

トビーは裁判所の階段の上でハリーに追いつき、旧友の背中をぴしゃりと叩《たた》いて言った。「またもやナイス・プレイだったな、きみの証言のあとで検察側が訴えを取り下げたのは無理はない――実際、今日のきみは過去最高の出来だった。だが、ゆっくりしてもいられないんだ。明日、中央刑事裁判所《オールド・ベイリー》で裁判が始まるんでね。というわけだから、土曜の十時に一番ホールで会うことにしようじゃないか。ヴァレリーが許してくれればだけどな」

「もっとずっと早く会えるさ」ハリーはタクシーの飛び乗るトビーを見送りながらつぶやいた。

サー・トビーはメモに目を通しながら最初の証人を待っていた。今回、出だしはいいとは言えなかった。検察側は彼の依頼人に不利な、論駁《ろんばく》の余地のない証拠を山ほど提出することに成功していた。一連の反対尋問も気が進まなかった。検察側の証拠を裏付ける証言しか返ってこないに決まっていた。

今回の裁判長のフェアボロ判事が検察側代理人にうなずいた。「最初の証人を呼んでください、ミスター・レノックス」

デズモンド・レノックス勅撰弁護士がゆっくりと起立して言った。「ありがとうございます、裁判長。ハロルド・バムフォード教授をお願いします」

サー・トビーが驚いてメモから目を上げると、旧友が自信に満ちた足取りで証人席へ向かっていた。ロンドンの陪審員はリーズからきた証人に訝《いぶか》しげだった。

サー・トビーも認めざるを得なかったが、ミスター・レノックスはハリーが専門家証人として十分な資格を持っていることを、リーズにおける名声には一切言及しないで巧みに印象づけていた。そのあと、ミスター・レノックスはハリーにいくつか質問をし、サー・トビーの依頼人を切り裂きジャックと妻を殺したドクター・クリッペンを足して二で割った凶悪犯だと思わせることに成功した。

「以上で証人尋問を終わります」ミスター・レノックスは最後にそう通告すると、したり顔で着席した。

フェアボロ裁判長はサー・トビーを見下ろして訊いた。「反対尋問を行いますか？」

「もちろんです、裁判長」サー・トビーはそう応えて起立し、ここでもあたかも初対面であるかのようにして言った。「バムフォード教授、本題に入る前に申し上げるのが公平だと思いますが、わが博識なる友人ミスター・レノックスは、あなたが専門家証人として十分な資格を有しておられることを本法廷に見事に印象づけられました。そのうえで、この件に立ち戻り、いくつか私にわからない部分を一、二、質問して解明していただくことはできるでしょうか」

「もちろんです、サー・トビー」ハリーが応えた。

「あなたは……そう、リーズ大学で最初の学位を取得されたわけですが、専攻は何だったのでしょう?」

「地理学です」ハリーが答えた。

「それは興味深い。拳銃の専門家になるにあたって地理学を学ぶことが必須であるとは意外です。それはともかく」サー・トビーはつづけた。「つづいて、アメリカで取得された博士号について訊かせてください。それはイギリスの大学でも認められますか?」

「認められませんが、しかし……」

「質問に答えるだけにしてください、バムフォード教授。あなたの博士号は、たとえばオックスフォード大学やケンブリッジ大学でも認められるのでしょうか?」

「認められません」

「なるほど。そして、ミスター・レノックスが苦心して指摘されたとおり、この裁判はあなたの専門家証人としての信頼度一つにかかっていると言っても過言ではないかもしれないのです」

フェアボロ裁判長が被告側弁護人を見下ろし、眉をひそめて言った。「その判断を下すのは、サー・トビー、陪審員の役目です。提示された事実に基づいてね」

「おっしゃるとおりです、裁判長。私は陪審員のみなさんが検察側専門家証人の意見をどこまで信用すべきかを明確にしたかっただけなのです」

裁判長がふたたび眉をひそめた。

「しかし、その目的はすでに達せられたとお考えであるなら、裁判長、訊問《じんもん》を前に進めさせていただきます」

サー・トビーは旧友に向き直った。

「バムフォード教授、あなたは陪審に対し、本件は被害者の手に拳銃が残っているから自殺ではあり得ないとの見解を明らかにされていますね」

「そのとおりです、サー・トビー。これはよくある間違いなのですよ。不勉強な映画やテレビ・ドラマでも、自殺者が拳銃を握ったままでいる場面がしばしば見られるでしょう」

「そうでした、バムフォード教授。わが博識な友人があなたに証言を求めたとき、私たちはテレビ・ドラマに関するあなたの該博な知識に感銘を受けたのでした。少なくともあなたがあの世界に精通しておられることはわかりました。しかし、いまは現実の世界に戻りましょう。ここで一つ明確にしておきたいのですが、バムフォード教授、あなたは被告が夫に拳銃を握らせた、だから自殺ではないとおっしゃっているのでは、いくら何でもありませんよね。もしそうなら、あなたは専門家ではなくて千里眼の人です」

「そんなことは言っていませんよ、サー・トビー」

「よかった、そう言っていただいて安心しました。しかし、教えていただきたいのですが、バムフォード教授、死因が自殺であると示唆しようとして、犯人が被害者の手に銃を握らせた例に遭遇したことはおありですか?」

ハリーが一瞬言いよどんだ。

「しっかり思い出してください、バムフォード教授。一人の女性の一生があなたの答えにかかることになるかもしれないのです」

「過去にそういう例に遭遇したことは――」ハリーがふたたび言いよどんだ。「――三度ですね」

「三度も?」サー・トビーは驚いた顔を作ろうとしながら繰り返したが、実はその三度とも自身が裁判に関わっていた。

「ええ」と、ハリー。

「その三件ですが、陪審はすべてに無罪の評決を下したのでしょうか」

「いえ」ハリーが小声で答えた。

「違う?」サー・トビーは陪審員を見て言った。「では、無罪の評決が下されたのは何件でしょう?」

「二件です」

「もう一件はどうなりました？」

「殺人の罪で有罪でした」

「量刑は……？」サー・トビーは訊いた。

「終身刑です」

「その一件について、もう少し詳しく教えていただけますか、バムフォード教授？」

「何を導こうとしての質問でしょう、サー・トビー？」フェアボロ判事が被告側弁護人を見下ろして訊いた。

「その答えはすぐにわかると考えます、裁判長」サー・トビーはふたたび陪審員を見た。いまや、全員が専門家証人から目を離せずにいた。「バムフォード教授、本法廷にその件の詳細を説明していただけますか？」

「ミスター・レナルズを被告としたあの裁判では、彼が有罪ではあり得なかったことを証明する新たな証拠が提出されたわけですが、その時点で、彼はすでに十一年も服役していました。そして、そのあとで釈放されたわけです」

「一人の女性の自由は言うまでもなく、彼女の名誉がこの裁判にかかっているので、こういう質問をするのを赦《ゆる》していただきたいのですが、バムフォード教授」サー・トビーはいったん間を置いて重々しく旧友を見つめた。「その裁判で、あなたは検察側証人として証言されましたか？」

「はい」

「検察側の専門家証人としてですか？」

ハリーがうなずいた。「そうです」

「そして、無実の男性が犯してもいない罪で有罪を宣告され、十一年も服役する破目になったわけですね？」

ハリーがふたたびうなずいた。「はい」

「それについて、反論の余地はない？」サー・トビーはそう訊いて返事を待ったが、ハリーは答えなかった。この裁判で専門家証人としての自分への信頼が失われたことがわかった。

「最後の質問です、バムフォード教授。公平を期すためにお訊きしますが、ほかの二件では、陪審はあなたの証拠の解釈を支持したのですか？」

「はい」

「思い出していただけるでしょうが、バムフォード教授、検察は過去における同様の事件であなたの証言が決定的であったこと、ミスター・レノックスの言葉を借りるなら〝検察側の主張を立証する決定的な要因〟であったことを強調しています。しかし、われわれはいま、被害者が銃を握ったままだった三件のうちの一件であなたの専門家証人としての見立てが間違っていたことを知りました。すなわち、間違う確率が三十三パーセントもあることになります」

サー・トビーの予想通り、ハリーは何も言わなかった。

「その結果、無実の男性が十一年も刑務所に閉じ込められました」サー・トビーは陪審員に目を移して低い声で言った。「バムフォード教授、三十三パーセントの確率で見立てを間違う専門家証人の証言のせいで、無実の女性が一生を刑務所で過ごすことがないよう祈ろうではありませんか」

ミスター・レノックスが弾かれたように立ち上がって検察側証人に忍耐を強いる扱いに抗議しようとし、フェアボロ裁判長も警告の指を振りながら言った。「いまの発言は不適切です、サー・トビー」

しかし、サー・トビーの目は陪審員に向けられたままで、その陪審員ももはや専門家証人の言葉を聞かずに仲間同士でささやき合っていた。

サー・トビーはゆっくりと着席した。「以上で反対尋問を終わります」

「実に見事なショットだったな」ハリーのボールが十八番ホールのカップに消えるのを見届けると、トビーは言った。「残念ながら、また昼飯を奢《おご》ることになったわけだ。それにしても、このところきみには負けつづけだな、ハリー」

「いや、そうでもないだろう、トビー」ゴルフ友だちがクラブハウスへ戻りながら言った。

「木曜日の法廷では、私をしたたかな目に遭わせてくれたじゃないか」

「ああ、あのときは申し訳ないことをしたよ、オールド・チャップ」トビーは言った。「わかってるだろうが、あれはあくまでも仕事の上のことなんだ。そもそもきみを専門家証人に選んだレノックスが愚かだったんだ」

「まったくだ」ハリーが同意した。「私以上にきみをよく知っている人間はいないと忠告してやったのに、レノックスは北東巡回裁判所であったことに興味を示さなかった」

「私だってそうだったんじゃないかな」トビーが昼食のテーブルに着きながら言った。「もし……」

「もし……?」ハリーが繰り返した。

「リーズの事件とベイリーの事件の両方で、どんな陪審員が見ても私の依頼人が二人とも絶対に有罪でなかったらな」

訳者あとがき

ジェフリー・アーチャー〈クリフトン年代記〉第四巻、『追風に帆を上げよ（原題：*BE CAREFUL WHAT YOU WISH FOR*）』をお届けします。

前作『裁きの鐘は』はケンブリッジへと車を走らせるセバスティアンに命の危険が迫るところでいかにも気を揉《も》ませる終わり方をしていましたが、その結果は本作冒頭で明らかになり、セバスティアンは間一髪で、重傷を負いながらも危機を脱します。しかし、同乗していたブルーノが死んでしまったことを逆恨みした父親のペドロ・マルティネスが激怒して、セバスティアンをはじめとするクリフトン一族、エマをはじめとするバリントン一族への復讐《ふくしゅう》心をさらに過激に募らせていきます。そして一計を案じ、やはりバリントン一族とクリフトン一族を憎んでいるアレックス・フィッシャー少佐を抱き込んで〈バリントン海運〉の重役会にスパイとして送り込み、豪華客船建造に邁進《まいしん》するエマと〈バリントン海運〉に大打撃を与えようと画策します。そして、ついにはレディ・ヴァージニアまで重役として登場させ、フィッシャー少佐を〈バリントン海運〉の会長にして会社を潰してしまおうと動き出します。窮地に陥ったかに思われたエマですが、ロス・ブキャナンやセバスティアンの知恵と力を借りて何とか苦境を切り抜け、新造豪華客船〈バッキンガム〉の進水式を経てニューヨークへの処女航海へ出発します。問題はすべて解決し、あとは何事もなく進むかと思われたのですが、ペドロ・マルティネスは諦めていませんでした。あろうことか、アイルランド共和国軍（ＩＲＡ）と手を組み、処女航海中の〈バッキンガム〉を爆沈させようというのです。すでに工作員は船中に入り込んで活動を開始し、時限爆弾のタイマーも作動しはじめました。果たして〈バッキンガム〉はどうなるのか、エマ、ジャイルズ、ハリー、セバスティアンは船もろともに海の藻屑《もくず》となるのでしょうか……。

本作の読みどころの一つに、〈バリントン海運〉を潰してしまおうとするペドロ・マルティネスとエマたちの株を巡っての攻防戦があります。アーチャーはその場面をいかにも彼らしくダイナミックかつ緻密に活写してくれて、手に汗握らせてくれます。

さらに、今回もセバスティアンがケンブリッジ大学へ行かずに思いがけない方向転換をしたり、画家としての将来を嘱望されているジェシカがレディ・ヴァージニアのせいで思いがけない悲劇に見舞われたりと、サイド・ストーリイにも力がこもっています。

著者のジェフリー・アーチャーは一九四〇年生まれ、オックスフォード大学へ進んだのち、一九六九年、二十九歳で最年少庶民院議員になります。将来有望と思われていたのですが、詐欺に遭って全財産を失い、議員辞職を余儀なくされます。そのときに子供のミルク代ぐらいは稼げるだろうと書いた『百万ドルをとり返せ！』が大ベストセラーになり、借金の完済を可能にしてくれました。それからもベストセラー作家として順風満帆だったのですが、一九八六年にコールガール・スキャンダルをすっぱ抜かれ、その裁判には勝ったものの、十二年後にその裁判の偽証罪で実刑判決を受けます。しかし、ただでは転ばず、仮釈放になると「獄中三部作」をものして留飲を下げ（？）ました。以降はご承知のとおり、何事もなくベストセラーを連発しつづけています。

次作、この年代記の第五部に当たる『剣より強し（原題：*MIGHTER THAN THE SWORD*）』は、〈バッキンガム〉を爆沈させようとするペドロ・マルチネス／アイルランド共和国軍工作員との攻防から始まり、ソルジェニーツィンを想起させるロシア人作家の作品に西側で陽《ひ》の目を見せてやろうとするハリーの奮闘、女性にめっぽう弱いジャイルズのスキャンダル、エマとレディ・ヴァージニアの対決と、盛りだくさんな内容になっています。ご期待ください。

なお、第六作『機は熟せり』と第七作（最終巻）『永遠に残るは』は、八月にお目見えの予定です。

そして、〈ウィリアム・ウォーウィック・シリーズ〉第六巻の“TRAITORS GATE”も十月に本ハーパーBOOKSから刊行の手筈《てはず》になっています。第七作“AN EYE FOR AN EYE”もイギリス本国ではすでに刊行されていて、今年九月には最終巻と言われている第八作も世に出るとのことです。

また、今シリーズで各巻に登場する短編ですが、今回は「専門家証人」です。新潮文庫『十四の嘘と真実』に収録されていた同名作品を新訳しました。お楽しみください

戸田裕之

二〇二五年三月

＊本書は二〇一五年四月に新潮社より刊行された
『追風に帆を上げよ』を再編集したものです。

訳者紹介　戸田裕之

1954年島根県生まれ。早稲田大学卒業後、編集者を経て翻訳家に。おもな訳書にアーチャー『狙われた英国の薔薇　ロンドン警視庁王室警護本部』をはじめとする〈ウィリアム・ウォーウィック〉シリーズ、『遥かなる未踏峰』『ロスノフスキ家の娘』(以上、ハーパーBOOKS)、アーチャー『運命のコイン』(新潮社)、フォレット『光の鎧』(扶桑社)など。

ハーパーBOOKS

追風《おいて》に帆《ほ》を上《あ》げよ　クリフトン年代記《ねんだいき》　第4部《だいぶ》

2025年4月25日発行　第1刷

著　者　ジェフリー・アーチャー
訳　者　戸田裕之《とだひろゆき》
発行人　鈴木幸辰
発行所　株式会社ハーパーコリンズ・ジャパン
東京都千代田区大手町1-5-1
04-2951-2000(注文)
0570-008091(読者サービス係)
印刷・製本　中央精版印刷株式会社

ISBN978-4-596-72965-1